W0308986

COLLECTION FOLIO

Guy Rachet

Le roi David

Denoël

© *Éditions Denoël, 1985*

LIVRE I

La voix de Yahvé

Il s'avance d'un pas vif et décidé, ce pas des hommes habitués à marcher depuis toujours par les champs et les bois, sur les routes larges des plaines et dans les sentes rocailleuses des montagnes. Il va le front haut, le regard clair sous les sourcils broussailleux, le visage hâlé par les longs jours passés dans un face à face avec le soleil et le ciel, avec le dieu qui vit par-delà ces apparences et dont il est la lumière. Le vent, le vent chaud et tourbillonnant de ce matin de printemps, soulève sous ses pieds chaussés de sandales légères d'impalpables nuages de poussière ; le vent fait claquer comme une voile sa robe de lin blanc aux amples manches qu'il a retroussées sur ses épaules pour conserver toute liberté de mouvement ; il entraîne en un sombre sillon sa longue chevelure que nul ciseau, nulle lame n'ont jamais coupée, car, par sa mère, il a été consacré dès l'enfance au dieu vivant d'Israël et de Juda, à Yahvé. Il prend appui sur un long bâton noueux qui lui sert de canne tout autant que d'arme pour tenir à distance les bêtes sauvages et chasser les chiens efflanqués qui rôdent autour des fermes isolées et dans le voisinage des villages. Pour tout bagage il a jeté sur l'épaule un sac de toile où est serrée une tunique propre et un court manteau de laine dans lequel il s'enveloppe lorsque la nuit le surprend sans qu'il ait songé à chercher un gîte. Car depuis plusieurs jours déjà, il marche. Il vient de traverser l'ample vallée des Réphaïm, une haute plaine pierreuse balayée par les vents, les bises du nord lors de la mauvaise saison, les brises de l'ouest rafraîchies l'été par leur passage sur la mer, l'autan impérieux encore chargé des senteurs sauvages du désert du Sud, les souffles du levant imprégnés des moiteurs de la mer de sel. Cependant on y voit des villages épars et dans les champs délimités par des tas de pierres, verdit le blé en herbe, promesse de riches récoltes lorsque le soleil de l'été aura doré les lourds épis, tandis que l'on commence à moissonner l'orge. Il a gravi les collines qui ferment au sud la vallée bordée en ce lieu d'oliviers aux troncs noueux dans l'ombre desquels somnolent bergers et chevriers qui d'un œil surveillent leurs troupeaux bruyants. Et voici que devant lui s'ouvre une autre plaine fermée au sud par une basse montagne, la montagne d'Hébron. Le voyageur se trouve là aux confins du territoire de Benjamin et de Juda. Derrière lui s'étend le domaine de la tribu de Benjamin que dominent au nord Guibéa, ville puissante où règne Saül, et à l'est Jérusalem, orgueilleuse forteresse des Jébuséens, haut lieu cananéen qui continue de défier les Hébreux auxquels Yahvé a donné tous les territoires alentour ; devant lui commence le domaine de Juda, la plus puissante, mais aussi la plus indépendante des tribus issues de Jacob. Car depuis que le peuple d'Israël est monté en Canaan sous la conduite de Josué, depuis qu'il s'est taillé un fief dans les plaines et les monts entourant Hébron, Juda a évité de prendre part aux guerres que les tribus du Nord ont menées contre le Philistin ou le Cananéen sous la conduite de leurs juges, chefs de guerre élus pour un temps. Si bien que d'aucuns voudraient exclure Juda de la grande famille des enfants d'Israël.

Mais en ce jour, Saül qui le premier a reçu l'onction de la royauté sur Israël, Saül le héros issu de Benjamin, Saül veut rallier Juda à sa cause. Or l'homme descend vers la vallée ; il hâte le pas et sous ses pieds roulent les pierres des chemins abrupts. Son regard est tourné vers le levant, vers les hauteurs accidentées au flanc desquelles s'étagent les maisons de pierre et de terre brune d'une riche bourgade, la première qu'atteint le voyageur venant du nord, la première du pays de Juda. Bientôt il a rejoint la plaine et il s'engage sur une large route qui chemine entre les champs soigneusement cultivés. En l'apercevant, les paysans cessent leur travail pour le regarder passer, et certains osent l'approcher sans toutefois l'aborder Cependant sur un âne vient un homme qui rejoint le voyageur. Il le dévisage un instant, après l'avoir salué au nom de Yahvé. L'inconnu l'a béni et aussitôt après, sans ajouter une parole, l'homme a poussé son âne au trot et il est parti vers le village, vers Bethléem, là-bas sur la colline. Et lorsqu'il parvient à la hauteur des premières maisons, lorsqu'il s'engage dans les rues tortueuses, il se met à crier : « Venez, venez, hommes de Bethléem ! sur la route s'avance l'élu du Seigneur ! Vers nous vient le voyant de Yahvé ! »

« Est-ce signe heureux ? demande quelqu'un.

— Apporte-t-il un bien ou vient-il annoncer quel que malheur ? » s'inquiète une femme assise sur le seuil de sa demeure où elle file en surveillant un tout jeune enfant qui joue dans la poussière.

Un vieillard est sorti dans la rue où il se tient dans l'ombre d'un figuier. C'est l'un des anciens qui gouvernent la ville, le plus vieux d'entre eux : il est né à l'époque où Jepthé de Galaad vainquit les Ammonites et, dans sa jeunesse, Isban de Bethléem a été juge sur

Israël. Devant lui s'est arrêté le messager; il le salue, tombe au bas de sa monture et par trois fois il frappe de son front la poussière du sol et se redressant il s'écrie :

« Que te bénisse le Seigneur, trois fois et encore trois fois.

— Que bénie sois ta mère, répond le vieillard. Mais parle, pourquoi viens-tu à moi, tout essoufflé, hors de toi-même, comme si le Philistin était aux portes du pays ?

— Sur la route, sur le chemin qui vient du nord, de la vallée des Réphaïm, du pays de Benjamin, j'ai croisé le voyant de Yahvé, celui qui a oint le roi Saül, celui que notre Dieu avait élu pour exercer la judicature sur Israël à Mispa. Il vient vers nous, il approche et bientôt il sera parmi nous. Ainsi parle ton serviteur.

— Quelles paroles sont sorties de tes lèvres ? Comment sais-tu que cet homme est Samuel ?

— Je le connais, je le connais. J'étais parmi les guerriers que Juda envoya à Saül pour combattre Nahash l'Ammonite lorsqu'il vint dresser son camp contre Yabesh de Galaad. Saül n'avait pas encore été proclamé roi et il revenait des champs derrière ses bœufs; on lui apprit la descente des hommes d'Ammon et on lui rapporta le serment qu'avait fait leur roi Nahash de crever l'œil droit aux gens de Yabesh et à tous les hommes d'Israël. Or Saül n'a-t-il pas alors envoyé des messagers à travers tout le pays afin que tous les fils d'Israël s'unissent et marchent contre les Ammonites ? Et moi j'étais parmi les gens de Juda, et nous avons vaincu les guerriers de Nahash.

« J'ai alors vu Samuel vers qui s'est tourné le peuple à la suite de cette victoire. N'est-ce pas Samuel qui nous a alors dit : “ Venez, allons à Gilgal où nous renouvellerons la royauté ” ? Et là, Saül ne fut-il pas proclamé roi devant Yahvé, à Gilgal, après qu'on eut immolé des bœufs, sacrifice de communion devant Yahvé ? Comment aurais-je pu depuis oublier Samuel, le premier parmi les voyants de Yahvé ? »

Le vieillard s'est levé, il appelle ses fils à grands cris et de partout on vient vers lui.

Lorsque de Bethléem s'approche Samuel, sur le chemin à la sortie du bourg s'avancent à sa rencontre les anciens du pays et derrière eux viennent les hommes qui restaient encore dans leur demeure. Comme les nuées de sauterelles issues du désert s'abattent dans les champs par les sèches journées de l'été, la nouvelle de l'arrivée de l'homme de Yahvé s'est répandue dans les rues et les collines, dans les vignes et les plantations d'oliviers qui s'éploient au pied de la ville. Abandonnant l'araire et la houe, les paysans accourent pour former cortège à l'envoyé du Seigneur.

Devant Samuel les anciens se sont arrêtés ; ils l'ont salué en se prosternant et ils lui ont demandé sa bénédiction. Puis le premier parmi les anciens lui a demandé :

« Ta venue est-elle pour nous de bon augure, voyant ?

— Je veux offrir un sacrifice à Yahvé, répond ce dernier. Purifiez-vous afin de m'accompagner dans ce sacrifice. »

A sa suite ils sont revenus vers le bourg tout en manifestant leur joie, mais nul n'ose interroger le voyant sur les raisons de sa visite car il ne peut être venu de si loin pour offrir un sacrifice à son dieu. Ainsi s'engagent-ils dans les rues ensoleillées où courent encore des chiens au poil rêche et jaunâtre qui mêlent leurs aboiements aux cris joyeux des femmes montées sur les terrasses pour voir passer l'homme qui a donné un roi à Israël. Les mères prennent dans leurs bras leurs enfants et avec eux elles se penchent sur le cortège :

« Vois, disent-elles, vois l'inspiré du Seigneur, l'homme qu'a choisi Yahvé pour la plus grande joie de notre peuple. »

Et les enfants portent des regards remplis de respect et de crainte vers cet homme dont on dit qu'il parle avec Yahvé, le dieu irascible, le dieu tonnant d'Israël.

Le cortège s'est arrêté sur une place étirée en longueur, à flanc de coteau, plantée de peupliers, de térébinthes et de grenadiers aux fruits rougissants. Samuel s'est dressé sur le seuil de pierre d'une demeure d'où il domine la place remplie de monde. Il lève le regard vers les terrasses des maisons de terre brune : là aussi ont pris place les femmes et les enfants du voisinage ; elles frappent dans leurs mains en poussant des cris modulés qui sortent du fond de leurs gorges : ainsi saluent-elles l'envoyé de Yahvé et manifestent-elles leur joie. Mais lui, ce n'est pas la joie qu'il apporte. Il a levé les bras pour réclamer le silence, puis il parle :

« Vers vous le Seigneur m'a envoyé, il m'a fait lever de ma maison à Naioth, parmi les voyants de Yahvé, au pays d'Armathaïm, et il m'a enjoint de venir parmi les hommes de Juda, ces enfants de Jacob qu'il a en affection. Qu'on apporte ici une génisse pour l'offrir en sacrifice à Yahvé, afin que le Seigneur nous soit favorable. Car sachez-le, les Philistins ont pris les armes, toutes les cités de leur pays ont vomi des guerriers avec leurs chars, leurs cuirasses d'airain, leurs épées de fer aiguës, et voici qu'ils marchent sur Israël, ils marchent sur Juda. Ils ont encore sur le cœur les défaites que par Saül le bras de Yahvé leur a infligées ; leur face ne respire que la guerre et ils ravageront nos campagnes qu'ils ne nous aient placés à nouveau sous leur joug comme des bœufs dociles et qu'à nouveau ils nous aient interdit de travailler le fer, qu'à nouveau ils nous aient forcés à venir dans leurs cités acheter les outils de fer afin que nous ne puissions plus nous forger des armes pour les chasser de nos terres.

« Or c'est vers Juda que marchent leurs bataillons, vers Soko et Azéqa. C'est là que Saül le roi va aller les attendre avec les troupes qu'il a levées sur Benjamin et Manassé, Ephraïm et Galaad. Et moi je viens vers vous, ici à Bethléem pour vous dire : redoutez la colère de Yahvé, préservez-nous de l'abomination ! Que chacun de vous en âge de prendre les armes se lève et vienne devant Saül, que tous les jeunes héros de Juda se préparent à combattre le Philistin, qu'ils mettent leur force et leur espoir dans Yahvé, Seigneur des armées. »

Ainsi parle Samuel. Alors se mettent à gémir les femmes et la consternation envahit le cœur des vieillards. Mais les jeunes gens avides de gloire et de combat poussent des clameurs de joie et réclament des armes pour aller combattre l'orgueil de la Philistie.

Selon le vœu du voyant est alors amenée une génisse sans tache de moins de douze mois. Elle est conduite jusqu'à l'autel de Yahvé, un autel de pierre carré dont les angles sont redressés semblables à des cornes massives. Il est dressé sous le ciel, dans la partie la plus haute du village. Du bois y a été entassé car entière la victime doit être offerte à Yahvé ; pour le dieu elle sera entièrement brûlée en holocauste.

L'homme qui a conduit la bête jusque-là lui tient la tête penchée devant l'autel. Samuel impose les mains sur la victime puis il prend le couteau du sacrifice, un couteau dont la lame de bronze est pure : l'homme relève la tête de la génisse afin d'offrir sa gorge, et avant qu'elle n'ait réagi, d'un coup précis, l'officiant la lui a tranchée. L'homme retient la victime tandis qu'elle tombe sur les genoux avec un beuglement sourd. A l'aide d'une coupe de terre cuite, Samuel recueille le sang qui jaillit en tourbillons de la blessure et le répand sur l'autel. D'une main habile, il lui retire la peau : de droit elle appartient au sacrificateur car elle est la seule partie qui ne sera pas consumée. Puis il découpe son corps en larges parts qui toutes reviennent à Yahvé afin de le rendre favorable à son peuple : sur l'autel, dans le feu, il jette la carcasse et la tête après qu'elles ont été enduites de sel. Les pattes et les entrailles sont lavées soigneusement à l'eau claire avant d'être salées et pareillement abandonnées à la voracité des flammes. Seul est épargné le muscle ischiatique qui depuis la hanche commande le mouvement des jambes : c'est ce muscle qu'avait touché l'ange lorsqu'il était apparu à Jacob pour le combattre ; depuis lors, toute sa descendance s'abstient de manger ce muscle chez les animaux et on ne l'offre pas non plus à Yahvé. Il sera jeté le lendemain, avec les cendres du sacrifice ; car tout le reste du jour et toute la nuit va être entretenu le feu afin que toute chair soit consumée et que le dieu reçoive sa part entière, sans qu'il soit spolié de la moindre partie.

Samuel s'est lavé les mains et les bras dans un bassin que lui a présenté une femme, puis il s'est essuyé au tissu que lui tend l'homme qui a conduit la bête au sacrifice.

« Cette génisse, dit alors l'homme, je l'ai prélevée sur mon troupeau et je l'offre à Yahvé au nom de tous les Bethléemites. Prie Yahvé ton dieu en faveur de tes serviteurs afin qu'il nous donne la victoire.

— Je prierai mon dieu, et si vous lui obéissez et le servez, il vous exaucera. Et toi qui parais craindre Yahvé, quel est ton nom ?

— Le nom de ton serviteur est Jessé. J'ai une grande demeure à l'est du village, et plusieurs champs ; des vignes et des oliviers sont les biens que m'a accordés le Seigneur. Si tu veux honorer ton serviteur, tu daigneras venir en sa demeure et tu y passeras la nuit, et tu y resteras autant qu'il te plaira.

— Allons, j'accepte ton hospitalité car depuis plusieurs jours je suis en route. »

La demeure de Jessé est vaste, c'est l'une des plus prospères du bourg car Jessé est riche. Il a su faire croître les biens qu'il a hérités de son père Obed, lui-même fils de Booz, cet homme opulent et généreux qui épousa Ruth la Moabite, laquelle lui donna Obed.

Les servantes s'activent pour préparer un repas de fête et dans l'avant-cour se tiennent les fils de Jessé pour accueillir le voyant. Jessé présente à Samuel ses fils, fierté de sa race. L'aîné, Eliab, est grand et robuste, et sa force lui est cause d'orgueil. Il a plus de trente ans ; comme Jessé se trouve au seuil de la vieillesse, il laisse à ce fils chéri le soin de gérer ses biens. Samuel songe qu'il doit faire un bon guerrier, pour la plus grande gloire de Juda, et il pense de même en voyant son frère Abinadab. Le troisième, Shamma, se tient en retrait ; la modestie se lit sur son visage et dans son attitude remplie de crainte respectueuse devant le prophète de Yahvé. Lorsque le présente son père, il se jette sur le ventre et trois fois frappe le front contre le sol de terre battue. Samuel le bénit et suit son hôte dans la cour de la demeure. C'est un vaste espace ensoleillé flanqué à droite et à gauche de longues salles à portiques ; les piliers ont reçu un revêtement de chaux que le temps a sali et délité, laissant apparaître l'appareil de pierres mêlées de galets. C'est là que sont logés ânes et mulets, vaches et bœufs, et aussi les quelques chameaux que possède Jessé.

Les pièces d'habitation sont situées dans le corps de bâtiment au fond de la cour. Sur le seuil de la porte principale apparaît une femme drapée dans une ample robe aux teintes vives. Près d'elle se tiennent un jeune homme et un adolescent. Samuel songe que cette femme doit être l'épouse de son hôte, quoiqu'elle paraisse bien plus jeune que lui.

« Je vois, dit-il à Jessé, que tu as encore deux garçons dont l'un est en âge de porter les armes.

— Ce ne sont pas mes enfants mais mes petits-fils, lui apprend Jessé : voici Servia, ma fille aînée, qui est leur mère. Elle a perdu son époux et vit ici avec ses fils. Elle est maîtresse en ma demeure depuis que ma femme, la mère de tous mes enfants, a été rappelée auprès du Seigneur. »

Il désigne alors les deux garçons :

« Celui-ci est l'aîné, Joab. Il recevra aussi des armes et il accompagnera ses oncles pour aller combattre parmi les guerriers de Juda. Lui, c'est Azaël. Il est encore enfant, mais c'est une jeune pousse qui promet de beaux fruits. »

Ils entrent dans la maison, dans la salle commune où une servante apporte de l'eau dans une bassine afin que Samuel lave son visage.

Un repas est servi, dans l'ombre d'un vélum tendu dans un angle de la cour. Les hommes prennent place sur des tapis et des coussins tandis que les servantes viennent déposer les plats chargés de légumes, de fèves et de lentilles, et de petits pains d'orge. En l'honneur d'un hôte si illustre, Jessé a ordonné qu'on abatte un mouton qui a été mis à rôtir.

Tandis que s'entretiennent Samuel et son hôte sous

les regards des fils de la maison qui écoutent avec respect les paroles des anciens, tous les gens du voisinage se pressent à la porte de la cour ; certains osent même se glisser par l'huis afin de mieux voir celui qui demeure la gloire d'Israël, le fils d'Elcana de la tribu de Levi, et d'Anne, la femme qu'avait élue Yahvé pour engendrer son voyant.

Servia qui a dirigé le travail des servantes est venue s'accroupir auprès des hommes afin de partager leur repas. Elle aussi garde le silence et veille à ce que leur hôte ait tout ce qu'il désire.

Avec satisfaction Samuel rote après avoir vidé une coupe de vin et il essuie ses doigts à un tissu que lui a porté Azaël. Jessé lui rend sa politesse et après avoir roté à son tour il réclame qu'on ouvre une cruche de vin, le meilleur de ses vignes qu'il tient en réserve pour honorer ses hôtes de marque.

Alors s'avance dans la cour une jeune femme qui tient par la main un enfant encore petit. Elle s'agenouille devant Samuel et s'incline pour porter à ses lèvres le bas de sa robe.

« C'est Abigaël, ma seconde fille, avec son fils Amasa, déclare Jessé.

— Jessé, mon hôte, dit alors Samuel, je vois que tu crains Yahvé car il t'a béni dans ta descendance et il t'a donné trois beaux fils et autant de petits-fils.

— La magnanimité de Yahvé, mon Seigneur, est plus grande encore, réplique Jessé. Car sache que j'ai encore un fils et aussi un quatrième petit-fils. Tous deux sont de même âge, de manière que l'oncle semble être le frère de son neveu, lequel est le second fils de Servia, et son nom est Abisaï.

— Pourquoi ne sont-ils pas ici, parmi nous ?

— Ils restent aux pâturages, dans les collines proches du désert où ils gardent notre troupeau de chèvres et de moutons. A eux revient cette tâche tandis que mes aînés s'occupent des autres travaux des champs.

— S'il te plaît, mon hôte, envoie-les chercher, car je veux connaître toute la famille.

— Les pâturages sont loin et on ne peut laisser les bêtes seules, sans nul gardien, objecte Jessé.

— Alors, fais quérir ton fils, je veux le connaître.

— Il n'a que dix-sept ans, il n'est pas en âge de porter les armes.

— Ce n'est point pour cela que je te demande de le faire venir devant moi. Je le dis : nous ne prendrons pas notre repas ce soir, qu'il ne soit venu devant nous. »

Jessé ne comprend pas pourquoi Samuel tient tant à voir son dernier fils, mais il n'a souci de contrarier son hôte. Cependant Eliab ose prendre la parole devant le voyant :

« Mon seigneur est trop bon de vouloir voir notre jeune frère. C'est un garçon effronté, rempli d'insolence. Il renâcle sous le joug, il ne craint pas de tenir tête à ses frères, à moi son aîné, il nous nargue et ne veut jamais en faire qu'à sa tête. Grande est aussi sa vanité sous prétexte qu'il sait souffler dans un roseau et gratter les cordes d'un kinnor ! La belle gloire que peuvent envier un lâche ou une fille.

— S'il en est ainsi, répond Samuel, il sera utile que par ma voix Yahvé enseigne la modestie à ce garçon. Cependant, mon hôte, reprend Samuel en se tournant vers Jessé, tu ne m'as pas dit le nom de ce fils.

— Il s'appelle David. »

« David, David, vite, vois celui-ci. »

Abisaï désigne un lièvre de petite taille au poil roux ; il court vers le désert et sa robe se distingue à peine de la teinte de la terre. Aussitôt David bondit vers la bête en fuite tout en faisant tournoyer les deux longues courroies de cuir de sa fronde qu'il tenait prête à la main ; et soudain vole le galet comme l'éclair, comme la foudre que projette Yahvé les jours de colère. Le projectile devance la bête qui va droit devant elle et la frappe en pleine course. Abisaï lève les bras en riant.

« Tu l'as eu ! tu l'as eu ! David, personne ne peut rivaliser avec toi. Il n'est pas dans tout Juda quelqu'un de plus habile que toi dans le maniement de la fronde !

— Peut-être Abisaï, réplique l'adolescent. Mais aussi, je crois que personne ne s'est autant exercé que moi au lancer des pierres tout autant qu'au maniement du bâton. Et ceci, il le faut bien si nous voulons défendre nos bêtes des attaques des loups et des lions. »

Tous deux courent vers le lièvre qui a roulé sur lui-même avant de s'immobiliser à jamais sur un flanc : le galet lui a brisé les reins et c'est à peine s'il a saigné. David l'a empoigné par ses longues oreilles.

« Viens, préparons un feu, nous allons nous en régaler ! » dit-il en revenant en courant vers le cirque de rochers où chèvres et moutons paissent l'herbe fine qui y pousse, l'hysope et la centaurée, la colchique et la rue.

« David ! s'écrie alors Abisaï, que prétends-tu faire ? La loi nous interdit de goûter à la chair du lièvre. Elle est impure.

— Abisaï, ne trouves-tu pas du plaisir à faire ce qui est interdit ?

— Oui, mais là, c'est différent, car c'est la loi de Moïse qui nous l'interdit et cette loi, c'est Yahvé qui la lui a donnée dans le désert. »

David dépose la bête sur une roche plate puis il va en riant se jeter dans la source qui jaillit tout près de là. L'eau claire sourd de terre et forme un bassin long et peu profond d'où part un ruisseau où s'abreuve le troupeau. L'adolescent ne porte qu'un étroit pagne de lin tenu à la taille par un cordon de cuir. Aussi peut-il sans souci se coucher dans l'eau fraîche qu'il boit à grandes gorgées.

« Crois-tu », demande-t-il à Abisaï qui est venu le rejoindre, « que Yahvé songerait à nous punir parce que nous avons goûté à la chair de ce lièvre ? Regarde, nous restons ici tout le jour et même la nuit à la belle saison, et nous nous contentons pour toute nourriture de lentilles, d'oignons, d'olives et de pain pendant que nos frères se goinfrent de viande et de bons plats, et pourquoi ? Sous prétexte qu'ils assument le dur travail des champs, comme dit mon bon frère Eliab, parce qu'ils suent à pousser l'araire et à manier la houe. Mais nous, nous nous fatiguons bien à surveiller nos bêtes, à courir après celles qui s'éloignent, à les préserver des animaux du désert.

— Tu as raison, David, tu as raison. Et aussi, tu te donnes beaucoup de peine pour chercher de l'ombre lorsque flamboie le soleil de l'été, et pour souffler dans ton chalumeau afin d'en tirer des sons mélodieux.

— C'est bien vrai, et c'est une grande fatigue pour mes mains que de faire vibrer les cordes de mon kinnor, pour mes lèvres de chanter la gloire de Yahvé et la beauté de sa création, pour mon cœur d'inventer ces beaux chants ! Alors que mes frères ne savent que beugler comme les veaux et aiguiser leurs faucilles. Tiens, reprend-il, quel plaisir Yahvé peut-il prendre à écouter ruminer ces bovins ? Voilà pourquoi il ne pourrait leur pardonner de mépriser sa loi. Mais moi, je suis sûr qu'il s'amusera de me voir manger ce lièvre, car je ne le ferai pas pour le provoquer. Simplement, j'ai envie d'en connaître la saveur. Oui Abisaï, je veux goûter la vie, toute la saveur de la vie, tout ce que notre dieu a créé sur la terre pour notre plus grand bien, pour notre plaisir. Je veux aussi m'enivrer de beauté. Tiens, sais-tu pourquoi plus que tes frères tu es, toi, mon ami ? C'est parce que je te trouve beau, Abisaï.

— David, toi aussi, tu es beau, mais même ne le serais-tu pas, je t'aimerais plus qu'un frère, car pour moi tu n'es pas mon oncle, le frère de ma mère, mais tu es l'ami de mon enfance.

— Alors allumons un feu et partageons ce lièvre, comme deux frères, comme deux amis. »

Lorsque le soleil décline sur l'horizon occidental et revêt son ample manteau aux sombres chatoiements, Joab, envoyé par son grand-père aux pâturages, trouve David assis le dos appuyé à un rocher, à côté d'Abisaï. Devant eux s'éteint un feu mais il ne voit ni les os du lièvre jetés au loin, ni la fourrure mise à macérer dans l'eau de la source. Dans son bras gauche David soutient son kinnor : lui-même en est l'artisan. Deux cornes d'antilope encore fixées au front osseux en constituent l'armature ; il a réuni les extrémités par un joug en bois sur lequel sont tendus les six boyaux de mouton taillés finement et servant de cordes ; autour de l'os a été façonnée une caisse de résonance en bois de pin que d'une main habile il a ciselée à l'aide du couteau de fer que lui a donné son père, lorsqu'il l'a envoyé dans les collines garder le troupeau. Entre deux doigts il pince les cordes si rapidement que sa main semble glisser sur les boyaux qui rendent un son doux et continu, forment un ensemble harmonieux qui se fond en une musique, compagne de son chant. Sa tête est légèrement renversée, appuyée contre le roc plat et il tient les yeux tournés vers le ciel qui se diapre des teintes tendres du couchant tandis que de ses lèvres sourd un chant, des paroles qu'il invente sous l'inspiration de son dieu, sur une mélodie qui monte de sa poitrine et que jamais n'a ouïe nul humain.

Mais sans ménagement l'interrompt Joab.

« David, ton père m'envoie vers toi. Hâte-toi de redescendre au bourg. Moi je demeurerai ici cette nuit pour aider Abisaï à garder le troupeau. »

Sous le coup de la surprise, David s'est tu et redressé.

« Que se passe-t-il ? s'enquiert-il. Pourquoi mon père veut-il si soudainement me parler ?

— Ce n'est pas lui, ce n'est pas lui. Au village est venu un homme grand, le voyant de Yahvé, Samuel en personne. Samuel qui a oint Saül notre roi veut te voir, toi David.

— Pourquoi veut-il me voir ? Pourquoi est-il venu jusqu'ici, depuis Armathaïm sa patrie ?

— Pourquoi veut-il te voir ? Il n'en a rien dit. Mais il est venu dans la tribu de Juda pour lever des guerriers pour le roi afin de combattre les Philistins. Tes frères vont partir et moi aussi car je suis en âge de porter les armes.

— Nul d'entre nous n'a jamais tenu d'épée ni de lance. Mes frères ne savent même pas tirer à l'arc, contrairement à nous qui nous sommes exercés avec les arcs que nous façonnions : te souviens-tu Joab ? C'est toi qui m'as fabriqué mon premier arc. »

Joab s'assied auprès de lui et sourit :

« C'est vrai, David. Je regrette le temps où ensemble nous gardions les troupeaux. Mais voilà, j'ai dû aller travailler aux champs, comme tu iras toi-même dans un an ou deux, et mon frère Azaël te remplacera ici. »

David bondit sur ses pieds.

« Joab, Joab ! me vois-tu tenir le manche de l'araire ? » demande-t-il en mettant en avant ses mains ouvertes, ses mains fines et pourtant fortes aux longs doigts bien modelés.

« Ces mains, reprend-il, ces mains sont-elles faites pour manier le kinnor et la houlette, ou la houe et la faucille ? Non, cela, jamais... l'épée, peut-être. Mais jamais on ne me verra dans les champs. C'est à moi de décider de ma destinée.

— David, ceci ne nous appartient pas, réplique Joab, notre destin est entre les mains de Yahvé.

— Yahvé ne m'inspirerait pas mes chants si c'était pour ensuite faire de moi un paysan stupide comme mon frère Eliab.

— Eliab est l'aîné, il héritera les biens de ton père.

— Je les lui laisse, il les fera croître avec ses frères qui sont devant lui comme des enfants, comme des serviteurs. C'est pourquoi il les aime ou prétend les aimer.

— C'est aussi parce que tu es différent de lui qu'il te déteste.

— Je le lui rends bien », s'écrie-t-il avec un rire moqueur.

Il s'apprête à s'éloigner mais se tourne vers Joab et

Abisaï, puis déclare avec une grande tendresse dans la voix :

« Mes vrais frères, c'est vous, vous deux, mes neveux. »

Il se détourne, empoigne son bâton, prend le kinnor de l'autre main et, comme le chevreau dans les collines, bondit et court dans les rochers, parmi les buissons, en direction de la demeure de son père.

Il est nuit lorsque David entre dans la cour de la demeure paternelle. Comme nulle brise n'agite l'air tiède, les hôtes se sont réunis dans un angle de la cour, sur des nattes de roseau et des coussins, dans la lueur chancelante des lampes à huile. Tous sont suspendus aux lèvres de Samuel. Car il leur parle de son enfance et de la manière dont Yahvé l'a appelé à lui et lui a conféré le don prophétique. Consacré au dieu par sa mère Anne, tout enfant il vivait dans le sanctuaire de Yahvé à Silo, auprès d'Héli qui si longtemps avait été juge sur Israël et demeurait le grand prêtre du dieu. Samuel évoque le temps où il était vêtu de l'éphod, la tunique de lin que portent les prêtres. Il ne voyait plus ses parents qu'une fois l'an, lorsqu'ils montaient à Silo pour le sacrifice annuel, et sa mère lui portait alors une petite robe neuve qu'elle avait taillée elle-même après l'avoir tissée. Il se rappelle aussi Héli qui se tenait assis, à la porte du sanctuaire où il recevait les offrandes et entendait les doléances des fidèles. Déjà Héli, ce noble descendant d'Aaron par Ithamar, ployait sous les ans et pendant quarante années il avait été juge, à l'époque où Samson de Dan faisait trembler les Philistins. Un soir que Samuel enfant était couché dans le sanctuaire où se trouvait l'arche de Yahvé, il avait entendu prononcer son nom par deux fois. Croyant que l'appelait Héli, il avait couru auprès du prêtre : « Tu m'as appelé, me voici », lui avait-il dit. Mais Héli l'avait renvoyé en lui répondant : « Je ne t'ai pas appelé, retourne te coucher. » Sans montrer sa surprise, Samuel était revenu s'étendre sur sa couche de paille et de peaux. Longtemps, il avait conservé les yeux ouverts, à regarder les ombres qui semblaient se mouvoir et danser dans la faible lueur de la lampe qui toute la nuit brûlait dans la salle de l'arche et que lui, Samuel, était chargé d'entretenir. Or, la nuit suivante encore, il avait entendu prononcer son nom par une voix sortie de la pénombre et, à nouveau, il s'était rendu auprès d'Héli. Mais le prêtre l'avait encore renvoyé se coucher car il n'avait pas prononcé la moindre parole. Lorsqu'une troisième fois Samuel revint devant lui, Héli comprit d'où venait la voix et il dit à Samuel : « Va te coucher et si encore tu entends cet appel, réponds ceci : " Parle, ô Yahvé, ton serviteur t'écoute. " » Samuel revint dans le sanctuaire et il était troublé car ce n'était pas une voix humaine qui l'avait appelé. Or, la nuit suivante, son nom résonna dans l'ombre de la salle, et il vit qu'elle venait de nulle part, ni d'une porte, ni de derrière les piliers qui soutenaient le plafond, ni de l'autel sur lequel brillait la lumière incertaine de la lampe : elle résonnait en lui-même. Alors il répondit : « Parle, car ton serviteur t'écoute. » Mais il n'osa prononcer le nom sacré de Yahvé. Et le dieu parla en lui et il lui révéla qu'il allait maudire la maison d'Héli pour l'impiété de ses fils, Hophni et Pinas, prêtres dans son temple, qui osaient s'approprier une partie des offrandes faites au dieu par son peuple.

Depuis ce jour, souvent Yahvé s'était entretenu avec son serviteur Samuel. Lorsque ce dernier s'est tu, David s'est avancé pour se montrer en pleine lumière.

Il se porte au-devant de son père, assis sur un coussin, et il s'agenouille auprès de lui et incline son front en portant à ses lèvres le bas de sa tunique.

« Mon père, tu m'as fait appeler, me voici auprès de toi » dit-il.

Jessé lui pose la main sur la tête et il se tourne vers Samuel :

« Samuel, lui dit-il, voici devant toi le plus jeune de mes fils, David, ton serviteur. »

Un instant le voyant demeure silencieux. Il contemple le jeune homme qui reste à genoux : il a tourné vers lui son visage aux traits d'une finesse et d'une régularité qui surprennent ceux qui ont auparavant remarqué les visages lourds et les corps massifs de ses trois frères ; il a la beauté de sa sœur aînée et aussi une grâce en contraste avec la robustesse et la jeune vigueur de son corps souple et élancé. Chacun se tait, le souffle suspendu, étonné par le silence de Samuel. David se lève et vient s'agenouiller devant le prophète dont il saisit un pan de la tunique en le priant de lui donner sa bénédiction. Alors Samuel prend la corne remplie d'huile parfumée attachée à sa ceinture, il répand le parfum sur les boucles blondes qui auréolent la tête de l'adolescent en déclarant :

« David, mon fils, je te bénis, au nom de Yahvé ! »

A nouveau, chacun des hommes et des femmes présents, s'étonne de cet acte et de ces paroles, sans très bien en comprendre le sens.

Cependant, Eliab croit avoir trouvé la raison de cette onction. Il se penche vers son frère Abinadab et murmure à son oreille :

« Visiblement, David pue si fort le bouc et le bélier ou encore la crotte de mouton, que Samuel en a été incommodé et il l'a arrosé de parfum.

— Il n'en peut être autrement, admet son frère, car nous, il ne nous a pas aspergés de ce baume. »

Mais Samuel a pris la parole et il s'adresse ainsi à David qui s'est remis droit :

« David, on m'a dit que tu sais jouer de la cithare et que ta voix est belle lorsque tu entonnes des chants à la gloire de Yahvé.

— Mon seigneur, répond l'adolescent, tu fais trop d'honneur à ton serviteur. Il est vrai que je m'amuse à gratter les cordes de mon kinnor et à composer quelques chants, mais je n'ose les porter à ton oreille. Ce ne sont que des jeux d'enfant, des distractions de pauvre berger lorsqu'il se trouve seul dans le désert, sous le voile lumineux du ciel, alors que chante le vent dans les joncs et les genêts, dans les rameaux des myrtes et dans les fleurs pourpres des térébinthes.

— Enfant, au nom de Yahvé, je t'en prie : prends ton kinnor et chante-moi un hymne à la gloire de l'Eternel.

— Mon seigneur, je ne l'oserais devant toi et devant mon père et mes frères, car misérable est mon chant. » Ainsi répond David en reculant hors du cercle de lumière.

Mais Samuel insiste, et Jessé intervient :

« Mon fils, cesse de te faire prier. Je t'ai entendu jouer et je sais que le Seigneur t'a comblé de ses dons. Chante pour Samuel, mon seigneur, sans fausse modestie. »

David a incliné la tête, ses boucles cachent son front et l'éclat de son regard. Il se penche pour ramasser son instrument qu'il a posé près de son père puis il va s'asseoir en retrait. Ses doigts un bref instant courent tout au long des cordes de l'instrument dont il tire des sons semblables au bruissement d'une source vive, puis soudain s'élève sa voix, grave et forte, une voix juste et déliée que ne déparent plus les souffles grêles de la mue adolescente ; car il a entonné un hymne au dieu de l'orage :

Donnez à Yahvé, ô fils des dieux
Donnez à Yahvé la gloire et la puissance
Donnez à Yahvé la gloire due à son nom,
Adorez Yahvé dans sa parure sacrée.
Clameur de Yahvé sur les eaux !
Le dieu de gloire tonne, Yahvé sur les grandes eaux.
Puissante clameur de Yahvé,
Clameur de Yahvé dans sa majesté !
La voix de Yahvé fracasse les cèdres,
Yahvé fracasse les cèdres du Liban.
Clameur de Yahvé qui lance des flammes de feu,
Clameur de Yahvé qui secoue le désert.
Clameur de Yahvé qui ébranle les térébinthes,
ravage les forêts.
Et dans son sanctuaire chacun parle de sa gloire.
Yahvé a trôné sur les flots du déluge,
Yahvé trône en Roi pour l'éternité,
Yahvé donne la puissance à son peuple,
Yahvé bénira son peuple dans la paix.

La clameur du tonnerre s'est éloignée, le chant du psalmiste s'est tu. David demeure immobile la main étendue sur les cordes pour en étouffer toute vibration : le silence paraît plus pesant, plus profond, comme lorsque est tombé soudainement le vent après les éclats de l'orage.

Chacun conserve le silence, la poitrine oppressée mais l'âme exaltée car ils viennent de sentir passer sur leur tête un souffle divin, car les a saisis un trouble sacré. Enfin Samuel qui est resté la tête baissée, les paupières closes, les poings serrés sur les tempes, Samuel relève le front et scrute un instant le visage de David que modèle doucement la faible lumière des lampes, ses yeux qui brillent d'un éclat plus qu'humain. Alors il soupire et laisse tomber ces simples paroles :

« En vérité je vous le dis, ce garçon est inspiré par Yahvé. »

LIVRE II

Le guerrier dans la vallée

Avant que l'aube blanchisse l'horizon oriental, du côté du pays d'Ammon et de Moab, David s'est éveillé. Il a quitté sa couche de paille séchée sur laquelle il a dormi, enveloppé dans une légère couverture de laine, tissée par sa sœur Servia. Cette nuit, il l'a passée sur la terrasse de la demeure paternelle, car avant que se lève le soleil il doit partir en voyage.

La veille, son père l'a envoyé chercher aux pâturages. Il y a déjà près d'une lunaison que Samuel est venu à Bethléem, et peu après ses trois frères et Joab sont partis pour se mettre au service du roi Saül, avec tous les jeunes gens du bourg et des villages des environs. Jessé lui a dit :

« David, voici dix pains et une mesure de grain grillé dans ce sac. Je veux que demain tu les portes à tes frères. Ils sont avec Saül le roi et tous les hommes d'Israël dans la vallée du Térébinthe où ils combattent les Philistins. Tu t'informeras de la santé de tes frères et tu ramèneras un gage venant d'eux afin que j'aie la preuve que tu as bien accompli ta mission. Quant à ces beaux fromages » (il lui a désigné dix beaux fromages de lait de chèvre fraîchement passés dans la faisselle et mis à sécher sur de la paille après avoir été salés) « tu les offriras au commandant de leur corps, au chef des mille afin qu'il leur soit favorable. »

Une fois debout, David s'étire longuement les bras dressés vers le ciel, puis il les ramène autour de sa poitrine en frissonnant dans la fraîcheur de l'aube. Rapidement il ceint son pagne puis noue les lacets de cuir de sa fronde autour de sa taille tout en marchant jusqu'au bord de la terrasse. Il se penche sur la rambarde de bois : la demeure est encore silencieuse. Un âne brait dans l'étable ouverte sur la cour. David songe qu'il est temps de partir. Il plie la couverture qui sera son seul bagage avec son kinnor et son bâton de berger, outre les sacs et les paniers d'osier tressé qu'il doit emporter. Il se contente de quelques figues cueillies la veille pour son déjeuner, puis il s'en vient charger l'âne. Lorsqu'il quitte la maison, tout le monde dort encore. Il n'a une pensée que pour Abisaï resté seul aux pâturages à la garde du troupeau. Mais leur séparation ne sera que de courte durée car son père l'attend dès le lendemain.

Avant que la matinée soit achevée, David est parvenu au camp des guerriers d'Israël. Leurs tentes sont dressées sur un plateau qui domine la vallée du Térébinthe, et tout au long de la ligne de collines est déployée l'armée de Saül.

Auprès d'un homme, serviteur dans le camp israélite, David se renseigne :

« Dis-moi, je t'en prie, sais-tu où se trouvent les combattants de la tribu de Juda, ces guerriers venus de Bethléem ? »

L'homme lui désigne aussitôt le lieu où se trouve leur campement et David s'y rend en hâte. Il n'y rencontre que quelques chiens et des esclaves préparant le repas, car les soldats sont rassemblés sur le front du combat. Aux mains d'un serviteur chargé de veiller sur les tentes et les bagages du contingent de

Bethléem, David confie son âne car il est impatient de voir de plus près les guerriers philistins.

Ceux-ci sont disposés en ligne sur l'autre versant de la vallée. Alors que les Hébreux disposent d'armes disparates, souvent n'ont point d'épée ni de lance, ni casque ni cuirasse, les Philistins, répartis par corps sur plusieurs rangs profonds, arborent casques de fer sommés de cornes ou coiffes de feutre épais orné de rangs serrés de plumes, maintenus par une bride enserrant le visage, casaques en mailles métalliques et jambières d'airain, grand écu circulaire, lance à la pointe de bronze et lourde épée à la lame en fer trempé.

David s'est glissé entre les rangs relâchés des soldats hébreux. Ceux-là prennent appui sur leurs lances et semblent assister à un spectacle, comme on les voit dans les villages lorsqu'ils forment un cercle pour regarder des baladins errants, des montreurs de bêtes fauves ou des lutteurs édomites. Ainsi demeurent-ils sous le soleil en conversant dans l'attente de l'apparition de Goliath. Il en va ainsi depuis plusieurs jours que les deux armées sont confrontées face à face : chaque matin, ce Goliath sort des rangs des Philistins, il descend vers la vallée et son audace est telle qu'il s'engage sur le flanc de la colline occupée par les Hébreux.

Or à peine David est-il parvenu à se glisser au premier rang que Goliath apparaît. Sa taille est impressionnante, fort au-dessus de celle des soldats d'Israël. Il est entièrement couvert de bronze ; sa tête énorme est protégée par un casque de métal qui cache en partie ses joues ; une cuirasse pareille aux écailles d'un poisson géant enserre son torse, jusqu'au bas du ventre et ses jambes sont défendues par de hautes jambières, elles aussi en bronze. Seuls sont nus ses bras dont les muscles puissants sont enserrés dans de larges bracelets de fer. A sa ceinture pend une longue épée au manche ouvragé et dans son dos est liée une légère javeline à la pointe aiguë. Son énorme poing droit serre fortement le bois rigide d'une lance dont la lourde tête est forgée dans un fer brillant amené depuis les montagnes du nord, du pays des Héthéens. Devant lui marche son serviteur : il porte son pesant bouclier derrière lequel il disparaît presque entièrement.

David regarde ce guerrier avec surprise et non sans un secret sentiment d'admiration car il avance le front haut, le regard sombre, seul, vers les retranchements des Hébreux. Il s'arrête à portée de flèche et, levant la tête, il s'écrie d'une voix puissante qui bondit vers le haut des collines :

« Pourquoi ce jour encore vous êtes-vous rangés comme pour la bataille ? Car vous n'osez pas engager le combat. Je suis Goliath de Gath, maintenant vous me connaissez. Et vous, n'êtes-vous pas les serviteurs de Saül ? Mais vous avez des cœurs de gazelles ! Allons, choisissez un homme et qu'il descende contre moi. S'il l'emporte en se mesurant à moi et s'il me tue, nous serons vos serviteurs. Si c'est moi qui suis vainqueur, alors vous deviendrez nos serviteurs et vous serez asservis. »

Tout en écoutant ainsi défier les guerriers d'Israël, David parcourt les rangs à la recherche de ses frères. Goliath s'est tu et seul un épais silence répond à ses cris. Il reprend alors :

« Voici, moi j'ai encore insulté ce jour les lignes d'Israël. Etes-vous donc si couards, une armée de pleutres ? Allons, trouvez dans vos rangs un homme, un seul homme afin qu'il se mesure à moi. »

Ces paroles outrageantes remplissent de colère le cœur de David. Il avise quelques soldats qui lancent vers le Philistin des regards narquois :

« Qu'est ce Philistin incirconcis pour qu'il ose lancer un défi aux troupes de Yahvé, dieu des armées ? leur demande-t-il.

— Bah, répond l'un d'eux, ne t'émeus pas, petit. Chaque jour il monte ainsi vers nous pour nous défier, mais nul d'entre nous ne se soucie de l'affronter. Car nul n'est assez fort pour se mesurer à lui.

— Personne ne se portera contre lui afin d'éloigner la honte d'Israël ! » s'écrie alors David dont la poitrine a bondi sous l'outrage.

« Personne, petit, car tous, nous redoutons ce guerrier. Vois, il est invincible sous sa cotte d'airain et aucune de nos épées mal forgées ne résisterait au fer trempé de son glaive. Si à ce jour nul d'entre les fiers d'Israël ne s'est levé contre lui, aucun ne le fera désormais. Pourtant, le roi comblera de biens celui qui se montrerait capable de le tuer. Il l'a lui-même déclaré le premier jour. Il a ensuite ajouté que sa maison paternelle serait exemptée d'impôt.

— Et dernièrement, renchérit un voisin, il a ajouté en prime sa fille aînée : il donnera Mérab en mariage à celui qui vaincra Goliath. Il est vrai qu'il ne prend que peu de risques car il a peu de chances de rentrer vivant dans la demeure de son père, celui qui se heurtera à ce Goliath.

— Et si d'aventure il était vainqueur, ajoute un tiers, Saül se verrait débarrassé de sa fille Mérab : elle est si laide que personne ne doit en vouloir, même avec une dot royale.

— Il est vrai qu'elle est aussi laïde que sa jeune sœur Mikal est belle. Mais Saül ne peut la marier qu'une fois son aînée casée. »

Tandis que les soldats parlent ainsi, Eliab qui se trouve à peu de distance a reconnu son frère et il vient vers lui en montrant un visage courroucé :

« David, l'entreprend-il, que viens-tu faire ici ?

Pourquoi donc es-tu descendu parmi nous ? A qui as-tu laissé la garde des brebis ? C'est à peine si tu es capable de t'occuper de ces quelques bêtes. Je connais ton insolence et ta malice. C'est pour nous railler que tu es venu jusqu'ici. C'est pour voir de loin le combat et ensuite te vanter d'y avoir participé ! Et que disais-tu à ces hommes, hein ? du mal de nous, sans doute. » Et tout en l'agressant ainsi, il le repousse, frappe ses épaules du plat de la main :

« Je n'ai rien fait de blâmable ! se défend David. Quoi, on ne peut même plus parler ? »

Sans vouloir se justifier davantage, il tourne le dos à son frère et s'éloigne. Il se fait alors conduire auprès du chef des mille à qui il déclare, en guise d'introduction, qu'il a pour lui, au camp, dix beaux fromages que lui adresse son père Jessé, car il a trois de ses garçons sous ses ordres. Il se fait ensuite confirmer ce que les soldats lui ont appris à propos de Goliath et de la récompense qu'a promise le roi à celui qui le vaincra en combat singulier. Alors David redresse sa taille et regarde le capitaine, droit dans les yeux :

« Alors, sache que je veux combattre ce Philistin. »

David craint que l'officier ne rie de sa prétention, mais au contraire la surprise se peint sur ses traits, puis l'admiration devant sa détermination.

« Seul le roi, notre seigneur, dit-il enfin, peut autoriser un champion à combattre pour Israël. Car s'il est vaincu, nous serons tous soumis aux Philistins.

— Et moi c'est ma vie que j'engage. Conduis-moi devant le roi. »

Le capitaine a un moment d'hésitation puis, brusquement, il prend le bras de David :

« Viens, je vais te présenter à Saül. »

Sur la hauteur la plus élevée, mais non en retrait, le roi Saül a pris position. Il a auprès de lui quelques officiers et Abner son cousin germain à qui il a confié le commandement de ses armées. Le roi ne se distingue guère de ses compagnons : il porte comme eux une simple cotte de mailles sur sa tunique et son épée pend nue à sa ceinture de cuir. Mais il les dépasse tous par sa taille et la noblesse de son port. Il porte le front haut à demi caché sous son épaisse chevelure sombre qui descend sur ses épaules et encadre ses joues dont la minceur est rendue plus sensible par ses pommettes saillantes. Sa barbe touffue est coupée court, toute constellée de poils argentés.

Au moment où s'approche David, il a rejeté dans son dos son manteau court et léger, et s'est assis sur une haute pierre lisse.

« Jusques à quand, murmure-t-il d'un air las, laissera-t-on ce Philistin venir nous narguer et insulter les héros d'Israël !

— Laissons-le s'époumoner et continuons de le mépriser, répond Abner, son général. Il est utile pour nous de gagner du temps. La supériorité de leur armée tient dans la discipline qui y règne. Vois : nos guerriers viennent de toutes nos tribus et chacun souffre avec impatience le joug de leurs chefs. Il n'y a dans nos rangs ni ordre ni cohésion : seuls nos hommes de la tribu de Benjamin, depuis longtemps formés au combat, pourraient se mesurer aux corps bien dressés des Philistins. Mais le temps est notre allié : je vois que parmi eux la discipline se relâche et il s'en faut encore de peu que cette anarchique ardeur au combat qui fait la faiblesse de nos guerriers face à une troupe bien organisée leur devienne une raison de vaincre.

— Abner, je place ma confiance en ta sagesse, assure le roi. Ce qui me chagrine c'est que parmi tous nos guerriers, pas un n'est venu devant moi pour me demander de combattre le champion des Philistins. Ni l'honneur d'Israël, ni la gloire de devenir le gendre du roi, ni l'attrait des richesses promises, n'ont pu vaincre la peur qui a saisi nos guerriers lorsqu'ils ont vu cet homme de Gath tout bardé de bronze, avide de carnage et de gloire. A sa vue, nos plus valeureux combattants suent l'angoisse et la crainte. Ah ! Abner, j'aurais eu vingt ans de moins, je n'aurais pu continuer de vivre en sachant que respirait sous le soleil cet ennemi de Yahvé et j'aurais préféré la mort plutôt que de survivre à un pareil affront.

— Mais tu es le roi et tu te dois à ton peuple.

— Oui, je suis le roi, mais je crains d'avoir honte de mon peuple. »

David a entendu les dernières paroles échangées entre le roi et son général. Sans attendre que parle le chef des mille, il se jette aux pieds de Saül et frappe par trois fois le sol de son front :

« Mon roi, s'écrie-t-il, que personne ne perde courage à cause de ce Philistin. Ton serviteur veut aller se battre contre lui, ton serviteur te supplie de le laisser répondre au défi de cet incirconcis afin de laver la honte des guerriers d'Israël, afin que soit défendu l'honneur de Yahvé Sabaoth ! »

Un instant Saül demeure silencieux. Il toise le garçon et en son cœur admire que dans un seul être s'unissent tant de fougue, de courage et de beauté. David s'est redressé ; il secoue la tête et sa chevelure flamboie dans le soleil comme la crinière d'un jeune lion tandis que ses yeux ont l'éclat du ciel lorsque brille le bel été. Mais aussitôt Saül s'attendrit car s'il semble robuste, il lui paraît frêle également et si jeune !

« Tu ne peux aller contre ce Philistin ! soupire-t-il. Comment espères-tu lutter contre lui, toi qui n'es qu'un enfant alors qu'il est un guerrier puissant ? Depuis sa jeunesse il s'exerce dans le maniement des armes, si bien que nul parmi les hommes d'Israël n'a osé répondre à son défi. »

Mais David se remet debout, provocant, les jambes écartées, et dans sa main il serre un lourd bâton.

« Quand ton serviteur paissait les brebis et les chèvres de son père, déclare-t-il alors, s'il survenait un lion ou un ours qui enlevait une bête, je le poursuivais, je le frappais de ce bâton et je lui arrachais la brebis de la gueule. Et s'il se dressait contre moi, je le saisissais par la crinière et le frappais jusqu'à ce qu'il fuie ou même qu'il meure. Ton serviteur n'a craint ni l'ours ni le lion ; il ne redoute pas plus ce Philistin incirconcis, lui qui a osé défier les guerriers du dieu des armées. Dans ce combat, Yahvé me soutiendra, il conduira mon bras. »

Saül ne cesse d'appesantir son regard sur ce jeune homme que semble animer un dieu. Il admire son corps souple à la musculature élancée, la beauté de son visage, l'ardeur de son regard, s'étonne de la blondeur de sa chevelure bouclée. « La force d'un homme dans la grâce et la beauté d'une femme », songe-t-il. Il reste grave et silencieux. Ses officiers sont près de sourire devant ce qui leur paraît être la folle vanité de l'adolescent. Ils s'imaginent que le roi va le renvoyer à son père après l'avoir admonesté, à moins que son arrogance ne provoque sa colère et qu'il ne le fasse châtier pour avoir osé l'importuner, lui, le roi, avec ses prétentions de combattre un guerrier qui fait trembler les plus braves parmi les soldats d'Israël. Mais, à leur stupeur, Saül dit simplement :

« Va et que Yahvé soit avec toi. »

Puis il se tourne vers l'un des officiers :

« Qu'on lui apporte des armes et un équipement », ordonne-t-il.

Aussitôt des serviteurs accourent d'une tente voisine avec tout ce que peut souhaiter un guerrier. L'un d'eux place un casque sur la tête de David tandis qu'un autre ferme dans son dos les attaches d'une cuirasse en écaille de bronze. Puis ils nouent sur sa taille une ceinture à laquelle est fixée dans son étui une longue épée. Enfin ils lui mettent en main un lourd javelot et passent à son bras gauche un bouclier fait de plusieurs peaux cousues ensemble et tendues sur un bâti en bois.

David a reçu avec joie ces armes qui font de lui un guerrier. Il a une pensée pour ses frères et rit de leur colère quand ils le verront s'avancer seul vers Goliath. Il salue le roi qui s'est levé et l'a béni puis, sans hésiter, il s'engage dans un sentier qui descend vers la vallée. En le voyant ainsi marcher contre le Philistin, tous les guerriers d'Israël sont restés silencieux, le souffle suspendu. Certains murmurent que c'est un jeune fou qui marche à la mort, et ils le plaignent car son désir de gloire ne peut que lui être fatal.

Goliath, qui s'est assis auprès du ruisseau qui court au bas du vallon, regarde avec étonnement le jeune homme. Il ne peut tout d'abord imaginer qu'il vient relever le défi, mais il doit bientôt se rendre à l'évidence.

« Goliath, vil incirconcis! lui crie David tout en marchant. Je viens au nom d'Israël et de Juda me mesurer à toi. »

Sans même daigner se lever, Goliath éclate d'un rire formidable qui secoue sa poitrine et fait trembler les cornes de son casque. Mais comme David s'approche sans marquer la moindre crainte, il semble le prendre en pitié :

« Va, enfant, rentre chez toi, auprès de ta mère car à peine viens-tu d'être sevré. Goliath ne se bat pas contre un nourrisson. Est-ce donc là le seul héros que Saül ait trouvé pour combattre Goliath? Bientôt Israël gémira dans les fers de l'esclavage.

— Aujourd'hui, réplique David, Yahvé, mon dieu, te livrera entre mes mains : je te tuerai, je te trancherai la tête et je jetterai ton cadavre en pâture aux oiseaux du ciel et aux bêtes sauvages. »

Le Philistin sent la colère l'envahir devant tant d'outrecuidance. Il se lève et se tourne vers son adversaire.

« Viens jusqu'à moi, tonne-t-il, que je donne ta chair à dévorer aux rapaces qui sont dans le ciel et aux bêtes des champs. »

Il dédaigne de prendre le bouclier que lui tend son écuyer et s'avance vers David. Alors celui-ci s'élance soudain vers lui et projette son javelot avec tant de rapidité qu'il ne peut l'éviter : mais le bronze s'émousse sur l'épaisse cuirasse qu'il entame à peine Goliath le ramasse et le brise sur sa cuisse comme un fétu de paille.

Cet échec ne décourage pas David. Il tire son épée et se précipite contre Goliath. Il manie la lame comme son bâton et frappe avec une rapidité foudroyante d'estoc et de taille, si bien que le Philistin demeure surpris par une attaque si prompte et directe : seule l'épaisseur de son armure lui a évité de multiples blessures. Une sombre colère gonfle alors sa poitrine et il s'élance contre David, la lance en avant. En vain avec l'épée le jeune homme tente-t-il de briser la hampe : le bois en est si épais et si dur que la lame s'ébrèche sans l'entamer et il faut à David toute sa vigueur et sa prestance pour éviter les coups mortels que lui porte son adversaire. Il est alors comme le taon autour de la génisse : il tourne autour de lui, le frappe de son épée qui ne semble être qu'un coup d'aiguillon dans le flanc du bœuf lors des labours, mais il sent qu'il se fatiguera promptement sans parvenir à ébran ler un si puissant adversaire. En outre, il se trouve pesant et mal à l'aise dans cette armure qui entrave ses mouvements et il craint de choir dans ses bonds audacieux. Goliath a abandonné sa lance dont les assauts demeurent vains devant cette danse de papillon. Il a dégainé sa lourde épée qu'il fait tournoyer dans l'espoir de faucher son insaisissable adversaire : un seul coup suffirait pour lui couper en deux le tronc !

Sur les hauteurs, les soldats des deux armées encouragent les combattants et parmi ceux d'Israël on admire que le jeune homme ait déjà si longtemps tenu en échec un si redoutable adversaire. Mais soudain une immense clameur de consternation parcourt les rangs des guerriers de Yahvé : la lame légère de l'épée de David a heurté le fer trempé de celle de Goliath et elle s'est brisée net, près de la garde. Aussitôt après, Goliath frappe son adversaire qui d'un saut évite le coup fatal. Mais il est tombé à la renverse et Goliath lève à deux mains son arme pour fendre en deux son chétif assaillant. Le silence est tombé sur l'assemblée des héros d'Israël. David tient les yeux fixés sur la lame et dans sa poitrine son cœur bat si vite qu'il craint qu'il n'éclate. Il invoque Yahvé en lui-même. La lame s'abat, elle luit comme l'éclair, elle frappe aussi prompte que la foudre. Mais plus prompt encore, David a roulé sur lui-même et la lame s'est enfoncée profondément dans la terre. Un immense cri de joie ébranle les rangs des guerriers d'Israël : mais leur champion se retrouve désarmé.

David a eu le temps de sauter sur ses pieds et il s'éloigne en courant si vite que Goliath ne cherche pas à le suivre. Le jeune homme remonte à mi-flanc de la colline : les siens se réjouissent car il a pu sauver sa vie, mais ils s'attristent car il semble fuir le combat, avouant ainsi sa défaite. L'aveu leur paraît d'autant plus évident que, s'étant arrêté, il se dépouille, en quelques gestes rapides, de son casque et de sa cotte encombrante ; il demeure à demi nu, les reins seulement ceints de son pagne court et léger : il se sent ainsi tellement plus à l'aise ! Il ramasse son bâton et son petit sac de berger, un sac en peau qu'il a taillé et cousu lui-même afin d'y serrer le pain, les olives, les oignons et les figues qui lui serviront de nourriture pour un jour.

Goliath cependant monte vers lui en déclarant :

« Ne cherche pas à fuir. Ma victoire ne sera pas complète que je ne t'aie jeté en pâture aux chacals et aux vautours.

— Tu chantes trop vite ta victoire : or, ne suis-je pas bien vivant et n'ai-je pas juré qu'avant ce soir je trancherai ta tête et jetterai ton corps aux animaux sauvages ? » persifle David.

Aussitôt il dévale à nouveau la pente vers le ruisseau en s'éloignant cependant de Goliath. Ce dernier s'est arrêté et il a remis l'épée au fourreau. Sur son ordre son écuyer vient lui apporter sa lance : c'est avec cette arme qu'il a l'intention de transpercer ce jeune orgueilleux. Il la serre fortement dans sa main droite et l'appuie sur son épaule : alors il s'élance vers son adversaire. Mais déjà David est loin car ses pieds nus semblent voler sur le sol et les pierres. Il s'est arrêté dans le lit de la rivière. Dans ses deux mains il puise l'eau claire avec laquelle il rafraîchit son visage puis il asperge sa poitrine nue toute ruisselante de sueur. Avant de se redresser il ramasse cinq galets bien lisses et arrondis qu'il glisse dans son sac, puis il marche vers Goliath, le bâton dans la main gauche. Le Philistin s'est arrêté, étonné de l'audace du garçon qui ose venir à sa rencontre, et il veut le railler :

« Suis-je un chien pour que tu marches vers moi avec un bâton ?

— Non, tu es pire qu'un chien, réplique David. Tu t'avances contre moi armé de l'épée, de la lance et de la javeline, le corps entièrement recouvert d'airain, mais moi je vais contre toi au nom de Yahvé Sabaoth, le dieu d'Israël que tu as défié. Or Yahvé me donnera la victoire : Yahvé, maître des combats, te livrera entre mes mains. »

Tout en parlant ainsi, il recule afin de prendre du champ et il dénoue sa ceinture qui se transforme en fronde. Goliath reprend alors sa course car il craint que le jeune homme ne fuie à nouveau, et il brandit sa lance, prêt à la projeter contre son adversaire lorsqu'il le jugera à bonne portée. David a glissé dans le talon de cuir de la fronde le plus lourd des galets et il s'est arrêté subitement. D'un souple geste du poignet il communique de l'élan aux lanières qui tournent de plus en plus vite : bientôt elles semblent gronder dans l'air qu'elles brassent, puis, tout aussi soudainement, David arrête son geste. La pierre prend son vol comme le faucon qui s'abat sur sa proie qu'il guette depuis un moment. Goliath ne voit pas venir à lui la mort à la vitesse de la foudre : nul ne pouvait imaginer cela, songer que tant de sûreté de soi habitait la main de David. Le Philistin n'a ni le temps de voir arriver le projectile ni le réflexe de l'éviter : la pierre dure le frappe en plein front, entre les deux yeux, et elle s'insère dans l'os qu'elle fait éclater. Un voile de sang enveloppe le visage de Goliath qui sans un cri, sans un soupir, s'abat de tout son long, la face contre terre. Sous le choc résonne le bronze de l'armure qui projette tout à l'entour des petites pierres et de la terre.

Un lourd silence plane sur les spectateurs qui ne savent encore que penser, puis un immense soupir s'élève des poitrines des Philistins.

D'une course rapide, David est parvenu auprès du corps de Goliath. Aussitôt il tire hors de la gaine la lourde épée, il arrache le casque, saisit la tête par l'épaisse chevelure, la soulève aussi haut qu'il peut ; la lame est si soigneusement aiguisée que d'un seul coup de biais il tranche le cou puissant. Un flot de sang en jaillit qui éclabousse les bras et la poitrine du jeune homme. Alors il se redresse, présente à bout de bras la tête sanglante de Goliath et brandit dans la main droite l'épée du vaincu qui réfléchit les rayons du soleil haut dans le ciel. Une immense clameur sortie de dix mille poitrines accueille le vainqueur du côté d'Israël tandis que les Philistins éclatent en gémissements et en malédictions.

David veut profiter de sa victoire : il songe qu'en ce jour il doit se couvrir de gloire. Alors il rejette la tête puis, tout en faisant tournoyer l'épée de Goliath, il s'élance seul à l'assaut de la colline sur laquelle sont retranchés les Philistins. Le souffle brûlant de la panique s'abat sur les guerriers de Philistie. Sur leur tête, Yahvé a semé le vent de la crainte et de la mort. Ils lâchent pied et prennent la fuite sans chercher à combattre. Face à eux les Hébreux, d'un seul élan, dévalent les collines et viennent soutenir David bien que nul ordre n'ait été lancé.

Depuis son poste, Saül a assisté au combat entre David et Goliath. Son cœur a été à plusieurs reprises saisi de crainte pour le jeune héros et il a prié pour sa victoire, une victoire qui lui paraissait trop incertaine, qui lui avait semblé définitivement compromise lorsque David avait paru prendre la fuite. Il s'était alors levé et il était resté debout jusqu'à la fin du combat. Lorsque le jeune vainqueur s'était dressé dans le soleil, nu et sanglant, les bras levés, brandissant la tête et l'épée, il était retombé sur la pierre, subjugué, fasciné, épuisé.

« Abner, appelle-t-il, Abner! Qui est ce jeune homme? De qui est-il le fils?

— Aussi vrai que tu es vivant, ô roi, je n'en sais rien, répond le général.

— Informe-toi à son sujet. Je veux savoir qui il est. »

Les guerriers d'Israël sont partis à la poursuite des Philistins. Il ne reste plus que les valets du camp, les officiers et les gardes qui se tiennent depuis le matin auprès du roi.

Abner s'est éloigné, à la recherche de David. Il craint qu'il ne perde la vie en poursuivant les pillards : or il a compris que le roi tient à revoir vivant le jeune héros et qu'il pardonnerait difficilement à lui, Abner, de ne pas l'avoir protégé. Mais David ne semble pas avoir besoin de protection. Il revient bientôt, l'épée ruisselante du sang des hommes qu'il a fauchés dans leur fuite aveugle. Mais il a bientôt abandonné la poursuite, las d'un carnage sans gloire.

Cependant, les hommes d'Israël et de Juda ont continué de pourchasser les Philistins jusqu'aux portes de Gath, jusqu'aux portes d'Eqrôn, et leurs morts ont jonché les chemins depuis Shaaraïm jusqu'à Eqrôn et Gath. Et en retournant vers leurs tentes, les Israélites ont mis au pillage le camp des Philistins qui dans leur hâte de fuir avaient abandonné tous leurs biens.

Or Abner a retrouvé David lorsqu'il revenait de poursuivre les vaincus. Il a dépouillé le corps de Goliath de ses armes, car elles lui appartiennent, il les a conquises de haute lutte. Abner s'est arrêté auprès de David :

« Ce jour est ton jour de gloire, lui dit-il ; viens avec moi car le roi veut t'honorer.

— Je te suis, mais tout d'abord, permets-moi de me purifier dans l'eau de la rivière. »

Ainsi parle David. Il emmène avec lui les armes et la tête de Goliath. Il les lave dans le courant puis il s'y baigne entièrement avant de suivre Abner auprès de Saül.

« Yahvé est avec toi, le dieu des armées t'a béni », dit Saül à David dès que ce dernier est devant lui.

« Yahvé a conduit mon bras, il a dirigé la pierre qui a tué Goliath », reconnaît David.

Saül le regarde longuement et ne peut s'empêcher d'être saisi d'une admiration qui trouble son âme.

« Dis-moi ton nom, dis-moi de qui tu es le fils ? lui demande-t-il enfin.

— Mon nom est David. Mon père est Jessé de Bethléem.

— David, lui demande le roi, demeure ce soir auprès de moi, car je veux t'honorer.

— Je suis le serviteur de mon seigneur. Je resterai auprès de toi, selon ta volonté », assure David.

Puis il avance la main dans laquelle il tient par la chevelure la tête de Goliath :

« Voici, reprend-il, pour toi la tête de celui qui a osé défier la majesté du roi et la gloire des guerriers de Yahvé.

— David, tu es un grand guerrier devant l'Eternel », assure Saül. Il appelle ensuite des serviteurs, leur ordonne d'apporter un linge afin d'y envelopper la tête de Goliath.

« En l'honneur du jeune David, pour glorifier sa victoire, je veux que lui soit offert ce soir un grand banquet », déclare-t-il enfin.

Puis, se tournant à nouveau vers David :

« Où loges-tu dans le camp ? lui demande-t-il.

— Je n'y ai pas de logis. Je suis arrivé ce matin de Bethléem, porteur de pains pour mes frères aînés qui combattent dans les rangs des guerriers de Juda.

— Alors tu dormiras dans la tente royale, auprès de moi », déclare Saül.

Une légitime fierté éclate dans le visage de David. Le roi lui a donné une tunique de lin fin brodé qu'il a revêtue, des sandales de cuir souple, des bracelets en or pour orner ses bras. Les guerriers qui s'en reviennent de la chasse aux Philistins veulent admirer le jeune héros qu'est venu habiter Yahvé et qui leur a permis de remporter cette victoire aussi inattendue que totale. David marche auprès du roi qui s'appuie familièrement sur lui, son bras posé sur ses épaules, comme un vieux compagnon.

Ensuite il l'a laissé devant la tente royale pour aller de son côté ouïr les rapports de ses officiers. Il l'a remis entre les mains de serviteurs afin qu'ils lui donnent un bain, lui parfument la tête et le préparent à paraître dans toute sa splendeur au banquet royal. Aussi est-il baigné et oint par les serviteurs.

Un jeune homme entre alors dans la salle aux parois de toile fine où se tient David. Il est grand et sa chevelure est aussi sombre qu'est lumineuse celle de David. Une vive flamme brille dans son regard et il a le teint clair malgré un léger hâle. Il vient vers David et se présente :

« Je suis Jonathan, le fils aîné de Saül.

— Et ton serviteur est David, fils de Jessé. Que Yahvé te bénisse.

— David, David, je voulais te dire : je t'ai vu combattre dans la vallée, je t'ai vu aussi devant mon père, glorieux, triomphant, si beau ! Pardonne-moi de te parler ainsi, mais voici : je voudrais être ton ami ; l'amitié d'un homme comme toi me serait plus précieuse que tout, même que la royauté qui peut-être un jour m'écherra. Car j'ai vu que ce n'est pas seulement ton apparence qui est belle mais ton âme. »

Ces paroles réjouissent le cœur de David qui a aussi ressenti la beauté de Jonathan ; il a de son père la majesté et l'élégance des traits, mais il est empreint de la grâce et de la fraîcheur de la jeunesse, ce qui ajoute au charme indéfinissable que rayonne sa présence. David s'avance vers lui, les bras tendus. Leurs mains s'unissent et ils se sourient :

« Jonathan, pour la première fois en cet instant je te vois et pourtant il me semble te connaître depuis toujours. Tout aussi précieuse me sera ton amitié car je sens aussi que ton âme est belle. »

Or Jonathan rentrait de la poursuite des Philistins qu'il avait entreprise de son côté avec les guerriers placés sous son commandement. Dans son dos pend son manteau teint avec la pourpre de Tyr. Il l'ôte et le jette sur les épaules de David ; de son ceinturon de cuir guilloché au fermoir d'or il ceint la taille de son ami et y laisse suspendue sa belle épée au manche niellé d'argent dans la gaine de cuir renforcée de plaques de bronze. Il défait le bandeau de lin brodé de fleurs d'or qui retient sa chevelure et le noue sur le front de David. Enfin il lui donne son arc à la forte courbure et son carquois de cuir rempli de flèches empennées ; s'il ne l'avait perdue lors de son combat, il lui aurait aussi offert sa javeline.

Par ces présents, Jonathan se donne entièrement à

David, il lui abandonne une part de sa personnalité. A son tour, David s'en vient vers les armes et la cuirasse de Goliath, et il offre à son ami ces trophées gagnés de haute lutte. Il ne conserve que l'épée car il veut la consacrer à Yahvé, dans l'un de ses sanctuaires.

LIVRE III

Mon cœur frémit d'un beau chant

Avant que soit descendue la nuit du ciel oriental, les serviteurs ont allumé des centaines de lampes devant la tente royale. Sur le sol ont été jetés des tapis et des coussins pour qu'y prennent place les hôtes de Saül. Le roi a convié à son banquet tous ses officiers et les grands dans les diverses tribus. Pour honorer David il a aussi invité ses trois frères et son neveu Joab.

Tous les invités sont présents et le roi a pris place sur les coussins couverts de pourpre, lorsque apparaissent David et Jonathan, côte à côte, et on admire que l'un porte les habits du fils du roi et que l'autre arbore les armes de Goliath : nul ne peut plus douter que les deux jeunes hommes se sont liés d'une indéfectible amitié. Saül fronce les sourcils, puis son visage se détend lorsque David vient se prosterner devant lui et porte à sa bouche le bas de sa tunique.

« Mon fils, lui dit le roi, viens prendre place à ma droite car tu es notre hôte et toi, mon fils, Jonathan, assieds-toi à ma gauche. Que Yahvé bénisse et rende éternelle l'amitié qui semble être née entre vous.

— Il en sera ainsi, assure David. Autant que moi, Jonathan est le vainqueur de Goliath dont il conserve les armes. Mais cette épée, je veux la consacrer à Yahvé car elle m'a permis de vaincre le Philistin.

— Alors, lui répond Saül, dépose-la dans son sanctuaire de Nobé où se trouve l'arche de Yahvé. Près de toi est assis Abiathar, fils d'Akhimelek, grand prêtre de ce temple. »

David tourne le regard vers Abiathar. C'est lui aussi un homme jeune, sans doute à peine l'aîné de Jonathan qui n'a pas encore vingt ans. De petite taille, il est maigre et osseux, son visage est sans beaucoup de grâce, mais David découvre dans son regard sombre il ne sait quelle profondeur qui annonce une âme élevée. Il salue et :

« Ainsi en sera-t-il fait, déclare-t-il. Si Abiathar le veut, il conduira à Nobé son serviteur afin que je dépose l'épée dans le sanctuaire de Yahvé.

— Ce sera pour moi un grand honneur, David, car toute mon admiration va au vainqueur de Goliath. Et ce sera aussi un sujet d'orgueil pour mon père que d'avoir en garde un aussi glorieux trophée. »

Tandis qu'ils parlent ainsi, les serviteurs déposent sur des plats légumes, viandes rôties, galettes d'orge et de blé.

Or, en se rendant au banquet, David a aussi amené sous le bras son kinnor qu'il a placé près de lui. Le roi n'a tout d'abord fait aucune remarque. Mais lorsque le repas est parvenu à sa fin et que commence à couler le vin qui accompagne les dattes et les figues, Saül qui a longuement interrogé son hôte sur sa famille et l'existence qu'il mène à Bethléem désigne l'instrument :

« Je vois auprès de toi ce kinnor aux courbes élégantes. Ne t'en sépares-tu jamais pour que tu l'aies amené ici avec toi ?

— C'est mon seul bagage et aussi un bon compagnon toujours fidèle, présent quand il le faut, silencieux quand il convient et qui ne bavarde que lorsque mes doigts l'interrogent. »

Saül sourit puis s'étonne :

« Sais-tu le faire harmonieusement bavarder ?

— Ton serviteur s'y essaie mais il est encore bien malhabile.

— Il plairait à ton roi de t'entendre dialoguer avec lui, s'il sait t'accompagner dans tes chants.

— Ton serviteur t'obéira, lorsque tu en manifesteras le désir.

— Alors, chante-moi maintenant quelque chose qui pourrait plaire à mon cœur, car il est envahi par des sentiments qui l'affectent. »

David s'est essuyé les mains sur un tissu, puis il prend la cithare, la presse contre sa poitrine et un court instant descend en lui-même pour trouver l'inspiration divine. Enfin il pose ses doigts sur les cordes qu'il fait tressaillir puis il improvise un chant que plus tard reprendront et adapteront les fils de Coré pour un autre roi :

Mon cœur frémit d'un beau chant.
Je veux faire un poème pour un roi,
ma langue est le calame d'un scribe habile.
Tu es beau parmi les fils des hommes,
la grâce est répandue sur tes lèvres
Car Elohim t'a béni à jamais.
Ceins ton épée contre tes reins, guerrier vaillant,
dans la splendeur et la majesté marche
et bondis, tends ton arc pour la vérité et la justice.
Prodiges sur ta droite !
Aiguës sont tes flèches !
Les peuples te sont soumis.
Ils n'ont plus de cœur au combat, les ennemis du roi.
Ton trône, homme divin, subsistera toujours,
car ton royal sceptre est un sceptre d'équité.

Tu aimes la justice, tu hais le mal,
C'est pourquoi Elohim ton dieu t'a donné l'onction
de l'huile d'allégresse, car il t'a élu parmi les hommes !
Tes fils te succéderont,
Puisses-tu étendre leur puissance sur toute la terre !
Ainsi je veux commémorer ta gloire à travers les âges,
les peuples te loueront dans les siècles des siècles.

Le silence est retombé sur les derniers accords. Chacun se met alors à frapper dans ses mains et loue le jeune chantre.

« David, mon fils, lui dit Saül, jamais encore bouche humaine n'a prononcé en ma présence un plus beau chant à ma gloire. Ma volonté est que tu demeures désormais près de moi. Tu seras mon écuyer et mon chantre.

— C'est une grande grâce que tu fais là à ton serviteur, reconnaît David. Mais je veux combattre les ennemis de notre peuple, pour la plus grande gloire et l'honneur de Yahvé.

— Il en sera ainsi fait », assure alors Saül.

Cette nuit-là, David a dormi dans la tente royale, sur une couche de laine brute de mouton comme il n'en a jusqu'alors jamais connu, moelleuse et douce au toucher. La fatigue d'une si rude journée l'a promptement entraîné dans un profond sommeil. Mais le roi ne peut de son côté trouver le repos. Sur son lit il se tourne et se retourne. Une lampe en terre cuite brûle sur une tablette basse toute voisine ; sa flamme dissipe faiblement les ténèbres nocturnes et fait danser les ombres tout autour du roi. Et de ces ombres sort une forme claire, la forme du corps et du visage de David. Saül cherche à chasser cette vision qui lui est pourtant agréable, mais sans cesse elle s'impose à lui, elle prend de plus en plus de réalité comme si lui apparaissait un dieu sous la forme de

David, un dieu ou un démon envoyé par Yahvé pour le tenter.

Soudain, ne pouvant supporter ces sournois assauts, il se lève, saisit la lampe et se dirige vers la salle voisine. Il y a là deux couches disposées côte à côte, sur le même tapis. Sur l'une repose Jonathan. Saül se penche sur l'autre : une lumière indécise dessine les formes de David. Il a rejeté la couverture sur les jambes, et son corps apparaît dans toute sa beauté. Saül longuement le contemple, il repaît ses yeux de ce spectacle qu'il s'étonne de trouver charmant car s'il a une musculature harmonieuse mais virile, la peau claire du jeune homme n'est pas déparée par de sombres poils et ses membres ont une grâce presque féminine. Saül avance la main comme pour le caresser. Il se penche et ses doigts frôlent la peau douce de la hanche. Le contact de cette chair tiède le fait frémir et il retire brusquement la main.

Le roi veut fuir son péché mais une force plus puissante le retient là, la puissance d'un désir inavoué qui depuis qu'il a vu le jeune homme s'est insinué dans sa poitrine.

Sous la caresse légère, David soupire et se tourne sur la couche. Saül se sent honteux, il craint que le jeune homme ne le surprenne ainsi. Il se redresse et à regret s'éloigne. Il retourne dans sa chambre où il tombe à genoux près de son lit ; en vain cherche-t-il un apaisement en s'abîmant dans une prière à son dieu, ce dieu qui a conduit jusqu'à lui cette tentation du péché.

Sur sa hauteur rocailleuse, trône Guibéa, orgueil et honte de Benjamin, la résidence de Saül. De loin est visible la forteresse de pierre, masse puissante flanquée de tours pleines protégée par un glacis massif, qu'a fait bâtir Saül. Elle domine les demeures blanches dont les terrasses s'étagent sur la colline, entre les hauts remparts et la forteresse qui la couronne.

Saül a rendu sa noblesse à la cité après sa destruction par les tribus israélites, unies en un seul élan pour punir la perversité de ses habitants. Car encore nul n'a oublié l'histoire de cet homme qui rentrait de Bethléem vers les montagnes d'Ephraïm où se trouvait sa demeure. Il avait avec lui deux ânes, son serviteur et sa concubine. Or, arrivé le soir sur la place de la ville, il n'avait reçu l'hospitalité de personne. Et voici que passa un vieillard qui rentrait de son travail et il reçut chez lui le voyageur, mais on dit qu'il était d'Ephraïm et non de Benjamin. Il emmena chez lui les voyageurs et leur donna à boire et à manger. Mais voici que des gens de la ville, des fils de Bélial, vinrent frapper à la porte et crièrent au maître de maison : « Amène-nous la femme qui est venue chez toi afin que nous la connaissions. » Le vieillard les pria de ne pas commettre un tel forfait alors que les voyageurs étaient ses hôtes et, afin de les apaiser, il proposa de leur livrer sa propre fille qui était vierge : « Abusez d'elle, leur dit-il, et faites d'elle ce que bon vous semble, mais ne commettez pas une pareille infamie à l'égard de cet homme. » Mais les violents ne voulurent pas l'entendre et ils réclamèrent la femme avec des menaces, si bien que le voyageur leur livra sa concubine. Pendant toute la nuit, tous à tour de rôle ils abusèrent d'elle et ne s'en dessaisirent qu'à l'aube. Il ne lui resta que la force de se traîner jusqu'au seuil de la maison de l'hôte où elle expira. Alors l'homme ramena sa concubine en sa demeure ; là il découpa son corps en douze morceaux qu'il envoya à chaque tribu et Israël décida de punir Benjamin qui prit la défense des gens de Guibéa. Des milliers et des milliers de braves trouvèrent la mort dans cette guerre, mais le péché de Guibéa fut lavé, la cité fut rasée et ses habitants passés au fil de l'épée.

Telle est la honte de Guibéa, mais en Saül elle trouve sa gloire.

Hors des murs sont sorties les femmes de la ville. Elles ont revêtu leurs plus belles robes, se sont parées de leurs plus magnifiques bijoux : elles vont d'un pied léger, munies de harpes et de tambourins, car elles viennent au-devant de l'armée victorieuse.

Depuis plusieurs mois qu'il est entré au service de Saül, David n'est encore jamais venu à Guibéa. Il est allé à Nobé en compagnie d'Abiathar pour y consacrer l'épée de Goliath ; il est aussi revenu à Bethléem afin de rapporter à ses parents ses faits d'armes et apprendre à son père qu'il était entré au service du roi. Le reste du temps a été consacré à guerroyer contre les Philistins avec l'armée commandée par Abner et Jonathan. Car Saül était rentré dans sa résidence où restaient en souffrance les affaires de l'Etat.

Or, en ce jour, chacun veut voir David, le héros vainqueur de Goliath, le jeune guerrier qui durant tous ces temps de guerre n'a cessé de s'illustrer par des exploits sans cesse renouvelés. Son nom est sur toutes les lèvres car Yahvé semble l'avoir comblé de toutes ses faveurs. Aux approches de l'hiver, les troupes d'Israël se sont dispersées pour rejoindre chacune sa tribu, son foyer. Mais David, devenu l'écuyer du roi, ne rentre pas à Bethléem : il a laissé ses frères et Joab retourner dans la demeure de son père, car lui-même accompagne les guerriers de Benjamin qui s'en reviennent à Guibéa.

En tête de la troupe marchent Abner, Jonathan et David. Ce dernier porte toujours le manteau de Jonathan ainsi que les armes qu'il lui a données, gage de son incorruptible amitié.

Vers eux s'avancent les femmes ; tout en marchant elles chantent en frappant sur des tambourins, en agitant les sistres, en faisant vibrer les cordes des harpes ; elles psalmodient des louanges aux héros d'Israël, puis, lorsqu'elles ont rencontré les guerriers, elles se rangent sur chacun des bords du chemin. Elles se mettent alors à danser sans cesser de s'accompagner de leurs instruments et elles répètent à satiété, avec mille variations dans les modulations :

Saül a tué ses mille
David a tué ses dix mille.

Ainsi escortent-elles David et ses compagnons jusqu'au-delà des portes de la ville, jusqu'au pied de la royale forteresse, sans se lasser de chanter :

Saül a tué ses mille,
David a tué ses dix mille.

Saül est sorti de sa résidence pour venir accueillir ses guerriers, mais aussi parce qu'il a hâte de revoir David. Et voici que le refrain des femmes a frappé ses oreilles et il en a conçu une soudaine jalousie. De loin, il a vu David, le front ceint du bandeau doré, le manteau de pourpre dans son dos. David qui s'avance d'un pas royal mais qui sourit aux femmes car elles portent leurs mains à leurs lèvres, elles l'assaillent de regards qui le troublent, elles font plus vivement vibrer leurs tambourins lorsqu'il parvient à leur hauteur.

Saül se détourne, relève un pan de son manteau sur son bras, et il rentre dans le château suivi des grands demeurés auprès de lui. Il marche d'un pas vif et nerveux tandis que ses suivants restent silencieux, consternés. Parvenu dans la grande salle de la demeure où il aime à se tenir, il se laisse tomber sur un fauteuil couvert de coussins, puis en quelques mots laisse éclater sa rancœur.

« On accorde des myriades à David et à moi des milliers. Il ne lui manque plus que la royauté. »

Nul ne cherche à apaiser la colère du roi : ils savent ce dernier irascible, vindicatif; celui qui se risquerait à parler en faveur de David pourrait craindre de ne pas quitter vivant le palais. Aussi préfèrent-ils garder le silence et baissent-ils la tête pour laisser passer au-dessus d'eux ce vent de tempête.

Lorsque sont introduits dans la salle les chefs des mille derrière Abner, Jonathan et David, Saül tente de se donner un visage impassible. Chacun salue le roi qui accueille son général avec de grandes manifestations de joie. Il s'est levé pour l'embrasser, puis il a pareillement embrassé son fils. A son tour s'approche David; il porte sous le bras deux belles épées aux gaines couvertes de plaques d'or ciselé et un coffret en ivoire finement travaillé. Il s'agenouille devant le roi, dépose ces objets devant lui et déclare humblement :

« Ces modestes présents que j'ai conquis sur les ennemis de Yahvé, pour toi, mon roi, de la part de ton serviteur. »

En le voyant ainsi, si aimable, Saül sent toute colère, toute jalousie le fuir, il retombe sous le charme du jeune héros. Il avait repris sa place sur son siège après avoir baisé son fils. Il se lève à nouveau et vient étreindre David.

« Je suis heureux de te revoir, mon fils, dit-il d'une voix couverte. Que Yahvé te conserve dans l'éclat de ta gloire. »

Il le tient encore serré contre sa poitrine puis, le relâchant, il reprend :

« Ce soir, je désire écouter ton chant, si doux à mes oreilles, ta musique qui apaise mon cœur. J'ai donné l'ordre que tu sois logé en cette demeure. Tu y auras une chambre, en attendant que tu te choisisses une maison grande et belle dans la ville, une maison digne de celui qu'aime le roi.

— Saül, mon seigneur, tu as trop de bonté pour ton serviteur, car c'est pour lui un honneur et une joie que de te servir. »

Satisfait de la réponse de David, Saül le fait asseoir sur un coussin, à ses pieds. Lorsqu'il a reçu les hommages des officiers et qu'il a loué chacun selon ses mérites, il ordonne qu'on apporte à boire et à manger afin que tous se réjouissent dans l'amitié du roi. Des femmes entrent portant des aiguières d'eau parfumée afin que chacun se rafraîchisse les mains, puis elles lavent les pieds des guerriers et parfument leur chevelure. Une jeune fille, vêtue d'une robe de lin toute brodée, s'occupe de David comme une humble servante. Son regard s'attache à lui, mais lui-même ne lui prête guère d'attention. Il n'a d'yeux que pour la jeune fille qui s'affaire auprès de Jonathan. Elle porte elle aussi une légère robe blanche qui laisse nus ses bras ornés de bracelets d'or; sa longue chevelure sombre tombe librement en souples mèches dans son dos et sur ses épaules; un bandeau de fils tissés d'or lui ceint la tête et maintient les cheveux écartés sur le front. Ses yeux frangés de longs cils sont allongés vers les tempes par une touche de khôl qui paraît les rendre plus brillants et ses lèvres charnues au dessin exquis sont semblables au fruit du grenadier pour la teinte et la fraîcheur.

La jeune fille qui sert David se place entre lui et Jonathan de manière qu'elle lui cache la vue de celle qui a si brutalement captivé son regard. Elle se penche au-dessus de lui pour enduire de nard sa chevelure. Dans ce geste se creuse le tissu de la robe et s'offre à lui les troublantes rondeurs de ses jeunes seins. Pour la première fois de sa vie il se sent ému, mais il ne sait si c'est par le spectacle de la servante de Jonathan ou par celui de la poitrine si proche de lui qui exhale un parfum dont la fraîcheur contraste avec la sensualité de la chair. Il porte alors son regard sur le visage de la jeune fille et il laisse échapper un soupir : « Elle a de bien belles dents », songe-t-il car il trouve le reste de son visage bien ingrat alors qu'il aurait souhaité ne lui découvrir que des grâces.

Levant les yeux il voit Saül qui le scrute avec attention, au point qu'il en ressent un malaise et se détourne en se sentant rougir d'il ne sait quelle honte. Il éprouve une sorte de soulagement lorsque se retirent les jeunes filles, mais l'image de l'une d'entre elles demeure gravée dans son esprit.

Aussitôt après les serviteurs apportent des fruits et des viandes, des vins lourds de la plaine d'Esdrelon, des vins légers du Carmel. David se plaît à boire jusqu'à l'ivresse, puis il chante pour le roi, il danse tout en jouant de la flûte, accompagné par les claquements de mains des convives. L'ivresse qui l'a conquis demeure victorieuse et il s'écroule parmi les coussins, auprès de Jonathan qu'a aussi vaincu le vin.

David n'a pas osé s'enquérir auprès de Jonathan du nom de la jeune fille qui s'était occupée de lui. Par pudeur, mais aussi par orgueil car il ne veut pas qu'on se rie de lui parce qu'il jette des regards concupiscents aux servantes, voire aux esclaves du palais ; et encore parce qu'il craint de blesser Jonathan et que son ami puisse penser qu'il se détourne de lui pour se consacrer à l'amour d'une simple femme. Ainsi chasse-t-il loin de son esprit l'image de la jeune fille et ne songe-t-il plus qu'à encore affermir son amitié pour Jonathan. Cependant, il lui arrive de lever son regard vers les appartements des femmes d'où fusent parfois des rires et des cris. Car David s'est installé dans le palais, dans l'aile réservée aux proches serviteurs du roi et à ses fils. Ces derniers sont quatre : outre l'aîné Jonathan, il y a Aminadab, Malkichoua et le plus jeune, Ishbaal, un enfant malingre et timide d'une douzaine d'années. David a reçu une chambre sobrement meublée, voisine de celle de Jonathan. Lorsque David n'est pas appelé auprès du roi, on le voit toujours en compagnie de Jonathan et souvent il arrive qu'après avoir longuement parlé et rêvé ensemble, tard dans la nuit, ils s'endorment sur la même couche, dans la chambre de l'un ou de l'autre.

Il plaît à David d'ouïr les exploits guerriers de son compagnon, et en particulier le récit de la bataille de Mikmas qui vit la première défaite des Philistins et dont Jonathan fut le héros.

« J'avais alors ton âge, lui dit Jonathan, et les Philistins dominaient Israël. Mon père avait déjà levé le peuple contre les Ammonites et il avait reçu de Samuel l'onction royale. L'armée d'Israël était pourtant misérable : le roi avait avec lui deux mille hommes qu'il gardait sur le pied de guerre à Mikmas et dans les montagnes de Béthel, et il m'en avait confié autant pour tenir la campagne vers Géba de Benjamin. Tous étaient mal armés, et mon père et nous étions les seuls à disposer d'une épée en fer. Il n'y avait alors pas de forgerons dans tout le pays, les Philistins nous avaient interdit de travailler le fer. Nous descendions chez eux pour reforger le soc et l'herminette, la hache et l'aiguillon. Ils réclamaient deux tiers de sicle pour les socs et les haches, un tiers pour aiguiser les herminettes et redresser les aiguillons. C'était là une situation insupportable, une sujétion que je ne pouvais tolérer. J'incitai mon père à partir en guerre contre les Philistins, mais il demeurait hésitant car il craignait que les hommes d'Israël ne soient pas suffisamment forts pour vaincre, par manque d'armes et aussi d'entraînement dans les travaux de la guerre. Alors j'ai voulu le contraindre à prendre les armes, le mettre devant un fait accompli qui l'oblige à lever le glaive de la révolte. Il y avait dans Guibéa une stèle érigée par les Philistins, où ils se glorifiaient d'avoir soumis Israël : cette stèle était le symbole de leur domination et le gage de notre fidélité. Je l'ai abattue, comme un défi lancé à leur souveraineté. Aussitôt la nouvelle s'est répandue à travers tout Israël, jusque chez les Philistins, jusqu'à Gath, jusqu'à Eqrôn, jusqu'à Ashdod et Gaza, comme l'incendie que le vent d'est attise dans un champ de blé mûr, dans la garrigue desséchée par les grandes chaleurs de l'été. On criait partout : " Saül a abattu la stèle des Philistins, Israël s'est révolté contre les Philistins. "

— Pourquoi nommait-on Saül et non toi ? l'interrompt David.

— J'ai voulu qu'il en soit ainsi, car il est le roi, mais aussi afin qu'il se sente responsable et ne puisse reculer, trouver quelque excuse face aux Philistins. Or le peuple approuva cette action et il rejoignit Saül à Gilgal. Mais les Philistins réagirent avec autant de célérité ; ils réussirent à mettre en ligne trois mille chars, six mille chevaux et leurs combattants étaient aussi nombreux que les grains de sable au bord de la mer. Ils marchaient tous sur Israël et ils vinrent camper à Mikmas, à l'orient de Béthel. Devant eux s'enfuyait le peuple des campagnes, l'âme remplie de crainte : il se réfugiait dans les grottes, les failles des rochers, les souterrains, les citernes ; le moindre trou paraissait une cachette sûre contre tant d'ennemis qui ravageaient les champs comme les rats lors des périodes de disette. Certains franchirent les gués du Jourdain pour gagner les pays de Gad et de Galaad.

« Or mon père était à Gilgal avec ses guerriers, avec le peuple qui tremblait d'angoisse derrière lui. Il attendait la venue de Samuel car il devait offrir les sacrifices de communion et l'holocauste, afin de savoir si Yahvé acceptait ses offrandes et permettait d'entrer en guerre. Sept jours durant il attendit. Le temps pressait car chaque jour les Philistins remportaient une victoire, massacraient hommes et bêtes. Aussi Saül se décida-t-il à offrir lui-même les sacrifices et je sais qu'il eut à ce sujet une querelle avec Samuel arrivé peu après.

« Mon père vint me rejoindre avec sa troupe à Géba de Benjamin. Mais là encore il laissa les bandes de

Philistins ravager la région, vers Ophra au pays de Shual, vers Bethoron, vers la vallée des Hyènes et le désert. Or moi je ne pouvais supporter de rester dans l'inaction. Un jour je partis avec mon écuyer vers la passe de Mikmas où se trouvait un poste philistin. Nous nous sommes engagés dans la passe étroite, entre deux éperons rocheux. Pour moi je mettais toute ma confiance en Yahvé. Je proposai à mon écuyer de monter jusqu'au poste de ces incirconcis. “ Peut-être Yahvé fera-t-il quelque chose en notre faveur, lui ai-je dit, car il n'y a pas de difficultés pour Yahvé à donner la victoire, qu'on soit en nombre ou non. ”

« Mon écuyer m'a répondu d'agir selon ce que me dictait mon cœur, car pour lui son cœur était comme mon cœur. Pour moi, je voulus que Yahvé me donnât un signe et je dis : “ Nous allons monter vers ces hommes et nous découvrir à leur vue. S'ils nous enjoignent de demeurer sur place, qu'ils viennent vers nous, nous obéirons et nous ne chercherons pas le combat. Mais s'ils nous disent d'aller jusqu'à eux nous monterons, car Yahvé sera prêt à les livrer entre nos mains, cela nous sera un signe. ”

« Ainsi avons-nous fait et lorsqu'ils nous virent, les Philistins crièrent bien haut : “ Voilà les Hébreux qui sortent des trous où ils se cachaient comme des rats. ” Et ils nous invitèrent à monter vers eux. Je dis alors à mon écuyer de me suivre car Yahvé les avait livrés entre nos mains. Ainsi, une fois parvenu au poste, j'ai tiré mon épée, Yahvé conduisait nos bras : ils tombaient devant moi et mon écuyer les achevait. Ainsi avons-nous massacré une vingtaine d'hommes. Ceux qui parvinrent à s'enfuir coururent jusqu'au camp des Philistins où ils crièrent qu'une troupe d'Hébreux les avait assaillis et de cette manière fut jetée la panique de Yahvé parmi les tentes, et tous furent saisis d'effroi, sans que nul pût imaginer que nous n'étions que deux.

« Il est vrai que l'affaire aurait pu rapidement mal tourner pour nous si les guetteurs de mon père n'avaient vu le tumulte qui sévissait dans le camp ennemi. Ils en avertirent le roi qui découvrit en faisant l'appel que j'étais parti avec mon écuyer. Saül voulut consulter les sorts : il convoqua Ahia, le petit-fils d'Héli qui le suivait avec l'éphod amené de Silo. Celui-là commençait à tirer les sorts à l'aide de l'éphod fatidique, mais le tumulte devint tel dans le camp des Philistins que mon père ne voulut pas attendre la décision du dieu et, réunissant ses guerriers, il s'élança contre les Philistins. Dans le camp de ces derniers se trouvaient des Hébreux en grand nombre que les Philistins avaient enrôlés de force ; en voyant comment tournaient les événements ils se joignirent à nous tandis que des montagnes d'Ephraïm descendaient les Israélites qui s'y étaient cachés.

« Tout le jour a duré le combat et nous avons traqué les Philistins jusqu'au-delà de Bethoron, jusqu'à Ayyalon. »

David prit la main de Jonathan, et il dit alors :

« Je suis fier de ton amitié, Jonathan. Ce fut la première grande victoire d'Israël sur les Philistins et elle a été remportée grâce à toi.

— Et grâce à toi a été remportée la seconde victoire, dans la vallée du Térébinthe.

— Nos bras unis délivreront Israël des Philistins, assure alors David.

— Prions Yahvé pour qu'il en soit ainsi. Mais vivrons-nous suffisamment longtemps pour voir la victoire finale des armées de Yahvé ? Car les voies de dieu sont obliques et nous demeurent mystérieuses. Lors de cette bataille de Mikmas j'ai bien failli perdre la vie, non pas du fait des ennemis mais par la faute de mon père. Car alors que j'étais absent, il avait imposé au peuple une totale abstinence pour tout ce jour et il avait maudit l'homme qui mangerait avant le soir, avant qu'il n'ait tiré vengeance des ennemis. Or, au cours de la poursuite, je trouvai un rayon de miel dans une ruche abandonnée. J'y puisai du miel à l'aide d'un bâton, et cela me rendit mes forces ; ce peu de nourriture éclaircit ma vue. Or un homme de notre peuple me fit connaître le serment de mon père et j'en fus scandalisé. Je déclarai que mon père avait fait le malheur du pays car s'il avait permis aux combattants de manger une part du butin trouvé chez l'ennemi, ils y auraient puisé de nouvelles forces et auraient pu continuer de talonner les fuyards, alors que chacun s'en était retourné, épuisé de faim.

« Sache qu'après que les hommes se furent nourris des bêtes sacrifiées sur un autel de Yahvé construit sur l'ordre du roi, Saül songea, mais un peu trop tard, à continuer de poursuivre les Philistins, pendant toute la nuit, jusqu'au lever du jour. Saül posa alors cette question au dieu : " Descendrons-nous à la suite des Philistins ? Les livreras-tu entre nos mains ? " Mais Yahvé ne répondit rien et Saül en conclut qu'une faute avait été commise. Il ordonna donc aux chefs des peuples d'approcher et déclara que celui qui avait fauté, mourrait sûrement ce jour, aussi vrai que Yahvé avait donné la victoire à ses bataillons. Il décida qu'on tirerait les sorts, par les ourim et les toummim, par oui ou par non. Il plaça d'un côté les gens d'Israël, d'un autre lui-même et moi : or nous fûmes désignés. Saül exigea alors que fussent jetés les sorts entre lui et moi, et je fus reconnu coupable.

« Sans dissimuler j'ai avoué avoir goûté du miel car j'ignorais le serment qu'il avait prêté, mais je me déclarai prêt à mourir. Le roi dit alors : " Que Yahvé me punisse, qu'il me fasse ce mal et qu'il en ajoute un autre si tu ne meurs pas, Jonathan. " L'assemblée du peuple est alors heureusement intervenue, sans quoi mon père m'aurait mis à mort, sans hésiter. “ On ne peut faire mourir Jonathan, crièrent les soldats, car on lui doit cette grande victoire. Gardons-nous d'une telle ingratitude ! Ce serait un grand crime. Aussi vrai que Yahvé est vivant, nous ne tolérerons pas que tombe un seul cheveu de sa tête car il a agi aujourd'hui avec Yahvé. ” Saül a vu qu'il avait l'armée contre lui, que personne n'accepterait d'exécuter la sentence. Il s'est alors retiré, sans plus chercher à poursuivre les Philistins qui s'en sont retournés en leur pays. Mais depuis ce temps, son humeur a changé et je sens qu'il dissimule une rancune qu'il nourrit à mon égard. Car il craint que sur sa tête ne s'abatte la punition qu'il a requise de Yahvé si ce jour-là je n'étais pas sacrifié à son imprudent vœu.

— Jonathan, sans doute le roi a-t-il oublié cet incident et il a bien dû convenir qu'il te devait cette victoire. Yahvé ne peut t'en vouloir, il ne peut non plus le punir. Moi-même je venais d'enfreindre sa loi, j'avais mangé un lièvre peu de temps avant qu'il me donne la victoire sur Goliath. Ne crois-tu pas, Jonathan, que nous sommes différents des autres hommes, au-dessus d'eux, prédestinés par Yahvé à accomplir de grandes choses, des actions d'éclat qui nous mettent hors du commun, de telle manière que Dieu ne peut nous tenir rigueur de ne pas agir comme tout le monde en de telles circonstances ?

— Qu'en pouvons-nous savoir, David ? Certes, en ces jours, Yahvé paraît nous combler de sa sollicitude et après t'avoir donné la victoire, il semble bénir notre amitié qui est pour moi une grande source de joie. Mais la vengeance divine se fait parfois longtemps attendre et il plaît à Dieu de combler de biens le pécheur afin que sa chute semble ensuite plus vertigineuse et plus inattendue. »

LIVRE IV

La biche de l'aurore

Jamais David ne monte à l'étage des femmes, jamais encore, depuis qu'il est entré au service du roi, il n'a vu les femmes de la demeure royale, ni l'épouse de Saül, la reine Achinoam. Car Saül est jaloux et il ne veut pas que des étrangers puissent approcher les femmes de sa maison. Les fenêtres de leur étage sont masquées par des treillages de bois et derrière la demeure, un vaste jardin rempli de fleurs et d'oiseaux, agrémenté de bassins où l'on apporte à grands frais de l'eau des sources voisines, clos de hauts murs aveugles, est réservé aux plaisirs de la famille royale. David sait que le roi a deux filles et il n'a pas oublié qu'il a promis son aînée au vainqueur de Goliath. Mais David n'est pas censé connaître cette promesse et il évite de la rappeler à Saül car il se soucie peu de prendre femme, d'autant qu'il craint que cette Mérab, l'aînée promise au vainqueur, ne soit dépourvue de beauté comme l'ont assuré les soldats qui lui ont fait connaître la promesse du roi.

Mais voici que ce soir-là, Saül appelle David auprès de lui, comme il arrive souvent, après le repas, lorsque la nuit a envahi les salles du palais. Le roi le reçoit dans sa chambre, une pièce de belle taille, ornée de colonnes soutenant le plafond, selon une mode empruntée aux Egyptiens. Le lit de Saül est taillé dans du bois de cèdre et ses bords sont ornés de plaques d'ivoire ciselé : elles représentent des sphinx et des dragons, des femmes au milieu de fleurs, toutes sculptées par un artiste phénicien qui a travaillé longtemps en Egypte où il a emprunté ces divers motifs. Il est dressé sur une estrade couverte de tapis à laquelle on accède par quatre marches. Sur des trépieds de bronze ou de bois précieux sont posées des lampes qui éclairent le centre de la pièce et en partie le lit sur lequel s'est couché à demi Saül, parmi les coussins. Il n'est vêtu que d'une courte tunique car la température est clémente par ces jours de fin d'hiver.

David s'apprête à chanter en faisant vibrer les cordes de son kinnor, lorsque de la pénombre, du côté de la porte d'entrée, surgissent deux femmes. Dans l'une d'entre elles, David reconnaît la jeune fille qui l'a parfumé, lors du banquet offert par le roi, alors qu'ils rentraient de leurs longues campagnes contre les Philistins ; l'autre est une femme déjà mûre qui supplée à l'ingratitude de ses traits par une grande majesté dans le port et dans la démarche, une majesté relevée encore par la richesse de sa robe de pourpre, l'or de ses bijoux et du bandeau de ses cheveux, les perles qui ornent le voile attaché à ce bandeau derrière la tête et qui de la nuque s'épanouit sur ses épaules, coule jusque sur ses talons. David comprend dès le premier regard qu'il se trouve en présence de la reine et il se lève.

« Mon seigneur, dit-elle à Saül, tu m'as fait appeler avec notre fille, ta servante est devant toi.

— Achinoam, lui dit le roi, voici David dont je t'ai entretenu. David, prosterne-toi devant la reine mon épouse. »

David vient s'agenouiller devant la reine qui s'est

arrêtée au bas des marches et il porte à ses lèvres un pan de sa robe en disant :

« Que Yahvé t'ait en sa sauvegarde.

— Que sa bénédiction soit sur ta tête, répond la reine. Mon fils Jonathan m'a dit le plus grand bien de toi, David, et en te voyant je comprends qu'il ait désiré ton amitié. »

Aussitôt enchaîne Saül :

« Et voici Mérab, ma fille aînée. »

Les deux jeunes gens se saluent et David qui se veut aimable, reprend :

« Je n'ai pas oublié le jour où tu es venue m'oindre de parfums, et c'est pour moi un grand honneur de découvrir que j'ai été servi par la fille aînée du roi.

— Je suis ta servante et ce fut un aussi grand honneur pour moi de servir le vainqueur des Philistins, le lion de Juda. »

Ces politesses échangées, la reine et la princesse se retirent après avoir à nouveau salué David.

« David, dit alors Saül, je veux te donner Mérab pour femme, et tu seras mon gendre. »

Le jeune homme incline le buste jusqu'à toucher le sol de la poitrine car il a repris sa place sur les marches, et il s'écrie :

« Seigneur, qui suis-je ? Quel est mon lignage, quelle est la famille de mon père en Israël pour que je devienne le gendre du roi ? »

Il parle ainsi non par humilité, mais parce que en vérité il ne désire guère épouser Mérab. Elle ne l'a pas séduit et il n'imagine pas de passer ses nuits en compagnie d'une femme qui lui déplaît, ou en tout cas qu'il n'aime ni ne désire. Or elle est fille du roi et s'il l'agréait pour épouse, il ne pourrait ni la répudier ni la délaisser pour prendre une concubine. Ainsi son origine obscure lui est-elle un excellent prétexte pour se dérober à l'honneur que lui accorde le roi. Mais Saül insiste :

« Sache qu'elle est le prix de ta victoire sur Goliath car j'ai alors promis de donner ma fille au vainqueur et je ne veux pas me dédire. Pour toi, je ne te demande que de me servir en brave et de mener les guerres de Yahvé.

— L'honneur est trop grand pour ton serviteur. Je suis trop jeune encore pour me marier et tu ne te dédiras pas, ni non plus je ne te ferais pas un grief si tu la mariais à quelqu'un d'autre. Car je vois que depuis longtemps déjà elle est nubile, qu'elle est en âge de prendre un époux ! Or moi je ne suis pas encore prêt pour me charger d'un foyer. »

Le roi reste silencieux et songeur. David prend alors sa cithare sous le bras et il se met à entonner un chant d'amour, un chant qui évoque en lui la jeune fille qu'il a entrevue, celle qui servait Jonathan tandis que Mérab s'occupait de lui. Tandis qu'il chante ainsi, le regard de Saül brille en se tenant attaché à lui, puis peu à peu il s'assombrit, car l'assaillent de terribles pensées, elles l'agressent pareilles à des démons, son âme est inondée par l'eau de fiel et l'eau furtive. La tentation du fruit défendu lui est une épreuve difficilement supportable, la cause d'un tourment qui ne cesse de ronger son cœur. Au fond de lui en vain il cherche à étouffer l'amour et le désir qui se heurtent à la jalousie. Jalousie du héros qu'a béni Yahvé, qu'admire tout Israël, dont les femmes de Benjamin ont placé les exploits au-dessus des siens propres, jalousie envers son propre fils Jonathan que David comble ostensiblement des manifestations d'une amitié équivoque. Une jalousie qui parfois éclate en haine, comme ce soir. Car il refuse Mérab, il dédaigne la fille d'un roi, il fait ainsi un affront au roi, il laisse entendre par là qu'il n'a que faire de l'amitié passionnée de Saül, il préfère à tout Jonathan.

Ces pensées montent en lui, elles tourbillonnent dans sa tête, gonflent son cœur, remplissent d'amertume sa bouche jusque sur ses lèvres. La trop grande beauté de David, la beauté de son visage et de son corps, la beauté de sa voix, la beauté des poèmes qu'il improvise, de la musique qui jaillit de son âme comme une source vive, frappe Saül comme un défi, lui qui s'est acquis une si grande réputation de beauté et de bravoure, comme une injure, comme une insupportable tentation. Sa poitrine est près d'éclater, une fièvre saisit son front, une ivresse sans fin trouble sa vue. Sa main frémissante a étreint l'un des javelots placés dans un râtelier, tout près de son lit. Soudain il se redresse, brandit l'arme en s'écriant :

« Je vais clouer David au mur ! »

Avec force il projette l'arme, mais plus rapide encore David s'est jeté au sol et le dard siffle au-dessus de lui. Tremblant sous le coup de la stupeur, David s'est relevé, mais Saül s'est emparé d'un second javelot et il le lance vers lui. De justesse David l'évite encore et il s'enfuit, il disparaît dans l'ombre protectrice, abandonnant son instrument. Il va se réfugier dans sa chambre où il s'enferme ; il pousse le penne et prend avec lui son épée et son bouclier, avant de s'étendre sur la couche, encore tout haletant de sa course, pantelant, effaré par cette réaction du roi aussi soudaine qu'inattendue. En vain cherche-t-il à comprendre. Il songe à se rendre au chevet de Jonathan pour lui rapporter cet étrange événement puis il hésite, il ne veut pas alarmer son ami, il ne veut pas non plus avoir à dire du mal de son père, à médire du roi, à révéler peut-être un mal qui doit demeurer caché. Alors il décide de se taire. Enfin il s'enfonce dans un sommeil agité.

La venue du jour n'est pas pour David un soulagement : il ne sait en quelles dispositions se trouve le roi, il ignore toujours les raisons de son soudain désir de meurtre. Il ne peut imaginer que sa colère ait été provoquée par son refus d'épouser sans plus tarder Mérab.

Jonathan s'étonne de lui trouver un front soucieux, mais David ne veut pas s'en ouvrir à lui et il prétexte une mauvaise nuit causée par un démon sans doute, car il avait la tête lourde et douloureuse. Ainsi converse-t-il avec Jonathan lorsque survient Abner. David a mis toute sa confiance en Abner, car il connaît sa droiture sans cependant ignorer son ambition. Abner est le fils de Ner, lequel était le frère de Qish, le père de Saül : ainsi Abner et Saül sont-ils tous deux les petits-fils d'Abiel et si Saül n'avait pas eu de fils, Abner aurait pu envisager de lui succéder. Le général du roi vient chercher David, il vient lui faire savoir que Saül l'envoie quérir car il veut lui parler. David se sent plein de méfiance envers le roi, mais il est convaincu qu'il n'osera rien entreprendre contre lui en présence de son cousin. Aussi David le suit-il sans songer à se munir d'une arme, d'autant que jamais il n'oserait porter la main sur le roi, attenter à sa personne sacrée.

Saül est assis sur son siège d'ébène et de peau tachetée de bubale, aux pieds croisés incrustés de bronze. Il montre un visage serein et paraît loin de son esprit l'incident de la veille. Il salue aimablement David qui baise sa tunique, puis lui dit :

« David, mon fils, je te l'ai dit hier, je désire que tu combattes en brave les ennemis de Yahvé comme tu as commencé à le faire. Or ce matin j'en ai entretenu Abner mon vieux compagnon, le chef de toutes les armées d'Israël et nous sommes tombés d'accord. Nous t'instituons chef des mille, nous t'accordons l'un des plus hauts commandements dans les armées d'Israël, cela malgré ton jeune âge. Mais tu as l'âme d'un guerrier et dans le combat tu joins la sagesse d'un bon capitaine à la fougue d'un jeune combattant. Voici la belle saison qui approche. Nous devons sans répit défendre nos terres, contenir dans leurs frontières les ennemis d'Israël, les Ammonites à l'est, les Edomites au sud, les Araméens au nord, les Philistins à l'ouest. Aussi entreras-tu en campagne avec mon fils Jonathan ces prochains jours afin que tu acquières une gloire nouvelle et que les Philistins craignent le nom de Yahvé. »

David s'étonne et admire de si favorables dispositions. Il remercie Saül pour la confiance qu'il lui accorde, pour les moyens qu'il lui procure de pouvoir s'illustrer et le servir selon ses vœux, car au fond de lui-même il se sent soulagé et il est heureux de pouvoir quitter la cour : il redoute tant un nouveau mouvement d'humeur du roi !

Après lui avoir annoncé cette nouvelle aussi agréable qu'inattendue, Saül renvoie Abner, puis il se lève, prend familièrement David par le bras et l'entraîne vers une pièce voisine :

« Vois, lui dit-il, ceci est pour toi ; je l'ai commandé à l'un des meilleurs artisans du pays, un Sidonien installé parmi nous. Il a appris son métier auprès des meilleurs maîtres de la Phénicie et de l'Egypte. »

Il lui montre un nébel dressé sur une table basse ; c'est une harpe magnifique pourvue vers la base d'une longue caisse oblongue en bois de cèdre, agrémentée de représentations de lotus et de lis peintes en vives couleurs, et ornée par bandes de festons en ivoire incrusté. Cette armature forme une courbe gracieuse mais parfaitement calculée par l'habile luthier pour que dans cet arc s'inscrivent les dix cordes tendues qui au toucher rendent des sons limpides.

David s'est approché, l'esprit rempli d'un respect religieux et il a pris dans ses mains le bel instrument léger malgré sa taille. D'un coup sec du bout d'un doigt il frappe la caisse qui rend un son profond. Puis il laisse errer une main sur les cordes : elles chantent longuement pareilles au bruissement des hautes ramures des peupliers secouées par la brise du soir.

David tombe à genoux devant le roi et le remercie d'une bouche sincère, avec un rire en pleurs, tant l'étreint l'émotion que lui cause un tel don fait par cet homme dont il voudrait avoir toute l'affection, tant il lui voue de respect et il ne sait quel amour, quel attrait dont il ignore la nature.

Saül le relève :

« David, mon fils, lui dit-il alors, je veux te manifester toute l'amitié que j'ai pour toi. Tu m'es comme un fils et je crois t'aimer, comme Jonathan qui est mon préféré, plus encore que mes autres fils. Tu vas m'accompagner dans les jardins clos du palais, ces jardins réservés à ma famille et aux servantes de la reine et de mes filles. Seuls y ont accès mes garçons et Abner mon cousin : ainsi seras-tu le seul homme qui n'est pas de mon sang à avoir accès à ce jardin. Mais nul ne pourra y trouver à redire, puisque tu es destiné à devenir mon gendre, l'époux de ma fille que tu as conquise de haute lutte, en tuant ce Philistin. »

C'est un très beau jardin, entièrement clos de hautes murailles, sur lequel s'ouvrent les appartements du roi et des femmes de la maison. Il est planté de beaux arbres, lauriers et cédratiers, cognassiers aux fruits d'or et grenadiers dont la pourpre des fleurs éclate dans la verdure brillante des feuilles, sycomores d'Egypte et cyprès orgueilleux pareils à des lances dressées vers le ciel. D'habiles jardiniers y font fleurir en parterres irisés sous le tiède soleil, roses et lis, colchiques et anémones.

Saül entraîne David jusque dans l'ombre lumineuse d'une yeuse au pied de laquelle ont été jetés des coussins afin d'en faire un havre de repos, lors de ces tièdes journées annonciatrices du printemps. Le roi s'installe parmi les coussins, le dos appuyé au tronc de l'arbre et il invite David à prendre place auprès de lui.

« Chante, lui dit-il alors, chante et fais-moi de la musique car seule ta voix sait apaiser les démons qui s'emparent de mon âme. »

Le jeune homme fait vibrer les cordes du nébel qu'il tient droit devant lui, puis il entonne un hymne guerrier dans lequel il exalte les exploits de Saül après qu'il eut levé Israël contre le roi des Ammonites. Saül l'écoute la tête basse, le front appuyé dans ses mains. Il ne voit pas s'approcher doucement, pareilles à des biches craintives, les jeunes filles du palais. Le chant de David les attire comme les oiselles lorsque roucoulent les mâles à la saison des amours. L'immobilité de Saül les met en confiance et elles viennent plus près encore pour s'asseoir sur la mousse, leurs clairs visages tournés vers David.

Une vive émotion étreint alors le cœur du jeune homme. Parmi les femmes, il a reconnu la jeune fille qui a parfumé Jonathan. Elle s'est assise à côté de

Mérab et elle pose sur David un regard si aigu qu'il baisse la tête, pris d'il ne sait quel scrupule, car Mérab non plus ne le quitte pas des yeux. Il l'a saluée d'un signe de tête et lui a adressé un sourire qui s'est attardé en direction de sa compagne. Une souple tunique d'un bleu emprunté au ciel laisse voir ses bras fins, ses épaules rondes, et dessine la forme de ses hanches, troublantes courbes qui remplissent David d'une émotion nouvelle. Il lui semble que Yahvé a voulu la placer à côté de Mérab pour mettre plus encore en valeur sa beauté à ses yeux. Alors l'envahit une grande tristesse car il songe que Mérab lui est destinée, qu'il ne peut la refuser sans offenser le roi, que l'affront pourrait être mortel s'il déclarait préférer cette fille, compagne ou servante de la princesse. Un chant d'amour vient alors à ses lèvres, cantique à la beauté que lui inspire son dieu, un chant qu'il entonnera souvent par la suite, un chant destiné à traverser les générations et les siècles à jamais.

A la biche de l'aurore est semblable la bien-aimée,
Lorsque dans le matin
elle apparaît dans son jardin
parmi les roses et les lis.
Du lis sa peau a la blancheur
de la rose sa joue prend la teinte,
Lorsque sa course vagabonde
jusqu'à ma vigne l'a conduite.
Comme la biche elle court, légère et gracieuse
elle va par les chemins, par les montagnes ravinées,
elle bondit dans les buissons
encore tout humides de la rosée de l'aube.
Tes lèvres, ma bien-aimée, ô tes lèvres ;
elles s'ouvrent pour chanter notre joie !
Tes yeux, tes yeux qui me percent
des flèches de ta beauté,

m'abattent comme l'oiseau,
l'oiseau qui gît à tes pieds
pantelant d'amour et de désir.

Tout en chantant ainsi sur un air qu'il compose à l'instant, il n'ose porter ses regards vers celle pour qui bat désormais son cœur.

Saül s'étonne de ce chant si nouveau sur ses lèvres puis il se dit que c'est peut-être là un hommage qu'il a voulu rendre à Mérab car en levant les yeux, il a vu les jeunes filles installées face à eux, et il ne s'en est pas irrité. Il songe qu'il est bon que David se familiarise avec la princesse qui lui est destinée, car il ne lui a pas semblé que sur le moment cette perspective ait provoqué chez lui un bien grand enthousiasme.

« Voilà un beau chant que t'a sans doute inspiré la présence de ces jeunes beautés, dit-il alors à David.

— Il est vrai que la beauté est pour moi la plus féconde source d'inspiration, reconnaît-il, qu'elle se manifeste dans l'aurore ou le crépuscule, dans le spectacle des montagnes ou du désert, ou encore dans les enfants des hommes, car ce sont toujours des créations de Yahvé. »

Tout en parlant ainsi il a tourné la tête vers la jeune fille ; elle-même ne l'a pas quitté des yeux et un instant leurs regards s'enlacent comme le feraient des mains. La première elle se détourne, rougit et arrache un brin d'herbe qu'elle porte à ses lèvres. Le roi a perçu cet échange muet de deux émotions, mais il n'en laisse rien paraître :

« Mérab, ma chère enfant, dit-il, approche et viens saluer ton fiancé. Tu savais que tu étais promise à un fier guerrier, mais sans doute ignorais-tu que c'était aussi un poète et un musicien habité par un dieu, tant on s'étonne de le voir si promptement improviser un chant comme celui-ci.

— C'est en effet un don merveilleux qui ne peut venir que du Seigneur », reconnaît la jeune fille en venant s'agenouiller auprès de David. Vers lui elle se penche et s'effleurent leurs joues. Il soupire en songeant qu'il aimerait tant que ce ne fût pas Mérab mais sa compagne qui fût ainsi devant lui. Ils appellent mutuellement la protection de Yahvé sur leurs têtes, puis Saül demande qu'on apporte des fruits et du vin, car il déclare vouloir passer ce jour en ce jardin en compagnie de David, avant que ce dernier parte pour la guerre. Il réclame ensuite que viennent des musiciennes avec flûtes et kinnors, tambourins et nébels. On court chercher les femmes qui bientôt s'installent face au roi, de manière à former un grand cercle : ainsi se crée une aire de danse sur laquelle s'élancent les jeunes filles afin de mêler leurs pas légers aux sons sinueux de la musique. Celle qu'a élue David s'est aussi levée et elle a suivi ses compagnes dans leur danse. Toutes ont tressé des couronnes de fleurs qu'elles ont nouées sur leur front, mêlées en torsades à leur chevelure; leurs robes légères autour d'elles tournoient, découvrant leurs chevilles et leurs mollets, tandis que leurs pieds nus à peine semblent fouler le sol. Et tout en dansant à l'unisson elles chantent, elles lancent vers le ciel de vieux chants d'amour, à la gloire du printemps renaissant, image du dieu d'éternité.

Tout en faisant soupirer sa harpe, David tient le regard attaché à la jeune fille. Il ne peut se lasser d'admirer la grâce des mouvements ondulants de son corps, la légèreté de ses sauts, la souplesse de sa taille qui ploie comme un roseau dans le vent du matin, la roseur de son teint avivé par ses rapides mouvements.

Il se laisse entraîner par l'enthousiasme sacré de ce moment inégalable, pose son instrument et, oubliant le roi, il se lance dans la ronde, ronde pareille au mouvement éternel des étoiles dans le ciel, danse circulaire de la lune et du soleil à la poursuite l'un de l'autre, jeu du vent et des nuages qui s'allongent et s'éploient, enlacement des mains et des sourires. Il a uni ses doigts aux siens, il sent sa chaleur qui par son bras remonte jusqu'à son cœur. Il est devenu oiseau des collines pris au piège d'une trop belle oiseleuse. Mais il ne peut fuir cette invisible cage, il ne le veut pas non plus.

Ce jour entier il le passe à danser, à chanter, à boire et à rire en compagnie de Saül et de celle qu'il aime, la seule qu'il voit parmi les jeunes filles, mais quand vient le soir, quand à regret il quitte cet éden entraîné par le roi, il ne lui a toujours pas adressé une parole, il ignore toujours qui elle est.

Avec la tombée du jour, Saül est à nouveau devenu sombre et maussade, il a oublié sa joyeuse humeur du matin, si bien que David se garde bien de l'interroger sur la jeune inconnue, bien qu'il en ait le désir.

« Tu dois être las d'avoir tant dansé et chanté, lui dit le roi. Il est préférable que tu regagnes ta chambre car dès demain il convient que tu te prépares pour la guerre. Va, laisse-moi, je veux demeurer seul ce soir. »

Ces paroles apportent un grand soulagement à David qui de son côté n'a nulle envie de rester en compagnie du roi. Il craint son humeur fantasque, mais surtout il aspire à retrouver une solitude qu'il ne veut troublée que par l'image devenue si chère de la jeune fille. Il cherche à se remémorer chacun de ses regards, chacun de ses mouvements, chacune de ses attitudes qui puissent lui laisser espérer qu'il ne l'a pas laissée indifférente et que de son côté elle a discerné la nature des sentiments qu'elle a suscités en lui.

Il aurait voulu retrouver Jonathan pour lui faire partager l'enthousiasme de sa passion nouvelle, mais il est saisi par il ne sait quels scrupules en songeant que Mérab est sa sœur et qu'il lui serait sans doute pénible d'apprendre qu'il ne veut pas d'elle. Un moment il hésite à frapper à sa porte, puis il court s'enfermer dans sa chambre et sans même se dépouiller de sa tunique, il se jette sur sa couche afin de s'abîmer sans plus perdre un instant dans le délicieux souvenir de cette resplendissante journée, afin de renouer dans son esprit le dialogue muet que tout ce jour il a eu avec elle. Et il songe alors qu'il vaut mieux qu'elle demeure pour lui une inconnue, une image sans nom, grâce à quoi il peut la rêver selon sa fantaisie, l'élever jusqu'à l'épure idéale de la femme dans toute sa splendeur, créature céleste à qui on peut donner tous les noms, attribuer toutes les qualités, capable de se laisser aimer d'une passion dévorée d'absolu.

Quelques jours plus tard, David part en campagne sans avoir revu la jeune fille.

Durant des mois il reste éloigné de Guibéa. A la tête de sa légion de mille guerriers, souvent renforcée des mille que commande Jonathan, il porte les armes d'Israël des frontières de Moab à la Philistie, de Gad à Ammon. A plusieurs reprises il séjourne à Bethléem, dans la demeure de son père où chacun désormais le traite avec autant de respect que s'il était l'aîné. Eliab lui-même n'ose plus le prendre de front ; il se contente de murmurer lorsque David ne peut l'entendre. Sûrement le jeune berger de naguère, joueur et espiègle, s'est profondément transformé ; s'il n'a rien perdu de sa juvénile séduction, il a acquis une grave assurance qui lui confère un pouvoir de domination grâce auquel il s'impose au premier abord, en particulier lorsqu'il se montre dans sa tenue guerrière, casaque de métal en écaille, casque de bronze, l'épée de Jonathan sur la hanche, arc et carquois dans les reins, deux javelines à la main, un court manteau flottant sur ses épaules. Ainsi est-il apparu aux gens de Bethléem, entouré de ses officiers, lorsqu'il y est revenu, vers la fin de l'été. Jessé a manifesté une joie mêlée à une grande fierté en revoyant son fils dans toute sa gloire nouvelle, ce fils dont il espérait à peine faire un bon berger. Servia, qui lui est plus une mère qu'une sœur, n'a pas non plus simulé un plaisir non éprouvé en le voyant devant elle. Mais ceux qui lui ont manifesté le plus de joie ont été Joab et Abisaï. Avec eux il est revenu dormir vers le désert, parmi les bêtes aux pâturages, et un instant il a retrouvé son existence d'antan. Mais, sa troupe et ses officiers l'attendaient et il a dû s'arracher à ces plaisirs anciens afin de rejoindre Jonathan parti en campagne vers le nord contre les Araméens de Beth Rehôb, dont les bandes désolent le territoire de la tribu de Nephtali.

Ainsi David est reparti de Bethléem, mais il a emmené avec lui Joab dont il a fait son second à la tête des mille.

Toute la journée, Saül l'a passée assis sous un tamaris aux portes de Guibéa, où il a rendu la justice. Alors que descend le soleil sur l'horizon du couchant, survient un messager. Il arrive du Nord, du pays de Nephtali pour annoncer au roi que Jonathan et David ont infligé de cuisantes défaites aux Araméens, qu'ils les ont refoulés par-delà leurs propres frontières. Encore une fois David a brillé par nombre d'exploits merveilleux et il était disposé à marcher sur Beth Rehôb leur capitale, lorsque leur roi est venu demander la paix et a juré qu'il ne chercherait plus à ravager les terres d'Israël. Il a ajouté que les deux jeunes capitaines s'apprêtaient à conduire une campagne vers les villes des Philistins afin de les contenir et de leur inspirer le respect du nom de Yahvé, cela avant de rentrer à Guibéa pour prendre leurs quartiers d'hiver.

Ces nouvelles réjouissent Abner et tous ceux qui se trouvent auprès du roi. Mais Saül lui-même reste méditatif et son regard s'assombrit. Il renvoie le messager et se lève pour rentrer au palais. Depuis quelque temps déjà il envisage de prendre une décision qui risque de l'engager dangereusement vis-à-vis de David ; mais il hésite encore : cette nouvelle emporte ses scrupules. Dès son arrivée au palais il envoie un serviteur quérir la reine.

Aussitôt Achinoam se rend auprès de lui. Elle trouve le roi affaissé au milieu des coussins de son siège, l'air grave, à demi appuyé sur un coude, le poing contre sa tête inclinée.

« Tu as demandé ta servante, me voici », lui dit-elle en s'arrêtant devant lui sans cependant s'incliner car elle est habitée d'un sentiment puissant de sa propre dignité.

Comme le roi demeure silencieux, elle reprend :

« Tu parais bien morose et taciturne. Aurais-tu reçu une mauvaise nouvelle ? J'avais ouï dire au contraire que notre fils et David venaient de triompher des ennemis de Yahvé.

— Il en est bien ainsi. Et sache que c'est là ce qui me chagrine.

— Mon époux, en vérité, je ne te comprends plus.

— Je ne t'ai pas fait venir auprès de moi pour que tu me comprennes. Sache que j'ai décidé de marier notre fille Mérab, et cela sans plus différer. Il conviendrait que tu lui fasses savoir ma volonté.

— Ta servante se réjouit de cette sage décision. Cependant, ne m'a-t-on pas rapporté que David ne sera de retour que d'ici trois nouvelles lunes, au début de l'hiver ?

— Elle n'épousera pas David, mais l'un de mes serviteurs les plus fidèles, un ami pour moi, Adriel de Méhola. »

Achinoam demeure un instant muette tant la stupéfait une semblable nouvelle.

« Oui, reprend Saül, une telle décision te surprend comme elle en étonnera bien d'autres. Mais j'ai parlé à Adriel qui est flatté de mon choix. Cependant il est riche, il dispose de bonnes terres de labour et ses troupeaux se comptent par milliers de têtes, gros et petit bétail. Il m'a souvent aidé, il m'a fourni des vivres pour mes troupes et il a toujours été de bon conseil. Je puis compter sur son dévouement.

— Saül, mon seigneur, je ne doute pas non plus de la fidélité d'Adriel et je ne pense pas que Mérab se rebellerait contre un tel choix car c'est un homme sage et de belle apparence quoiqu'il pourrait être plutôt son père que son époux. Mais n'as-tu pas promis Mérab à David ? N'as-tu pas juré devant tous tes officiers que tu donnerais ta fille à celui qui oserait affronter Goliath ? Et ensuite n'as-tu pas confirmé ta parole à David lui-même, alors même qu'il ne t'avait rien demandé ?

— Il en a bien été ainsi. Mais j'ai changé d'avis.

— Cela t'est-il possible, Saül ?

— Ne suis-je pas le roi ?

— Nul ne le conteste, mais justement, un roi plus que nul autre ne peut manquer à sa parole, car ensuite personne ne voudra se fier à lui.

— Ecoute, Achinoam, écoute. Il ne se passe pas un jour sans que croisse le renom de David. Son nom est sur toutes les bouches, il me ravit mes victoires et ma gloire. »

Il se lève, prend sa femme par la main et l'entraîne vers le lit dressé au fond de la pièce. Il s'y couche à demi, fait asseoir Achinoam auprès de lui et, après un silence pendant lequel il tient la main de la reine, il soupire et lui demande enfin :

« Te rappelles-tu la guerre que j'ai entreprise contre les Amalécites ?

— Une guerre terrible : comment aurais-je pu l'oublier ?

— Samuel était venu devant moi et il m'avait dit : " C'est moi que Yahvé a élu pour te sacrer roi sur son peuple. Ecoute maintenant les paroles de Yahvé, car ainsi parle Yahvé Sabaoth, le seigneur des armées :

j'ai décidé de venger le peuple d'Israël du mal que lui a fait Amalec lorsqu'il lui a coupé la route alors qu'il fuyait d'Egypte. Va, frappe donc Amalec, voue-le à l'anathème, sans pitié tue hommes et femmes, enfants et nouveau-nés, bœufs et brebis, chameaux et ânes. " J'ai obéi et avec nos armées j'ai marché sur Amalec, sans même demander pourquoi si longtemps après, Yahvé voulait détruire Amalec, alors que tant de générations sont passées. J'ai vaincu les Amalécites à Havila et je les ai traqués jusqu'à Sour, vers l'Egypte. J'ai pris vivant leur roi Agag, j'ai ordonné que tout le peuple soit passé au fil de l'épée, selon la volonté de Yahvé, et pourtant j'aurais voulu l'épargner car je n'avais nulle haine pour Amalec. Même nos hommes les plus féroces furent las du carnage et finalement, j'ai épargné Agag, et nos guerriers n'ont pas voulu que soit ainsi sacrifié le meilleur du gros et du petit bétail : " Sommes-nous si riches, me dirent-ils, pour sacrifier tant de bêtes qui pourraient si longtemps nous nourrir ? En ce jour, déclarèrent certains, trop de sang a coulé. Nous ne voulons plus t'obéir, si encore de tes lèvres tombent des ordres de mort. " »

Saül soupire derechef, sa poitrine se soulève longuement avant qu'il ne poursuive :

« Alors, je suis remonté à Carmel afin d'y dresser un trophée puis nous avons rejoint Gilgal avec notre butin. Mais Samuel veillait. Alors que je ne l'attendais pas, il est apparu à mes yeux. Je l'ai béni au nom de Yahvé et j'ai déclaré avoir exécuté les ordres du Seigneur. Mais il avait ouï les bêlements et les beuglements et il m'en a demandé des comptes. La crainte a alors saisi mon âme et je lui ai menti, je lui ai affirmé que nous avions épargné le meilleur du bétail pour le sacrifier à Yahvé, son dieu. Et j'ai ajouté que le reste avait été voué à l'anathème. Le démon de la colère lui a empourpré le visage, oui, je le revois toujours, les sourcils froncés, la lèvre durcie lorsqu'il s'est écrié : " Pourquoi as-tu désobéi à Yahvé ? Pourquoi as-tu gardé le butin ? Pourquoi as-tu fait ce qui est mal aux yeux de Yahvé ? — J'ai mené la guerre qu'il voulait, ai-je déclaré, j'ai ramené Agag le roi des Amalécites, j'ai voué Amalec à l'anathème. Le peuple a choisi dans le butin le petit et le gros bétail, le meilleur de ce que frappait l'anathème afin de le mener ici à Gilgal pour le sacrifier à Yahvé. " Mais sans doute Samuel ne fut-il pas dupe et il a répliqué que plus encore que les holocaustes et les sacrifices, Yahvé aime qu'on obéisse sans réserve à sa volonté. Et il a ajouté : " Tu as rejeté la parole de Yahvé, il t'a rejeté et tu seras déchu de la royauté. " Paroles terribles qui m'ont abattu comme la foudre qui jaillit du ciel pour frapper le lion orgueilleux. J'ai alors reconnu avoir péché en transgressant l'ordre de Yahvé par crainte du peuple et j'ai prié Samuel de me pardonner ma faute : " Reviens avec moi afin que j'adore Yahvé ", lui ai-je demandé. Mais il m'a repoussé et il a répété que Yahvé m'a rejeté afin que je ne sois plus roi sur Israël. Je me suis précipité à ses pieds alors qu'il s'éloignait et j'ai saisi le pan de son manteau si fortement qu'il a été arraché. Samuel s'est retourné et il a dit ceci : " Ce jour, Yahvé t'a arraché la royauté sur Israël pour la donner à un autre meilleur que toi. " Oui, à un meilleur que moi. Mais je ne voyais personne autour de moi. »

Achinoam a pris la main de son époux et l'a portée à ses lèvres.

« Que s'est-il passé, ensuite ? l'interroge-t-elle. Car jamais encore tu n'as parlé de cette querelle.

— Non, jamais je n'en ai rien dit à personne. Samuel a alors fait conduire devant lui le roi des Amalécites. On l'a traîné jusqu'à lui et Agag, qui avait lu son destin dans le regard de Samuel, a soupiré et a dit : “ En vérité, la mort est amère. ” Samuel lui-même a égorgé Agag devant Yahvé, à Gilgal.

— Saül, mon roi, pourquoi me racontes-tu cette histoire ? Y a-t-il quelqu'un de meilleur que toi ?

— Oui, Achinoam. Il est venu ce temps où est apparu un homme qu'a béni Yahvé. Un homme encore tout jeune, si beau, si fort, si glorieux, invincible face à ses ennemis, inspiré par Yahvé dès qu'il prend sa cithare...

— David ? l'interrompt Achinoam.

— Lui-même.

— C'est pour cela que tu ne veux plus lui donner Mérab ? »

Il hoche la tête sans répondre.

« Ne va-t-il pas prendre ce retournement comme une grave insulte ?

— La perspective de ce mariage n'a pas semblé l'enthousiasmer. L'étrange amitié qu'il voue à Jonathan semble l'incliner à mépriser les femmes.

— Je n'en suis pas aussi certaine que toi, mon époux. Quant à ce refus, si lui-même n'y voit un affront, d'autres le recevront ainsi et ils se chargeront de le lui faire sentir.

— Penses-tu qu'il pourrait s'en offenser au point de se révolter ?

— Ce n'est pas improbable.

— Tout est alors pour le mieux. S'il ne réagit pas, il sera déconsidéré aux yeux des gens de ma cour. Si d'aventure il se révolte, je pourrai le faire mettre à mort. »

A ces mots, la reine a un mouvement de recul.

« Quoi ! s'exclame-t-elle, le haïrais-tu donc tant ? Et pourtant tu m'as paru l'aimer avec une ardeur que tu n'as pas su dissimuler à mon attention. »

Saül ferme à demi les paupières puis, comme saisi

par une fièvre soudaine, il s'exclame d'une voix assourdie, vibrante d'une émotion contenue :

« Il faut que je rejette ce poids qui écrase ma poitrine ! Il est temps que je me libère d'une si dure oppression que même durant la nuit le démon qui m'a saisi ne me laisse en paix ! Mais à qui me confier ? Qui autour de moi est susceptible d'entendre mes paroles, de connaître l'étendue de mon péché ?

— Qui sinon ton épouse, la compagne de tes anciens jours ? » reprend Achinoam en épongeant d'un pan de sa tunique le front de Saül ruisselant de sueur.

Il lui lance un regard hagard, pose ses doigts sur ses paupières, puis reprend sur le même ton.

« Le premier jour où je l'ai vu, dès qu'il a été conduit devant moi pour me supplier de le laisser combattre le Philistin, j'ai senti la première atteinte du mal qui me ronge. Il m'apparut lumineux comme le soleil, d'une beauté plus qu'humaine, seulement vêtu d'un court pagne qui ne dérobait rien de la vigueur élancée de son corps. Oui, j'ai alors éprouvé pour lui le désir qu'allume la vision d'une fraîche et belle femme. Alors j'en ai eu peur, j'ai voulu l'éloigner de moi comme s'il était un démon, Lilith ou encore Asmodée, tout près de m'envelopper dans les tourbillons de sa luxure. Voilà pourquoi, alors que j'aurais dû le renvoyer, lui interdire d'aller combattre Goliath, je l'ai armé car je voulais l'envoyer à la mort afin d'éloigner de moi la tentation. Et pourtant j'ai aussitôt regretté mon geste et j'ai prié pour sa victoire. Il a vaincu et le soir même, il m'est apparu, sais-tu comment ? Le sais-tu ? »

Achinoam reste silencieuse, partagée entre la pitié et l'indignation à entendre la confession de son époux.

« Comme moi, reprend Saül, ce jeune fou de Jonathan s'est tout aussi soudainement pris de passion pour lui et il lui a voué son âme, il lui a donné ses armes, son manteau qu'il tenait de moi et que je regardais comme les insignes de la royauté future de notre fils. En cet instant je l'ai aimé et haï. Aimé pour sa beauté, son courage, sa jeunesse, haï car il est devenu le tentateur mais aussi un danger pour mon trône.

— Mon époux, mon roi, tu t'alarmes sans raisons. David t'est fidèle, dévoué, je ne vois pas qu'il songe à briguer ton trône, au détriment de Jonathan qu'il paraît aimer plus que tout au monde, trop même, car ma bru, son épouse, s'en plaint parfois à moi : Jonathan ne vient plus guère la retrouver à l'étage des femmes. Lorsqu'il est au palais, il dort toujours dans sa chambre de garçon qui est voisine de celle de David.

— Ecoute-moi encore. Lorsque ce même soir il a chanté des vers de sa composition en s'accompagnant du kinnor, plus encore mon cœur s'est gonflé pour lui : l'amour que j'avais pour lui triomphait de moi comme lui-même a vaincu le Philistin. Je voulais le haïr, je le voudrais mais je ne le peux. C'est pourquoi, fou que je suis, au lieu de le renvoyer chez son père je l'ai gardé près de moi. Je lui ai donné des grades dans mon armée et il n'a fait qu'augmenter sa gloire si bien que lors de sa venue à Guibéa, les femmes ont mis sa gloire au-dessus de la mienne. J'étais jaloux de cette gloire, mais aussi jaloux de son amour car j'aurais voulu qu'il m'aimât, qu'il soit à moi.

— Mon seigneur, écoute la voix de ta servante. Tes paroles sont en abomination à Yahvé : sans doute est-il meilleur que tu le renvoies auprès de son père.

— Trop tard, c'est trop tard. Il va revenir plus que jamais auréolé de ses victoires, toujours plus aimé de ses soldats et des tribus. Il n'acceptera pas de s'éloigner et nul ne comprendra que je le chasse. Tant que je le saurai vivant je désirerai l'avoir auprès de moi et même me séparerais-je un jour de lui, le lendemain je le rappellerais. Pourquoi crois-tu que je l'aie fait chef des mille et l'aie envoyé guerroyer au loin ? Ainsi je voulais l'éloigner, j'espérais même parfois qu'il serait tué car seule sa mort pourra me délivrer de cette passion, mais un peu plus tard je me réjouissais de le savoir en vie, toujours victorieux, toujours plus glorieux, toujours plus beau.

— Mais alors, pourquoi veux-tu lui faire l'affront de lui reprendre Mérab ?

— Pour qu'il me haïsse, afin que j'aie moins de scrupules à l'envoyer à la mort. Maintenant va, ma femme, va rapporter à notre fille ma volonté et charge-toi de faire préparer les noces. Il convient que lorsque rentrera David, Mérab ait quitté notre demeure, qu'elle soit auprès de son nouvel époux, loin d'ici. »

A nouveau les femmes de Guibéa sont sorties de la ville pour accueillir les guerriers d'Israël. A leur tête marchent Jonathan et David ; juste derrière eux viennent Joab et Aminadab, le second fils de Saül que Jonathan a pris avec lui pour qu'il connaisse l'âpre vie des guerriers et s'initie à l'art de la guerre. Cette fois-ci, Saül s'est avancé à leur rencontre jusqu'aux portes de la ville, en compagnie d'Abner et de ses principaux officiers. Il a aussi autorisé les femmes du palais à venir au-devant des soldats victorieux, pour mieux honorer ses fils et David, mais aussi pour que ce dernier puisse remarquer déjà que Mérab ne se trouve pas parmi elles, car Adriel l'a emmenée à Méhola sa patrie, vers la vallée du Jourdain.

Or le visage de David s'illumine à l'approche des femmes : il n'a même pas remarqué l'absence de la promise ; comment l'aurait-il pu alors que ses regards ont tout de suite été captivés par la présence de la jeune fille toujours inconnue parmi les femmes qui entourent la reine ? Car pendant tous ces mois il n'a pu l'oublier, il n'a pas cherché à éloigner de lui son image, tout au contraire, elle lui a été une compagne fidèle, sauf peut-être quand il se trouvait dans l'intimité de Jonathan.

Saül félicite les vainqueurs et sur la grande aire où s'est assemblé le peuple, sous les murs de la ville, bœufs et brebis sont sacrifiés sur l'autel de Yahvé. Pendant toute la cérémonie, David se trouve au premier rang, vers l'autel ; il lui suffit de tourner légèrement la tête pour voir les femmes assemblées sur la droite, parmi lesquelles la jeune fille lui semble briller comme la lune dans le chœur des étoiles au milieu du ciel nocturne. Elle se tient droite, la poitrine haute, les cheveux dans le vent, le visage tourné vers l'officiant, tout absorbée dans le spectacle du sacrifice. En vain David tente-t-il d'attirer son regard mais elle se dérobe ; il n'ose insister de crainte d'indisposer le dieu à qui est offert le sacrifice, ce dieu qui l'a conduit jusqu'auprès de Saül et qui n'a cessé de soutenir son bras et de lui assurer victoire sur victoire, un dieu à qui il sait tout devoir. Aussi tourne-t-il son esprit vers Yahvé et éloigne-t-il de lui la tentation de contempler celle qu'il désire entre toutes les femmes.

Jonathan le premier s'inquiète de l'absence de Mérab, mais bien plus tard, après que le sacrifice a été consommé, lorsqu'ils parviennent au palais dans la cour duquel il peut enfin embrasser sa mère et lui parler librement. David se tient auprès de lui, mais Achinoam n'ose tourner vers lui le regard qu'elle tient attaché à son fils :

« Mon fils, mon enfant, lui dit-elle, tu connais l'humeur fantasque de ton père, le roi. Je ne sais comment, je ne sais pourquoi, il a décidé soudain de donner ta sœur à un homme qu'il aime, un serviteur fidèle, béni de Yahvé. Je crois qu'il s'est épris de Mérab et elle-même l'a regardé avec intérêt. Saül ne songe qu'au bonheur de sa fille, aussi l'a-t-il mariée à Adriel, ce riche propriétaire de Méhola que souvent tu as vu dans cette demeure. »

Par ces paroles elle cherche à justifier Saül car elle

craint la rancœur de David et la colère de son fils qui pourrait bien s'aviser de prendre à son compte l'affront ainsi fait à son ami. Et en effet, Jonathan paraît suffoquer d'indignation :

« Que dis-tu là, ma mère ? Le roi a osé manquer à sa parole ? N'avait-il pas promis sa fille au vainqueur de Goliath, à David qui est une partie de moi-même ? Cette union m'était un grand bonheur car il me liait plus encore, si cela était possible, à ce David, qui m'est plus qu'un frère. Je vais de ce pas demander des comptes à mon père...

— Je t'en prie, mon enfant, ne va pas provoquer le roi. Il est coléreux et jaloux de son autorité. On ne sait à quelle extrémité il pourrait se porter si tu osais lui adresser quelque reproche. »

A son tour intervient David car dans cette nouvelle qui le libère d'un lien dont il ne voulait pas, il voit le lien qu'elle lui apporte et veut ignorer l'offense que d'aucuns pourraient y voir.

« La volonté du roi est imprescriptible. Il voulut un moment me donner Mérab sans même me consulter pour savoir si ce choix m'agréait, maintenant il me l'a reprise. Faisons comme si rien ne s'était passé ; ce n'est pas moi qui la lui avais demandée, ainsi je ne me sens pas offensé car, pour ne pas mentir, je ne désirais guère épouser Mérab et il m'a paru qu'elle ne faisait qu'obéir à son père en acceptant de devenir la femme d'un homme d'aussi obscure origine que moi.

— David, j'ai encore une sœur à peine plus jeune que Mérab et en âge d'être mariée, déclare alors Jonathan. Je lui parlerai et je demanderai à mon père de te la donner. Il devra te l'accorder pour ne pas se parjurer, car il est vrai qu'il a promis de donner sa fille au vainqueur de Goliath mais il n'a pas précisé laquelle. Or, Mikal est jolie et elle saura t'aimer.

— Jonathan, mon frère, ce n'est pas une petite

chose que de devenir gendre du roi ! Je suis un homme pauvre et de basse origine. Que pourrais-je donner au roi pour posséder sa fille, sinon ce que lui-même m'a accordé ? »

Par de telles paroles David tente de refuser ce nouveau mariage et il fustige son orgueil en soulignant l'obscurité de sa condition, grâce à quoi chacun trouvera naturel qu'il ne cherche pas l'alliance d'une princesse, qu'il lui préfère une servante, d'autant que celle qu'il désire est une servante de la maison royale comme lui-même est un serviteur du roi.

Cependant Jonathan insiste.

« David, qu'importe ta naissance, car Yahvé t'a voulu grand devant lui et c'est toi, rayonnant de ta jeune gloire, qui honoreras Mikal en acceptant de la prendre pour femme. »

David se demande alors si ce n'est pas là une occasion pour avouer son amour à Jonathan, mais les scrupules encore l'emportent. Non seulement il craint de chagriner son ami en lui refusant la main de sa sœur, mais encore il songe que celle qu'il aime n'éprouve peut-être rien pour lui, qu'elle pourrait le repousser ; et ne risque-t-il pas de sembler ridicule en avouant un amour pour une fille dont il ignore tout, jusqu'au nom ? N'est-il pas plus sage de chercher d'abord à la mieux connaître, ce qui lui paraît plus aisé maintenant qu'il ne se sent plus lié par le royal mariage envisagé par Saül.

« Jonathan, mon frère, répond-il alors, je te rends grâce de me porter si haut dans ton estime. Mais en réalité, il appartient à ton père de décider de cela, lui seul peut disposer de la main de ta sœur Mikal.

— Crois que je ferai en sorte qu'il en dispose selon nos vœux, car ce sera un nœud qui ne pourra que plus encore resserrer les liens de notre amitié et par elle tu entreras dans notre famille, dans la famille du roi.

Ainsi au regard de tous seras-tu mon frère, et pour nous deux, plus encore qu'un frère.

— Jonathan, mon grand ami, réplique David, sommes-nous des hommes ordinaires ? Que nous importent les liens du sang, ceux de la parenté, quand en vérité nos cœurs s'appartiennent ? Et vois encore. Un roi, un homme de quelque importance, cherche une femme qui convienne à son rang pour mieux asseoir sa situation parmi les siens, voire pour s'élever plus haut encore. Aussi il n'a cure de l'amour, il lui importe peu que l'épouse soit laide, qu'il ne ressente pour elle ni amour ni désir, même qu'elle n'éprouve pour lui que de la répulsion. Mais pour les gens d'obscure origine, les considérations d'intérêt ne passent pas avant tout autre sentiment : c'est une grâce que leur accorde le Seigneur, ils peuvent épouser celle qu'ils aiment, pour autant que le père de l'aimée ne la leur refuse pas. Tu le sais, Jonathan, plus que tout m'émeut et me trouble la beauté, que ce soit celle du corps, du cœur ou de l'âme. Notre amitié n'est-elle pas née de l'éblouissement de nos beautés réciproques ? Ne fut-ce pas d'abord l'attrait de nos visages et de nos corps qui nous a entraînés l'un vers l'autre, avant même que nous découvrions dans la communion de nos âmes de secrètes raisons de plus encore nous aimer ? »

David fait une pause et regarde avec une intensité passionnée son ami avant de reprendre :

« Pareillement, Jonathan, je ne pourrais m'unir à une femme que si je ressens pour elle cette même fascination de la beauté. Sans cela, le mariage me serait une contrainte insupportable et je me sentirais impuissant à connaître ma femme.

— David, dit alors Jonathan, je parlerai de toi à Mikal afin de sonder ses sentiments car il est bon que la femme ait quelque attirance pour l'époux qu'on lui destine et ensuite, je te la montrerai. Il t'appartiendra alors de savoir si tu la veux pour épouse tant il est vrai que je ne saurais t'imposer une femme envers qui tu pourrais éprouver quelque aversion. Néanmoins, mon cœur est apaisé car j'ai la certitude que tu ne pourras qu'aimer Mikal lorsque tu la connaîtras. »

LIVRE V

Je viendrai dans ton jardin, ma sœur

Depuis qu'il l'a revue, aux portes de la ville, David ne peut se déprendre de celle dont son cœur s'est épris. Son image l'assaille avec une vigueur toute nouvelle, comme si l'éloignement de Mérab avait libéré en lui un désir qu'il tenait jusqu'alors en sommeil pour ne pas avoir à en trop souffrir. C'est à elle qu'il a pensé lorsque Jonathan l'a entretenu de sa plus jeune sœur, c'est sa présence qui pendant la nuit suivante l'a hanté comme un ange envoyé par Yahvé. Le lendemain, sa décision est prise : il veut la rencontrer, lui parler, lui déclarer son amour, éprouver ses propres sentiments pour enfin savoir si elle est capable de répondre à tant d'ardeur par une flamme égale. Car rien ne paraît plus fort ni plus obsédant que le premier sentiment d'amour, que cette soif imprescriptible de la présence d'un être dont un cœur vierge vient de découvrir la beauté.

Mais pour la voir, lui ouvrir son propre cœur, il doit pénétrer seul dans le jardin royal car comment l'entretenir de telles choses en présence de Saül ou même de Jonathan ?

Ce jour-là, le soleil brille haut dans le ciel éclatant et

une tiède brise fait frissonner les feuillages des arbres chargés des fruits de l'automne dans le verger royal.

Saül a quitté sa demeure pour s'asseoir sous le tamaris sacré, hors des murs de Guibéa, afin de rendre la justice. Ce même jour, lorsque descendra la nuit, il offrira un banquet à ses officiers et aux gens du palais, car on est à la nouvelle lune, et ainsi fait-il à chaque néoménie, après les sacrifices. Jonathan l'a accompagné. Il se tient assis aux pieds de son père ou derrière lui, afin de voir comment le roi rend la justice, comment il décide du bon droit de chacun des plaignants, car c'est là l'une des premières tâches, après la guerre, que Yahvé a assignées au roi, son représentant sur la terre ; ainsi Jonathan apprend-il son métier royal, et ses frères l'accompagnent.

David est resté seul au palais et il songe que le dieu qui le protège a bien arrangé les choses afin de se faire le complice de son amour. David a revêtu sa plus belle tunique, tissée de lin blanc, qui laisse nus ses bras et ses mollets. Il a ceint sa chevelure d'un bandeau, orné ses poignets et ses avant-bras de larges anneaux d'or, chaussé de fines sandales de peau. A la main il tient une cithare, un kinnor à cinq cordes fait de bois précieux amené du pays des Nubiens, que lui a offert le roi des Araméens de Makhaa, au pied de l'Hermon, en gage d'amitié : car jusque-là est parvenue la renommée de David en tant que musicien mais aussi que guerrier car c'est par crainte des incursions des Hébreux dans ses territoires que le roi a fait des présents à Saül et à ses chefs des mille, David et Jonathan.

Le palais royal n'est en réalité qu'une vaste demeure où l'on ne voit guère de gardes ; ceux-ci sont cantonnés au-dehors, dans un quartier militaire, mais toujours à l'intérieur de la colline qui domine la ville et que Saül a fait ceindre d'une muraille. Ainsi, l'accès du jardin secret est aisé pour ceux qui vivent dans la demeure royale et si les serviteurs n'y pénètrent pas, seuls la crainte et le respect de la volonté de Saül les en empêchent et non la présence d'hommes en armes. Fort de l'amitié du roi qui l'y a lui-même entraîné, David s'engage sous les pampres qui forment des arcades au-dessus des allées du jardin ; quelques lourdes grappes que nul ne s'est encore soucié de cueillir pendent de la voûte, éclaboussant de leurs taches violettes la verdure des feuillages à travers lesquels se glissent les rayons dorés du soleil. Lui, le guerrier impavide, le héros vainqueur des Philistins et des Araméens, n'avance qu'en tremblant, le cœur gonflé de désir et de crainte : s'il cherche là celle qu'il aime, il redoute qu'elle ne se rie de lui lorsqu'il lui déclarera son amour, il craint son mépris ou son indifférence. Et aussi, comment lui avouer son amour, alors qu'il ne lui a encore jamais adressé la parole ? Et si d'aventure il se heurte à une femme de la maison ou, pis, à la reine elle-même, quel prétexte trouvera-t-il pour justifier sa présence en ce lieu ?

Ainsi son âme s'inquiète, mais en vain car les allées demeurent désertes et en tout sens il parcourt le jardin sans voir personne ; les seuls hôtes en sont des oiseaux aux brillants plumages qui pépient et jacassent dans les hautes ramures des cyprès et des pins, sur les branches des amandiers et des sycomores.

Las d'errer en vain, déjà désespéré, il s'assoit sur un lit de mousse, dans l'ombre d'un hêtre et bientôt il s'endort. Une grande fatigue s'est abattue sur ses paupières car il n'a pu de toute la précédente nuit trouver quelque repos tant il a été obsédé par une passion qui a pris si soudainement de telles proportions.

Lorsqu'il se réveille, le soleil décline vers l'horizon et plus encore qu'auparavant pépient dans les arbres des milliers d'oiseaux. Mais c'est un autre chant qui attire son oreille charmée ; d'un taillis voisin s'élève une voix claire et légère qu'accompagne la musique sinueuse d'une harpe. Elle a entonné un vieux chant d'amour qui depuis des générations court sur toutes les lèvres des amants, mais sur cette trame elle tisse les broderies que lui inspire son cœur :

Mon bien-aimé est brillant,
vermeil est son teint.
Parmi dix mille on le distingue.
D'or pur est son visage
Ses boucles sont pareilles à des palmes,
lumineuses comme le soleil,
ses lèvres sont des lis
qui distillent la myrrhe la plus pure.

David s'est levé, il sent battre son cœur avec il ne sait quelle frénésie tandis qu'à pas légers, le souffle suspendu, il écarte les feuillages qui le séparent de la mystérieuse chanteuse. Il savait déjà que c'était elle, cependant son cœur défaille lorsqu'il reconnaît celle qu'il aime. Elle est assise sur des coussins et tient contre son flanc une harpe à sept cordes, aux sveltes courbes. Tandis que ses doigts fins pincent les boyaux pour en tirer d'harmonieux sons, elle poursuit son chant, ignorant qu'elle est observée :

Qu'il me donne des baisers de sa bouche,
Car ton amour est meilleur que le vin.
Suave est l'odeur de tes parfums,
Ton nom est comme une huile aromatique qui se répand.
C'est pourquoi t'aiment les jeunes filles.

David hésite : va-t-il se montrer, se jeter à ses genoux pour lui dire son amour, pour s'offrir comme s'il était le bien-aimé dont elle loue les attraits ? Mais comment interrompre un chant si beau qui lui est un si grand charme ? Il choisit de s'asseoir, en retrait, afin de l'entendre encore, car ainsi poursuit-elle :

Sur ma couche, durant bien des nuits,
J'ai appelé celui qu'aime mon âme
Je l'ai appelé mais il n'est pas venu,
Je l'ai cherché mais ne l'ai point trouvé.
Je me lèverai pour chercher mon aimé,
J'irai par les rues et les places de la ville.
Et quand je l'aurai rencontré, je ne
le lâcherai pas, je l'emmènerai dans
la demeure de ma mère
jusque dans la chambre où je repose.

Un instant s'est tue la voix. Entraîné par une force dont il ignore l'obscure origine, à son tour il fait vibrer son instrument et il improvise un chant en réponse à celui de la jeune fille :

Que tu es belle, mon aimée, que tu es belle !
Tes yeux sont doux comme des colombes,
ta chevelure est pareille à un troupeau de chèvres noires
qui se répandent sur les collines de Galaad.
Combien ton amour m'est doux, ma sœur, ma fiancée,
Comme ton amour enivre plus que le vin,
et l'odeur de tes parfums est meilleure que tous les [baumes.

La jeune fille s'est levée et elle apparaît aux regards ravis de David qui, sans la quitter des yeux, poursuit ainsi son chant :

Mon aimée est un jardin fermé,
une source close, une fontaine pure.

Ton jardin secret est un bosquet de grenadiers
c'est un fruit exquis, au parfum de henné et de nard,
de nard avec du crocus,
de la cannelle et du cinnamome,
de l'encens, de la myrrhe et de l'aloès,
rempli de toutes les odeurs balsamiques.

Devant lui elle s'est assise, les jambes repliées sous elle, et un sourire illumine son visage, un sourire auquel un amant ne peut se tromper. Alors, fou d'amour, il soupire :

Fontaines des jardins,
sources d'eaux vives,
cascades qui tombent du Liban !

Elle-même à son tour touche la harpe et elle exulte :

Lève-toi Aquilon, et vous, vents d'Autan,
Soufflez sur mon jardin
et que ruissellent ses baumes.
Que mon bien-aimé entre dans mon jardin,
Qu'il en mange les fruits délicieux.

Je viendrai dans ton jardin, ma sœur, mon aimée, enchaîne David tandis que s'enlacent leurs regards :

je cueillerai ta myrrhe avec ton baume,
je mangerai ton rayon de miel,
je boirai le vin avec le lait.
Mangez mes compagnons,
Buvez, enivrez-vous mes bien-aimés !

Il s'est tu et tombe entre eux un silence animé par les chants d'oiseaux, le bruissement des feuillages dans le vent, la trompe lointaine d'un berger qui rassemble son troupeau. Par ces chants ils se sont avoué leur amour. Est-il besoin de parler encore ? Sous l'intensité du regard de David la jeune fille baisse les paupières ; elle laisse errer ses doigts sur la harpe et chantonne.

Je suis le narcisse de Saron, le lis des vallées.

Un lis parmi les épines,
telle est mon aimée parmi les jeunes filles,
répond David.

Un beau pommier parmi les arbres des bois ;
Tel est mon aimé parmi les fils des hommes.
A son ombre j'ai désiré m'asseoir
et son fruit est doux à mon palais.

David s'est levé, il s'est assis auprès d'elle, vers sa taille s'avance sa main tandis qu'elle poursuit :

Dans son cellier plein de vin il m'a introduite,
et au-dessus de ma tête il a écrit le mot amour.
Soutenez-moi avec des gâteaux au raisin,
Réconfortez-moi avec des pommes
car je suis malade d'amour.
Que sa main gauche soutienne ma tête
et que sa main droite me tienne enlacée.

Elle s'est tue, les paupières closes, sa poitrine se soulève plus rapidement tandis qu'il a glissé une main sous ses cheveux flottants, sur sa nuque qu'il caresse doucement. L'autre main s'est posée sur son sein ferme sous le tissu léger. Ils demeurent ainsi immobiles, attentifs chacun à ce moment incomparable où paraît avoir cessé la course inexorable du temps. Ils respirent mutuellement leurs parfums, l'odeur de leur peau et de leurs chevelures.

Mais soudain s'élèvent des voix, au fond d'une allée. Tous deux ont sursauté, arrachés d'un rêve profond. Elle se dégage, saute sur ses pieds :

« On vient, murmure-t-elle, je dois partir. »

Elle se tient face à lui car à son tour il s'est levé. Il ne peut détacher d'elle son regard, il ne désire que la contempler, en silence. Leurs mains s'enlacent, leurs lèvres se rapprochent, s'effleurent en un furtif baiser.

« Vois, lui dit-elle simplement, là-bas c'est la fenêtre de la chambre où je dors. »

D'un geste elle a désigné une ouverture étroite à l'étage de la demeure à demi cachée par les feuillages des grands arbres. Il lève les yeux vers ce lieu qui dans l'instant même devient si cher à son cœur. Lorsqu'il les ramène vers elle, elle a disparu, ombre claire dans les allées buissonneuses.

Les voix se rapprochent et David reconnaît celles de Saül et de son épouse Achinoam.

Il ne veut pas se cacher car il ne pense pas avoir quoi que ce soit à se reprocher et d'autre part il lui déplairait de surprendre quelque secret que le roi ne voudrait confier qu'à son épouse. Aussi marche-t-il d'un pas dégagé dans l'allée qui le conduit en face du couple royal. Saül s'arrête et l'interpelle sans alacrité :

« David mon fils, que fais-tu ici ? On te cherche depuis longtemps. On ne t'a pas vu lors des sacrifices que je viens d'offrir pour la lune nouvelle. C'est Jonathan qui a apporté le bouc de l'expiation et qui a fait les libations : il espérait partager avec toi cet honneur.

— Pardonne à ton serviteur, mon roi ! s'exclame David en s'agenouillant. J'étais venu dans le jardin pour y chercher la fraîcheur des ombrages, mais le

Seigneur m'a envoyé un accablant sommeil et je me suis endormi.

— Alors, répond Saül, je veux m'en réjouir car je te vois un visage reposé et frais, de manière que ce soir tu pourras après le repas me charmer par tes chants, tard dans la nuit, sans que tu sois terrassé par la fatigue.

— Ton serviteur se réjouit de son côté de pouvoir ainsi distraire son roi selon son bon plaisir. »

Saül est assis au fond de la salle des banquets, contre le mur simplement blanchi à la chaux. A sa droite se tient Abner, à sa gauche Jonathan. Autour d'eux ont pris place les autres fils du roi, les chefs des mille, et David. Devant eux, sur les plateaux de joncs tressés, les plats sont vides et ne demeurent remplies que les coupes de vin. Chacun a mangé au-delà de sa faim et l'âme se réjouit parmi les vapeurs des vins qui coulent en abondance et les parfums qui brûlent dans les cassolettes de terre. Seul David reste sobre, mais s'enivre de sa musique et de ses propres chants que les convives écoutent avec bonheur car il chante les plaisirs des boissons grisantes et de l'amour.

Le roi s'est montré envers lui plein d'égards et d'aménité, si bien que David en a oublié ses lointaines colères, aussi soudaines qu'inattendues, mais qui auraient pu lui coûter la vie. En ces instants, son âme se dilate, elle exulte car il est tout occupé de son amour pour la jeune fille et il sait qu'il ne l'a pas laissée indifférente. Il attend avec une impatience contenue la fin des agapes : alors il pourra se confier à son ami Jonathan, lui révéler cet amour partagé, lui faire aussi sentir qu'il ne peut s'engager auprès de sa sœur Mikal. Il sait que Jonathan le comprendra et qu'il favorisera ses entreprises.

Mais le vin peu à peu triomphe des convives et bientôt chacun s'affaisse à sa place, sur son coussin, sur les tapis, sombre dans un profond sommeil. Jonathan a été l'un des premiers à rendre les armes et si son père a résisté plus longtemps, peut-être parce qu'il a entre-temps vomi ce qu'il avait bu en trop, il a finalement été terrassé par l'ivresse.

Ces corps affalés, les ronflements mêlés aux respirations rauques, les odeurs âcres de vomi et de sueur que ne parviennent plus à couvrir les fumées des résines aromatiques, suscitent chez David une irrépressible nausée et il a juste le temps de quitter la salle en hâte pour ne pas à son tour rendre le peu de vin qu'il a bu. La vaste cour d'entrée du palais est déserte et sombre, à peine éclairée par la lueur tremblante de quelques flambeaux. A pas lents, David s'en revient vers sa chambre qui donne de plain-pied sur un portique à colonnes de bois, rustique, ouvert sur la cour. Il respire à pleines bouffées l'air de la nuit chargé des senteurs des cyprès, des roses et des crocus, comme pour débarrasser ses poumons des odeurs vineuses. Pareillement, une fois parvenu dans sa chambre, il échange son vêtement contre une tunique propre et s'oint d'huile parfumée. Car il songe que Yahvé le favorise, c'est pourquoi il a envoyé la lourde ivresse au roi et à ses commensaux afin que jusqu'au matin ils demeurent paralysés dans les rets d'un pesant sommeil.

David est ressorti dans la cour. Il revient vers le corps central de la demeure, évite la salle des banquets et se glisse vers l'escalier de pierre qui conduit à l'étage. Dans la galerie de façade, il compte les portes afin de trouver celle qui correspond à la pièce désignée par la jeune fille. Il ne faut surtout pas qu'il se trompe afin d'éviter le scandale. A la porte qui lui semble être celle qu'il cherche, doucement il frappe. Il reste immobile, l'oreille collée à l'huis, et à nouveau, du bout des doigts, il gratte le bois lisse. Son cœur a bondi car il lui a semblé ouïr un froissement derrière la porte. Alors il murmure :

« Ouvre-moi, ma sœur, mon aimée, ma colombe, ma parfaite. Ma tête est humide de rosée, mes boucles ruissellent des parfums de la nuit. »

Il perçoit la voix de la jeune fille, faible et lointaine.

« Comment ouvrir ? Je me suis dépouillée de ma tunique, comment la revêtirai-je ? Je me suis lavé les pieds, comment les salirai-je ?

— Pourquoi passer ta tunique ? demande-t-il sur le même ton. Avance comme les colombes, sur la pointe des pieds, introduis-moi auprès de toi, ma compagne, mon épouse. »

Du lit elle s'est levée car son cœur s'est ému en entendant son bien-aimé, et son corps a frissonné. Sur la serrure se sont posés ses doigts qui distillent la myrrhe et tous les parfums de l'Orient. A peine s'est entrouverte la porte que dans la pièce obscure il se faufile, comme un voleur, comme un amant fou d'amour. Plus qu'il ne la distingue toute proche de lui, dans les ténèbres, il sent ses parfums et la chaleur que rayonne son corps. Presque aussitôt elle s'est enlacée à lui, ses bras tièdes se sont noués derrière sa nuque, sa bouche cherche ses lèvres et s'unit à elles. Contre lui se presse son corps ; il frissonne en sentant ses jeunes seins fermes écrasés contre sa poitrine, son ventre qui doucement palpite accolé au sien. Dans son dos il a uni ses mains qui entrent en contact avec sa peau douce et lisse, légèrement moite. Car elle n'a pas pris le temps de revêtir une tunique et elle lui offre ainsi son corps nu. Il laisse descendre une main émue dans le creux de ses reins, sur le bombé des fesses, jusqu'au haut de la cuisse. Elle se raidit lorsque la main audacieuse s'engage sous la fourche des cuisses, jusqu'à ces conduits moelleux dont il a chanté les parfums cet après-midi même.

Soudain elle s'arrache à lui, en tâtonnant, lui saisit une main et l'entraîne doucement. Il avance d'un pas mal assuré car en vain ses yeux cherchent à percer la pénombre. Cependant, dans le cadre de la fenêtre se découpe le ciel scintillant d'étoiles, d'où tombe une faible clarté qui lui permet de deviner la silhouette claire de son amante.

« Mon amant, mon aimé, murmure-t-elle, prête-moi serment sur le nom de Yahvé que tu me prendras pour épouse, que tu me demanderas à mon père, car cette nuit même je veux t'appartenir, je veux connaître ton amour. »

David, qui ne désire pas autre chose, que ces paroles comblent de joie, jure sans plus se faire prier qu'il paiera à son père le prix qu'il exigera pour elle car il ne veut pas d'autre femme qu'elle.

Aussitôt elle se laisse choir sur la couche d'où s'exhale un parfum de nard et d'aloès et il l'y rejoint après avoir jeté au loin sa tunique.

Elle reste étendue sur le dos, parmi les coussins. Près d'elle il s'est placé et dans l'obscurité ses mains découvrent son corps, elles en épousent les formes souples et les rondeurs, elles en explorent les creux et les replis, puis ses lèvres suivent la course de ses doigts qui la font frémir comme les cordes de sa harpe, comme les palmiers sous la forte caresse du vent. De leurs lèvres ne sourd aucune parole, seulement leur souffle qui se fait plus court, plus précipité à mesure que monte en eux le plaisir. Il la sent sous ses assauts se tendre comme un arc tandis que sa peau s'humecte lentement. De doux gémissements se mêlent à ses soupirs, puis soudain elle se raidit, le souffle suspendu. Car il est venu sur elle et elle a senti sa force virile l'assaillir jusqu'au plus secret de son corps. Elle demeure ainsi inquiète et attentive tandis qu'il heurte à l'huis. Elle laisse échapper un faible cri, de surprise plus que de douleur, lorsque enfin elle le sent forcer sa virginité et doucement s'enfoncer en elle, pénétrer au plus profond de son être.

Lui-même, après avoir déchiré le voile fragile, demeure immobile dans la crainte de l'avoir blessée mais aussi pour jouir plus profondément encore de cette prise de possession, pour plus longtemps faire durer cet instant unique dont il n'avait jusqu'alors pas soupçonné l'incomparable douceur. Il la sent sous lui, fragile et haletante, anxieuse d'un plaisir qu'elle attend et dont il ne veut la frustrer. Alors avec une infinie tendresse, lentement il s'ébranle et ils ne forment plus qu'un seul être, qu'une seule chair jusqu'à ce qu'éclate en lui une infinie jouissance qui le laisse prostré et languissant, l'âme et le corps comblés d'un bonheur insoupçonné.

Avec mille peines, lorsque l'aube commence à blanchir le ciel et qu'une faible lueur dessine les formes de leurs corps enlacés, il se sépare d'elle, s'agenouille au bord de la couche.

« Tu t'en vas, tu me quittes, ô mon aimé ? » demande-t-elle en avançant vers lui une main tremblante.

« Il le faut. Le soleil va bientôt paraître, les serviteurs vont se lever. Nul ne doit me voir sortir des appartements des femmes.

— Oui, tu as raison. Mais reviens-moi à nouveau la nuit prochaine. Je t'attendrai. Ce jour je ne vivrai qu'avec ton image, dans l'attente de la descente de la nuit, complice de notre amour.

— Je reviendrai, sois-en certaine. Et bientôt je

t'emmènerai dans ma demeure car tu seras mon épouse. »

Il se lève pour revêtir sa tunique, tache claire traînant sur un tapis, puis il revient vers elle. La lumière du jour est devenue suffisante pour qu'il puisse distinguer les formes de son corps. Elle se laisse contempler en silence. Sur elle il se penche pour poser des baisers sur un sein, sur ses paupières, sur ses lèvres. Il se redresse, s'apprête à sortir puis se retourne :

« Dis-moi ton nom, et aussi celui de ton père afin que je lui adresse ma demande.

— Mon père est Saül et je suis Mikal, sa seconde fille.

— Mikal ! s'exclame-t-il. Que soit béni Yahvé ! C'est toi que ton frère Jonathan veut que j'épouse et tu es aussi cette inconnue qui a pris mon cœur le jour où je t'ai vue, alors que tu oignais de parfum ce Jonathan qui est un autre moi-même. Non, je le jure, tu seras ma femme, rien ne pourra t'enlever à mon amour. »

David a regagné sa propre chambre sans avoir été surpris par quelque serviteur. Il s'est jeté sur sa couche mais n'a pu trouver le sommeil : il a tant de hâte de retrouver Jonathan, de lui annoncer que Mikal est celle qu'il aime et que ce sera pour lui une grande joie de pouvoir en faire sa femme ! Il se maîtrise cependant et rêve à son amour en laissant le soleil s'élever dans le ciel. Enfin il se lève et va à la recherche de Jonathan. Il le retrouve dans sa chambre où il est retourné au sortir du sommeil qui l'avait saisi dans la salle des banquets. Il a la tête lourde bien qu'il l'ait trempée dans une fraîche fontaine. Avec satisfaction il écoute David qui déclare son amour, puis il enlace ses épaules :

« Tes paroles me remplissent de joie, lui dit-il alors. Ecoute, car je ne veux rien celer à mon frère. J'ai parlé de toi à ma sœur, je lui ai dit que je voulais qu'elle devienne ta femme et que notre père qui a promis de donner sa fille au vainqueur de Goliath ne pourrait une seconde fois se dérober. A ma plus grande surprise, Mikal qui est la personne que j'aime le plus après toi, m'a avoué qu'elle t'aimait depuis le jour où elle t'a vu auprès de notre père de telle façon que mes paroles lui étaient comme un baume au cœur, car elle n'osait confesser à personne cet amour. Cependant, à tes regards, bien qu'elle soit vierge et sans expérience des hommes, il lui avait paru qu'elle ne t'avait pas laissé indifférent. Aussi, je la soupçonne de t'avoir guetté lorsque tu es venu hier dans le jardin et d'être venue chanter auprès de toi afin, de cette manière, de t'engager à lui révéler ta flamme. La rouée ne s'est pas trompée et nous devons nous en réjouir. Moi, je me charge d'aller de ce pas devant mon père pour lui faire savoir que Mikal s'est éprise de toi et qu'il conviendrait qu'il ne faillisse pas à sa parole.

— Je crains qu'il ne prenne mal ta requête, soupire David. Il m'a déjà repris Mérab qu'il m'avait promise, serait-ce pour me donner sans plus de difficulté Mikal ?

— Il ne pourra faire autrement. Sois sans crainte, j'en fais mon affaire. Je ne lui dirai d'ailleurs pas que de ton côté tu partages cet amour ; il convient même que tu ne paraisses pas trop impatient. Simule une certaine indifférence, assure que tu n'as pas les moyens de payer le mohar pour le prix de la fille d'un roi. Il convient de flatter la vanité du roi, de lui donner le sentiment qu'il accorde une insigne faveur, bien qu'en réalité tu aies payé son prix avec la tête de Goliath. »

Ainsi conviennent-ils de l'attitude à adopter face à Saül auprès de qui se rend Jonathan sans plus tarder. Il annonce à son père que sa sœur lui a confié avoir quelque inclination pour David et il ajoute qu'il vient lui rappeler sa promesse. Une attaque aussi directe est susceptible de déclencher la colère du roi, ce qu'en son for intérieur redoute Jonathan. A sa surprise, le roi l'écoute avec aménité et il l'assure qu'il va songer à ce mariage qui est pour lui une dette d'honneur, car s'il s'est dédit pour Mérab, c'est parce que ni l'un ni l'autre des promis ne semblait envisager avec plaisir leur union.

Ainsi Jonathan se retire-t-il satisfait de la réponse de Saül, mais il ignore ce qui gît au fond du cœur de son père. Car en donnant à David un commandement dans son armée, il souhaitait en secret qu'il ne revînt pas, qu'il perdît au cours de ces guerres une vie qui demeurait aux yeux de Saül aussi précieuse que haïssable. Or, à la suite de la démarche de Jonathan, il se dit : « Je donnerai Mikal à David, mais elle sera un piège pour lui et la main des Philistins sera sur lui. »

Aussitôt après, Saül fait venir auprès de lui des serviteurs à la fidélité éprouvée, dont il sait que jamais ils ne trahiront un secret qu'il leur aura confié, et il leur dit :

« Allez trouver David et dites-lui ceci : " Le roi a une inclination pour toi, tu le sais, et tous ses serviteurs t'aiment. Aussi il serait bon que tu deviennes son gendre, chacun ici s'en réjouirait. Va devant le roi et demande-lui sa fille. " Dans le cas où il prétendrait être d'obscure origine et n'avoir pas de biens, ni objets précieux, ni troupeaux pour payer une fille royale, rappelez-lui ma promesse et assurez-le qu'à un héros comme lui, le roi ne réclamera ni or, ni bœufs, ni chameaux en guise de mobar. »

Lorsque Jonathan a parlé à David et ensuite les serviteurs du roi, le jeune homme se rend en hâte auprès de Saül. Sans le faire attendre, ce dernier le reçoit, il l'accueille d'un air affable et le fait asseoir à ses pieds.

« Ton serviteur se tient humblement à tes genoux, lui dit aussitôt David, car il voudrait te présenter une requête.

— David, mon fils, parle franchement, sans nulle crainte. Tu sais combien d'affection j'ai pour toi, je suis prêt à t'accorder tout ce que tu me demanderas. »

Ravi par de si bonnes dispositions, David entre sans plus tergiverser dans le vif du sujet :

« Roi, tu m'avais promis en mariage ta fille Mérab après ma victoire sur Goliath. Ensuite, tu l'as donnée à un autre, et j'ai trouvé cela bien car le roi est le maître. Mais voici, j'aime ta fille Mikal et je me flatte de ne pas être détesté d'elle. Accorde-la-moi pour épouse et je te donnerai ce que tu exigeras de moi, dans la mesure de mes possibilités.

— David, réplique Saül, ta demande est justifiée et je la reçois d'une oreille favorable. En effet, je ne te demanderai en échange rien de ce qu'on exige d'un homme ordinaire mais opulent. Chacun a les richesses que lui a accordées Yahvé et il paraît qu'il t'a en sa faveur et qu'il t'a comblé de biens qu'on pourrait t'envier sans cependant pouvoir te les ravir puisqu'il s'agit de la beauté, du courage, de l'ardeur guerrière et de l'inspiration poétique. Je te donnerai ma fille Mikal qui est très belle, un trésor sans prix : heureux sera celui qui l'obtiendra pour épouse.

— Je veux être celui-là et je te l'ai dit, je suis prêt à la payer le prix que tu fixeras.

— Je te donnerai aussi une belle demeure dans la ville et des bénéfices pour que tu puisses entretenir ta maison sur un grand pied afin de combler Mikal de tout ce qu'elle désire.

— De ceci aussi je te rends grâce, et sache que pour cela ton serviteur te restera à jamais fidèle et reconnaissant.

— Pour tout cela je n'exigerai de toi qu'une chose, une chose plus chère à mon cœur que l'or et le fer, que l'encens et la myrrhe. Je veux que tu me ramènes au printemps cent prépuces de Philistins.

— L'affaire est honnête, assure David, et le marché est dans mes possibilités. Tu recevras la dot avant que se soit écoulé ce temps. »

Les soirs où il en a la possibilité, David vient retrouver Mikal dans sa chambre. Les deux amants vivent cependant dans la crainte d'être surpris et David redoute de s'assoupir après l'amour et de ne s'éveiller que tard, après que les serviteurs et la reine se sont levés. Il aspire à pouvoir jouir en toute quiétude de la femme de sa jeunesse, de lui témoigner son amour à tout moment. Or, s'il lui arrive parfois dans le jour de la rencontrer dans le jardin, c'est à peine s'ils peuvent se parler car l'un ou l'autre est presque toujours accompagné de quelqu'un, Mikal de sa mère ou d'un frère, David de Saül ; seul Jonathan est complice de leur liaison et seulement lorsqu'ils se trouvent avec lui ils peuvent librement s'exprimer.

Aussi David a-t-il hâte de réunir le prix demandé par le roi pour obtenir la main de la princesse. Et avant même que revienne le printemps, il se met en campagne avec ses hommes. En hâte il se porte dans les territoires des Philistins, ravage les campagnes où il prélève un riche butin, et il vient les provoquer jusqu'aux portes de leurs villes. Contre lui sont envoyés des guerriers, et le bronze de leurs armures, le cuir de leurs boucliers ne les protègent pas contre la fureur de David dont le bras est animé par l'amour d'une femme. Jamais encore il ne s'est montré aussi audacieux, jamais il ne s'est battu avec tant de fougue et de vigueur, si bien qu'avant la fin de la saison, ce ne sont pas cent mais deux cents prépuces qu'il a prélevés sur les cadavres des guerriers qu'il a abattus. Il les a enfermés dans des outres et triomphalement il les ramène à Guibéa.

Alors qu'il espérait l'abattre par ce moyen, Saül voit arriver devant lui David auréolé d'une gloire nouvelle. Plus que jamais il voudrait le haïr mais lorsqu'il jette à ses pieds les sacs remplis des sanglants trophées, et, suprême magnificence, les épées des vaincus qui cliquettent en heurtant le sol, leurs casques et leurs armures, les bijoux prélevés sur leurs cadavres, il ne peut s'empêcher de l'admirer et de le désirer plus fortement encore que naguère. Il ne peut non plus se dédire une nouvelle fois : le mariage est décidé pour le début du mois suivant, après la fête de Pâque.

Pendant tous ces jours d'attente, David bride son impatience car ils ne se retrouvent plus la nuit avec Mikal. Ainsi en ont-ils décidé afin que leur séparation leur refasse une manière de virginité pour le soir des noces, tout en aiguisant plus encore leurs mutuels désirs.

D'autre part, toute rencontre avec son aimée est rendue plus difficile à David car Saül lui a donné une maison dans le bas de la ville. Il s'est montré généreux car elle est vaste et bien aérée avec un étage et une belle cour, et il a aussi placé des serviteurs dont David se doute trop que ce sont aussi des espions. Il songe cependant que tous les tributs prélevés sur les ennemis vaincus, qu'il a toujours scrupuleusement remis au roi, auraient pu lui payer le prix de plusieurs maisons semblables à celle-là.

Ainsi a-t-il abandonné sa chambre dans le palais pour s'installer dans sa nouvelle demeure, sans cependant que se réjouisse son cœur car cela l'éloigne de ceux qu'il aime ; mais ainsi l'a voulu Saül et il a trouvé inutile de contrarier son roi. Néanmoins tout le jour il est avec Jonathan qui lui donne des nouvelles de Mikal et lui transmet les paroles amoureuses qu'elle confie à son intermédiaire.

Pour les noces sont venus de Bethléem les parents de David : son père et ses frères, ses sœurs et ses neveux. Les hommes de sa famille constituent son cortège avec Jonathan et Abiathar, le fils du prêtre du sanctuaire de Yahvé à Nobé. Le matin des noces, David a revêtu une longue tunique de lin blanc et ceint sa chevelure d'un bandeau doré. Sur la voie qui mène au palais s'est assemblée une foule dense et bruyante : tous les habitants de Guibéa sont sortis de leurs demeures, et des villages et des campagnes environnantes sont accourus paysans et bergers, marchands et chameliers. Car chacun en Israël considère que ce mariage est un événement important ; il fait entrer David dans la famille royale, il le place parmi les prétendants agréés du trône de Saül. Puis la nouvelle court de bouche en bouche : Samuel lui-même s'est déplacé, il est venu d'Armathaïm afin de bénir ce mariage. Et déjà certains murmurent que par ce geste il entend désigner David comme celui qu'a choisi Yahvé pour succéder à Saül.

Ainsi va David suivi par les siens, accompagné des chants des femmes qui frappent en cadence les tambourins et de la musique des flûtes et des kinnors.

De son côté s'est préparée Mikal pour ce jour unique, ce jour tant espéré. Les servantes dirigées par la reine ont rempli d'eau tiède le bassin de terre cuite dans lequel s'est baignée la jeune fille. On l'a soigneusement coiffée et l'on a oint de parfums son corps et sa chevelure. Au-dessus de son ample robe brodée de fleurs d'or, sa mère a déployé un voile léger qui lui couvre la tête et traîne jusqu'au sol ; elle-même a aussi noué sur la taille de sa fille la ceinture que seul l'époux aura le pouvoir de délier, tandis que les servantes parent de bijoux d'or et de pierres délicatement taillées ses oreilles finement ourlées, son cou gracile, ses bras, ses poignets et ses chevilles.

Avec son propre cortège composé des femmes du palais et des épouses des grands officiers de Saül, Mikal descend dans les salles basses et s'engage dans la cour de la demeure où se tient son père entouré d'Abner et de ses compagnons d'armes. Peu après on annonce Samuel qui s'avance d'un pas toujours alerte malgré son âge déjà grand. Saül fronce les sourcils, mais bien vite il cache son mécontentement et vient au-devant du voyant, incline la tête devant celui qui l'a oint, en appelant sur lui la bénédiction de Yahvé.

« Pareillement, réplique Samuel, je souhaite que Yahvé abaisse vers toi son regard, bien qu'il n'ait pu oublier ton offense.

— Ta visite honore ma demeure, mais nous ne t'attendions pas en ce jour de liesse.

— Il convenait justement de m'attendre car je suis venu pour bénir ce mariage au nom de Yahvé. »

Au-dehors s'élèvent les chants d'hyménée et les cris de la foule qui escorte l'époux et sa suite. Saül invite alors Samuel à se placer auprès de lui en le remerciant au nom de sa fille d'être venu de si loin pour participer aux noces.

« L'épousée est désirable au cœur de l'homme, assure Samuel, mais c'est pour David que je me suis déplacé, car il est rempli par la grâce de Yahvé. »

Saül évite de demander à Samuel ce qu'il entend par ces paroles car il préfère en ignorer le sens qu'il ne soupçonne que trop. L'entrée du cortège de David dans la vaste cour lui évite de l'inviter à préciser sa pensée. Il prend Mikal par la main et s'avance vers David, suivi par Samuel.

« David, mon fils, lui dit-il, voici celle qui est destinée à devenir ce jour même ton épouse devant Dieu et les hommes.

— Je la prends », répond David en mettant sa main droite dans celle de la jeune fille.

Alors, selon la coutume, de sa main libre, elle détache sa sandale et en frappe la joue de David pour faire savoir qu'elle-même agrée ce choix. Samuel s'est aussi approché et maintenant leurs deux mains unies, il dit à son tour :

« Que le dieu d'Abraham, le dieu d'Isaac et le dieu de Jacob soit avec vous. Que lui-même vous unisse et qu'il répande sa grâce sur vos têtes. »

Saül et Achinoam emmènent ensuite les invités dans le jardin où ont été jetés les coussins et les tapis pour le repas de noce, car les invités sont trop nombreux pour tenir dans l'une des salles du palais, si vaste qu'elle soit. Tout le reste du jour se passe à banqueter, à manger en abondance, poissons du Jourdain, viandes de veau, de mouton et de chèvre, légumes et fruits de l'été et aussi à boire les vins les plus généreux. Les deux époux sont séparés car les hommes sont assemblés d'un côté et les femmes restent ensemble d'un autre côté ; aussi attendent-ils la nuit avec impatience pour enfin être à nouveau unis, couchés poitrine contre poitrine, ventre contre ventre, bras et jambes enlacés.

Des musiciens, des danseurs et des danseuses sont venus, parfois de loin, pour exhiber leurs talents au cours de ce banquet, devant cette noble assemblée et aussi des chanteuses, des baladins et des dresseurs d'ours et de chiens. Les réjouissances se poursuivent tard dans la nuit à la lueur des lampes et des torches qu'ont apportées des serviteurs.

En intermède, chacun propose des énigmes à la sagacité des convives. Car depuis la nuit des temps, à travers tout l'Orient aussi bien sous la tente du nomade dans les déserts de Pharan et de Seir que dans les palais des rois de Babylone, de Ninive et de Damas, les enfants des hommes se plaisent à s'exprimer par paraboles que seuls les hommes sages savent comprendre, à se poser des énigmes qui aiguisent la réflexion. Chacun, ce soir-là, rivalise de finesse et d'astuce au point que d'une grande simplicité paraît la fameuse énigme qu'avait adressée Samson à ses commensaux lors des festivités qui accompagnaient ses noces avec la femme qu'il s'était choisie chez les Philistins, noces qui se prolongèrent sept jours durant. Le dernier, Saül a proposé deux énigmes dont certains ont compris qu'elles renfermaient des allusions à David qu'il regardait en parlant ainsi :

« Il y a trois choses qui me dépassent, et quatre que je ne peux comprendre. »

Il fait une pause, puis il reprend aussitôt car nul ne sait à quoi il pense :

« C'est la voie que suit l'aigle dans le ciel, la voie que suit le serpent sur le roc, la voie que suit le vaisseau au milieu de la mer, la voie que suit un homme avec une jeune fille.

« Et encore ceci, poursuit-il : sous trois choses la terre tremble ; il en est même quatre qu'elle ne peut supporter. Quand un vilain se rassasie de nourriture, quand une femme odieuse se marie, quand une servante hérite de sa maîtresse, quand un serviteur devient roi. »

On applaudit à des paroles dont on ne sait trop s'il faut les attribuer à une grande sagesse ou plutôt à l'animosité et au ressentiment d'un esprit troublé. Cependant, David est si occupé de Mikal et de la perspective que lui ouvre ce mariage qu'il a à peine prêté attention aux paroles de Saül et il n'a pas songé à y découvrir une quelconque insinuation qui puisse le viser.

Bientôt, on se lève pour se séparer. David vient alors au-devant de Mikal. Sans dire un mot il la prend par la main, l'entraîne fermement hors du cercle des convives et avec elle s'enfuit sans même saluer l'assemblée. Nul ne songe à s'en offenser car de cette manière il simule le rapt de la fiancée tel que le veut la coutume, en souvenir de l'enlèvement des filles de Silo par les Benjaminites survivants du massacre qui avait mis un terme à la vengeance des tribus d'Israël à la suite du viol de l'épouse du lévite d'Ephraïm par les gens de Guibéa. Ils courent par les rues de la ville, sombres et désertes à cette heure de la nuit, et c'est bien volontiers que Mikal se laisse ainsi entraîner. Mais au lieu de l'emmener dans leur nouvelle demeure, David conduit sa jeune épouse vers l'une des portes de la ville, une porte qui reste ouverte tout le jour et toute la nuit, sauf lorsque surgit la menace d'une invasion étrangère.

« Mais où donc m'emmènes-tu, ô mon aimé, mon frère ? » s'enquiert-elle, toute haletante de cette course.

« Vois, ma sœur, mon épouse, répond-il en s'arrêtant, tiède et divine est cette nuit. Les mandragores ont exhalé leur parfum et les vignes sont en fleur. Au-delà des portes de la ville courent des sources d'eau vive parmi les vergers riches en fruits exquis. L'herbe nouvelle couvre les prés où éclosent les fleurs aux parfums délicieux. C'est là que je veux t'emmener, sous ce ciel où dansent les étoiles autour de la lune dont ta beauté est le reflet, ce ciel qui est la voûte de notre demeure, car la terre fleurie sera notre chambre de noces, et les arbres au tronc élancé seront les colonnes qui soutiennent le toit de cette maison éternelle. Là, sur une couche d'herbe fraîche, tu me donneras ton amour, car notre amour est si vaste qu'une construction humaine ne peut le contenir, seul le monde est à sa mesure. »

LIVRE VI

Crainte et tremblement me saisissent

Pendant les jours qui suivent, David vit uniquement pour l'amour de Mikal. On ne le voit plus guère au palais. Ils vont par les champs, par les rues de la ville, la main dans la main, visages radieux qui expriment leur insouciance et leur bonheur. Ni l'un ni l'autre ne soupçonne l'orage qui se prépare à éclater sur leur tête.

Dans son palais, Saül est de plus en plus pensif, de plus en plus sombre. Nul n'ose l'interroger sur les causes de son humeur chagrine qui s'accentue chaque jour. Enfin, submergé par sa rancœur, il ne peut plus se taire et il prend à part Abner qui lui est un conseiller particulièrement écouté et quelques-uns de ses plus fidèles officiers :

« J'ai bien vu, leur dit-il, que vous vous inquiétiez de me voir ainsi agité et soucieux. Or, mon souci, vous le soupçonnez, c'est ce David. Dès les premiers jours qu'il est apparu à mes regards il a commencé à me porter ombrage. Ses victoires, sa fortune insolente, le rendent de plus en plus cher au cœur du peuple et dans la même mesure s'accroissent son ambition et son mépris pour son roi. Le voici maintenant devenu mon gendre et Samuel lui-même, ce Samuel qui au nom de Yahvé m'a versé sur la tête l'huile sacrée de la royauté, s'est déplacé spécialement pour bénir le mariage, mais en réalité pour assurer David de son concours, pour lui faire entendre qu'il le désignait pour monter sur le trône d'Israël. »

Ces paroles attirent quelques protestations des officiers qui assurent le roi de leur affection et de celle du peuple. Saül soupire, demeure un instant silencieux avant de poursuivre :

« Ce David, je l'ai aimé comme un fils, je l'aime encore. Pourtant, comment peut-on agir avec un fils ingrat ? Car je n'en puis plus douter, ce ne sont plus mes fils par le sang, mon Jonathan qui pourtant lui voue une amitié aveugle, qu'il veut évincer de la compétition pour le trône, c'est à moi-même qu'il envisage d'arracher la couronne. Ainsi il convient que je le prenne de vitesse, que j'agisse lorsqu'il en est encore temps : j'ai décidé de faire mettre à mort David, d'exécuter ce que ni les Philistins ni les autres ennemis que je l'ai envoyé combattre n'ont réussi. »

Les officiers, jaloux de la gloire de David, s'empressent d'approuver le roi. Seul Abner tente d'apaiser une crainte qui ne lui paraît pas justifiée :

« Saül, mon roi et mon cousin, lui dit-il, tu sais combien me sont précieux ta famille qui est la mienne et ton trône dont je prétends être l'un des plus fermes soutiens. Or ton serviteur voudrait te mettre en garde, il faut éviter de boire l'iniquité comme l'eau. Tu ne peux condamner David sans plus de certitudes... »

Mais Saül l'interrompt avec colère.

« Abner, je ne veux pas t'écouter plus. De ce que je dis j'ai eu le temps d'acquérir la certitude. Attendre encore, c'est laisser se renforcer la menace qui pèse sur mon trône, c'est trahir la confiance que mes enfants et mes fidèles ont mise en moi. David s'est déjà acquis la complicité de Samuel, et de qui d'autre encore ? Il est comme l'araignée au cœur de sa toile : chaque jour il l'étend, il tisse de nouvelles ramifications à ce complot qu'il trame pour me dépouiller de ma royauté. Si tu cherches encore à le défendre, je redouterai de voir en mon propre cousin, dans le chef de toutes mes armées, un complice de mon ennemi.

— Dans ce cas, je me tais, car tu m'offenses en osant suggérer que je puisse conspirer contre mon roi. »

Abner parle ainsi, mais il demeure en son for intérieur convaincu de l'innocence de David. Il n'ose cependant se rendre chez David pour l'aviser du danger qu'il court. Il reste tout ce jour, inquiet et hésitant, puis prend une décision qui lui semble dictée par la sagesse. Il s'en vient trouver Jonathan et lui fait un récit fidèle de la séance secrète que le roi a tenue avec son conseil. Sans balancer, Jonathan court auprès de David qui se tient dans la chambre haute de sa demeure en compagnie de Mikal avec qui il fait de la musique. Les deux époux se lèvent à son arrivée et le reçoivent avec des visages souriants :

« Jonathan, mon frère, lui dit David, mon âme se réjouit de te voir car ta présence ajoute encore à mon bonheur. Tu dois me pardonner de m'être montré égoïste et de n'être pas revenu au palais ces derniers jours mais ce m'est encore un plaisir tout neuf de me trouver autant qu'il me plaît auprès de celle qu'aime mon cœur ; c'est pourquoi je m'en saoule comme d'un vin nouveau.

— Moi-même, mon cher frère, dit à son tour Mikal, je serais bien fâchée que déjà David me quittât pour vaquer si vite à ses anciennes occupations comme si je n'étais à son goût qu'un plat de dattes au miel. Hélas ! Je sais trop bien qu'un jour prochain il devra me quitter pour reprendre les armes. Alors comprends qu'autant que je le puis, je veux le garder auprès de moi, sans cesse, afin de me remplir de sa présence, de chercher à me rassasier de son amour bien que je sache qu'il n'en sera jamais ainsi, que jamais je ne serai lasse de l'aimer et d'être aimée par lui.

— Je crains bien d'apparaître comme un sombre messager à vos yeux », répond Jonathan.

Il se tourne vers David qui lui a lancé un regard surpris par ce préambule :

« Mon père Saül s'est engagé dans une voie ténébreuse, entraîné par on ne sait quel démon. David, je sais qu'il cherche à te faire mourir car il prétend que tu conspires contre lui et sa famille et que tu aspires à la royauté. »

A ces mots David se lève et vient s'agenouiller devant Jonathan dont il saisit les mains :

« Qui peut lui inspirer une si folle crainte ! s'exclame-t-il. Jonathan, toi qui es mon grand ami, l'homme que j'aime le plus au monde, tu sais bien qu'il n'y a là rien de vrai ! Quoi, serais-je assez hypocrite et fourbe pour me dire ton ami et dans le même temps envisager de renverser de son trône l'homme à qui je dois tout, le roi oint par Yahvé, et ainsi te dépouiller de cet héritage que je n'ai cessé de défendre contre les Philistins et tous ses ennemis au péril de ma vie ? Crois bien qu'en ces jours, il ne se passe pas un instant sans que je bénisse Saül de m'avoir reçu auprès de lui, de m'avoir accordé Mikal et d'avoir permis que je puisse te rencontrer et jouir de ton amitié qui m'est un bien plus précieux que tout l'or d'Egypte et même que la couronne de Babylone.

— David, David, est-il besoin que tu me dises tout cela pour que j'en sois convaincu ? Jamais je ne songerais à te soupçonner de la moindre perfidie tant je sais ton cœur noble et pur. C'est pourquoi je suis venu vers toi, afin de te dire de rester sur tes gardes et de te mettre à l'abri demain matin. Retire-toi dans les champs afin de ne pas risquer d'être pris dans le piège de la ville. Moi, j'irai vers mon père et je parlerai en ta faveur. Je me fais fort de le persuader de ses torts, mais en attendant, reste caché. Si les événements tournent à ton avantage, si Saül m'assure de ta sauvegarde, je t'en informerai, je viendrai te chercher. »

Le lendemain, dès qu'il parvient à se trouver seul en compagnie de son père, Jonathan l'entreprend en ces termes :

« Roi Saül, mon père, il est venu à mes oreilles que tu penses mal de David. Je ne sais qui t'a mis dans l'esprit de mauvais jugements à propos de lui. Que le roi ne pèche pas contre son serviteur David, car il n'a pas péché contre toi. Au contraire, ses actions ont été commises pour ton plus grand profit. Pour toi il a mis son âme dans sa main, il a risqué sa vie et découvert son cœur. Il a tué le Philistin et par sa main Yahvé a accordé de grandes victoires à Israël. Tout cela tu l'as vu de tes propres yeux et tu t'en es réjoui. Voudrais-tu maintenant pécher en répandant le sang d'un innocent, car c'est sans nulle raison que tu ferais périr David. Je suis son ami, il est le mien et nous sommes chers l'un à l'autre. Je connais ses pensées comme il connaît les miennes ; or je sais qu'il te vénère et te respecte comme roi mais aussi qu'il aime l'homme en ta personne. A travers moi, à travers Mikal, c'est aussi toi qu'il aime, et toi aussi tu l'aimes... c'est peut-être pourquoi tu veux aussi le haïr. »

Ces paroles touchent Saül au plus profond de son être car elles sont l'expression de la vérité que

Jonathan a su définir en si peu de mots. Il penche la tête, ferme les yeux, écoute encore parler son fils qui plaide avec fougue pour David. Enfin il se redresse et laisse tomber ces mots :

« Aussi vrai que Yahvé est vivant, David ne mourra pas. »

Jonathan tombe à genoux devant son père, prend ses mains, les porte à son front et à ses lèvres.

En quittant le roi, il court directement vers la cabane perdue dans les champs, où David a trouvé un refuge temporaire. Il lui rapporte son entretien avec son père et le ramène au palais après l'avoir persuadé qu'il est temps d'y reparaître et de reprendre son service car, en se prolongeant, son absence risque d'indisposer le roi. Saül l'accueille sans faire de commentaire, comme si rien ne s'était passé. Il lui demande simplement des nouvelles de son épouse, puis il l'invite à venir le distraire par son chant et sa musique.

Ainsi David a-t-il repris son service et, dans le courant de l'été, il se met avec Jonathan en campagne contre les Philistins qui une fois encore ont débordé leur frontière et sont venus ravager les campagnes d'Israël. Et à nouveau au cours de cette guerre, il s'illustre par des exploits et met en déroute les bataillons ennemis. Cependant, David n'éprouve plus guère le désir de guerroyer et il n'est parti que contraint par les événements, car il est loin de s'être lassé de Mikal et il ne se passe pas un jour, pas une nuit, pas une heure sans qu'il pense à elle. Ainsi, dès que les Philistins sont rentrés chez eux, il ne cherche pas à les poursuivre ni à prolonger la campagne. Avant la fin de l'été, il rentre à Guibéa, chargé d'un riche butin qu'il remet au roi.

Or, quelque temps après, Saül requiert David pour venir comme naguère jouer pour lui seul de la harpe afin de calmer sa bile noire. Dans un passé récent, depuis son mariage, lorsque David venait chanter et faire de la musique dans le palais, il y trouvait toujours le roi en compagnie tout au moins d'Abner et de Jonathan. Or, ce soir-là, Saül est seul, vautré sur un lit parmi les coussins. David songe qu'il se trouve dans un mauvais jour. Il se tient sur ses gardes car il se pourrait bien que le roi ait oublié le serment fait à son fils au nom de Yahvé, que David ne serait pas mis à mort. David s'est assis sur un épais coussin, auprès d'une lampe posée sur un trépied, qui l'enveloppe de sa lumière dorée, tandis que le roi se trouve dans la pénombre, si bien que David discerne avec peine les traits de son visage durci.

Alors, il entonne ce chant dans l'espoir de toucher le cœur du roi :

Elohim, prête l'oreille à ma prière
ne repousse pas mes supplications.
Je gémis troublé par les clameurs des méchants
Car ils me persécutent avec rage
et déversent sur moi l'iniquité.
Mon cœur frissonne et je suis saisi par les affres de la [mort.
Crainte et tremblement me saisissent
la frayeur m'étreint
je demande alors : « Qui me donnera les
ailes de la colombe, afin que je m'envole ? »
Je m'enfuirais au loin, je trouverais
refuge dans le désert.
Si encore m'outrageait un ennemi, je le supporterais
Si quelqu'un qui me hait se dressait contre moi,
je m'éloignerais de lui,
Mais toi ! un homme comme moi,
un familier que j'aime, avec qui j'échangeais
des paroles amicales
dans la demeure divine tout en nous promenant.

Au lieu de l'apaiser, cette apostrophe directe porte Saül au comble de l'exaspération. David ne peut poursuivre plus loin. Le roi a saisi son javelot, attribut de sa royauté, et il le lance contre David. Encore une fois il se jette de côté pour éviter le trait et avant que Saül n'ait trouvé une nouvelle arme, il prend la fuite, il sauve sa vie sans chercher à se défendre.

D'une seule traite, David court à sa demeure. C'est la seconde fois, au cours d'une crise que David ne saurait qualifier, que Saül tente de le tuer. Il espère que, comme la fois précédente, le roi le laissera en paix et aura oublié sa folie meurtrière avec le jour qui dissipe les ombres troubles de la nuit.

David est encore tremblant, haletant, mouillé de sueur lorsqu'il entre dans la chambre haute où l'attend Mikal. En le voyant arriver ainsi, l'air hagard, elle s'étonne, prend peur. Il lui narre les événements tandis qu'elle éponge son front et parfume ses membres.

« Tu ne peux rester ici ! s'écrie-t-elle.

— Saül ne me poursuivra pas jusqu'ici, proteste David.

— Crois-moi, si tu ne fuis pas cette nuit, tu es un homme mort. Je connais mon père. Une fois il a bien voulu oublier, mais c'est déjà à ses yeux une fois de trop. Oh ! mon David, j'ai si peur pour toi ! Crois que cette séparation me coûte autant qu'à toi, mais ce serait une folie que de rester ici. Il te faut partir sans tarder. Fuis auprès de Samuel. Là tu seras en sécurité et tu pourras attendre qu'avec Jonathan nous apaisions le roi.

— Tu as peut-être raison », reconnaît David.

Il enlace Mikal, la serre entre ses bras. Il songe à lui proposer de partir avec lui, et sans doute elle aurait accepté de le suivre sans hésiter. Mais des cris s'élèvent dans la rue et on heurte rudement à la porte de la cour.

« Ce sont les racim, les gardes du roi ! s'exclame Mikal. Je ne me trompais pas et déjà nous avons trop tardé... La fenêtre, fuis par la fenêtre, je saurai les retenir, les faire patienter. »

Sans pouvoir prendre d'armes, car elles sont rangées dans une salle au rez-de-chaussée, David enjambe la fenêtre qui donne derrière la maison et se laisse choir dans le petit jardin sur lequel elle s'ouvre. Mikal a appelé un serviteur pour qu'il aille s'enquérir de la raison du tapage que font les soldats. En hâte elle va chercher le téraphim ; c'est une statue grossièrement sculptée dans un tronc de pin, de taille humaine ; la divinité qui l'habite protège la maison et les biens des propriétaires contre les démons, mais aussi elle est capable de révéler l'avenir. Elle la dispose sur le lit, jette à la place de la tête une tresse claire en poil de chèvre et couvre le tout d'un drap sous lequel se dessinent ses formes.

A peine a-t-elle préparé ce simulacre que montent dans l'escalier les gardes du palais. Mikal vient au-devant d'eux et prend un air courroucé :

« Que signifie, demande-t-elle d'un ton ferme, cette intrusion dans la demeure de la fille de votre roi ?

— Pardonne-nous, repartit le capitaine des gardes. Ordre du roi. Il m'a commandé de venir chercher David jusque dans sa chambre s'il le faut afin que je le conduise devant lui.

— Ce n'est pas possible », répond-elle avec assurance en revenant vers la chambre. « Voyez, il est malade et à peine vient-il de s'endormir. »

Elle a relevé la portière de laine à la trame serrée et montre la forme couchée sous le drap, à peine éclairée par une seule lampe.

L'officier n'ose insister et se retire. Il retourne auprès de Saül qui l'a appelé juste après que David a quitté le palais et l'a envoyé aussitôt à sa recherche. Lorsqu'il lui apprend ce qui vient de se passer, Saül entre dans une violente colère et il ordonne :

« Alors, portez-le avec son lit, car je veux moi-même le mettre à mort. »

Les gardes retournent en hâte dans la maison de David et leur chef transmet à Mikal l'ordre du roi. Elle ne peut les empêcher de prendre le lit, mais dans le transport, le drap glisse et les gardes découvrent avec consternation la supercherie. Ils courent en avertir le roi qui leur commande de traîner sa fille devant lui. Mikal les suit sans chercher à leur résister. Elle se réjouit en son âme car elle sait que David est désormais loin, hors de danger.

Lorsqu'elle paraît devant Saül, il s'emporte et s'écrie :

« Mikal, pourquoi m'as-tu trahi ? Tu as permis à mon ennemi de s'enfuir. C'est là un crime abominable ! »

La jeune femme redoute la colère de son père et elle sait qu'il serait vain de chercher en ce moment à défendre David : elle ne pourrait que s'attirer un sévère châtiment sans pour autant servir la cause de son époux.

« Que pouvais-je faire ? demande-t-elle. Il a préparé le leurre et m'a menacée. Et aussi, n'est-il pas mon époux et mon maître, maintenant que tu m'as donnée à lui ? »

Saül n'est pas dupe des paroles de sa fille et il se doute bien qu'elle est sa complice volontaire. Mais il songe qu'il ne peut la punir pour avoir montré une vertueuse fidélité à son époux. Il la laisse rentrer chez elle sans plus insister ; il sait que David n'a pu s'enfuir loin et il lui sera aisé de le retrouver.

En vérité Saül a raisonné juste car quelques jours plus tard, l'un de ces hommes qui dans les villes et villages du royaume sont ses yeux, ses fidèles et secrets serviteurs, vient l'informer que David se trouve auprès de Samuel à Naioth, près d'Armathaïm. Aussitôt il convoque le capitaine des racim, le chef de sa garde en qui il a placé sa confiance et le requiert de ramener David devant lui.

« Ton serviteur est à tes ordres : demain David sera conduit enchaîné à tes pieds.

— Cependant, précise Saül en un élan soudain, qu'il ne lui soit fait aucun mal : je le veux vivant.

— J'écoute et j'obéis », assure l'officier en se retirant.

Cette nuit-là, Saül n'a guère dormi. Il est resté déchiré en lui-même, incapable de s'engager dans une quelconque voie, que ce soit celle de la justice ou celle ténébreuse à l'entrée de laquelle il recule avec horreur. Capable de tuer, dans un moment de colère, même l'être qui lui est le plus cher au monde, Saül se révèle incapable d'exécuter froidement un homme, serait-il son ennemi. Cependant, ce n'est pas qu'il n'ait invoqué toutes les raisons qui lui paraissent les meilleures pour justifier une sentence de mort ; mais en y réfléchissant d'un cœur plus sincère, il reconnaît que la plupart d'entre elles sont dans le fond fallacieuses, qu'elles ne sont que de fausses justifications pour supprimer le sujet de tant de tourments, sujet toujours aimé et qu'en vain il veut haïr.

Lorsqu'on lui annonce le retour des envoyés à Armathaïm, il souhaite en lui-même qu'ils rentrent les mains vides. Or le capitaine des racim se présente en compagnie de quelques hommes, sans David, et l'un des gardes, celui à qui le capitaine avait confié la responsabilité de l'arrestation, se jette aux pieds du roi et balbutie :

« Roi Saül, une chose, une chose extraordinaire est arrivée. Crois ton serviteur, car tous ces hommes qui sont ici en sont témoins. Nous avons marché toute la nuit d'hier, nous avons traversé les montagnes d'Ephraïm, et au petit jour nous sommes arrivés à Naioth où vit Samuel. Et voici : le voyant se trouvait en compagnie de ces devins et prophètes qui vivent dans des cellules autour de lui. Ils dansaient et chantaient au son des harpes, des tambourins, des flûtes et des cithares, ils étaient saisis du délire de Yahvé, et Samuel était parmi eux. Vers nous il est venu, il a dardé sur nous son regard et nous avons été saisis de l'esprit de Dieu. Nous ne commandions plus à nos jambes, ni à nos bras, ni à nos corps, et nous nous sommes mis à danser, à tournoyer comme les étoiles dans le ciel, comme l'eau qui tourbillonne dans les cascades de Bethshean. Ce que nous avons fait ensuite, nul d'entre nous n'est capable de le dire, mais lorsque l'esprit de Yahvé nous a abandonnés, nous nous trouvions sur le chemin du retour, tout près d'ici, de la ville de mon seigneur. »

Saül ne met pas en doute les paroles de son serviteur car il n'ignore pas les pouvoirs dont Yahvé a doté son voyant, son élu, Samuel.

Il se souvient de sa jeunesse, avant qu'il n'accédât à la royauté sur Israël. Son père Qish l'avait alors envoyé à la recherche de ses ânesses qui s'étaient égarées, nul ne savait où. Pendant trois jours il les avait cherchées dans les montagnes d'Ephraïm, jusqu'au pays de Çûf, sans jamais les trouver. Il avait dit au serviteur qui l'accompagnait qu'il était temps de rentrer afin que son père ne s'inquiétât pas d'une si longue absence. Ce serviteur lui avait alors proposé de se rendre auprès d'un voyant qui habitait une ville voisine afin qu'il les éclairât sur ce qui concernait les ânesses. Saül avait hésité car il n'avait rien à donner au voyant pour son service, mais il restait à son serviteur un quart de sicle d'argent qui suffisait pour payer la consultation.

Ils étaient parvenus sur le flanc de la colline au haut de laquelle se trouvait Armathaïm, la ville du voyant, la ville de Samuel. Ils y avaient rencontré des jeunes filles qui venaient par là puiser de l'eau et Saül leur avait demandé si le voyant était là. Elles lui apprirent qu'il venait d'arriver afin d'offrir avec le peuple un sacrifice sur le haut lieu, sur la hauteur voisine de la bourgade, où est dressé l'autel à cornes de Yahvé. Ainsi avaient-ils rencontré Samuel alors qu'il sortait de la ville. Mais Saül ne le connaissait pas, il ne savait pas qui il était. Il l'avait abordé devant la porte et l'avait prié de lui indiquer où se trouvait la demeure du voyant. Alors Samuel l'avait scruté de son regard pénétrant et lui avait dit : « Je suis le voyant. Accompagne-moi au haut lieu. Vous partagerez avec moi le repas du sacrifice. Demain matin, nous nous quitterons et je te dirai ce qui est dans mon cœur. Quant aux ânesses que tu as perdues il y a trois jours, ne t'en soucie plus, elles sont retrouvées. » Ces paroles avaient stupéfait Saül car comment Samuel pouvait-il savoir qu'il était depuis trois jours à la recherche des ânesses de son père alors qu'il ne le connaissait pas ? Mais encore il avait ajouté : « Au reste, à qui appartiendra la richesse d'Israël ? N'est-ce pas à toi et à la maison de ton père ? » Saül s'était plus encore étonné de ces paroles et il avait répondu : « Ne suis-je pas un Benjaminite, la plus petite des tribus d'Israël ? Et ma famille n'est-elle pas la plus insignifiante de toutes celles de la tribu de Benjamin ? Pourquoi alors me dis-tu de telles paroles ? » Mais Samuel n'avait pas répondu et il ne lui avait rien dit de plus pendant ce jour. Saül avait dormi enroulé dans une couverture, sur la terrasse de la maison de Samuel. C'est là qu'à l'aurore était venu le retrouver le voyant, et il lui avait dit : « Lève-toi, et nous nous quitterons. » Il l'avait accompagné jusqu'au-delà des portes de la ville et là il lui avait demandé d'éloigner son serviteur, afin de lui faire entendre la parole de Yahvé. Dès que le serviteur avait disparu, il avait sorti d'un petit sac une fiole de terre émaillée, il l'avait renversée au-dessus de sa tête, et une huile parfumée avait coulé sur son front, puis il l'avait embrassé et lui avait dit : « Yahvé t'a oint pour que tu règnes sur Israël. Tu paîtras le peuple de Yahvé et le délivreras de ses ennemis. Et voici les signes que t'enverra Yahvé. Tout à l'heure, après m'avoir quitté, tu rencontreras deux hommes sur la limite des terres de Benjamin, près du tombeau de Rachel à Selsach, et ils t'avertiront que les ânesses sont retrouvées et que ton père s'inquiète de toi. Tu poursuivras ta route jusqu'au chêne de Tabor : là tu rencontreras trois hommes montant à Béthel vers Elohim ; l'un portera trois chevreaux, un autre trois pains, le dernier une outre de vin. Ils te salueront et te donneront deux pains que tu recevras de tes mains. Tu parviendras ensuite à Guibéa : à l'entrée de la ville tu croiseras une bande de prophètes descendant du haut lieu, précédés de la harpe, des tambourins, de la flûte et de la cithare, et ils seront saisis du délire divin ; alors fondra sur toi l'esprit de Yahvé et avec eux tu entreras en délire, tu connaîtras leur extase, et alors tu deviendras un autre homme. Lorsque tu auras reconnu tous ces signes, agis comme tu croiras devoir le faire selon l'occasion, car Yahvé te guidera. »

Or, tout ce qu'avait prédit Samuel s'était accompli et Saül avait été lui aussi saisi par l'esprit divin. Toutes ses actions lui avaient ensuite frayé le chemin de la royauté.

Saül veut encore éprouver la puissance de Samuel, et il décide de se rendre en personne à Armathaïm. Il se fait escorter par le capitaine des racim et quelques gardes, et le jour même il prend la route.

En sens inverse il suit le chemin qui l'avait jadis conduit d'Armathaïm à Guibéa. Parvenu au chêne de Thabor, il évoque non sans quelque mélancolie sa rencontre avec les trois hommes qui allaient sacrifier à Béthel. C'était l'époque de sa belle jeunesse ; alors il allait la tête haute, le cœur plein d'espoir, riche du plus prestigieux avenir. Maintenant il sent que la grâce de Yahvé s'est éloignée de lui. Mais il reprend sa route car le guide une volonté inflexible et il sait qu'il doit assumer son propre destin, sans faiblir, avec une âme ardente et hautaine, une âme de roi.

La nuit est tombée et il s'arrête en ce lieu pour dormir, sans nulle toile pour le couvrir, enroulé dans son manteau, comme au temps de sa jeunesse. Dès l'aube il se remet en route avec ses serviteurs et dans la matinée il parvient près de la citerne, sur la colline dénudée où il avait rencontré les jeunes filles lors de sa première venue à Armathaïm. Il y a là des femmes qui puisent de l'eau, tout en parlant entre elles. Il leur demande si elles ont vu Samuel et David : nulle d'entre elles ne se doute qu'elles s'adressent au roi lorsque ensemble elles lui répondent qu'ils sont tous deux à Naioth, tout près du lieu où elles se trouvent.

Saül s'y rend d'un pas rapide, tant il a hâte d'éprouver le pouvoir dont Samuel peut encore jouir au regard de lui-même. Les cases peintes en blanc des prophètes sont dispersées dans une forêt de chênes, de peupliers, de cyprès et de styrax odorants. Entre les arbres il distingue les amples robes blanches des prophètes qui dansent en faisant de la musique tout en chantant d'une voix rauque et grave. Il s'avance encore lorsque apparaît Samuel qui se dresse face à lui, le regard flamboyant. Saül voudrait parler, mais il lui semble que sa langue demeure collée au palais, et de ses lèvres se mettent à sourdre des sons qu'il ne veut articuler. Ses jambes l'entraînent en avant tandis que se trouble son esprit. Bientôt il se met à balancer son corps, sa tête tourne comme un tour de potier, ses bras se dressent et s'agitent, souples comme des palmes : il est saisi de l'esprit divin sans pouvoir s'en défendre et il en est de même pour les hommes qui le suivent. Ainsi parvient-il au milieu du cercle des prophètes et parmi eux il danse en chantant. Puis peu à peu il se dépouille de ses vêtements qu'il jette au vent et il reste nu entièrement; pareillement ses serviteurs se dépouillent de leurs robes et tous dansent saisis d'un divin délire, devant Samuel qui les regarde, bras croisés, front haut.

David qui avait pensé trouver un refuge auprès du voyant, s'approche de lui et l'interroge du regard :

« Va, mon fils, retourne à Guibéa mais n'entre pas dans la ville, évite de te montrer. Saül ne sera pas de retour avant demain soir. »

Or il en advient ainsi : rompu par sa danse, épuisé par la divine possession, Saül s'affaisse enfin, il tombe sur le sol, haletant, les yeux révulsés, l'écume aux lèvres, le corps secoué de soubresauts. Il demeure ainsi tout le reste du jour et toute la nuit, et il en va pareillement de ses serviteurs.

Il ne retrouve ses esprits que le lendemain au matin et se voit tout honteux dans sa nudité. Cependant il n'ose incriminer Samuel car il vient trop sûrement de subir les effets de sa puissance. Il ne l'interroge même pas sur David et il s'en retourne à Guibéa, mais son cœur reste rongé par un ressentiment que son échec face à Samuel n'a fait que rendre plus aigu, plus douloureux.

A la faveur d'une nuit sans lune, David s'est glissé dans Guibéa, jusque dans sa demeure où il a surpris Mikal dans son sommeil. En reconnaissant son époux qui s'est glissé sans bruit dans son lit, elle bénit Yahvé et s'enlace à lui pour lui dire combien elle a vécu dans la crainte qu'il ne lui arrivât malheur. David lui rapporte ce qui s'est passé, brièvement car il a plus encore de hâte de lui donner son amour.

Lorsque le jour a éclairé les rues, il prie Mikal de se lever et d'aller chercher Jonathan. Elle se drape dans sa robe et court auprès de son frère qu'elle ramène aussitôt. Les deux jeunes gens s'embrassent avec ferveur puis, sans lâcher les mains de son ami, David lui demande :

« Jonathan, mon ami, mon frère, qu'ai-je donc fait de mal, quelle est ma faute, quel crime ai-je commis contre ton père pour qu'il en veuille pareillement à ma vie ?

— Chasse loin de toi de telles craintes ! s'exclame Jonathan. Tu ne mourras pas. Mon père n'entreprend rien, quelle que soit l'importance de la chose, sans m'en faire part. Pourquoi me cacherait-il sa volonté de te tuer ? Ce n'est pas possible.

— N'a-t-il pas envoyé ses gardes pour me mener

devant lui ? Ton père sait bien que j'ai ta faveur et il s'est dit : n'en parlons pas à Jonathan afin de ne pas lui faire de peine, ou peut-être parce qu'il craint que tu ne m'avertisses de ses projets. Mais aussi vrai que vit Yahvé et que ton âme est vivante, il n'y a qu'un pas entre la mort et moi. »

Jonathan redoute trop que David soit dans le vrai pour chercher à le conforter dans une fallacieuse sécurité.

« Tout ce que ton âme me suggérera, je le ferai pour toi, l'assure Jonathan.

— Voici, demain, c'est la nouvelle lune et je devrais prendre place à la table du roi pour partager son repas. Mais je ne viendrai pas et je me cacherai dans les champs jusqu'au soir du troisième jour. Ton père remarquera mon absence et s'il s'en étonne auprès de toi, tu lui répondras que je suis venu ce jour auprès de toi et que je t'ai demandé de me permettre de me rendre à Bethléem car on y célèbre le sacrifice annuel de tout mon clan. S'il dit : " C'est bien " ton serviteur est sauf et je pourrai revenir sans crainte. Mais s'il se met en colère sois assuré que ma mort est décidée dans son cœur. »

Jonathan demeure silencieux car le jugement de David lui semble pertinent. David reprend alors :

« Montre ta bonté à l'égard de ton serviteur puisque tu l'as uni à toi par un pacte au nom de Yahvé. Si tu crois que j'ai commis une faute, mets-moi toi-même à mort, il est inutile que tu m'amènes devant ton père. »

A ces mots, Jonathan presse David contre lui :

« Loin de moi une telle pensée ! s'exclame-t-il. Si j'apprends que mon père te veut quelque mal, sois certain qu'aussitôt je t'en aviserai.

— Qui donc m'avertira, si la réponse de ton père m'est défavorable ? s'inquiète alors David.

— Vois : tu vas te retirer dans les champs, à l'endroit où tu t'étais réfugié naguère, lorsque j'ai appris que mon père aurait voulu te faire périr. Tu te tiendras caché près de la cabane. Pendant ces trois jours de la préparation à la nouvelle lune, mon père ne pourra manquer de s'informer de toi auprès de moi. Je viendrai avant que ne se soient écoulés ces trois jours m'exercer au tir à l'arc sur une cible, je lancerai des flèches de ce côté-là. J'enverrai alors mon serviteur en lui disant : “ Va retrouver les flèches. ” Si je lui dis lorsqu'il les cherchera : “ Les flèches sont en deçà de toi, va les prendre ”, tu peux revenir, c'est que tout va bien pour toi, tu n'auras rien à craindre, aussi vrai que Yahvé est vivant. Mais si je dis au garçon, “ les flèches sont au-delà de toi ”, pars, fuis, car Yahvé veut t'éloigner. Ainsi personne ne pourra soupçonner que je t'ai averti, le roi m'aurait-il fait suivre en secret, aurait-il circonvenu mon serviteur. Pour ce qui est du serment d'amitié que nous avons échangé, toi et moi, Yahvé est entre nous, à jamais. »

Ils demeurent encore ensemble un moment, mais bientôt, Mikal s'alarme :

« David, mon aimé, je suis prise de craintes pour toi. Cela me déchire l'âme, mais il faut que tu t'éloignes car à peine notre père sera-t-il de retour qu'il enverra des gardes te chercher ici. Je serai là pour assurer que tu n'es pas revenu, mais il ne faut pas qu'ils te surprennent. »

Avec mille soupirs, mille larmes, David s'arrache aux deux êtres qu'il aime le plus au monde, le frère et la sœur. Par le jardin de derrière il saute dans la rue déserte et il s'éloigne en rejetant sur sa tête un pan de son manteau afin que nul ne le reconnaisse et que personne ne puisse jurer l'avoir vu par les venelles et les places de la ville. Le cœur lourd il va s'installer dans la cabane, muni d'une simple couverture et de provisions dans un sac. Il a même négligé d'emporter des armes, un poignard à la lame de fer excepté.

Avant que se termine cette journée, Saül est de retour à Guibéa, dépité de rentrer les mains vides. Cependant, il apprend par l'un de ses serviteurs secrets chargés de flâner de par les rues pour lui rapporter les rumeurs qui circulent dans le peuple que David a été aperçu dans la ville. Aussi espère-t-il qu'il se montrera lors des banquets qu'il offre pour les fêtes de la nouvelle lune. Ce soir-là, il vient occuper sa place habituelle, le dos au mur, en affectant un air serein qui pourrait laisser supposer qu'il a déjà oublié la querelle qu'il a faite à David. Jonathan s'assoit face à lui tandis qu'Abner s'installe à côté de lui. En vain le roi attend l'apparition de David. Il dissimule cependant sa déception et se retire sans avoir fait allusion à son gendre.

Lorsque, le lendemain, il voit que la place de David reste encore inoccupée, il ne peut se contenir et, comme l'espère Jonathan, il lui demande :

« Pourquoi le fils de Jessé n'est-il pas venu partager notre repas, ni hier ni ce soir ? »

Comme convenu, Jonathan répond, le cœur rempli de l'espoir d'une réaction favorable de son père qui depuis la veille montre une humeur pleine d'aménité :

« David m'a demandé la permission de se rendre à

Bethléem. " Laisse-moi aller, m'a-t-il dit, car nous avons dans la ville un sacrifice de clan et mon frère aîné m'a réclamé. Si j'ai acquis ta faveur, laisse-moi partir afin que j'aille voir mes frères. " C'est pourquoi il n'est pas ici ce soir. »

Mais voici que Saül se redresse, le visage empourpré par la colère, et il s'écrie :

« Fils d'une femme dévoyée ! Je sais trop bien que tu es l'ami du fils de Jessé, à ta honte et à la honte de la nudité de ta mère ! Aussi longtemps que le fils de Jessé restera vivant sur la terre, il n'y aura de sécurité ni pour toi ni pour ta royauté ! Maintenant, fais-le chercher et fais-le conduire devant moi car c'est un enfant de la mort. »

Par ces paroles Jonathan découvre que son père le soupçonne de savoir où se cache David et qu'il n'a pas accordé le moindre crédit à cette histoire d'un voyage à Bethléem. Il cherche cependant encore à défendre son ami, bravant la colère de son père :

« Pourquoi veux-tu le faire mettre à mort ? Qu'a-t-il fait ? »

La colère étouffe Saül qui au lieu de répondre s'empare de son javelot pour en frapper son fils. Jonathan a dès lors compris que son père a décidé la mort de David. A son tour il est saisi de colère et préfère se lever de table pour ne pas avoir à se dresser contre son père ; il quitte la salle du festin, outré de l'attitude du roi et le cœur rempli de douleur en songeant à David.

Il va s'enfermer dans sa chambre afin de ne pas laisser éclater sa colère devant son père. Non plus il ne veut encore aviser sa sœur de son malheur car il craint qu'elle ne veuille rejoindre David et par cela même révéler sa cachette et le perdre dans le même temps.

Le lendemain, dès le matin, il prend son arc, lie à sa taille son carquois et, suivi d'un jeune garçon de sa maison, il sort dans la campagne vers le lieu où se cache David. Il se montre ostensiblement dans les rues afin que les espions de son père puissent le suivre et voir qu'il ne rencontre pas David, car il est sûr que le roi le fait surveiller dans l'espoir de retrouver par lui, appât innocent, la trace du fugitif.

David s'est si soigneusement caché que même Jonathan ne peut l'apercevoir, mais il sait qu'il est tout proche et qu'il entend sa voix.

« Ici même je vais m'exercer au tir, dit-il à son serviteur. Il y a là un tertre qui me servira de cible, comme s'il était un ennemi de Yahvé. »

Sur la corde il place une flèche empennée à la pointe de fer ; il tend fortement l'arc et le trait s'envole vers le ciel en un bruissement d'ailes. Après une ample courbe, il disparaît de leur vue et Jonathan ordonne au garçon de courir voir où il est tombé. Le serviteur court, hésite, et Jonathan crie alors, de toute la puissance de sa gorge :

« La flèche n'est-elle pas au-delà de toi ? » Et il ajoute, en réalité à l'adresse de David, bien que le serviteur puisse prendre à son compte l'interjection :

« Vite, hâte-toi, ne t'arrête pas ! »

Le garçon a bientôt retrouvé la flèche et Jonathan décoche encore quelques traits pour ne pas donner de soupçons avant de s'en retourner vers sa demeure, le cœur lourd de chagrin pour son grand ami.

LIVRE VII

Yahvé conduira tes pas

Dissimulé dans la cabane voisine, David a compris les exhortations de Jonathan à la fuite. Son cœur est près d'éclater car il est sûr que, comme la fois précédente, Saül oubliera sa rancune dès que se seront éloignés les démons de la nuit. Il pensait que son ami venait le chercher pour le ramener triomphant devant le roi : or c'est la sentence d'exil qu'il venait de prononcer. Si après tous ces jours, Saül en veut encore à sa vie, c'est qu'il est désormais bien décidé à se débarrasser de lui, à le faire mettre à mort.

Il songe que la prudence lui conseille d'attendre la nuit pour quitter sa cachette ; ainsi passe-t-il le restant de ce jour à se lamenter tout en examinant les solutions les plus avantageuses pour lui. Il était si sûr de son fait, si certain qu'avant que les trois jours ne se soient écoulés il serait de retour dans sa demeure auprès de sa jeune épouse, qu'il songe qu'il n'a rien emporté avec lui qu'un léger manteau pour se couvrir la nuit. Il se repent alors, mais un peu tard, de sa négligence, de la trop grande confiance qu'il a mise en lui et en l'équité de Saül. Il décide alors de se rendre à Nobé où il a déposé l'épée de Goliath, une arme qui maintenant lui sera bien précieuse car il n'est pas aisé de se procurer une bonne épée à la solide lame de fer dans tout le royaume d'Israël.

Dès que la nuit a tissé son voile d'ombre favorable aux amoureux et aux voleurs, David quitte sa cachette et s'éloigne de Guibéa où il laisse ce qu'il aime le plus au monde. Toute la nuit il marche, de manière que dans le courant de la matinée suivante il arrive en vue de Nobé.

Le village se dresse sur les flancs d'une haute colline boisée : il est dans l'ensemble occupé par les prêtres du sanctuaire de Yahvé, près de quatre-vingt-dix en comptant le grand prêtre Akhimelek et ses fils. Là résident aussi les familles des prêtres, leurs femmes et leurs enfants ; ils y vivent de la culture des champs voisins, de leurs troupeaux et des offrandes des fidèles qui viennent consulter l'éphod fatidique par lequel prophétise le dieu, que l'on conserve dans son sanctuaire.

Nombre d'entre ces prêtres viennent de Silo ; ils ont trouvé refuge là après la mort d'Héli, après que les Philistins eurent enlevé l'arche de Yahvé à la suite de leur victoire sur les Hébreux à Apheq. Jusqu'alors l'arche qui avait accompagné les Israélites dans le désert depuis la sortie d'Egypte avait été conservée à Silo, mais les enfants d'Héli l'avaient perdue. Et lorsque le coffre sacré était revenu parmi les enfants d'Israël, on l'avait placé à Beth-Shemesh, puis à Qiriath Yéarim, qu'on appelle aussi Baala, une cité des Gabaonites à peu de distance au nord-est de Beth-Shemesh où elle se trouve encore.

David s'engage dans les rues pierreuses du village, il monte jusqu'au sanctuaire de Yahvé, construit en pierres bien taillées. Là, il se retourne pour voir si nul ne le suit : il n'aperçoit que les gens du village qui vaquent à leurs travaux. Au-delà se développe un paysage de collines couvertes d'une belle végétation de pins et d'oliviers. Au sud-ouest, sur un éperon rocheux entre deux vallons escarpés se dresse Jébus, la fière cité des Jébuséens, qui se trouve encore aux mains des Cananéens, un roc au milieu des tribus d'Israël, entre Benjamin et Juda. C'est une très vieille cité, un temps occupée par les Egyptiens qui y ont bâti des temples pour leurs dieux, à côté des sanctuaires des dieux cananéens.

« David ! Que la bénédiction de Yahvé soit sur ta tête ! »

L'exclamation fait se tourner David qui reconnaît Abiathar, le fils d'Akhimelek. Il répond à son salut et comme à nouveau il reporte ses yeux sur la cité des Jébuséens, Abiathar s'en étonne :

« Tu regardes notre honte, dit-il. C'est là-bas Jérusalem, la ville du dieu Salim que les gens de cette ville appellent Urusalim. Ils dominent de leur hauteur cette région qu'ont conquise les tribus d'Israël et qui appartient à Yahvé. Car Yahvé a ici son sanctuaire, il se dresse face à celui de Salim, que nous n'avons pas la force de détrôner. Salim a son temple sur cette colline que tu vois, qui domine la ville et que les Cananéens appellent le mont Moriah ou encore Sion.

— Pourtant, répond alors David, n'est-ce pas là aussi la cité de Salim où régnait Melkhisedeq ? Et celui-ci n'était-il pas le prêtre du dieu très haut, d'El-Elyôn qui règne au plus haut des cieux ?

— Ainsi le déclare la tradition qui remonte à notre père Abraham. Mais vois, les anciens appellent bien El, le dieu de Melkhisedeq ; or il n'est pas le même que Yahvé et il règne sur Sion sous le nom de Salim.

— Cependant, n'est-ce pas ce même Elohim qui a ordonné à Abraham de lui faire le sacrifice de son premier-né, de son fils unique Isaac, de le lui offrir en holocauste ! N'est-il pas parti de bon matin avec son âne, son fils et deux serviteurs après avoir coupé le bois de l'holocauste, et trois jours plus tard n'est-il pas parvenu sur le mont Moriah que lui avait désigné le dieu pour y faire son sacrifice. Là, n'a-t-il pas élevé un autel à El, placé le bois pour le brûler, lié son fils par-dessus ? Et au moment où il avançait le couteau pour l'égorger, un messager envoyé par le dieu ne lui est-il pas apparu pour retenir son bras, car Elohim voulait éprouver Abraham, et celui-ci a offert au dieu un bélier en sacrifice à la place de son fils. Or ceci s'est passé sur le mont Moriah qui se dresse devant nous.

— Aussi vrai que Yahvé est vivant, tu rapportes la vérité ; ce lieu appartient à El et à la descendance d'Abraham, mais les Jébuséens en sont les maîtres, et lorsque à la tête des enfants d'Israël Josué a conquis sur les Cananéens ces terres promises par Yahvé, il n'est pas parvenu à se rendre maître du roc de Sion. »

Akhimelek qui sort du temple, interrompt leur conversation. Après avoir salué David, il s'étonne de son arrivée inopinée .

« David, comment se fait-il que tu sois seul, sans nulle escorte ni compagnons. N'y a-t-il donc personne avec toi ? »

David ne se trouble pas. Il prend le prêtre à part et lui dit à voix couverte :

« J'obéis aux paroles du roi car il m'a dit : " Que personne ne connaisse la mission dont je te charge, nul ne doit connaître l'ordre que je te donne. " Quant à mes hommes, ils doivent nous retrouver en un lieu connu de nous seuls. Maintenant, si tu as par là quelques pains, donne-les-moi, avec tout ce dont tu peux disposer comme nourriture.

— Je n'ai pas sous la main de pain ordinaire, il n'y a que du pain consacré. Vous pouvez le prendre pourvu que tes hommes n'aient pas eu de rapports avec des femmes.

— Nous nous sommes abstenus de femmes comme

toujours lorsqu'on part en guerre, les objets des hommes sont purs. Profane est le voyage que nous entreprenons, mais nos objets sont en état de pureté. »

Akhimelek est entré dans le temple avec David et il lui donne les pains d'oblation consacrés sur l'autel de Yahvé, ceux qu'on venait de retirer pour les remplacer par des pains encore chauds.

En hâte David les met dans la besace qui a contenu la nourriture que lui avait préparée Mikal avant sa fuite, puis il demande au prêtre :

« N'as-tu pas aussi sous la main une lance ou une épée ? Je suis parti si vite, tant était urgente l'affaire du roi, que je n'ai emporté ni mes armes ni mon épée.

— Il n'y a ici que l'épée de Goliath que tu as tué dans la vallée du Térébinthe. On l'a enveloppée dans un tissu après l'avoir ointe, et on l'a placée derrière l'éphod. Si tu la veux, tu peux la prendre, car il n'y a pas d'autre arme ici.

— Elle n'a pas sa pareille, donne-la-moi. »

David suit le prêtre dans le sanctuaire. Du vestibule il entre dans le lieu saint où pénètrent des rais de lumière par des soupiraux aménagés au haut des murs, sous la toiture de bois. Au centre se dresse l'autel et au fond quelques degrés de pierre conduisent au Saint des Saints, petite salle surélevée, creusée dans le roc, au lieu même où en des temps immémoriaux s'est manifestée la divinité. Akhimelek lève la main pour retenir David au haut des marches :

« Attends-moi là car tu ne peux fouler le sol consacré. »

Il s'avance ensuite dans la salle imprégnée de fumées d'encens et de myrrhe. Sur un trépied de bronze est posée une lampe au bec de laquelle danse perpétuellement une flamme légère que les prêtres entretiennent avec soin. Elle enveloppe dans sa lumière dorée l'éphod divin déposé sur un socle de pierre soigneusement équarrie. L'image divine est fondue en métal, semblable à celle que la mère de Mika, du temps où il n'y avait pas encore de roi en Israël, avait consacrée à Yahvé avec onze cents sicles d'argent, et que Mika avait placée dans le sanctuaire du dieu, dans les montagnes d'Ephraïm : et le prêtre qu'il y avait consacré était un jeune lévite de Bethléem, ardent défenseur du culte de Yahvé. C'est cette même représentation du dieu que les Danites emportèrent lorsqu'ils allèrent enlever aux Cananéens la ville de Laïs qu'ils appelèrent Dan après l'avoir repeuplée. Cette idole se trouve toujours à Dan et c'est à son imitation que les prêtres de Silo ont commandé cette statue du dieu qu'ils ont amenée à Nobé après que le sanctuaire a été détruit par les Philistins. La statue est revêtue de l'habit sacerdotal qui lui aussi porte le nom saint d'éphod.

L'âme remplie d'une crainte respectueuse, David regarde l'image du dieu qu'il adore plus que tout autre car il sait qu'il le protège et conduit son destin dont il est le maître. Akhimelek est passé derrière la statue et il en revient bientôt avec l'arme superbe. David déroule la toile, essuie la lame grasse, puis la glisse dans le fourreau enfermé lui aussi dans un pli de la toile. Il ceint le tout avec satisfaction tout en remerciant le prêtre. Puis, désignant l'image du dieu, il lui demande :

« Veux-tu consulter pour moi Yahvé afin que je sache si le voyage que j'entreprends doit réussir ?

— Volontiers », répond Akhimelek.

Il s'approche de la statue et tire les sorts disposés dans une poche de l'éphod en tissu.

« Va en paix, assure-t-il enfin. Le voyage que tu entreprends est sous le regard de Yahvé, c'est lui qui conduira tes pas. »

Ces paroles rassérènent le cœur de David qui une fois encore rend grâce au prêtre.

Ensemble ils sortent du temple et David fait ses adieux à Abiathar. Il n'ose s'attarder dans la crainte des poursuites de Saül, mais aussi parce qu'il se sent honteux d'avoir menti au prêtre afin d'obtenir de lui armes et nourriture. Et voici qu'en descendant le chemin qui mène au sanctuaire, il reconnaît Doëg, un Édomite dont Saül a fait le chef des gardiens de ses troupeaux. Il ne sait la raison qui l'a conduit à Nobé, mais il redoute qu'il ne l'ait aperçu et qu'il ne rapporte au roi sa visite à Akhimelek. Cependant, que peut-il faire sinon s'en remettre à la volonté de Yahvé ? Ainsi quitte-t-il Nobé, l'esprit occupé et il prie Yahvé pour qu'il ait aveuglé Doëg, pour que ce dernier ne l'ait pas vu.

Tout d'abord, David a pensé se rendre dans sa famille à Bethléem. Mais il a eu tôt fait de rejeter cette pensée, d'abord parce que sa ville natale sera le premier lieu où ira le faire chercher Saül, mais encore parce qu'il a quelque vergogne de se présenter en fugitif devant ses frères qui ont appris à respecter en lui le guerrier, favori du roi. Aussi passe-t-il près de Bethléem sans s'y arrêter. Vers le couchant il poursuit sa route car il lui est venu à l'esprit que nulle part dans le royaume il ne sera en sécurité. A tout moment il peut être reconnu par un serviteur du roi et dénoncé. Il lui paraît alors que son salut se trouve en un lieu où ne peut l'atteindre Saül, chez les Philistins. Et cette idée lui est venue si subitement qu'il ne peut douter qu'elle lui ait été dictée par Yahvé. Ainsi s'éloigne-t-il avec assurance car il n'a pas oublié l'oracle du dieu, dans le sanctuaire de Nobé.

Il descend des montagnes de Juda vers les collines de la Séphéla couvertes d'oliviers, puis il passe dans les parties basses de la plaine où les feuillages des sycomores la nuit lui servent d'abri. Il a bientôt mangé les pains d'oblation qu'il accommode d'olives, d'oignons et de figues, mais enfin le voilà parvenu aux frontières du royaume de Gath, hors de portée de Saül. Le jour suivant il parvient en vue de la puissante cité des Philistins.

David songe qu'il peut en toute sécurité se présenter à Akish, le roi de Gath, afin de se mettre à sa solde et combattre pour lui, car nul sans doute ne pourra reconnaître le jeune capitaine de Saül, l'éternel vainqueur des Philistins, dans cet homme couvert de la poussière du chemin, les cheveux sales, à peine vêtu d'une tunique déchirée sur les rocs où il passe les nuits et par les halliers dans lesquels il s'est aventuré. Il a aussi laissé pousser sa barbe qui, bien que courte encore, apparaît hirsute et mal taillée. Seule son épée qu'il a liée dans son dos et la dague qui pend à sa taille témoignent de sa condition guerrière.

Alors qu'il approche des portes de la ville, en sortent des chars de guerre attelés chacun de deux chevaux. David les regarde passer avec intérêt : cette charrerie a longtemps assuré aux Philistins une suprématie sur les cités cananéennes et israélites. Jusqu'à ce jour, les seuls chevaux qu'a vus David ont été ceux qu'avec ses hommes il a pu prendre aux Philistins lors de combats victorieux ; mais nul parmi les soldats d'Israël n'étant capable ni de monter les chevaux ni de conduire un char, Saül n'a jamais cherché à se faire une arme de ces conquêtes, et chaque fois il a échangé ces prises aux Philistins eux-mêmes contre du fer ou de l'or.

David a passé la porte de la ville où se presse une cohue de gens, paysans venant des campagnes pour vendre leurs bêtes, marchands conduisant leurs ânes et leurs mules chargés de vases en terre, couffes de sel provenant de la mer du Levant, amphores de vins du Carmel, paniers d'olives ; de plus loin encore, d'Egypte, de Damas, de Byblos, de Sidon, arrivent des caravanes chargées des produits de ces régions, tapis, draps de lin fin et de laine, peaux de bêtes tannées, tissus teints de pourpre, argent amené par les Tyriens de la lointaine et mystérieuse Tarshis, défenses d'éléphant, armes, métaux bruts.

David admire ces richesses et il se prend à rêver d'un royaume d'Israël puissant et prospère où afflueraient tous ces produits du monde. Il s'engage par les rues de la ville, interrompues par de larges places où se tiennent des marchés : aux bestiaux, aux légumes, aux vins, aux céréales. Dans les échoppes ouvertes sur les places et les rues, résonnent les marteaux des forgerons, flamboient les fours des potiers, s'élèvent les cris des foulons qui interpellent la clientèle.

C'est pour David un spectacle nouveau que celui de ces rues si animées, où se déploient de si fiévreuses activités ; car les villes des tribus d'Israël, aussi bien Bethléem que Guibéa, font à côté figure de villages : les artisans y sont rares, les marchés se tiennent hors des portes, le commerce n'y est guère prospère. Les Hébreux vivent encore des produits de leurs terres et de leurs troupeaux. Ils n'ont pas de vocation pour le commerce, ils n'ont que peu de goût pour les créations artisanales. Bien que depuis déjà plusieurs générations ils aient quitté la tente du Bédouin pour les demeures fixes en solides matériaux des villes, ils n'ont encore pas perdu les ancestrales habitudes des nomades et s'ils ont appris à cultiver la terre à l'école des Cananéens conquis, ils leur ont abandonné les activités serviles du négoce et de l'artisanat.

Et en ce jour, David songe qu'il ne peut y avoir d'Etat riche et prospère sans les apports de ces mêmes activités que méprisent les hommes de sa nation. Aussi vaque-t-il par les rues et les places de la ville, curieux de choses si nouvelles pour lui. Ses pas le conduisent jusqu'à la porte du palais où réside Akish. Le roi lui-même est assis devant la porte à double battant de cèdre renforcée de plaques de bronze. Il est assis sous un dais, sur un siège haut en bois sculpté. Sa tête est couverte de la traditionnelle coiffe en plumes rigides tenues dressées par des cercles d'or qui enserrent son front et maintenues sous le menton par une jugulaire de cuir couverte d'écailles d'or. Son visage aux traits forts est soigneusement rasé. Il est vêtu d'une ample tunique croisée sur le devant, toute brodée et ornée de franges sur ses bords, selon la mode cananéenne, alors que les hommes qui l'entourent ne portent qu'un pagne croisé, au bas duquel pendent trois cordons terminés par des glands en forme de fleurs de lotus renversées.

Le roi tient là sa cour de justice et plusieurs hommes demeurent en retrait attendant leur tour pour comparaître devant lui. David s'approche et s'assoit dans la poussière parmi eux. Tous ces gens parlent la langue des Philistins, mais pendant son séjour à la cour de Saül, David a appris suffisamment d'éléments de ce langage pour le comprendre et parvenir à s'exprimer quoique maladroitement. Or des bribes de phrases parviennent à ses oreilles et en levant la tête vers Akish, il voit un homme en armes qui le désigne et qui demande au roi :

« N'est-ce pas là ce David, le serviteur du roi du pays d'Israël ? »

Et vers lui un autre guerrier tourne ses regards et déclare :

« Il ressemble bien au gendre de Saül, à l'homme qui a si férocement combattu nos armées. Mais comment se trouverait-il ici, comme un suppliant ?

— Moi, je ne m'y trompe pas, sûrement c'est bien lui, c'est ce David fils de Jessé. »

Akish fronce alors les sourcils et David craint la

vengeance du Philistin aux mains de qui il s'est follement livré. Il voit que malgré son habileté dans le maniement de l'épée, il ne pourra jamais tenir tête à tant de guerriers philistins. Il ne trouve alors de recours que dans un simulacre de folie. Il se lève et se comporte comme si l'avait saisi un démon. Il se met à danser en des gestes désordonnés, émet des sons sans suite du fond de la gorge, laisse couler la bave sur sa barbe. Il parvient ainsi jusqu'aux portes du palais et il se met à en frapper les battants à coups de poing.

D'abord s'étonne Akish puis il se tourne vers ses serviteurs, ceux qui déclaraient reconnaître David dans ce coureur de rues et de grands chemins :

« Voyez donc, ce n'est qu'un fou, un malheureux privé de sens. Est-ce que je manque de fous dans ma ville pour qu'on m'amène celui-ci pour m'ennuyer avec ses extravagances ? Voyez, s'il continue, il va entrer dans ma demeure ! Chassez-le donc d'ici, éloignez-le de ma vue. »

Deux hommes s'approchent de David qui se laisse par eux entraîner jusqu'aux portes de la ville où on le jette sur le sol, et l'un d'eux ordonne aux gardes des portes de lui interdire l'accès de la cité.

David se relève et s'éloigne en bénissant Yahvé de lui avoir permis de se tirer à si bon compte de cette aventure, car il se rappelle l'histoire de Samson, qui avait été jugé en Israël. Samson n'avait pas fait plus de mal aux Philistins que ne leur en a déjà fait David ; or, lorsqu'ils avaient réussi à le capturer après que la femme de la vallée de Soreq, Dalila, l'eut trahi, ne l'avaient-ils pas enchaîné avec une double chaîne d'airain après lui avoir crevé les yeux, et ensuite ne l'avaient-ils pas contraint à tourner une meule dans sa prison ? Et finalement n'avait-il pas été obligé de participer à leurs jeux en l'honneur de leur dieu Dagon, maître des blés et des moissons ?

Pendant plusieurs jours, David a erré par les champs et les collines de la Séphéla, aux confins du territoire de Juda et du pays des Philistins : ainsi, s'est-il dit, si Saül me retrouve et envoie des hommes contre moi, je me réfugierai sur les terres du roi de Gath ; quant aux Philistins, ils n'ont pas de raison de venir me chercher ici, car ils m'ont pris pour un pauvre fou et leur roi ne peut imaginer que je sois David, le vainqueur de Goliath. Il s'est enfin installé dans un refuge qui lui paraît sûr, une grotte dans le voisinage du bourg d'Adullam. Mais pour subsister, il est obligé de voler du blé dans les champs, des fruits dans les vergers. Il s'est confectionné une fronde avec laquelle il abat du gibier et ainsi vit-il comme un brigand, comme un braconnier.

Or, ce jour, David rentre vers son abri avec deux canards sauvages qui volaient bas dans le ciel lorsqu'il les a abattus avec deux galets car il n'a rien perdu de son habileté à la fronde bien qu'il ait pris l'habitude de tirer à l'arc ou de combattre à la lance et à l'épée. Il approche de la grotte, s'arrête soudain et porte la main à son épée : sous la voûte d'entrée de la caverne se tient debout un homme vêtu d'une longue tunique à manches. David vient vers lui, d'un pas tranquille mais l'œil aux aguets bien qu'il se sente rassuré par l'attitude pacifique de l'étranger. Lorsque David parvient devant lui, ce dernier le salue et appelle sur sa tête la bénédiction de Yahvé :

« Qui es-tu ? Me connais-tu donc ? l'interroge David.

— Je te connais pour t'avoir vu à Naioth, lorsque tu es venu voir Samuel.

— Comment as-tu su pouvoir me trouver ici ? Car personne ne sait où je suis.

— Un homme l'a vu par l'inspiration de Yahvé.

— Samuel ? » interroge David.

L'inconnu hoche la tête et reprend :

« C'est lui qui m'envoie vers toi. Mon nom est Gad et je suis l'un des voyants qui vit à Naioth, auprès de Samuel. Yahvé m'a conduit jusqu'ici.

— Gad, sois le bienvenu auprès du proscrit qu'est devenu le gendre de Saül.

— Samuel m'a choisi parmi les voyants pour que je demeure auprès de toi et t'éclaire de mes conseils. Sache que Saül a l'esprit égaré par la colère et nous redoutons qu'il ne s'en prenne à tes parents. Maintenant que je t'ai trouvé, je veux te dire ceci : permets-moi d'aller les chercher à Bethléem et de les conduire auprès de toi afin qu'ils soient sous ta protection.

— Que prétends-tu ? Les placer sous la protection d'un homme qui n'est plus rien, d'un homme que persécute la haine de Saül ? Vois, je me nourris du produit de ma chasse, ma tunique est rompue de partout et bientôt je ne serai plus vêtu que de haillons comme un miséreux.

— Il n'en sera rien car la protection de Yahvé est sur ta tête. Il saura t'inspirer ce qu'il convient de faire. Mais tout d'abord il est bon de t'occuper de tes parents, de les soustraire à la vindicte du roi, car sa rancune et sa rage ne font qu'augmenter à mesure que s'écoulent les jours et que les gardes qu'il a envoyés à ta recherche s'en retournent auprès de lui déconfits.

— Ta venue est pour moi un grand réconfort, déclare David. Accompagne-moi dans mon humble demeure et accepte de partager avec moi ce maigre repas. Car tel est mon ordinaire depuis que j'ai fui Guibéa. »

Au fond de la grotte, dans une partie obscure d'où il peut surveiller l'entrée où pénètre la lumière du soleil, il a aménagé une couche de paille et de feuillage sur laquelle il a jeté son manteau : tel est son seul luxe. En avant il a confectionné avec quelques pierres un foyer où il entretient un feu en permanence afin de n'avoir pas la peine de le rallumer à l'aide de silex chaque fois qu'il s'en présente la nécessité. Ainsi a-t-il tôt fait de ranimer la flamme avec du bois d'olivier, de plumer les volailles et de les mettre à rôtir embrochées sur la longue lame de son épée.

Gad demeure cette nuit auprès de lui puis se met en route pour Bethléem le lendemain à l'aurore.

Il se passe à peine quelques jours que sont auprès de lui son père, ses frères, ses sœurs et ses neveux. Ces derniers se réjouissent de le retrouver et ils sont fort excités de l'aventure. Ses sœurs et son père se montrent inquiets, mais son frère aîné éclate en reproches, il irait même jusqu'à l'injurier de les avoir impliqués dans une telle situation, s'il n'avait pas appris à craindre en lui le guerrier maître de sa force. David qui a retrouvé l'insouciance de son adolescence en présence de ses neveux, se contente de rire de lui, de le railler pour sa poltronnerie.

« Ne crains rien, assure-t-il en conclusion, tu pourras bientôt retourner aux champs et recommencer à cueillir les olives et le raisin. Et pour compenser ces ennuis, je doublerai l'étendue de ton domaine, ce qui te fera plus encore labourer et transpirer, car je vois que tu grossis, tu manges trop et tu vas devenir comme un de ces porcs que les Philistins élèvent dans leurs champs. »

Ignorant la remarque finale, Eliab repartit :

« Et comment doubleras-tu l'étendue du domaine ? Sans doute avec les revenus de tes rapines ? »

Car dans la région d'Adullam, le bruit de la présence de David s'est répandu de manière que nombre d'hommes mécontents, soit qu'ils aient dû abandonner leurs quelques biens, talonnés par les gens du fisc royal, soit qu'écrasés de dettes ils aient été réduits à la mendicité, mais aussi des hommes poursuivis par la vindicte de Saül pour les raisons les plus diverses, voire des pauvres ou des gens déjà habitués à vivre du brigandage, sont venus trouver le gendre du roi pour se mettre à son service. Voyant dans leur présence une intervention de Yahvé, David les a attachés à sa personne et, afin de nourrir ces gens, il s'est décidé à mettre à contribution par la force les paysans du voisinage et à percevoir un droit de passage sur les caravanes qui suivent les voies qu'il a placées sous son contrôle.

Cependant, David se doute que s'il ne le sait déjà, Saül sera avisé de sa présence dans cette partie de la Séphéla. Il ne manquera pas d'y envoyer des gardes pour s'emparer de lui ; il faudra alors fuir ou bien se battre. Il ne craint pas pour lui mais pour sa famille. Après avoir consulté son père, il prend la décision d'escorter ce dernier, ses sœurs, ses frères et les enfants de la famille, jusqu'au pays de Moab où, par son aïeule Ruth, son clan a des attaches.

Il part avec quelques-uns des hommes qui se sont ralliés à lui et son neveu Abisaï qui lui a déclaré qu'il ne veut plus le quitter, qu'il ne veut pas rester un berger, qu'il aspire à combattre auprès de lui, à partager ses maux et, le cas échéant, sa fortune. En revanche, il laisse le reste de sa troupe aux ordres de son neveu Joab dont il a fait son lieutenant. Il conduit ainsi ses parents jusqu'à Maspha où réside le roi de Moab à qui il se présente la tête haute. Trop heureux de saisir une occasion d'affaiblir Saül, le roi reçoit David et les siens avec affabilité, prend sa famille sous sa protection, fait don à son hôte d'armes, de nourriture et d'or pour l'aider à accroître sa troupe de rebelles.

David, qui n'attendait pas une si chaleureuse réception, repart l'âme affermie et décide de se constituer une petite armée organisée.

Lorsqu'il est de retour à Adullam, il se réjouit de voir que Joab a fait de nombreuses recrues et bientôt il se trouve à la tête d'une bande de près de quatre cents hommes bien armés grâce à la générosité du roi de Moab.

David a fait fortifier la grotte et ses alentours afin de pouvoir y soutenir un siège dans le cas d'une intervention en force de l'armée de Saül.

Mais Gad, qui était retourné à Armathaïm pour rendre compte à Samuel de sa mission auprès du fugitif, revient à Adullam et se présente aussitôt à David qu'il prend en aparté :

« David, lui dit-il alors, je t'apporte la bénédiction de Samuel. Il te fait dire que la main de Yahvé est sur toi, qu'en vérité tu es le plus digne pour recevoir la succession de Saül.

— Je rends grâce à Samuel, répond David, mais ton serviteur se sent indigne d'un tel destin.

— Nous ignorons les voies de Yahvé, lui seul sait qui est digne ou indigne du destin qu'il réserve à chacun de nous. Mais voici ce que je veux te dire : ne reste plus dans ce refuge, ce n'est pas bon pour toi. Les gens de ce pays ont envoyé des messages auprès de Saül pour se plaindre de toi, et dans un tel lieu, tu ne pourrais résister à son armée, et le pays est trop découvert pour que tu puisses espérer lui échapper. Enfonce-toi plus profondément dans le pays de Juda, dans la forêt de Haret. Il y a là des arbres nombreux, des collines couvertes de halliers, des cours d'eau, des abris, et la proximité des déserts au sud et à l'est. Le gibier y est aussi abondant et plusieurs routes de caravanes passent aux environs. C'est un endroit qui convient parfaitement ; avec tes hommes tu pourras y trouver de la nourriture, des cachettes dans le cas où Saül enverrait contre vous des forces importantes ; le sol et la végétation t'y seront des alliés et suppléeront à votre petit nombre. »

David écoute d'une oreille attentive les conseils du voyant.

« Gad, lui répond-il, tes paroles sont précieuses comme la rosée du matin pour les arbres qui vivent à l'orée du désert. Nous irons nous établir dans la forêt de Haret. Il me plairait aussi que tu demeures parmi nous et que tu sois mon voyant, que tu me guides par la voix de Yahvé !

— Il en sera ainsi car Samuel m'a requis de me tenir auprès de toi afin que je sois pour toi sa langue et ses yeux. »

Quelques jours plus tard, la petite troupe de David, avec armes et bagages fixés sur le dos des ânes et des mulets récupérés au cours des dernières expéditions, se met en route pour le cœur du pays de Juda.

Saül tient sa cour sous le tamaris, aux portes de Guibéa. Il est assis sur un siège bas couvert de tissus, la lance à la main. Tous ses officiers sont auprès de lui car il veut qu'ils entendent les nouvelles que lui portent ses messagers. L'un d'eux annonce que David tient la campagne au sud de Bethléem, à la tête d'une poignée de brigands. Un autre ajoute :

« Je dirai ceci à mon seigneur : ton serviteur a vu un voyant, celui qui a toute la confiance de Samuel et se nomme Gad. Il se trouve auprès de David et l'aide de ses conseils.

— Les prêtres et les voyants conspirent contre moi ! éclate le roi. Mais que puis-je faire contre Samuel et ses prophètes ? Sa puissance est grande, Yahvé le protège et tout le peuple d'Israël le vénère. Je soupçonne que c'est lui qui a permis de fuir à ce David, qui l'a aidé à échapper à ma colère. Et voilà que David se croit déjà roi car il se sait soutenu par tous les gens de ce pays, par les hommes qui me touchent au plus près, que j'ai élevés aux plus hauts rangs du royaume.

— Loin de nous une pareille pensée ! » intervient l'un des officiers.

Mais Saül arrête ses protestations en levant la main et il poursuit ainsi :

« Ecoutez-moi donc, Benjaminites ! Le fils de Jessé vous donnera-t-il aussi à tous des champs et des vignes ? Fera-t-il de chacun de vous un chef de cent ou de mille, que vous vous liguiez tous contre moi ? »

Ces paroles fouettent la fierté d'Abner qui s'avance pour protester, mais encore Saül lui coupe la parole et s'écrie en lui jetant des regards de reproche et paraissant le viser plus qu'aucun autre :

« Personne ici ne m'a averti quand mon fils a pactisé avec le fils de Jessé. Nul d'entre vous n'en a souffert pour moi et ne m'a informé que mon fils a dressé mon serviteur contre moi, pour en faire mon ennemi comme il l'est devenu aujourd'hui. Et lequel d'entre vous l'a aidé dans sa fuite et l'a armé afin qu'il puisse ainsi me combattre ? »

En posant cette question il porte sur ses officiers un regard chargé de menaces. Parmi eux se trouve Doëg l'Iduméen ; il a assisté aux conseils du roi en tant que chef des bergers et des troupeaux royaux, car c'est lui qui fournit à l'armée son ravitaillement. Il fait un pas en avant et parle afin de se disculper lui-même dans le même temps que les proches serviteurs du roi :

« J'ai vu le fils de Jessé venir à Nobé, auprès d'Akhimelek, fils d'Akhitob. Il a consulté pour lui l'oracle de Yahvé, il lui a donné des vivres et aussi l'épée de Goliath, le Philistin. »

Cette révélation attise la colère de Saül qui pense en son cœur se venger de Samuel et de ses prêtres sur d'autres prêtres. Il se lève aussitôt et décide de se rendre à Nobé avec Doëg et les racim. Il veut y aller lui-même et sans plus différer afin que nul n'ait le loisir d'avertir Akhimelek et pour être sûr que ses ordres seront exécutés. Pendant la route sa fureur ne fait que croître et il veut faire un exemple sur les prêtres de Nobé afin de décourager ceux qui méditeraient de se rallier à David.

Dès que parvenu aux portes de Nobé, il fait quérir Akhimelek qui en hâte se rend à son ordre.

« Ecoute, fils d'Akhitob », l'interpelle aussitôt Saül.

Akhimelek s'incline en répondant :

« Me voici, mon seigneur.

— Pourquoi avez-vous conspiré contre moi, toi et le fils de Jessé ? » lui demande-t-il d'un ton chargé de colère. « Tu lui as donné du pain et une épée pour qu'il se lève contre moi comme il le fait aujourd'hui. »

Le prêtre s'étonne de cette abrupte apostrophe mais il répond avec à-propos :

« Qui donc, parmi tous tes serviteurs, est fidèle comme David, le gendre du roi, premier dans tes conseils, honneur de ta maison ? Ce n'est pas aujourd'hui la première fois que j'ai consulté Yahvé pour lui. Loin de moi toute mauvaise pensée ! Que le roi ne rejette sur son serviteur une faute qui rejaillirait sur la maison de mon père, car ton serviteur ne savait rien de ces affaires, ni peu ni prou. »

Mais Saül ne veut pas se laisser persuader, il a d'avance décidé de la destruction de la descendance d'Héli, et il ne se veut là que l'instrument de la colère de Yahvé contre les deux fils d'Héli qui avaient osé prélever des choses sur ce qui avait été consacré sur son autel.

« Tu périras, Akhimelek, toi et toute ta famille », affirme Saül sans chercher à plus l'entendre.

Il se tourne alors vers ses gardes et leur commande :

« Allez, mettez à mort les prêtres de Yahvé car leur main est avec David. Ils savaient qu'il était en fuite et ils ne m'en ont rien dit. »

Cet ordre sacrilège fige les racim et tandis qu'ils murmurent, leur chef ose déclarer au roi à voix couverte :

« Mon seigneur, ne donne pas un tel ordre, les gardes ne l'exécuteront pas, ils refuseront de porter la main sur des prêtres de Yahvé, car leur personne est sacrée. »

Saül voit leurs visages fermés et malgré la colère qui anime son cœur, il préfère ne pas répéter l'ordre de crainte de ne pas être obéi. Il tourne ses regards vers Doëg qui est accompagné de quelques-uns des bergers. Lui-même est un Edomite qui ne craint pas Yahvé, et ses hommes sont des étrangers, Moabites ou Ammonites. Tous sont armés, car ils ont besoin d'armes pour défendre les troupeaux contre les bêtes fauves, mais surtout contre les brigands, les nomades ou les ennemis en campagne.

« Tourne-toi vers ces prêtres, lui dit Saül, et frappe-les. »

Doëg trouve là une trop belle occasion de se faire distinguer par le roi. Il entraîne ses hommes, tire son épée, et le premier frappe Akhimelek qui est resté immobile, la tête droite, le front haut. Il tombe tandis que s'inonde d'un sang vermeil sa blanche tunique. Les racim détournent leurs regards. Doëg et ses hommes s'égaillent dans le village et entreprennent de passer au fil de l'épée tout ce qu'ils rencontrent, hommes, femmes, enfants, bœufs, ânes et brebis.

Saül laisse agir Doëg et il s'en retourne à Guibéa avec les racim. Sa colère est tombée, noyée dans ce bain de sang comme une pluie d'orage qui se déverse sur des moissons incendiées, et il se sent soudainement rongé par le remords pour avoir ordonné un massacre qui ne pourra qu'être ressenti comme un crime et la pire des impiétés par les tribus d'Israël. Il ne trouve d'apaisement que dans la conviction qu'il n'a pas agi de lui-même mais sous l'emprise de Yahvé qui a voulu qu'ainsi périsse la race d'Héli.

Abiathar, le fils aîné d'Akhimelek, se trouve dans le sanctuaire de Yahvé lorsque les hommes de Doëg commettent leur sacrilège. Les cris des femmes qu'on égorge l'étonnent tout en l'inquiétant, sans qu'il connaisse encore la cause de ce tintamarre. Il court à la porte du temple où il découvre avec horreur le spectacle du village mis à sac par les bergers. Un instant il songe à se porter contre ces hommes en qui il reconnaît des gens du roi : mais avec quoi les combattre ? Ne serait-ce pas courir directement au-devant de la mort ? Ne doit-il pas défendre, avant qui que ce soit, l'éphod fatidique et les objets sacrés du dieu ? Il serre les mains contre ses oreilles pour ne pas entendre les hurlements et va chercher un refuge dans les ténèbres du Saint des Saints. Il reste là longtemps, une éternité, l'âme et le corps endoloris, tremblant et suant d'angoisse. Lorsque enfin il se décide à quitter sa retraite, la nuit a succédé au jour et l'air est troublé des odeurs fades de sang et des fumées de l'incendie des demeures.

Abiathar sent son cœur près d'éclater et il laisse librement couler ses larmes en parcourant les rues du village jonchées de cadavres d'hommes et d'animaux. Car en ce jour ont été tués quatre-vingt-cinq prêtres qui portaient l'éphod de lin fin et toute leur famille. Abiathar aurait voulu donner une sépulture à tous ces corps, mais devant leur nombre il découvre son impuissance et se résout à les tirer à l'abri des maisons qui restent debout afin de les protéger de la dent des carnassiers affamés.

De ce massacre il est le seul survivant avec une mule et deux ânes restés aux pâturages qu'il retrouve au loin, alors que le jour nouveau commence à poindre. Il charge sur les ânes l'éphod de bronze creux et les objets sacrés, le peu de nourriture qu'il a pu retrouver, et il se met en route vers le sud, vers la région où il sait devoir trouver David, son seul refuge. Il y parvient après deux jours de marche sans que son cœur ait trouvé un quelconque soulagement à une si grande douleur.

Les hommes de David se sont construit des cabanes en bois dans la forêt où ils se sont solidement établis. David lui-même se tient assis sur un tapis, devant la cabane qu'il habite et partage avec Abisaï. Lorsque Abiathar lui rapporte ce qui s'est passé à Nobé, il se voile la tête d'un pan de son manteau et déclare le cœur rempli de tristesse :

« J'avais vu ce jour-là Doëg l'Edomite. J'espérais qu'il ne m'avait pas remarqué car je redoutais qu'il n'en avise Saül. Hélas ! Si j'avais pu imaginer que le roi se porterait à de pareilles extrémités contre des prêtres sacrés de Yahvé, des descendants de Lévi et d'Aaron ! Je me sens responsable de la mort de tous tes parents.

— Non, David ! l'interrompt Abiathar. Yahvé a voulu qu'il en soit ainsi. Peut-être pour punir la postérité d'Héli, mais aussi pour que plus grande soit la faute de Saül de manière qu'à toi se rallieront les hommes de race sacerdotale. Peut-être encore pour que je vienne auprès de toi, qu'en ta possession tombe l'éphod, signe de ton alliance avec Yahvé.

— Abiathar », répond David que réconfortent ces paroles, « demeure auprès de moi, tu y seras en sécurité. Car celui qui s'en prendrait à ta vie en voudra à la mienne ; il y aura auprès de toi une bonne garde. »

Aussitôt, David invite Abiathar à s'asseoir auprès de lui et il ordonne qu'on apporte pour lui du vin et de la nourriture, et encore que soient édifiées deux nouvelles cabanes, l'une pour loger le jeune lévite, l'autre pour abriter l'éphod et les objets sacrés. David n'a pas besoin d'en dire plus pour être obéi car il a su imposer à ses hommes venus de tous les horizons une sévère discipline et le respect de son nom.

Or, une fois de retour à Guibéa, afin de chercher une justification aux yeux du peuple de son acte contre les prêtres de Nobé et par haine des voyants, Saül donne l'ordre à ses serviteurs de mettre à mort tous les devins et nécromants du royaume sous prétexte que par leurs prédictions ils encouragent la sédition. Cependant, il n'ose toujours pas s'en prendre à Samuel et à ses disciples.

LIVRE VIII

Et se sont joints leurs doigts

Chaque jour qui s'écoule voit s'augmenter le nombre des partisans de David. Bien que ce soient souvent des gens de rien, il ne veut pas refuser l'apport de leurs bras. Lui-même, secondé par Joab et ses frères, les entraîne au maniement des armes et les rompt aux travaux de la guerre. Sans répit il œuvre pour leur imposer une discipline afin d'en faire des guerriers capables d'affronter sans faiblir les racim que Saül pourrait envoyer contre lui. Cependant les hommes commencent à murmurer : certes, ils sont nourris convenablement et chacun est pourvu d'au moins une arme ; mais il leur manque la présence de femmes, car en minorité sont ceux qui ont amené avec eux épouse ou concubine. Il arrive parfois que quelque prostituée, venue du pays des Philistins ou de quelque bourgade voisine, poussée par la misère ou une trop pressante réprobation publique, trouve refuge parmi ces hommes regardés par d'aucuns comme des brigands, et aussi quelques femmes adultères qui ont réussi à échapper à la lapidation, mais cela fait encore trop peu de femmes pour satisfaire les ardeurs amoureuses de tous ces hommes, pour la plupart jeunes et vigoureux.

A plusieurs reprises, des compagnons sont venus

auprès de David pour se plaindre de cette absence, mais chaque fois il les a renvoyés avec de sévères reproches, leur disant qu'ils sont des guerriers et non des débauchés, que lui-même donne l'exemple en vivant dans une totale chasteté. Cependant, Joab en personne a voulu intercéder auprès de David :

« David, lui a-t-il dit, reconnais que tu vis dans l'amour de Mikal, ainsi es-tu plus à l'aise pour prêcher l'austérité. Mais tous ces jeunes gens n'ont point d'épouse et tu dois comprendre que le désir ronge leur cœur. Et même ceux qui ont laissé une femme en leur demeure n'ont que plus de raisons de rechercher un plaisir qui leur fait d'autant plus défaut qu'ils en ont goûté toute la virulence.

— Dans ce cas, réplique David, qu'ils retournent dans leur village se chercher une épouse car si je peux leur fournir vivres et nourriture, je ne peux pas leur engendrer de femme ou aller en réclamer pour eux aux pères qui ont des filles à marier. Une fille, ce n'est pas une bête qu'on chasse dans le désert ou qu'on enlève comme une génisse ou une brebis qui s'est égarée loin du troupeau. »

Joab ressent aussi de son côté le trouble d'une absence d'épouse car un jeune sang palpite dans ses veines. Aussi, les dernières paroles de David font-elles du chemin dans sa tête. Il ne veut faire part à son oncle du projet lentement mûri dans sa poitrine. Il rassemble secrètement autour de lui une centaine d'hommes, parmi ceux qui se plaignent le plus ouvertement de l'absence d'une épouse, et les entraîne sans difficulté dans l'entreprise hasardeuse qu'il a projetée.

Lorsque approche le début de la fête des Tabernacles, le quinzième jour du septième mois, au début de l'automne, il persuade David de le laisser aller, avec ceux qui le désirent, participer à la fête, vers les montagnes de Juda. C'est la grande fête des Tribus, l'une de celles qui furent instituées par Moïse lors du séjour du peuple d'Israël dans le désert après la sortie d'Egypte. Elle est célébrée au nom de Yahvé pendant sept jours, après les dernières récoltes et la vendange. Toutes les familles des villages se réunissent autour des sanctuaires et pendant ces jours vivent dans les cabanes de feuillage en souvenir des huttes dans lesquelles Yahvé a fait dormir les enfants d'Israël, lorsqu'il les eut fait sortir du pays d'Egypte. Par la voix de Moïse, Yahvé avait ordonné ceci : « Tu te réjouiras pendant cette fête, toi, ton fils et ta fille, ton serviteur et ta servante, ainsi que le lévite, l'étranger, la veuve et l'orphelin qui seront dans ta demeure. »

Joab est aussi parti avec une centaine d'hommes, tous dans son secret. Ils ont marché vers Maon, dans le pays montagneux, à l'ouest de la mer de sel. Près de cette bourgade se sont réunis les gens des dix villages voisins qui constituent un ensemble selon les lots échus par le sort aux hommes de la tribu de Juda après la conquête de Canaan sous le commandement de Josué. Ainsi sont venus là les hommes de Carmel, Ziph, Jota, Jezrée, Jucadam, Zanoé, Accaën, Gabaa et Thamna, dix villes et villages. Ils ont amené leur épouse, leurs fils et leurs filles, leurs serviteurs et leurs hôtes, et tout ce monde s'est rendu à Maon, apportant des offrandes, des jeunes taureaux, des béliers, des agneaux d'un an, destinés à être offerts en holocauste, ainsi que des boucs sacrifiés pour les péchés du peuple, de la fleur de farine pétrie avec de l'huile, et aussi les beaux fruits du cédratier, et des feuillages de palmier, de myrrhe et de saule.

Joab et sa troupe sont venus se mêler au peuple dont les cabanes couvrent les collines voisines de Maon, près du haut lieu où l'on a dressé un autel à Yahvé. Plusieurs des hommes qui accompagnent Joab sont originaires de l'un ou de l'autre des dix villages de manière qu'en ce jour de fête on les accueille sans nulle acrimonie, et ceux des villageois qui ont quelques griefs à leur faire oublient pour un temps leur animosité.

Pendant les premiers jours, les hommes de Joab participent aux réjouissances et aux sacrifices, pour mieux connaître les familles et repérer les plus belles et les plus robustes parmi les filles à marier. Ainsi chacun a tout loisir de faire ses choix et de désigner ses futures victimes.

Le sixième jour, les jeunes filles se trouvent réunies pour exécuter de belles danses devant l'autel du dieu. Elles s'y trouvent toutes, sous les regards de leurs parents, et elles dansent au son des flûtes et des cithares, des tambourins et des crotales. C'est le moment que choisissent Joab et ses hommes pour se lever et, l'épée à la main, se précipiter sur les danseuses. Au milieu des cris, à la faveur de la stupeur causée par une action aussi inattendue, ils entraînent les danseuses, enlèvent dans leurs bras celles qui songent à résister, les emmènent jusqu'aux mules et aux chameaux avec lesquels ils sont venus, les jettent en travers des bêtes et s'éloignent promptement. Quelques parents, pères ou frères ont cependant tenté de s'interposer : mais les ravisseurs les ont repoussés à coups de poing, les menaçant de la pointe de leurs épées. Les femmes, les serviteurs, les vieillards qui se sont levés ont créé une cohue et par leurs cris et leurs plaintes ont fait lever un vent de panique favorable aux ravisseurs qui ont pris la route du couchant sans plus être inquiétés.

La journée touche à sa fin et lorsque les villageois ont retrouvé leurs esprits et se sont concertés pour s'élancer à la poursuite des ravisseurs, ces derniers sont déjà loin, puis la tombée du soir couvre leur fuite. Leurs poursuivants abandonnent bientôt une quête si hasardeuse. Pendant tout le reste de la nuit ils progressent à marche forcée de manière que lorsque revient l'aurore ils parviennent au camp de la forêt de Haret.

Les hommes demeurés auprès de David manifestent leur satisfaction en voyant revenir leurs compagnons avec un si précieux butin. Ils leur font fête, acclament Joab si bien que David qui se trouvait dans sa cabane en compagnie d'Abisaï venu partager avec lui son premier repas composé de figues, de raisin et de lait, sort précipitamment pour connaître la raison d'un pareil tumulte. Il a même ceint son épée et saisi un javelot dans la crainte d'une attaque de l'armée de Saül ou d'un raid des Philistins. Lorsqu'il reconnaît Joab qui avec ses hommes amène captives ces jeunes filles éplorées, il fronce les sourcils et s'apprête à tancer vertement son neveu. Mais ce dernier connaît bien son oncle. Il lui raconte tout sans dissimuler la manière dont il a enlevé les filles des gens de Maon et des villages environnants, suivant en cela l'exemple des Benjaminites avec les filles de Silo. Joab se sent d'autant plus sûr de lui que tous les hommes de la bande l'approuvent et réclament déjà le partage du butin.

« Joab, repartit David, pourquoi as-tu agi ainsi sans m'en aviser au préalable ? Ne vois-tu pas que par un pareil acte tu vas attirer sur nous la vindicte des parents de ces filles ?

— David, toi le guerrier devant qui tremble le Philistin, aurais-tu soudain peur de ces paysans, de ces villageois qui ne savent pas tenir une épée ? Ne sont-ils pas comme tes frères dont tu t'es si souvent moqué avec nous ? Nos hommes vont se sentir plus forts et ils te seront plus fidèles encore si tu les laisses jouir en paix de ces gazelles. Quant aux parents, si tu veux, nous les dédommagerons avec des chèvres, des brebis, des vaches et de jeunes taureaux.

— Et penses-tu à ces filles ainsi enlevées à leurs parents ?

— Elles étaient destinées à être cédées à de vieux époux contre des biens dont sont avides leurs parents : elles n'ont pas perdu au change car avec nous elles auront de beaux et vigoureux époux. Et vois, David, celle-ci est pour toi, je l'ai choisie pour ton plaisir parmi les plus belles. »

Il désigne une jeune fille montée à califourchon sur un mulet. Elle semble s'être vaillamment défendue car sa tunique est déchirée à l'épaule laissant entrevoir la rondeur charmante d'un sein tandis que dans cette posture sur la bête le vêtement retroussé révèle ses beaux mollets et une partie de la cuisse. Elle toise avec hauteur David et d'un coup de tête rejette en arrière une mèche sombre tombée sur son front et en travers de sa joue. David est troublé par sa beauté, mais il n'en veut rien laisser paraître, il veut même n'y point penser car il se sent encore tout empli de son amour pour Mikal.

« Joab, dit-il alors, tu sais bien que j'ai une épouse qui m'attend dans ma demeure, à Guibéa. Je ne saurais lui être infidèle.

— Tu n'es pas obligé de prendre celle-ci comme épouse. Elle sera ta servante dans ta maison et si d'aventure Mikal continuait à ne pouvoir te donner un enfant, celle-ci pourrait peut-être lui suppléer car elle est belle et robuste aussi. Je peux te l'assurer car elle s'est défendue comme une panthère des fourrés du Jourdain lorsque je l'ai entraînée, au point que j'ai dû lui lier les mains pour qu'elle cesse de se débattre. »

David remarque alors qu'elle a encore les poignets unis dans son dos par un lacet de cuir. Joab s'est approché d'elle et il pose ses mains contre sa taille pour la faire descendre de sa monture. Encore elle s'agite pour chercher à se dégager tandis que son visage se colore de la colère qui l'envahit. Mais aussitôt Joab cherche à l'apaiser :

« Tu vois, je ne t'ai pas menti : tu vas appartenir au héros de Juda, à l'homme qui fait trembler Saül sur son trône, au tueur de Goliath. Reconnais que c'est un sort enviable, que c'est mieux que d'être donnée à un lourd bouvier ou à un marchand cacochyme. »

Elle se dégage d'un mouvement brusque, sans répondre. Dans sa fureur muette, elle paraît plus belle encore à David qui songe qu'elle est la lionne qui convient à un guerrier tel que lui.

« Dans la maison de mon père, déclare-t-elle en redressant le torse, c'est moi qui décide des affaires, que ce soient les miennes ou celles de mes parents. Sache que je n'appartiendrai qu'à celui que j'aurai moi-même distingué.

— Ici, c'est David qui décide des affaires concernant notre communauté, réplique Joab. Il faudra que tu te résignes à lui obéir.

— Je n'ai à obéir qu'à mon père, car ce David ne m'est rien. »

Ces reparties ne font que plus encore piquer le désir de David qui la saisit par le bras en déclarant :

« Je la prends. Joab, puisque tu es l'inspirateur de cette entreprise, je te laisse le soin de répartir équitablement ce butin. Un temps viendra où les parents de ces filles n'auront pas à se repentir d'avoir pour beaux-fils les compagnons de David. »

Il dégaine son poignard à la lame effilée et tranche les liens de la captive qu'il emmène dans sa cabane.

« Je suis David, le fils de Jessé de Bethléem, et beau-fils de Saül, le roi. Quel est ton nom ?

— Moi, je suis Akhinoam de Jezréel. Maintenant,

fais-moi reconduire auprès de mon père car il est seul et pauvre, il n'a que moi pour l'aider à vivre.

— Alors, réjouis-toi, car sans doute ton père n'aurait pu te marier à un homme riche. Je lui ferai envoyer de quoi subsister à l'aise.

— Il m'aurait mariée en tout cas à un homme honnête, et non à un chef de bande, détrousseur de voyageurs, ravisseur de filles. »

David se contente de rire et il sort pour demander à Azaël, le plus jeune de ses neveux, encore adolescent, d'aller chercher de la nourriture et du lait pour la jeune fille. Puis il ajoute à voix basse :

« Veille sur elle car elle pourrait bien chercher à fuir. Et aussi, elle est si belle que je crains que l'un de nos hommes n'ose tenter de la violenter.

— Tu peux mettre en moi ta confiance, répond Azaël, je veillerai sur elle, comme si elle était ton épouse légitime, ma propre tante. »

Pendant tout le reste du jour, David vaque à ses affaires et il veille à ce que ne s'élèvent pas de querelles entre ses hommes pour la possession des captives. Akhinoam n'est pas sortie de la cabane et Azaël apprend à son oncle qu'elle n'a guère touché à la nourriture mais qu'elle a dormi une partie du jour.

Lorsque est tombée la nuit, après le repas pris avec ses compagnons, David entre dans la cabane éclairée par une lampe à huile. La jeune fille est assise sur la couche faite de feuillage épais sur lequel sont jetées des peaux de bêtes et des couvertures de laine teintes de vives couleurs. Elle lève sur David un regard qu'elle veut arrogant, chargé de défi : elle imagine qu'il va vouloir jouir d'elle comme s'il était un maître, un époux et elle s'est décidée à défendre vigoureusement sa virginité.

Or à peine paraît-il prendre garde à elle. Sans se soucier de sa présence il ôte sa tunique puis se glisse sous une couverture, se place sur le flanc et après lui avoir souhaité une nuit paisible, il clôt les paupières sans plus s'occuper d'elle. Cependant, elle croit d'abord à une ruse de sa part, puis elle songe qu'il doit être fatigué après une rude journée. Elle reste assise, immobile dans la pénombre jusqu'à ce que la saisisse la lassitude. Alors, sans ôter sa robe dont elle serre les pans autour de ses jambes, elle se couche le plus loin possible de lui et bientôt s'abandonne au sommeil. Lorsqu'elle se réveille, la lumière du jour illumine la pièce, pénétrant par tous les interstices des feuillages. Elle se voit seule sur la couche et s'étonne que David se soit éloigné sans chercher à lui faire quoi que ce soit, sans même lui adresser la parole.

Elle se décide à sortir de la cabane. Sur sa prière, Azaël la conduit à une source abondante où elle peut se rafraîchir. Comme elle n'aperçoit que peu d'hommes dans le camp, elle interroge Azaël :

« Mon oncle est parti avec ses meilleurs guerriers pour aller voir si les gens de vos villages ne sont pas descendus par ici pour chercher à vous reprendre. Il convient que tu aides les femmes à préparer le repas pour le retour des hommes, ce soir.

— Je ne suis pas votre servante. Je ne ferai rien, répond-elle avec humeur.

— Je crains, dans ces conditions, que David ne veuille pas t'entretenir à dormir ou à paresser tout le jour.

— Il n'a qu'à me renvoyer chez mon père.

— N'y compte pas. Je crois plutôt que tu seras privée de nourriture.

— Alors, je me laisserai mourir de faim. »

Azaël n'insiste pas et il s'éloigne, sans cependant perdre de vue la jeune fille qui va s'asseoir sur le seuil de la cabane où elle reste sans bouger.

Le soir venu, David et ses compagnons ne sont pas

rentrés. Azaël, après avoir porté à manger à Akhinoam, l'invite à aller se coucher dans la cabane devant laquelle un homme armé vient prendre la garde :

« Ne crois pas, lui dit Azaël, que cet homme soit là pour t'empêcher de fuir. C'est plutôt pour que personne ne puisse, à la faveur de la nuit, se glisser dans la hutte pour te faire violence en l'absence de David. »

Malgré cette assurance, la jeune fille conserve sa robe pour dormir.

David n'est de retour que le lendemain, quelques moments avant le coucher du soleil. En voyant Akhinoam assise sur le seuil de la cabane, il vient à elle et, après l'avoir saluée, lui demande si elle a tout ce qu'elle peut souhaiter.

« Je ne désire qu'une chose, répond-elle, être ramenée chez mon père.

— C'est la seule chose que je ne puisse t'accorder, lui répond-il. Sache que je l'ai rencontré hier soir, à Jezréel et il a reçu de moi divers biens, deux tuniques neuves, un couteau à lame de fer, deux paires de sandales, une mule, un chameau et deux brebis : tel est le prix qu'il a accepté pour te céder à moi. Et il s'est déclaré très honoré d'avoir pour obligé le gendre du roi Saül. »

Cette déclaration laisse la jeune fille interdite. Elle ne trouve rien à répondre tandis que David entre dans la cabane pour se débarrasser de son court manteau et de ses armes. Elle songe qu'il est désormais son maître même aux yeux de son père et qu'il est de son devoir de le servir. Mais son orgueil s'y refuse et elle reste assise, sans chercher à le suivre pour l'aider à se dévêtir et lui apporter de l'eau pour sa toilette. Mais lui, sans paraître en prendre souci, ressort seulement vêtu d'un pagne léger et il va à la source se laver de la poussière du chemin.

Pendant tout le repas, il converse joyeusement avec

ses compagnons sans lui prêter plus d'attention. Avec eux il boit en riant puis sur leur prière il prend son kinnor, et, pour fêter l'arrivée des jeunes filles dans le camp, il entonne des chants d'amour, et lorsqu'il chante celui de la biche de l'aurore, son âme s'attriste car il songe à celle qu'il aime, à Mikal qui toujours l'attend dans leur demeure de Guibéa. Aussi, pour chasser sa tristesse, il se met à boire jusqu'à l'ivresse.

Akhinoam est allée se coucher et elle reste sur le lit, les yeux ouverts en attendant David. La nuit est déjà bien avancée lorsqu'il vient d'un pas titubant se laisser tomber sur la couche. Aussitôt après il sombre dans un sommeil pesant, sans rêve.

Le matin suivant, Akhinoam s'éveille la première et en regardant David endormi auprès d'elle, elle ne peut s'empêcher de reconnaître qu'il est beau et désirable. Elle sait aussi avoir une autre raison de l'admirer dans la gloire qu'il s'est acquise comme guerrier ; et voici que la veille, elle a découvert en lui le musicien et le poète, le chantre des amours humaines et divines. Déjà en elle s'était insinué le désir ; maintenant elle est envahie par un sentiment plus profond encore, qu'elle ne sait ou ne veut nommer. Sa main s'avance en tremblant vers l'épaule découverte du jeune homme, ses doigts effleurent la peau hâlée par le soleil. Il soupire et bouge. Elle retire brusquement sa main et se lève, furieuse contre elle de s'abandonner ainsi à de tels sentiments alors qu'elle avait décidé de haïr l'homme qui l'a acquise par la force, sans la consulter. « Sans doute mon père m'a-t-il cédée aussi facilement par crainte de ses violences. D'ailleurs, peut-être même me ment-il et n'a-t-il pas vu mon père. Il a inventé cet achat pour mieux me persuader de me soumettre à son joug, sans que je cherche ni à me défendre ni à fuir. »

Forte de ces arguments par lesquels elle essaie de se

consolider dans ses premières convictions, elle passe la journée à ne rien faire, évitant de porter la moindre attention à David. Lui-même ne paraît pas se soucier d'elle et lorsqu'il ne surveille pas personnellement l'entraînement de ses hommes, il se retrouve avec ses proches compagnons pour discuter des actions futures ou encore écouter les rapports des messagers qu'il envoie en permanence vers toutes les bourgades voisines ou plus lointaines afin d'être avisé des déplacements de caravanes ou des mouvements d'hommes en armes, qu'ils soient hébreux ou étrangers.

Lorsque revient le moment de se coucher, Akhinoam est partagée entre ce désir qui l'aiguillonne et sa volonté de montrer à David qu'il n'est pas son maître. Comme la veille, elle vient la première s'étendre sur la couche. Elle garde les yeux ouverts tandis que David se dévêt et se couche à côté d'elle. « Le premier soir, se dit-elle, il ne m'a pas touchée parce qu'il était sans doute trop fatigué. Hier il était plus ivre encore que notre aïeul Noé, et comme son fils Cham, moi aussi j'ai vu la nudité de David et cela m'a troublée. Ce soir il est frais et dispos et sans doute va-t-il vouloir me connaître. Mais moi je prétends ne pas être sa servante. »

Or David lui tourne le dos et bientôt elle perçoit son souffle régulier témoin de son sommeil. Et pendant les jours qui suivent, David fait de même, il ne cherche pas à connaître la jeune fille, ni non plus ne lui demande de participer au travail des femmes, de manière qu'elle ne peut même pas se distinguer en se privant de nourriture pour manifester son mécontentement. Cependant sa robe, son unique vêtement, devient si sale qu'elle trouve là un prétexte pour se plaindre à David.

« Tu prétends m'avoir reçue des mains de mon père, lui dit-elle, je ne sais si c'est comme épouse ou comme servante. En tout cas, tu me vois bien malheureuse car je n'ai toujours que cette seule robe toujours rompue à l'épaule et qui devient si sale que ce n'en est plus qu'un haillon de pauvresse. Et si les choses continuent ainsi, je serai contrainte d'aller toute nue et ainsi tu ne pourras me faire de reproche si l'un de tes hommes me fait violence. »

David lève la tête vers elle car il est assis sur une pierre, près de la source, et à l'aide d'un large galet il aiguise la lame de son épée, de la belle épée de Goliath dont il ne se sépare plus. Elle se tient devant lui, éclatante de toute sa fraîche beauté ; sa longue chevelure dénouée tombe jusque dans ses reins et le soleil qui luit dans son dos dessine à travers le tissu léger de la robe les formes souples et élancées de son corps. Il cligne des yeux et dissimule son trouble, car s'il l'a aussi facilement acceptée des mains de Joab, s'il est allé jusqu'à Jezréel pour l'acheter à son père, c'est parce qu'il n'est pas resté insensible à tant de grâce et qu'en lui est né le désir d'en jouir, sans que cela nuise à l'amour qu'il porte toujours à Mikal. Mais si encore il ne l'a pas touchée, c'est parce que l'image de son épouse est toujours devant lui et qu'il ne veut pas lui être infidèle bien qu'il en ait l'occasion.

« Tu n'es visiblement ni mon épouse ni non plus ma servante, lui répond-il. Car ai-je voulu te forcer à m'aimer ? T'ai-je contrainte à participer aux travaux des femmes et à me servir comme je serais en droit de l'exiger de toi ?

— Je t'en sais gré, répond-elle, mais si c'est pour me laisser comme une miséreuse, je trouve qu'il est préférable que tu me demandes de te servir ; mais vêts-moi comme tout homme doit le faire pour les femmes de sa maison, sinon renvoie-moi auprès de mon père.

— Tu auras des robes, je m'y engage, assure-t-il.

— Je veux bien te croire, mais en attendant, je ne peux laver celle-ci car je n'ai rien pour cacher ma nudité pendant ce temps.

— Il n'y a personne ici en ce moment. Je vais tourner le dos et faire le guet si tu veux en profiter pour la laver. Et demain je t'obtiendrai de beaux tissus pour que tu puisses t'y tailler plusieurs robes, selon ton plaisir. Vois, dans ce bac on tient en permanence du natron et de la cendre pour que chacun puisse se tenir propre. »

Afin d'éprouver David, la jeune fille se veut provocante et sans hésiter elle détache les agrafes de sa robe. Mais il lui a déjà tourné le dos et s'absorbe dans son travail sans chercher à la surprendre. Elle-même s'attarde dans l'eau fraîche car elle y trouve un grand plaisir et elle espère au fond de son cœur que David va se décider à porter son regard sur sa nudité et à en subir la tentation.

Mais il songe à Mikal et ne veut pas se laisser tenter. Aussi, lorsqu'il en a terminé, il se lève et sans se tourner il s'éloigne en lui conseillant de remettre sa robe humide avant que ne la surprenne quelqu'un.

A peine s'est-il éloigné qu'elle sort de l'eau et revêt sa tunique qui adhère à son corps dont elle moule les accidents. Elle s'assied ensuite sur une pierre plate, dans les chauds rayons du soleil pour y sécher le tissu et ses cheveux. Elle songe alors à David et son cœur se gonfle de dépit car elle ne comprend pas pourquoi il la dédaigne. Elle voudrait lui demander la raison de son mépris, mais elle refuse de s'abaisser à une démarche qui l'humilie. Aussi, le soir même, elle ne lui parle pas la première, elle se contente de répondre brièvement à quelques questions anodines qu'il lui pose. Cependant pour se coucher, elle se décide à retirer sa robe avant de se glisser près de lui sous la couverture. Mais il lui a déjà tourné le dos et il ne cherche pas à la toucher.

Elle aimerait se serrer contre lui, dans la chaleur de la nuit, mais elle n'ose faire une avance qu'il pourrait mal juger et finalement elle s'endort de son côté.

Elle est encore couchée lorsque David, levé avant l'aube, entre dans la cabane maintenant largement éclairée par le soleil qui s'élève haut sur l'horizon. Il porte sur son bras plusieurs pans de tissu et à la main un coffret en bois de cyprès incrusté d'ivoire, rempli de fioles à huile parfumée et de boîtes d'onguents. Il dépose le tout sur un coussin avec un peigne en ivoire finement sculpté sorti des ateliers de Sidon.

« Tout cela est-il pour moi ? l'interroge-t-elle avec un étonnement joyeux.

— Tout cela, assure-t-il, et aussi ces broches pour tenir tes robes, et ceci pour orner tes membres. »

Il a ouvert un sac pendu sur sa hanche d'où il sort des fibules de bronze, des bracelets d'or ciselé et un collier de perles en lapis-lazuli d'un bleu intense, cornaline aux lueurs de feu, escarboucle pareille au sang de l'aurore, chrysolithe aux éclats de l'or.

Elle se sent si émue qu'elle en oublie tous les griefs que depuis son réveil elle nourrissait contre le jeune homme. Elle se lève sans se soucier de sa nudité et vient se saisir des bijoux dont elle pare ses bras fins et sa gorge. Puis, sous le regard de David, elle ouvre les fioles de fine argile et hume les parfums qui s'en dégagent avant de s'en oindre le corps. Elle prend ensuite le peigne dont elle admire les ciselures qui s'étirent en volutes comme de longues tiges de papyrus et enfin, s'asseyant sur ses talons, elle se plaît à lentement coiffer son opulente chevelure. David ne peut s'empêcher de venir déposer un baiser sur son épaule qui exhale les parfums dont elle s'est inondée, puis, afin de ne pas succomber à une si violente tentation, il sort précipitamment, sans ajouter une parole.

Mais ce baiser a suffi pour rassurer la jeune fille. Elle sait qu'elle est belle et que la désire David. Elle songe que ce soir même, elle sera à lui, et son cœur se réjouit de cette perspective, il palpite d'impatience sous son sein qu'elle caresse d'un air rêveur, en l'enduisant encore de parfums.

A peine David a-t-il quitté la cabane et s'est-il assis dans l'ombre d'un grenadier, entre Joab et Abisaï, que se présente l'un des messagers qu'il a envoyés vers le couchant, vers Adullam et les Etats du roi de Gath. L'homme est venu en hâte à dos de mulet et après avoir salué David, il déclare encore tout haletant :

« Les Philistins assiègent Qeïla, ils pillent les aires tout alentour. Les gens de la région sont saisis par la crainte car nul ne viendra à leur secours avant que tombe leur ville.

— David, dit Joab, ils nous revient de courir les épauler. C'est une occasion de te rendre maître d'une ville de Juda et de montrer l'amour que tu portes à ta tribu.

— Joab, je partage entièrement ton avis. Mais auparavant, il convient que nous interrogions l'oracle de Yahvé. Qu'on conduise devant nous Abiathar avec l'éphod. »

Peu après, Abiathar est auprès de David et deux serviteurs, deux lévites venus se joindre à lui, portent la statue du dieu. David annonce à Abiathar l'attaque des Philistins puis il lui demande d'interroger Yahvé.

« Parle, le dieu t'écoute, lui répond le fils d'Akhimelek.

— Dois-je partir et serai-je victorieux des Philistins ? »

Abiathar tire les sorts et répond :

« Va, tu vaincras les Philistins et tu délivreras Qeïla. Ainsi a parlé Yahvé. »

Cependant se lève un homme de la troupe, l'un des premiers qui se sont ralliés à David, ce pourquoi ce dernier lui a donné un commandement.

« Ici, au cœur du pays de Juda, nous avons à redouter les incursions des Philistins et les surprises de Saül. N'est-ce pas folie que d'aller à Qeïla affronter l'armée des Philistins ? »

David est conscient des dangers d'une entreprise aussi hasardeuse, mais il sait que seules de telles audaces pourront imposer son nom aux hommes de Juda et à ceux d'Israël. N'a-t-il d'ailleurs pas acquis sa renommée sur une suite de coups d'audace, de victoires incertaines ? Néanmoins, il veut encore une fois interroger Yahvé afin d'emporter l'assentiment de ses hommes qui redoutent l'issue d'une pareille aventure.

« Pars, répond Abiathar au nom de Yahvé. Descends à Qeïla, car je livrerai les Philistins entre tes mains. »

Aussitôt se lève David et il ordonne à ses hommes d'aller chercher leurs armes. Lui-même rentre dans la cabane où il trouve Akhinoam en train de se draper dans l'un des tissus neufs dont elle veut faire une robe. Il ceint son épée, jette sur son dos arc et carquois, se saisit d'une lance et de son bouclier après avoir noué sa fronde autour de sa taille.

« Que se passe-t-il ? s'étonne la jeune fille. Ton camp serait-il attaqué ?

— Non, rassure-toi, répond-il en jetant sur son épaule son court manteau. J'emmène mes guerriers contre les Philistins. La victoire nous appartient, car Yahvé guide toujours le bras de son serviteur.

— Quoi, déjà tu repars pour la guerre ? s'inquiète-t-elle.

— Il y a longtemps que je n'ai combattu les Philistins. Et déjà ils s'en félicitent car chaque fois qu'ils m'ont rencontré ils ont vu la couleur de leur sang.

— Seras-tu longtemps absent ? »

Cette question, elle n'aurait pas voulu la poser, mais son cœur a parlé malgré elle. Il sourit en la voyant domptée comme il l'espérait et malgré son amour toujours vif pour Mikal, il se sent pénétré du plus violent désir à son égard. Elle est venue près de lui, en un élan soudain, elle se presse contre lui, noue ses bras derrière sa nuque, lui tend ses lèvres. Il l'enlace et unit sa bouche à la sienne. Son corps palpitant le brûle de son propre désir et il se sent tout près de succomber. Mais en un sursaut il s'éloigne :

« Je dois partir, mes hommes m'attendent. Que Yahvé te bénisse !

— Que Yahvé soit ta protection. Je prierai pour qu'il te donne la victoire, pour qu'il te ramène à moi sain et sauf. »

David pose la main sur la tête de la jeune fille puis il se détourne et la quitte sans se retourner, de manière qu'il ne voie pas les larmes qui ont coulé sur ses joues.

Le jour suivant, David et ses compagnons sont parvenus en vue de Qeïla. La plaine environnante est occupée par les Philistins qui ont dressé leur camp sous les murs de la ville. Ils sont si sûrs de leur force, si assurés que nul ne viendra au secours de la cité, car Saül est loin et doit réunir des troupes pour partir en campagne, qu'ils vont en toute quiétude provoquer les gens de Qeïla. Ces derniers tremblent de peur derrière leurs remparts et n'osent sortir affronter leurs terribles ennemis.

Afin de profiter de l'effet de surprise à la suite d'une si rapide décision d'intervention, David s'élance avec sa troupe vers le camp des Philistins. Les Israélites poussent de tels hurlements en brandissant lances et épées, ils fondent sur eux avec tant d'ardeur et des visages si menaçants, que les Philistins les croient plus nombreux qu'ils ne sont en réalité tandis que le nom de David court sur leurs lèvres, semant à lui seul l'effroi dans leurs cœurs, si bien qu'ils sont saisis de panique avant même d'avoir combattu. David détache une petite troupe sous le commandement de Joab pour s'emparer du camp et des troupeaux des Philistins tandis que lui-même se jette sur leurs talons comme des chiens courants. Quelques-uns songent à résister, mais ils sont aussitôt renversés, massacrés, et le plus gros de l'armée philistine ne trouve son salut que dans la fuite.

Les gens de Qeïla ont ouvert leurs portes et ils viennent au-devant de leur libérateur inattendu. Ce même soir, les hommes de David dorment dans les demeures en pierre des bourgeois de la ville et ils s'abandonnent à la joie de la victoire en s'enivrant.

« Si tu le désires, lui dit Joab le lendemain, cette ville est à toi, tu peux en faire ta résidence. Les habitants en sont des marchands, des artisans, des paysans incapables de tenir une épée. Tu leur serais une protection et ils nous paieraient les impôts qu'ils versent aux serviteurs de Saül. »

L'idée séduit David, mais il sait agir avec prudence et sagesse.

« Joab, lui dit-il, nous allons nous établir ici pendant quelques jours pour voir comment tourne le vent. Nous déciderons ensuite s'il convient de faire venir ici nos femmes et les gardes que nous avons laissés à notre camp, afin de nous fixer à demeure en cette ville qui semble hospitalière. »

Mais comme le redoutait David en son cœur, bientôt les gens de Qeïla se lassent de la présence de ces étrangers qui mangent leur pain, oubliant que sans leur intervention ils seraient les esclaves des Philistins et auraient dû leur abandonner tous leurs biens, sinon même la vie.

Puis, un jour, se présente un messager venu directement de Guibéa. David reconnaît en lui l'un de ses anciens compagnons d'armes et lorsque l'homme veut se jeter à terre, il le prend entre ses bras et le serre contre sa poitrine.

« Que Yahvé te bénisse, ta présence m'est un grand réconfort, lui dit-il.

— Hélas, répond le messager, je ne suis pas porteur de bonnes nouvelles. Sache que je te suis envoyé par Jonathan car il a peur pour son frère.

— Ah ! dis-moi comment va Jonathan, l'homme que mon cœur aime par-dessus tout.

— Il se porte bien, mais son cœur aussi est triste de te savoir loin de lui, objet de la haine de son père. Or il te fait dire que le roi a appris que tu es entré à Qeïla et que tu y es resté avec tes hommes. Il a alors déclaré à ses officiers : " Yahvé le livre entre mes mains car il s'est enfermé dans un piège en s'établissant dans une ville close, avec des portes fermées par des verrous. " Et aussitôt il a ordonné que soient rassemblées ses troupes afin de venir t'assiéger dans cette cité. Jonathan redoute que tu ne sois surpris et ne puisses ensuite fuir dans la campagne. »

David qui a déjà ressenti la sourde hostilité des bourgeois de Qeïla, songe qu'il serait imprudent de se laisser enfermer dans la ville. Il fait aussitôt appeler Abiathar qu'il a emmené avec lui en campagne et lui dit :

« Viens, apporte l'éphod. »

Le prêtre court chercher la statue fatidique et la présente à David qui demande :

« O Yahvé, dieu d'Israël, ton serviteur a appris que

Saül s'apprête à venir à Qeïla pour ravager la ville à cause de moi. Saül descendra-t-il comme on l'a dit à ton serviteur ? O Yahvé, dieu d'Israël, daigne le faire savoir à ton serviteur ! »

Par la voix du prêtre, le dieu répond : « Il descendra. »

Alors David demande encore :

« Les gens de Qeïla me livreront-ils entre les mains de Saül, moi et mes compagnons ?

— Ils vous livreront, répond le dieu.

— Yahvé s'est exprimé, il faut quitter la ville, conclut David. Joab, réunis nos hommes, nous n'avons pas de raison de nous attarder en cet endroit. »

Tandis que s'éloigne Joab pour exécuter l'ordre, David se tourne vers le messager et lui demande encore :

« Dis-moi, avant de t'en retourner à Guibéa, sais-tu ce que devient Mikal, mon épouse ? Ne t'a-t-elle pas donné de message pour moi ? »

L'homme baisse la tête et soupire en laissant percer son embarras. Son silence inquiète David qui se lève et le prend par les épaules.

« Parle, quel malheur vas-tu m'annoncer ? Est-elle en bonne santé ?

— Pour cela, ne te fais pas de souci. Elle se porte bien à ma connaissance. Mais voici, son père l'a mariée à Paltiel, fils de Laïsh, et son nouvel époux l'a emmenée dans sa ville, à Gallim, au nord de la ville des Jébuséens. »

Cette nouvelle atterre David qui cependant dissimule sa douleur.

« Tout au moins, dis-moi, a-t-elle accepté de bon cœur cette nouvelle union, une trahison à mes yeux ?

— Que pouvait-elle faire ? Car je ne crois pas qu'elle ait accueilli d'un cœur gai cette décision de son père. Mais il est son père et aussi son roi.

— Cependant, murmure David, elle pouvait se prévaloir de son mariage avec moi pour refuser, car je ne l'ai pas répudiée, et aux yeux de Yahvé et au regard de la loi je suis toujours son époux. Elle pouvait fuir, chercher un refuge auprès de moi.

— Encore fallait-il qu'elle sût où te trouver. Et aussi il y a une longue route de Guibéa au pays de Haret. Mais ce n'est que récemment à la suite de l'enlèvement des filles de Juda qu'on a connu à Guibéa le lieu de votre retraite, car les gens de Maon sont venus se plaindre devant le roi. »

Ainsi parle le messager pour chercher à disculper Mikal, mais un goût de fiel est sur les lèvres de David. Il remercie son informateur, lui donne en présent une belle épée prélevée dans le butin fait sur les Philistins puis il se met à la tête de ses hommes et il quitte Qeïla en emmenant avec lui les tentes prises aux Philistins, leurs troupeaux, leurs bagages et leurs armes grâce auxquelles tous les hommes vont pouvoir être largement pourvus. David a pris la décision de ne plus demeurer dans la forêt de Haret où Saül risque de le poursuivre : il est maintenant maître d'un camp et de bêtes de bât qui lui permettront de trouver dans le désert un refuge sûr, comme le font les Bédouins, maîtres des solitudes sauvages.

Pendant tout le chemin du retour vers la forêt de Haret, David a songé à Mikal, sans parvenir à décider si elle était blâmable d'avoir accepté son sort nouveau, s'il devait toujours l'aimer ou la mépriser. L'idée de retrouver Akhinoam le réconforte et il s'assure qu'il va désormais pouvoir l'aimer sans arrière-pensée. En approchant du camp il sent s'éloigner de lui son amertume et son âme jubile en pensant à la jeune fille dont il ne peut plus douter des sentiments.

Les hommes restés au camp, et même les femmes dont la plupart ont su s'accommoder de leur nouvelle condition, viennent au-devant des vainqueurs qu'ils accueillent avec des cris de joie et des chants. Cependant David s'inquiète car il ne voit pas Akhinoam parmi eux. Mais il ne s'en ouvre pas à ses compagnons et montre un visage serein. Il se félicite bientôt de son apparente indifférence car il la voit devant sa cabane. Elle a revêtu une robe nouvellement taillée dans l'un des tissus qu'il lui a apportés, et elle s'est parée de tous ses bijoux.

Elle s'avance vers David, s'incline et dit :

« Ta servante se réjouit de te voir revenir toujours

plus glorieux. S'il te plaît, viens dans ta demeure pour t'y reposer. »

L'arrivée prochaine de David avec sa troupe a été annoncée par des messagers envoyés en avant, de manière que chacun a eu le loisir de se préparer à fêter les vainqueurs.

En pénétrant dans la cabane, David découvre qu'elle l'a soigneusement balayée, qu'elle a refait une couche neuve et mis tout en ordre. Dans une cuve faite de peaux tendues sur un bâti en bois fume une eau claire où ont été répandus des parfums. Akhinoam s'empresse de débarrasser David de ses armes, puis elle lui ôte ses vêtements souillés par la poussière du chemin. Il va s'asseoir dans le bain et elle-même le lave, l'essuie avec un drap fin, oint son corps et ses cheveux d'essences balsamiques, le coiffe avec son propre peigne.

Lorsque enfin elle s'approche de lui avec une tunique propre, il se lève, pose ses mains sur ses épaules et la regardant dans les yeux lui déclare :

« Akhinoam, un jour tu m'as dit que tu ne savais si tu étais auprès de moi comme une épouse ou une servante. Maintenant je puis te l'assurer : tu es ici comme mon épouse et je veux que tu deviennes la mère de mon fils premier-né, celui qui perpétuera ma race, la race de Booz et de Jessé, celle de David dont je rêve que le nom vive dans les siècles des siècles si telle est la volonté de Yahvé. »

A ces mots elle baisse les yeux et répond d'une voix brisée par l'émotion :

« Qu'il en soit ainsi, ta servante est honorée de devenir l'épouse du lion de Juda. »

Il a défait les agrafes de la robe. Le léger tissu glisse sur les épaules, s'accroche un très bref instant à la poitrine ferme, puis coule le long du corps pour s'affaisser en plis moelleux sur ses pieds. Un instant ils demeurent immobiles et se plaisent à contempler mutuellement leur beauté. Il se penche et dépose des baisers sur ses épaules, sur sa gorge, sur ses seins. Elle le laisse faire, yeux et lèvres humides, curieuse de caresses si nouvelles pour elle. Ses mains sont descendues le long de ses bras, jusqu'à ses propres mains et se sont joints leurs doigts. Nulle parole ne sort de leurs lèvres, leurs regards parlent plus haut encore.

Il est tombé à genoux devant elle et a posé ses mains sur ses hanches. Sa bouche effleure le torse, la chair tendre du ventre. Elle tressaille lorsqu'il enfouit son visage dans la toison du pubis, lorsqu'elle sent sa langue vive darder en elle son désir. Elle a joint ses mains sur sa tête et ses doigts s'enfoncent dans sa chevelure bouclée, encore humide et ruisselante de parfums. Elle sent avec une curiosité attentive une lente vague chargée d'un plaisir qu'elle ne sait nommer doucement pénétrer sa chair en ses plus secrets replis. Elle voudrait que longtemps encore, toujours, durât cette sensation, si nouvelle, si délicieuse, si bien que lorsqu'il veut éloigner son visage de la coupe profonde, elle se crispe et appuie sur la tête pour la maintenir tout contre elle. Et dans le même temps elle s'ouvre plus encore à lui afin de plus totalement s'offrir à ses baisers.

Enfin il l'entraîne sur la couche où elle demeure sans mouvement, anxieuse et troublée, mais impatiente de devenir femme entre ses bras.

LIVRE IX

Contre moi se sont levés des étrangers

Saül a réuni trois mille hommes parmi les meilleurs guerriers d'Israël. Avec cette troupe, il voulait tout d'abord venir secourir Qeïla assiégée par les Philistins ; mais avec cinq fois moins d'hommes David a libéré la ville et mis une fois encore les Philistins en fuite. Saül s'apprête à marcher contre David avec sa troupe, lorsque des messagers lui font savoir que le rebelle s'en est retourné dans la forêt de Haret et qu'il en est aussitôt reparti avec tous ses gens. Au rapport des messagers, il a emmené les femmes, les troupeaux de moutons et de chèvres noires, les mulets et les chameaux, il a quitté son repaire pour errer comme les Bédouins, nul ne sait où.

Le roi est disposé à licencier son armée, mais ses proches conseillers, tous ceux qui craignent l'ambition de David et le haïssent pour sa fortune ancienne, Doëg l'Edomite, les fils cadets de Saül, Aminadab et Malkichoua, d'autres encore, le dissuadent de prendre une telle décision.

« Mon seigneur le roi, l'encourage Doëg, est inspiré par Yahvé lorsqu'il arme son bras contre David car, nul en Israël n'en doute plus, il aspire à lui ôter la royauté, prendre pour lui la lance royale. Tant que vivra David, il n'y aura pas de sécurité pour la race de Saül. »

Aminadab approuve ces paroles avec vigueur. Il rêve de supplanter son frère aîné dans le cœur de son père et d'être désigné comme son successeur légitime, car Jonathan est tenu à l'écart, le roi le fait étroitement surveiller de crainte qu'il n'entre en relation avec David. Il ne le prend plus auprès de lui dans ses conseils et avec soin lui cache ses desseins. Car Jonathan n'a pas désarmé et sans craindre la colère de son père, il ose encore défendre David, plaider pour sa cause en montrant son innocence. Cependant, l'éloignement de David a apaisé les angoisses de Saül qui arrive parfois à regretter l'absence de celui qui était en même temps son gendre, son écuyer, son chantre, son général, son meilleur guerrier, celui qui tenait une si grande place dans sa vie, qui malgré son absence continue de le hanter d'une présence désirée et dans le même temps redoutée. Ainsi ne le voit-on plus saisi de violents transports lorsque Jonathan ose l'affronter au sujet de David. Il lui arrive même parfois de lui prêter une oreille attentive sinon complaisante et en lui-même il se demande quelle serait son attitude dans le cas où David serait conduit captif devant lui. Il en arrive à souhaiter que ne se présente pas une telle éventualité car il craint d'être contraint, par la position même qu'il a adoptée, de devoir sévir alors qu'il ne voudrait s'y résoudre en son cœur.

Ainsi, malgré les avis pressants de ses conseillers, est-il disposé à renvoyer chez eux ses soldats lorsque se présente une délégation des habitants de Ziph et de Maon. On conduit les messagers devant le roi, assis sous le tamaris, la lance posée sur ses genoux. Devant lui ils tombent à genoux, frappent le sol de leur front puis leur chef déclare :

« Monseigneur le roi, ton serviteur parle au nom des

gens de Ziph, de Maon et des villages de Juda. David se cache parmi nous. On a vu son camp à Horesha, il est aussi sur la colline de Hakéla, il va comme les Bédouins dans le Sud, vers le désert. Maintenant tu peux y descendre, ô roi, ainsi que le désire ton âme. Nous le livrerons entre tes mains. »

Saül ne laisse pas percer la contrariété que provoque en son cœur cette nouvelle.

« Soyez bénis par Yahvé, leur dit-il, car vous avez eu pitié de moi. »

Mais il ne brûle pas de se lancer à la poursuite de David et de sa bande. Afin de justifier l'inaction dans laquelle il voudrait s'attarder, il ajoute, comme si il voulait se montrer plus prudent qu'impatient :

« Allez, rentrez chez vous, informez-vous encore, notez précisément les lieux où il porte ses pas : car il a dans le cœur la ruse du renard et il pourrait bien vous égarer. Trouvez toutes les retraites où il se cache et, quand vous aurez des certitudes, revenez devant moi. J'irai alors avec vous et s'il est bien dans le pays, je le traquerai parmi tous les clans de Juda. »

Nombreux sont les gens de Ziph, de Maon et des villages de ces montagnes qui n'ont pas pardonné aux hommes de David d'avoir enlevé leurs filles. Et maintenant ils redoutent d'être rançonnés, dépouillés par ces bandes armées qui ont chassé de la région les Bédouins pillards pour, finalement, mieux se substituer à eux. Aussi les villageois suivent-ils les recommandations de Saül avec un zèle qui prend le roi de court. Car il espérait qu'ils s'attarderaient dans leurs enquêtes jusqu'à la fin de l'automne ; ainsi pourrait-il renvoyer ses hommes pour prendre chez eux leurs quartiers d'hiver. Mais plus promptement qu'il n'aurait jamais pu le supposer, les messagers sont de retour munis de tous les renseignements demandés et ils le pressent de se mettre en campagne, si bien que Saül ne peut plus biaiser.

David se trouve avec les siens dans le désert de Maon, au midi de la steppe, lorsqu'on lui apprend que Saül s'approche à la tête de ses meilleurs soldats. Aussitôt il convoque ses capitaines : Joab, Abisaï, Akhimelek le Hittite dont les ancêtres venus du nord de la Syrie ont adopté la langue et la religion des Hébreux, d'autres encore.

« Nous avons été trahis par les gens de ce pays, leur déclare-t-il. Ils ont appelé Saül contre nous et voici que le roi descend avec une forte troupe. Nous ne pourrons lui résister en un combat en plaine. Voici donc ce que j'ai pensé : Joab, tu vas t'enfoncer dans le désert, vers le sud, vers Edom, avec les femmes, les tentes, les troupeaux. Tu emmèneras les deux tiers des hommes pour défendre nos biens contre les Bédouins. Moi, avec deux cents de nos guerriers, je vais aller au-devant de Saül et nous allons l'entraîner vers la mer de Sel, loin de nos tentes. Nous le tiendrons en haleine jusqu'à ce qu'il se lasse et qu'il rentre chez lui. Nous viendrons ensuite vous rejoindre et il faudra que les gens de ce pays paient leur traîtrise en nous engraissant pendant l'hiver prochain. Ensuite, nous aviserons. »

Tous se rallient à la sage décision de David qui désigne parmi ceux qui s'offrent les deux cents hommes qu'il garde avec lui ; à eux va incomber la plus pénible tâche et David lui-même ne se sépare pas sans regret d'Akhinoam qui lui est devenue une compagne charmante et remplie pour lui des plus tendres attentions.

Tandis que Joab s'engage avec les siens dans les solitudes du Negeb où errent les nomades, David s'avance vers le nord afin d'entraîner Saül dans son sillage. Lorsque ses éclaireurs lui annoncent l'approche de l'armée d'Israël, il descend vers une vallée rocheuse qu'ont ouverte des eaux antiques et depuis desséchées dans le flanc des montagnes qui s'étendent jusqu'à la mer de Sel, vers le pays du soleil levant. A leur poursuite s'est engagé Saül, comme l'espérait David. Mais avec sa petite troupe mobile et bien entraînée, démunie des impedimenta qui alourdissent le train de Saül, David passe sur le versant opposé de la vallée de manière que la troupe ennemie l'aperçoit et le suit sans cependant pouvoir l'inquiéter.

David marche en queue de la troupe tandis qu'Abisaï en a pris la tête. Sur la crête nord de la vallée il distingue aisément l'armée de Saül; il croit même avoir reconnu le roi : il va en avant, auprès d'une mule qu'il dédaigne d'enfourcher en compagnie de ses fils et d'Abner. Hommes et bagages chargés sur les bêtes de bât, s'étirent en une longue file pareille à un gigantesque serpent qui suit avec lenteur les accidents du terrain.

Pendant plusieurs jours, sans hâte, David et ses hommes s'avancent vers l'est, puis à la faveur d'une nuit, ils s'éloignent de l'armée de Saül afin de parvenir le matin suivant aux refuges d'Engaddi. Leur provision d'eau touche à sa fin et c'est avec des cris de joie que les fugitifs découvrent, dans le soleil levant, le miroir scintillant de la mer de Sel. De la hauteur où ils se trouvent ils dominent un paysage grandiose de collines déchiquetées, érodées par les vents et les siècles, dont les teintes fauves s'empourprent des feux de l'aurore. Au loin, par-delà la mer impassible, s'étirent les montagnes arides de Moab, entre le ciel et l'eau. Et juste sous eux sourd la source du Chevreau qui tombe en une cascade bruyante dans une immense vasque naturelle, d'où l'eau se rue en cascatelles, parmi les roseaux, les acacias, les tamaris et les pommiers de Sodome, jusqu'à la plaine basse et à la mer. Tout en bas se presse une dense végétation de palmiers nains et de dattiers qui cèdent comme à regret quelques places pour des grappes de henné et des carrés de vigne.

En hâte ils dévalent le sentier abrupt qui mène aux cascades où ils se désaltèrent à satiété et se lavent des souillures de tous ces jours passés dans le désert. Cependant, suivant les ordres de David, chacun se tient sur ses gardes car dans les fourrés se dissimulent des panthères et des ours, tandis que du désert peuvent surgir de grands lions roux venus guetter les bouquetins et les chèvres sauvages. Et aussi David préfère que les gens qui pourraient camper dans la plaine, au bas des cascades, ne soupçonnent pas leur présence afin qu'ils n'en puissent aviser Saül. Aussi lorsque chacun a rempli d'eau l'outre qu'il porte sur ses reins, David ramène ses hommes vers les hauteurs et ils s'installent dans une grotte voisine d'un enclos de pierre où les Bédouins lorsqu'ils bivouaquent dans la région ont coutume de parquer leurs brebis.

De cette hauteur David peut surveiller la route du désert de Juda et il existe à flanc de coteau un chemin par lequel il serait aisé de fuir dans le cas où Saül chercherait à le déloger. Dans la journée qui suit apparaît l'armée royale. A leur tour les soldats descendent dans la cascade pour se rafraîchir puis ils dressent leur camp sur la hauteur, à peu de distance de l'enclos. Mais nul ne peut voir les fugitifs dissimulés dans l'obscurité de la grotte. David s'est couché sur le ventre, à l'orée de son abri, et Abisaï se tient près de lui. De leur repaire ils discernent parfaitement les hommes qui s'activent dans le camp et parmi eux Saül qui s'est assis sur un rocher lisse et converse avec Abner. Des feux sont allumés sur lesquels sont mis à rôtir moutons et chèvres dans leur entier. Leur fumet s'élève jusqu'à David qui avec ses compagnons s'est contenté de poissons salés, de pain, de dattes et de figues.

A pas lents s'avance la nuit qui chasse le jour du côté du couchant embrasé, mais le camp des Hébreux demeure éclairé par les lueurs des feux puis par la lumière blanche de la lune qui baigne de sa pâleur toutes les hauteurs alentour et scintille dans les eaux noires de la mer, en bas, au loin.

Les soldats de Saül n'ont pas dressé les tentes ; ils n'ont même pas pris la précaution de s'entourer de buissons d'épineux pour tenir à distance les bêtes fauves qui hantent la nuit. Comme le plus humble de ses soldats, Saül s'est enroulé dans une couverture à même le sol, pour dormir, ses armes à portée de la main.

De son observatoire, David continue de surveiller le camp qui lentement s'assoupit. Akhimelek le Hittite et d'autres hommes de sa troupe sont venus se placer auprès de lui. Chacun demeure silencieux en songeant au lendemain, car ils redoutent que ne les découvre Saül. Lorsqu'il est assuré que dorment les guerriers d'Israël et que somnolent les quelques sentinelles postées au bord du chemin, David demande à voix basse :

« Qui veut descendre avec moi jusqu'à Saül ? »

Ses compagnons le regardent sans comprendre, mais Abisaï le premier répond :

« Moi je descendrai avec toi. »

Ils ont ceint chacun sa bonne épée et son poignard ; ils ne s'embarrassent pas d'une autre arme et, sans se redresser, ils s'engagent dans le sentier, à demi courbés afin que leurs ombres se confondent avec celles des arbres bas et des buissons épineux. Ils s'arrêtent à l'orée du camp et s'assurent que nul ne pourra les surprendre et donner l'alarme avant de s'engager parmi les corps assoupis.

Saül dort profondément à côté d'Abner et de ses fils puînés.

« Ce jour, murmure Abisaï à l'oreille de David, Yahvé a livré ton ennemi en ta main. Si tu le veux, laisse-moi le percer de sa propre lance ; je le clouerai à terre d'un seul coup, sans avoir à frapper une autre fois.

— Que Yahvé nous garde d'agir ainsi, de porter la main sur notre seigneur, sur l'oint de Yahvé. »

Abisaï n'insiste pas. Il pense que David a une autre idée en s'engageant dans cette aventure, et il met entièrement sa confiance en lui.

Or, parvenu auprès de Saül, David s'empare de la lance du roi posée à terre près de sa main et de sa gourde gonflée d'eau. Puis il fait signe à Abisaï de le suivre et en silence ils s'éloignent du camp rempli des ronflements sonores des dormeurs.

Lorsqu'ils sont revenus à flanc de coteau, David se retourne et après avoir confié à Abisaï la lance et la gourde, il met autour de sa bouche ses mains en porte-voix et s'écrie :

« Monseigneur le roi ! »

Sa voix résonne dans la nuit et les rocs la portent jusqu'à Saül et bien au-delà encore. A plusieurs reprises il répète son appel ; une rumeur envahit le camp et Saül se réveille en sursaut. En vain il cherche à tâtons sa lance et sa gourde. Mais vite il reconnaît la voix qui crie dans la nuit, qui s'élève dans le désert. Il s'avance à l'orée du camp et interroge à son tour, le cœur battant :

« Est-ce bien ta voix, mon fils David ?

— C'est ma voix, ô roi, mon seigneur. Pourquoi, oh ! pourquoi mon seigneur poursuit-il son serviteur ? Qu'ai-je fait ? De quel crime suis-je coupable ? Que le roi mon seigneur daigne maintenant écouter les paroles de son serviteur. Si Yahvé t'excite contre moi, que le parfum d'une offrande l'apaise, mais si ce sont des hommes, qu'ils soient maudits devant Yahvé car par leur faute je suis banni, ils m'ont éloigné de l'héritage de Yahvé et disent : va servir des dieux étrangers. Maintenant, que mon sang ne soit pas répandu sur la terre, loin de la face de Yahvé. Car le roi d'Israël s'est mis en campagne pour traquer un chien crevé, comme on pourchasse la perdrix dans les montagnes. Yahvé rendra à chacun selon sa justice et sa fidélité. En ce jour Yahvé t'avait livré entre mes mains mais je n'ai pas voulu porter la main contre l'oint de Yahvé. Voici la lance du roi ; je te l'ai prise pendant ton sommeil, et je t'ai épargné. Ta vie a été pour moi d'un grand prix en ce jour, pareillement ma vie sera d'un grand prix aux yeux de Yahvé et il me délivrera de toute angoisse. »

Ces paroles vont plus directement au cœur de Saül qu'un coup de lance.

« J'ai péché, mon fils David ! s'écrie-t-il. Tu es plus équitable que moi car tu m'as apporté un bien pour le mal que je t'ai causé. En ce jour tu m'as manifesté ta bonté car tu m'as épargné alors que Yahvé m'avait livré entre tes mains. Est-il donc courant qu'un homme laisse aller simplement son chemin à un ennemi qu'il tient à sa merci ? Que Yahvé te récompense pour ce que tu as fait.

— Roi mon seigneur, répond alors David, qu'un de tes serviteurs vienne ici reprendre ta lance, et ensuite, séparons-nous en paix, toi de ton côté, moi du mien.

— Qu'il en soit ainsi fait », réplique Saül.

David rend l'arme royale et il s'éloigne avec ses hommes, car il n'a cure de venir vers le roi malgré les bonnes dispositions dont il fait preuve à son égard ; il connaît son humeur fantasque et craint de se livrer entre ses mains.

Le lendemain, Saül lève le camp et il ordonne de prendre le chemin du retour tandis que David descend vers le désert retrouver son camp et son épouse Akhinoam.

Avec les siens, assuré de ne plus être pour l'instant inquiété par Saül, David revient s'établir à l'orée de la steppe, au sud de la plaine de Ziph. Au cours de cet hiver il apprend par la rumeur publique que Samuel vient de mourir et qu'on l'a enseveli à Armathaïm. Aussitôt il revêt le sac, se couvre la tête de cendre et ordonne que tous dans son camp, hommes et femmes, portent le deuil du voyant de Yahvé.

Le printemps, qui voit fleurir la steppe et même le désert pour quelques journées, retrouve David et ses hommes qui continuent de mener dans ces mêmes régions leur vie de nomades. La troupe de David est devenue si redoutable que les Bédouins d'Edom et d'Amalec n'osent s'aventurer vers les villages pour y enlever bêtes et récoltes ; ils n'ont souci de se heurter aux guerriers de David qui ont pris en charge la défense des paysans des montagnes de Juda contre des redevances en nourriture et autres biens.

Dans le désert du Midi est dressé le camp de David. Les tentes de tissu clair prises aux Philistins se mêlent aux tentes noires en peau de chèvre façonnées par les gens de David à la manière des bédouins de Cédar. Rude a été cette journée, mais aussi fructueuse.

Depuis trois jours que David a installé son camp dans cette terre sauvage, les hommes ont entrepris de creuser un puits. Avec sa baguette est venu Abiathar et il a désigné la place où devrait être foré un puits afin d'y puiser l'eau de vie. Les puisatiers se sont alors mis à l'œuvre, et lorsque le trou a été suffisamment profond, les hommes ont chanté le cantique, celui qu'Israël avait déjà chanté au puits de Beer, lorsque y était arrivé Moïse avec son peuple :

Monte puits ! acclamez-le !
Puits que des princes ont creusé
Que les grands du peuple ont foré
Avec leur sceptre, avec leur bâton.

Au moment où l'eau a mouillé la terre, les femmes ont poussé des clameurs et dansé en agitant les tambourins, en faisant crépiter les crotales. Et dans l'après-midi de ce jour, les premiers seaux faits de peaux cousues ont été tirés, une eau claire a été puisée, grâce à laquelle les hommes de David ont su qu'ils allaient pouvoir séjourner en ce lieu, y passer la saison.

« L'endroit est béni par Yahvé, avait alors déclaré David. De ces rocs voisins semblables à une forteresse nous pourrons surveiller la région et il y a tout alentour des herbages et des fleurs nées des ondées de printemps pour nourrir nos troupeaux jusqu'à l'été. Si d'aventure Saül entreprenait de marcher contre nous, nous le verrions de loin et nous pourrions nous retirer plus au sud encore et depuis ces rocs nous pourrons nous défendre contre les bédouins qui voudraient nous disputer ces pâturages. »

A l'entrée de sa tente ouverte est assis David sur un tapis de laine, parmi des coussins. Auprès de lui se tiennent ses trois neveux Joab, Abisaï et Azaël, Abiathar et Akhimelek le Hittite, et aussi Akhinoam attentive au moindre de ses désirs, prête à le servir à tout moment, car autant elle s'est efforcée un temps de le haïr, autant elle est maintenant remplie d'amour pour lui, son âme ne vit que dans la sienne. Ensemble ils ont pris le repas du soir et tout en conversant ils ont laissé sur eux la nuit déployer son vaste manteau. Et voici que dans le ciel s'élève la lune dans sa plénitude, comme si l'univers voulait fêter le retour du printemps et la beauté de cette nuit. Abisaï a porté la main à sa bouche pour saluer la lune et ses compagnons l'ont imité. Dans le lointain s'élève le rire d'un chacal auquel répond le ululement d'un oiseau nocturne.

« Lilith rôde dans la nuit. Entendez-vous son appel ? » dit alors Azaël.

A l'évocation de ce démon nocturne, frissonne Akhinoam qui se rapproche de David tandis que rit Joab :

« Voici des mois que nous errons à l'orée du désert mais jamais encore je ne l'ai vu. Azaël, tu écoutes trop ce que répètent les femmes ou encore les bédouins à la veillée.

— Joab, réplique Abiathar, tu sais bien pourtant que les démons existent.

— C'est si vrai, renchérit Akhimelek, que moi-même j'ai vu une fois danser sous la lune les seirîm velus.

— Ce n'était sans doute qu'un bouc qu'avait mis en émoi la proximité d'une chèvre amoureuse, car ne dit-on pas que ces velus ressemblent à des boucs ? raille Joab.

— Un bouc en plein désert, dans une solitude où l'on ne voyait jusqu'à l'horizon ni hommes, ni tente, ni troupeau domestique ? repartit Akhimelek.

— Il ne faut pas évoquer les démons, intervient à nouveau Abiathar. Et je voudrais, David, que tu demandes à nos forgerons de couler en bronze dès demain une figure de séraphim afin que je puisse lui offrir des sacrifices. Car tu le sais, à tout moment, dans ces déserts, nous pouvons rencontrer l'un de ces serpents ailés dont la morsure brûlante est mortelle.

— Abiathar, répond David, ne sommes-nous pas déjà descendus au désert ?

— Jamais encore tu n'avais décidé d'y séjourner toute une saison. Nous n'y faisions que des incursions de quelques jours, alors que maintenant tu veux y demeurer.

— Je crains en effet qu'avec le retour du printemps Saül n'envisage quelque nouvelle entreprise contre moi. Seul le désert peut être dans ce cas notre sauvegarde. Si tu le désires, nous irons vers les villages des montagnes nous procurer du cuivre et de l'étain afin de fondre une statue de séraphim. Mais moi, je mets ma force et ma confiance en Yahvé qui jusqu'à ce jour a été notre protection. N'est-ce pas lui qui m'a conduit jusqu'au roc des Bouquetins, à

Engaddi, lorsque les gens de Ziph ont appelé Saül contre moi ? Te rappelles-tu ce jour ? J'ai alors composé ce cantique et, ce soir, je veux encore l'entonner pour que son nom soit évoqué, pour que par lui je vive à jamais. »

Ainsi parle David qui prend son kinnor et se met à chanter, tandis qu'à ses lèvres tous restent suspendus :

O Yahvé, par ton nom sauve-moi
que ta puissance me rende justice.
Yahvé écoute ma prière,
prête l'oreille aux paroles de ma bouche !
Contre moi se sont levés des étrangers,
des violents qui pourchassent mon âme.
Elohim n'a pas de place devant eux,
Mais il est mon secours,
Adonaï est le soutien de mon âme :
Il fait que le mal retombe sur mes ennemis,
Détruis-les dans ta vérité !
Librement je t'offrirai des sacrifices.
Je louerai ton nom, Yahvé, pour son excellence
Car il m'a délivré de toute crainte,
et mon œil a regardé en face mes ennemis.

Les accords du kinnor retombent dans la nuit et David s'apprête à chanter un autre cantique lorsqu'on amène devant lui l'un des espions qui sont ses yeux dans les villages de Juda. Il salue David puis prend la parole :

« Je viens en hâte de Carmel car je veux te faire profiter d'une occasion favorable. Tu connais ce Nabal qui vit dans une grande demeure à Maon, mais qui possède à Carmel la plus grande partie de ses richesses : trois mille moutons et mille chèvres. Or voici qu'en ce moment il est à Carmel pour y diriger la tonte de ses troupeaux. En cette fête il se montre toujours généreux ; il le sera sans doute pour toi et les tiens, si tu le lui demandes.

— Tu es le bienvenu avec tes paroles, répond David, car nos bêtes sont fatiguées par l'hiver et nous risquons de manquer de vivres. Akhimelek, va chercher parmi nos hommes dix volontaires pour monter à Carmel et qu'ils viennent devant moi. »

Akhimelek se lève aussitôt et revient bientôt avec dix jeunes guerriers.

« Demain, dès l'aube, leur dit David, vous irez à Carmel, chez Nabal. Vous le saluerez de ma part puis vous direz à mon frère : " Pour la vie, que la paix soit sur toi, que la paix soit sur ta maison, que la paix soit sur tout ce qui t'appartient. Maintenant j'apprends que tu as les tondeurs. Or tes bergers ont été près de nous, nous ne leur avons fait aucun mal, rien ne leur a été pris pendant tout le temps qu'ils étaient à Carmel. Demande-le à tes serviteurs, ils te confirmeront mes paroles. Que mes envoyés trouvent auprès de toi un bon accueil car ils viennent un jour de fête. Je te prie, donne ce que ta main pourra trouver à tes serviteurs et à ton fils David. " »

Les dix s'inclinent et assurent que le message sera transmis et qu'ils reviendront porteurs de présents, car jamais encore ce Nabal n'a été mis à contribution. Mais Akhinoam prend la parole :

« David, mon seigneur, ta servante connaît ce Nabal. C'est un homme brusque et orgueilleux. De par ses richesses il est rempli de son importance et je doute qu'il reçoive favorablement tes messagers. D'ailleurs, c'est un Calébite, un homme de cette tribu dans les veines de qui ne coule pas le sang d'Abraham malgré ce qu'ils disent, et en leur cœur ils méprisent les gens de Juda car ils prétendent que ce pays leur appartient et qu'Hébron est leur cité, que déjà ils en étaient maîtres à l'époque où y vint Abraham notre père et où il y fut enseveli avec Sara, Jacob et Léa.

— Quoi, n'est-ce pas Josué qui après avoir mis à mort les habitants de la ville l'a accordée aux fils de Caleb venus avec lui d'outre-Jourdain ? s'étonne David.

— Ainsi le veut la tradition, mais les Calébites se prétendent les premiers propriétaires du sol car ils ne veulent rien devoir aux enfants d'Israël, ni à Josué ni à Juda.

— Tout cela m'importe peu, assure David. Il me suffit que ce Calébite apporte son tribut, de gré ou de force. Ainsi en sera-t-il. »

A l'aube sont partis les messagers et ils sont de retour avant la tombée du jour, les mains vides.

« Nous avons trouvé ce Nabal parmi ses serviteurs, déclare l'un d'eux à David. Nous lui avons apporté ton salut et répété tes paroles. Mais il nous a regardés, le visage plein de morgue, et il nous a dit à peu près ceci : " Qui est donc ce David, qui est ce fils de Jessé ? Il y a trop de serviteurs qui fuient la maison de leur maître. Croyez-vous que je prendrai mon pain, mon vin, la viande que j'ai abattue pour mes tondeurs pour donner tout cela à des gens qui viennent nul ne sait d'où ? " Ainsi a-t-il parlé puis il a appelé des hommes de main. Ils se sont jetés sur nous et nous n'avons trouvé notre salut que dans la fuite. Pardonne à tes serviteurs, mais ces hommes étaient trop nombreux et nous n'avons pu faire respecter ton nom. »

Ces paroles remplissent David de colère. Il se lève en s'écriant :

« Ce ne sera pas en vain que j'aurai protégé tout ce qui appartient à cet homme dans le désert et que nul ne lui a enlevé ce qui lui appartient. Il me rend le mal pour le bien. Que Yahvé me fasse ce mal et qu'il en ajoute encore un autre, si d'ici le jour prochain je laisse subsister un seul de tous ceux qui chez lui pissent contre le mur. Non, je le déclare par Yahvé, pas un mâle ne sera vivant demain matin. »

Il se tourne alors vers Joab et ordonne :

« Que chacun ceigne son épée. Avec moi quatre cents hommes, nous partons sans plus tarder. Les autres resteront à garder le camp. »

La troupe se met aussitôt en route. Lorsque est venue la nuit, la lune éclaire leurs pas et elle est encore dans le ciel lorsque David s'approche de Carmel. Ils vont tous d'un pas si rapide que la sueur colle à leur peau leur tunique légère, mais le vent rafraîchit leur visage. Ils dévalent un coteau abrupt lorsque sur le flanc de la colline opposée David distingue un mouvement d'hommes et de bêtes. Il ralentit son allure pour mieux scruter ces ombres mouvantes dans la clarté de la lune ; cependant il se rassure : il ne distingue que quelques hommes, une dizaine au plus et autant d'ânes. Au lieu de s'éloigner cette caravane descend de la colline, vers la vallée où convergent les chemins où bientôt parviennent David et sa troupe. Ils se sont arrêtés car les âniers viennent vers eux. Lorsque ceux-ci font halte à leur tour, à peu de distance, David voit se détacher un âne monté par une femme qui s'avance jusqu'à lui.

« Tu es David, le fils de Jessé, lui dit-elle alors.

— Tu ne te trompes pas », répond-il.

Aussitôt elle saute au bas de sa monture, tombe à genoux et se prosterne, la face contre terre.

« Tu marches contre Nabal, dit-elle en se redressant.

— Il en est ainsi, assure David.

— Que sur moi soit la faute ! s'exclame-t-elle alors. Permets à ta servante de parler à tes oreilles. Ecoute les paroles de ta servante. Que mon seigneur ne prête pas attention à cet homme de Bélial, à ce Nabal. Car comme l'indique son nom, c'est un insensé et réellement, il n'a pas de sens. Mais moi, ta servante, je n'ai pas vu les jeunes gens que mon seigneur a envoyés. Or l'un de mes serviteurs est ensuite venu vers moi et il m'a appris que mon seigneur avait envoyé des messagers saluer notre maître, mais il les a chassés. Et pourtant il m'a assuré que mon seigneur a été très bien avec nos serviteurs, que nuit et jour tu as été comme un rempart autour d'eux pendant tout le temps où ils ont paissé les troupeaux. Aussi, ta servante vient vers toi, mon seigneur, avec deux cents pains, deux outres de vin, cinq moutons préparés, cinq mesures de grain rôti, cent paquets de raisin sec, deux cents gâteaux de figue. »

David a ouï avec joie les paroles de la femme. Il ne peut détacher d'elle son regard car elle est jeune et d'une si grande beauté qu'il en ressent un grand trouble. Il l'interroge alors :

« Qui es-tu ? Quel est ton nom pour ainsi venir à moi et vouloir sauver la vie de Nabal ?

— Le nom de ta servante est Abigaïl et je suis l'épouse de ce Nabal. Lui-même n'est plus jeune mais il m'a achetée à mon père afin de faire de moi sa femme, il a donné un bon prix, alors que j'étais à peine nubile.

— Béni soit Yahvé le dieu d'Israël qui t'a envoyée à ma rencontre, répond alors David. Bénie soit ta sagesse et bénie sois-tu, pour m'avoir en ce jour empêché de répandre le sang et de me rendre justice par ma propre main. Car, aussi vrai que Yahvé dieu d'Israël qui m'a empêché de faire du mal est vivant, si tu n'étais pas aussi rapidement venue au-devant de moi, il ne serait rien resté chez Nabal de tout ce qui urine contre un mur.

— Maintenant, mon seigneur, par la vie de Yahvé, par ton âme vivante, par Yahvé qui t'a empêché de répandre le sang et de te rendre justice par ta propre main, que deviennent semblables à cet insensé de Nabal tes ennemis et ceux qui veulent du mal à mon seigneur. Accepte ces présents que ta servante apporte à mon seigneur, que les reçoivent les hommes qui marchent à la suite de mon seigneur. Yahvé assurera à mon seigneur une maison stable, car mon seigneur combat pour la gloire de Yahvé et on ne trouvera pas de mal en toi, tout au long de ta vie. »

Sur l'ordre d'Abigaïl, ses serviteurs remettent les ânes chargés des présents entre les mains des guerriers de David. Cependant, comme elle est restée agenouillée devant David pour lui adresser la parole, il se penche sur elle, serre entre ses mains ses épaules et la fait se relever en lui disant :

« Remonte en paix dans ta demeure. Vois, j'ai prêté à ta voix une oreille favorable et j'ai relevé ton visage. »

Un instant se croisent leurs regards, puis elle baisse les yeux et tourne le dos à David. Tandis qu'elle s'éloigne, tenant son âne par la longe, il ne la quitte pas des yeux, il admire la grâce de sa démarche, la souplesse de ses hanches, le balancement de son buste. Brusquement il se détourne et entraîne ses hommes afin de ne pas se laisser emporter par la violence de son désir. Un désir comme il n'en a encore jamais connu, au point qu'il s'est senti près de l'enlever, l'emmener dans son camp pour jouir d'elle à son aise. Il ne sait quelle force supérieure l'a retenu d'agir ainsi. Il s'est dit qu'il ne devait pas porter un regard d'envie sur la femme d'autrui, mais il en a souri en lui-même : ce fils de Bélial de Nabal n'est rien pour lui. Il regrette même l'intervention de son épouse car sans cela il aurait tué l'homme de sa propre main et il aurait pu violer son épouse sans le moindre remords. Ce qui l'a retenu, c'est précisément la confiance qu'elle a mise en lui lorsqu'elle est venue vers lui. Il a écouté ses paroles, accepté son don : elle lui est devenue dès lors sacrée, comme un hôte, et ceci est plus fort que son désir.

Malgré l'heure avancée de la nuit, lorsque Abigaïl parvient à la demeure de son époux, elle trouve celui-ci en train de festoyer avec ses amis et ses plus proches serviteurs. Il est vautré sur des coussins et son vêtement est souillé de vin et de nourriture. Il porte d'une main hésitante une coupe à ses lèvres, mais lorsqu'il essaie de boire, le liquide purpurin ruisselle sur sa barbe grisonnante, jusque sur son ventre qui enfle son ample robe. Il éructe en émettant des sons discordants, puis éclate d'un rire gras en entendant l'un de ses commensaux lancer une plaisanterie grivoise. En voyant s'approcher sa femme, il l'interpelle :

« Holà ! femme ! viens près de moi, viens près de ton seigneur pour lui réchauffer le cœur.

— Que mon seigneur me pardonne, réplique-t-elle, mais ta servante est lasse. Permets-moi d'aller me coucher. »

Il tend vers elle une main pesante :

« Viens ici, viens m'aider à regagner ma couche. »

Elle hésite puis s'approche. Il se suspend à son cou et non sans difficulté elle le soutient pour marcher jusqu'à la chambre. Sur le seuil de la demeure il s'arrête, retrousse sa robe, et longuement soulage sa vessie contre le mur. Abigaïl se détourne en cachant son dégoût. Son âme s'en va vers David dont la beauté, la force, la noblesse, l'ont éblouie, l'ont terrassée ; elle évoque ses paroles et songe que si elle n'était intervenue, Nabal aurait été le premier massacré parmi ceux qui urinent contre le mur. Un instant elle se prend à regretter d'avoir ainsi agi, puis elle chasse cette pensée qui risque de déplaire à Yahvé.

Elle conduit ainsi Nabal jusqu'à sa chambre et elle l'aide à se coucher sur son lit moelleux. Lorsqu'elle veut se redresser pour aller dormir ailleurs, il l'agrippe, dans son ivresse lui déchire sa robe, la place sous lui. Elle se débat car elle se sent prise de nausées, et dans cet instant elle se trouve envahie d'une haine sauvage pour son époux. Elle se surprend à souhaiter le voir mort. En vain il s'agite sur elle puis soudain il roule sur le côté et reste immobile tandis que de sa bouche ouverte sort un ronflement sonore. Elle se glisse alors hors de la couche et court en hâte se laver à la fontaine voisine avant d'aller dormir dans une salle éloignée.

Tard dans la matinée, Nabal sort de sa chambre, le visage bouffi, la langue pâteuse. Abigaïl vient vers lui et lorsqu'il s'est assis sous le vélum, devant la demeure, elle entreprend de lui rapporter ce qui s'est passé la veille et la manière dont, par son initiative opportune, elle lui a sauvé la vie car David et sa troupe étaient manifestement disposés à leur faire terminer leur banquet dans le sang. En entendant ces paroles, Nabal ouvre de grands yeux puis sa bouche se tord et ses lèvres s'écartent comme celles d'un poisson ; est-ce le saisissement d'avoir échappé à un si grand danger, ou encore les suites de l'abus de vin et de nourriture ? Il sent son cœur s'arrêter dans sa poitrine et il tombe roide, immobile, comme s'il était devenu de pierre.

Abigaïl appelle des serviteurs à l'aide. On frappe les

joues flasques de Nabal, on arrose son visage d'eau, mais il reste sans connaissance. Enfin, lentement, la vie semble revenir en lui, son âme retourne dans son corps, les couleurs envahissent à nouveau ses membres devenus de la couleur de la cire, ses narines pincées se remettent à gonfler et retrouvent leur teinte rougeâtre.

La jeune femme est saisie de regrets car elle espérait être débarrassée d'un époux aussi détestable. Il semble avoir retrouvé toute sa vigueur et le lendemain il préside à la tonte qui se poursuit encore pendant plusieurs jours. Lorsque le jour touche à sa fin, il appelle Abigaïl et lui dit :

« Ma femme, ce soir fais-toi belle. Parfume-toi et mets tous tes bijoux car je veux avec toi boire l'eau furtive.

— Ta servante fera comme le désire mon seigneur, assure-t-elle. Auparavant, j'ai ordonné aux servantes de préparer un festin afin que nous nous réjouissions ensemble et rendions grâce à Yahvé de t'avoir sauvé de la colère de David.

— Voilà une bonne chose. Viens m'aider à me baigner et donnons-nous du plaisir. »

Ce soir-là, elle le pousse à manger et à boire plus que de raison, et à nouveau elle l'emmène dans sa chambre où il se traîne, terrassé par l'ivresse. Elle l'épuise de plaisirs, l'oblige à agir malgré la fatigue, enfin le laisse pantelant sur son lit. Et la nuit suivante elle recommence à le combler de vin et de caresses, elle le tient éveillé et lui inflige des plaisirs qui lui deviennent douloureux. Chaque jour que dure la tonte elle l'entraîne dans l'abus de nourriture et de boisson et bien qu'il en ressente une grande fatigue, il se félicite de l'ardeur amoureuse de sa femme car il y voit une preuve de sa propre séduction.

Mais comme le souhaite Abigaïl dans son cœur,

Nabal ne peut résister longtemps à de tels excès et à de si vifs transports. Le dixième jour, à nouveau son cœur se durcit et cette fois son âme quitte son corps pour l'éternité. Aussitôt, pendant le temps prescrit, Abigaïl revêt le sac et couvre sa tête de cendres. Puis elle va se baigner, et se pare de ses plus riches bijoux. Elle envoie ensuite auprès de David un messager pour lui annoncer que Yahvé a frappé Nabal, qu'il est mort soudainement après avoir abusé de vin et de viandes.

Or, pendant tous les jours qui ont suivi sa rencontre avec Abigaïl, David n'a pas cessé de penser à la jeune femme. A plusieurs reprises il a songé à aller l'enlever, comme Joab l'a fait pour Akhinoam. Cependant, il hésite à se résoudre à une extrémité qui risque de lui aliéner la population des villes voisines : agir ainsi, c'est attenter à l'honneur de l'époux et contraindre l'épouse à être adultère. Son désir est cependant si vif qu'il s'y serait résolu, si n'était venu devant lui le messager envoyé par la jeune femme. Ses paroles le remplissent de joie et il s'écrie :

« Béni soit Yahvé qui m'a vengé de l'injure que j'avais reçue de la main de Nabal. Yahvé a empêché son serviteur de faire le mal et il a fait retomber sur la tête de Nabal sa propre méchanceté. »

Aussitôt il appelle Joab qui l'a accompagné lors de son expédition contre Nabal :

« Joab, lui dit-il, tu vas prendre plusieurs hommes et des mules et tu te rendras chez Nabal. Je viens d'apprendre sa mort et son épouse Abigaïl est maintenant libre. Tu iras devant elle et tu lui diras : " David nous a envoyés vers toi car il veut faire de toi sa femme. " »

Son neveu, qui a compris dès le premier jour que David s'est épris d'Abigaïl, ne marque pas de surprise. Il assure qu'il portera le message et reviendra avec la jeune femme qu'elle soit consentante ou non. Cependant, Akhinoam s'agenouille près de lui, car elle a entendu ses paroles :

« David, mon seigneur, que va devenir ta servante, si tu prends une autre épouse ? » s'inquiète-t-elle.

Il se penche vers elle, la prend dans ses bras :

« Tu resteras mon épouse, assure-t-il. J'aurai deux femmes et tu seras l'aimée, mais Abigaïl ne sera pas haïe, je veux que tu l'aimes, si tu m'aimes vraiment, et si tu la hais, c'est que tu ne m'aimes pas.

— David, tu le sais, ta servante est remplie d'amour pour toi, c'est pourquoi je m'efforcerai de l'aimer, car j'aime tout ce que tu aimes et je hais tout ce que tu hais. »

Ces paroles dont David ne veut pas mettre en doute la sincérité le comblent d'aise et il embrasse la jeune femme pour lui manifester sa satisfaction.

Joab n'a pas à user de violence pour convaincre Abigaïl de l'accompagner dans le camp de David, car il comble ses vœux les plus secrets. A peine lui a-t-il transmis le message de David qu'elle se prosterne, la face contre terre :

« Voici : ta servante est comme une esclave pour laver les pieds des serviteurs de mon seigneur. »

Après avoir ainsi parlé, elle se relève et appelle ses servantes. Cinq jeunes filles accourent auprès d'elle à qui elle donne ses ordres. Aussi promptes qu'un vol de colombes, elles s'égaillent puis reviennent bientôt avec des ânes chargés des bagages d'Abigaïl et de leurs propres biens, ainsi que de présents pris dans la demeure de Nabal. Aussitôt Abigaïl monte sur une mule, chacune des jeunes filles se hisse sur une ânesse et, sous la protection de Joab et de ses hommes, elles se rendent au camp de David, dans le désert.

Le soir même, David connaît Abigaïl et elle-même découvre entre ses bras un plaisir que Nabal lui a jusqu'alors laissé ignorer.

LIVRE X

Sur la harpe de Gath

Avec la venue des grosses chaleurs de l'été, le puits creusé au printemps commence à baisser et la sécheresse dans la steppe devient de plus en plus pénible à supporter. Par ailleurs, les espions de David lui apprennent que les gens des bourgs voisins, maintenant qu'ils n'ont plus à craindre les incursions des nomades tenus à distance par les hommes de David, songent à se plaindre de ces derniers à qui ils se savent obligés de faire des présents à leur corps défendant. Ils ont à plusieurs reprises envoyé des messagers à Saül et comme ce dernier craint qu'en représailles les habitants des montagnes de Juda ne refusent de lui payer leur redevance, il envisage d'entreprendre une nouvelle opération contre David. Ce dernier sent que jamais il ne sera en sécurité dans les territoires d'Israël et qu'il risque de périr un jour par la main de Saül. Mais où aller ? En Moab où sont toujours son père et ses frères ? Il doute que le roi, bien qu'il ait donné à sa famille l'hospitalité, accepte de se mettre mal avec Saül en le recevant lui et sa troupe. Il lui paraît plus habile de chercher asile chez les ennemis de Saül, ceux qui se trouvent les plus proches de lui, c'est-à-dire les Philistins, et plus précisément chez le roi de Gath. Ce dernier, s'il a pu mépriser David, fugitif solitaire, ne pourra que se réjouir de l'apport que présentent six cents hommes bien armés. Après quelques jours de réflexion, David envoie auprès d'Akish, fils de Maok, roi de Gath, une ambassade dirigée par Abisaï. Celui-ci se met en route avec une trentaine d'hommes, et des présents en nombre chargés sur des mules et des chameaux.

Comme le puits est presque asséché, David décide d'aller attendre Abisaï à l'orée de la steppe, sur la colline d'Hakila, vers le territoire de Ziph, car il lui plaît de mettre à contribution les bourgeois de cette ville qui sont toujours les premiers à se plaindre et à expédier des messagers à Guibéa pour requérir l'intervention de Saül. Il n'a cependant guère le temps de se rendre encore plus redoutable car bientôt est de retour Abisaï. Il lui apprend qu'Akish a reçu avec un plaisir non dissimulé les propositions qu'il était chargé de lui faire. Il a manifesté la plus vive impatience à avoir David comme allié et comme vassal, et pour preuve de ses dispositions amicales, il lui fait parvenir de magnifiques présents.

Sans plus tarder, David décide de lever le camp et quelques jours plus tard il se présente avec ses hommes à la frontière du royaume. David a fait avertir Akish de son arrivée de manière que, parvenu aux portes de la première ville philistine, un homme vient au-devant de lui, escorté par une petite troupe armée. Il salue David et s'adresse à lui dans la langue de Canaan qui est celle que parlent les enfants d'Israël :

« Que le salut soit sur toi, que te bénisse ton dieu Yahvé, et aussi Elohim qui règne sur Canaan, et que te protègent les dieux de notre pays, Dagon et Astoreth. Mon nom est Ithaï : vers toi m'envoie mon seigneur Akish, afin que je te salue en son nom et que ton serviteur te conduise auprès de lui. »

L'homme est grand et robuste. Il porte une cotte de cuir, sa tête est coiffée d'un casque en cuir épais renforcé de clous de bronze ; à sa ceinture pend une lourde épée et il tient à la main une solide lance à la pointe de fer. David juge qu'il doit être un bon guerrier ; visiblement le roi de Gath l'estime pour lui dépêcher un messager aussi magnifique. David lui rend ses salutations et manifeste sa satisfaction pour la réception que lui réserve le roi. Dans la même journée, ils parviennent aux portes de Gath, jusqu'au palais devant lequel l'attend Akish. David évoque le jour où il s'est présenté en ce même lieu d'où il a dû s'enfuir en simulant la folie : il songe que sans doute Yahvé ne voulait alors pas qu'il se donnât au roi de Gath car il devait auparavant rencontrer Akhinoam et Abigaïl qui lui sont devenues des compagnes bien-aimées.

David vient se prosterner devant Akish qui l'invite à prendre place auprès de lui, sur un siège plus bas que le sien : c'est cependant un honneur auquel est sensible David.

« David, lui dit Akish, mon âme se réjouit de voir auprès de moi, comme un ami, un guerrier aussi valeureux que toi, l'homme que j'admire le plus dans tout le pays de Canaan. Je te donnerai ici une grande demeure où tu pourras t'établir avec tes épouses et tes officiers. Quant à tes soldats, ils pourront dresser leur camp aux portes de la ville et je pourvoirai à tous vos besoins.

— Roi, ton serviteur te rend grâce pour ta bonté, répond David. Mais je t'en prie, si j'ai trouvé quelque faveur auprès de toi, confie-moi une de tes villes où je pourrais résider. Car pourquoi ton serviteur habiterait-il avec toi dans la ville royale ? En quoi pourrais-je t'être utile ? Alors que si tu me donnes une ville vers le midi, vers le pays de Juda, je pourrai défendre ta frontière et je ne te coûterai rien car j'irai porter la guerre chez les Hébreux et nous nous enrichirons au détriment de Saül qui est ton ennemi et aussi le mien. »

Ces paroles réjouissent le cœur du roi :

« Il en sera fait selon ton vœu, assure-t-il. Tu vas demeurer quelques jours auprès de moi afin que je te trouve un domaine où Ithaï te conduira. Ithaï est l'un de mes meilleurs guerriers et il s'honore d'être ton serviteur pendant ton séjour à Gath. »

David se doute qu'en même temps que son serviteur, Ithaï sera l'œil du roi sans cesse posé sur lui. Mais comme il n'est pas venu auprès du roi dans un esprit de trahison, il ne s'en inquiète pas. Au contraire il aspire à mieux connaître ses ennemis de la veille, il veut profiter de son séjour parmi eux pour se familiariser avec le mode de vie des Philistins, leur religion, leur manière de combattre, leur langue. Ainsi fait-il volontiers d'Ithaï son commensal. Avec lui il s'exerce au maniement des armes, apprenant ainsi à s'estimer mutuellement car ils rivalisent d'adresse, de maîtrise de soi, d'endurance, de vigueur, de rapidité. A son école, David apprend à diriger un char et à mener un cheval en l'enfourchant comme on le fait pour un âne ou un mulet. Ensemble ils parcourent les rues de la ville pour leur plaisir, ils vont dans les sanctuaires d'Astoreth où se proposent à eux les Qédeshin, les prostituées consacrées à la déesse de la fécondité mais aussi de toutes les voluptés ; ils vont aussi par les campagnes où ils rencontrent les prêtres de Baal-Markod qui dansent autour des autels du dieu en se tailladant la chair avec les couteaux qu'ils brandissent en des mouvements désordonnés ; sur la peau, sur les vêtements, jusqu'à terre ruisselle le sang dont la vue et l'odeur sont agréables au dieu. Cependant, de son côté, David apprend à son compagnon à craindre

Yahvé dont la puissance égale celle des divinités des Philistins et des Cananéens lors même qu'elle ne la surpasse pas quand il gronde et tonne dans les monts de Juda, quand il combat sur la terre d'Israël à la tête des armées de son peuple.

« Lorsqu'il dirige ton bras, il est certes le plus puissant, concède Ithaï, car tu es toujours victorieux de tes ennemis. N'est-ce pas pour cela que notre roi Akish te reçoit comme un fils, car il espère que tu apporteras la victoire dans le camp des Philistins.

— Il en sera ainsi si mon dieu continue de me protéger, bien que j'aie quitté le territoire sur lequel s'exerce sa puissance.

— Sa grâce est sur ta tête, sans que lui importe le lieu où tu te trouves, assure Ithaï. Car n'est-il pas vrai qu'avant que Saül et toi-même ne vinssent, les Philistins étaient les vainqueurs des Hébreux, même dans leur propre pays ? Que doit-on en dire ? Que votre Yahvé était alors moins puissant que Dagon ? ou plutôt qu'il ne voulait pas étendre sa protection sur son peuple ? Non David, c'est aux hommes que s'intéressent les dieux, à ceux qui adorent leur nom, sans que leur importe le pays où ils se trouvent. Telle est mon opinion. »

Et David l'approuve car il sait trop bien que Yahvé étend sur lui sa main, où qu'il soit, qu'il laisse aux hommes le soin de défendre contre leurs ennemis les terres qu'il leur a données, mais que lui-même se charge d'accorder ou de refuser sa bénédiction à ses fidèles, sans prendre souci du lieu où ils sont. Ainsi David et Ithaï encore ennemis la veille, nouent-ils entre eux les liens d'une profonde amitié. Mais au bout de quelques mois, Akish convoque David pour lui annoncer qu'il lui donne une ville avec tout son territoire, afin d'y vivre avec sa troupe et de la défendre. Ainsi lui donne-t-il Tsiqlag, au sud du royaume, poste avancé vers le pays de Juda et les déserts du Negeb où nomadisent Geshurites et Amalécites.

Ithaï vient faire ses adieux à David ; il lui apporte en présent une très belle harpe sortie des ateliers de luthiers de Gath, habiles artisans qui ont appris leur métier auprès des maîtres d'Egypte et de Tyr. De son côté, David fait à son nouvel ami des dons selon son plaisir puis il prend la route du midi avec sa troupe et tout son camp.

A peine David s'est-il installé avec ses deux épouses dans la grande demeure, résidence de l'ancien gouverneur philistin de la ville, qu'il va avec ses hommes porter la guerre contre les Geshurites, les Girzites, les Amalécites qui dominent ces régions en partie désertiques qui s'étendent de Télam en direction de Shour, jusqu'à la terre d'Egypte. Il porte la dévastation dans ces pays et ne fait grâce de la vie ni aux hommes ni aux femmes ; il ramène de ces campagnes petit et gros bétail, ânes, mulets et chameaux, vêtements, tissus et objets précieux. Lui-même il apporte à Akish une grande partie de ce butin et le roi s'en réjouit car encore nul vassal ne lui a procuré pareil tribut. Et lorsque le roi lui demande où il a fait ce jour-là sa razzia, David répond : contre le Negeb de Juda, ou le Negeb de Yérahméel, ou le Negeb des Qénites. Et le roi s'en réjouit d'autant plus qu'il pense que par ces courses sur des territoires dominés par Israël, David s'est rendu odieux à son peuple de manière qu'il ne pourra plus revenir parmi les siens et qu'il restera toujours son serviteur. Or, tout au contraire, sans plus prélever de tribut sur les villages d'Israël, David les protège contre les incursions de ces nomades dont il détruit la semence, si bien que le bénissent les gens alors qu'Akish croit qu'ils le maudissent.

Or plus de vingt lunes se succèdent qui voient l'exil

de David parmi les Philistins, mais pendant lesquelles il n'a cessé d'augmenter sa puissance en recrutant de nouveaux combattants et en aguerrissant ses hommes par des exercices et des guerres incessantes. Et un jour, alors que David est venu devant Akish pour encore lui porter un nouveau tribut, le roi lui apprend que les princes des Philistins, les autres séren — car tel est le nom des chefs des cinq Etats philistins dans leur propre langue —, ont décidé de partir en guerre contre Saül. Et de décider :

« Je te le déclare, tu m'accompagneras avec tes hommes, de bons soldats bien entraînés. »

Akish ne peut douter de la haine de David envers Saül son persécuteur et Israël qui n'a pas eu pitié de sa détresse. Cet ordre désole David qui a toujours refusé de porter la main sur l'oint de Yahvé, qui ne peut en son cœur accepter de commettre pareil sacrilège. Cependant il ne laisse rien paraître de son trouble et il fait au roi cette réponse oblique, pleine de duplicité que chacun peut interpréter selon son inclination de sorte que sans mentir il n'indispose le roi, son suzerain :

« Aussi bien, tu pourras voir ce qu'est capable de faire ton serviteur.

— Alors moi », assure Akish qui songe aux exploits que David est disposé à réaliser contre les Hébreux au profit des Philistins, « je t'établirai pour toujours le commandant de ma garde. »

Ainsi David va-t-il chercher sa troupe à Tsiqlag et la ramène-t-il à Gath. Mais lorsqu'ils apprennent qu'ils vont devoir combattre contre les guerriers d'Israël dans les rangs des Philistins, certains des soldats de David commencent à murmurer. David songe alors à prendre conseil auprès de Joab et Abisaï. Ils lui confirment qu'en effet quelques hommes répugnent à porter les armes contre les gens de leur peuple, mais ils s'efforcent de rassurer David :

« Ceux-là sont peu nombreux, déclare Abisaï. Nous n'avons qu'à les laisser au camp, car ce qui leur déplaît, c'est de se trouver aux côtés des Philistins qu'ils ont jusqu'à ce jour combattus.

— C'est pour nous, dit Joab de son côté, une occasion d'affronter à égalité l'armée de Saül et de tuer le roi qui en veut à notre vie. Celui-là mort, tu peux rentrer en Israël, tu peux même aspirer à sa succession.

— Joab, réplique David, il n'en sera jamais ainsi tant que vivra Jonathan. Tu sais aussi que je ne souhaite pas la mort de Saül qui m'a été comme un second père. Il ne sera pas dit que David a porté les armes contre les guerriers d'Israël alors qu'il avait à ses côtés les Philistins.

— Tu es trop engagé, tu ne peux te retirer sans te faire d'Akish un ennemi mortel, remarque Joab.

— Là est mon plus grand souci, reconnaît David. Voici donc ce que j'ai pensé : parmi nos hommes, vous allez sélectionner ceux qui ne sont pas d'origine hébraïque, ceux qui connaissent la langue des Philistins. Lorsque avec Akish nous aurons rejoint les troupes des autres princes du pays, ces hommes s'infiltreront parmi les Philistins et ils murmureront qu'il ne serait pas bon que lors du combat qui va s'engager, des Hébreux se trouvent parmi les Philistins, car ils pourraient bien les trahir, les frapper dans le dos, afin de trouver par là le pardon de Saül. Ainsi Akish sera contraint de nous renvoyer et nous laisserons alors Yahvé décider de la victoire : selon sa volonté il la donnera à Saül ou aux Philistins, mais nous-mêmes n'aurons pas participé à un combat dans lequel nous apparaîtrions forcément comme des traîtres soit aux yeux des Hébreux, soit à ceux des Philistins si nous nous retournions contre eux. »

Peu après l'armée du roi de Gath grossie de la troupe de David se met en marche pour se rendre à Apheq aux sources du fleuve de Joppé, lieu de jonction des forces philistines. La vallée tout autour du point où jaillit la rivière est couverte des tentes des rois philistins de Gaza, Ashdod, Ascalon et Eqrôn ; c'est une armée immense qui s'apprête à marcher contre Saül et déjà David s'en émeut. Il s'en ouvre à Joab car il se demande s'il ne doit pas se rallier aux troupes d'Israël menacées d'être submergées sous le nombre des ennemis pareils à des sauterelles qui se réunissent dans le désert avant de s'abattre par nuées dans les champs où peinent les hommes. Mais Joab se hâte de détourner son oncle d'une si folle action.

« Qu'il nous suffise de nous retirer du combat, lui dit-il. Quoi, tu viendrais te placer à la merci de ce Saül qui te hait jusqu'à la mort ? Crois-tu que nous te suivrons pour tendre nos poitrines à nos bourreaux ? Non, David, persistons dans ton premier dessein car il est dicté par la sagesse de Yahvé. Si Yahvé a décidé la perte de Saül, que tu sois à ses côtés ou au loin, cela ne changera rien à ce qui doit arriver. »

Par de telles paroles David se laisse persuader et bientôt ses émissaires réussissent par leurs murmures à semer la défiance dans le cœur des chefs des Philistins.

Les cinq séren des Philistins se réunissent un matin afin de voir défiler l'ensemble de leurs troupes. Les guerriers s'avancent dans la large vallée par groupes de cent et de mille. En avant viennent les chars, quelques centaines, attelés chacun de deux chevaux. Suivent les hommes à pied rassemblés par royaumes. En dernier viennent ceux de Gath puis David avec ses hommes qui ferment la marche. Lorsqu'ils parviennent en vue des rois, assis sur une éminence, ces derniers demandent à Akish :

« Mais qu'est-ce là ? Qui sont ces Hébreux qui viennent à la suite de tes soldats ?

— Ne le savez-vous pas ? s'étonne le roi de Gath. C'est David, l'ancien serviteur de Saül, le roi d'Israël. Il est venu à moi depuis une année ou deux, il est devenu mon vassal et depuis ce temps, je n'ai eu aucun reproche à lui faire, je n'ai eu qu'à me féliciter de sa présence parmi mes tributaires. »

Or le roi de Gaza, le plus puissant des séren, se redresse, sans cacher sa colère :

« C'est ton vassal, nous l'admettons. Mais au nom de nous tous je te le dis, renvoie ces hommes, qu'ils retournent sur les terres que tu leur as confiées. Nous ne pouvons risquer que ce David se dresse contre nous au cours du combat. N'est-ce pas pour lui une occasion unique de retrouver la faveur de son maître Saül ? Et comment se rachèterait-il sinon avec les têtes de nos guerriers ? Car nous devons tout redouter de ce David qui a toujours été notre plus dangereux ennemi. »

Les autres rois approuvent le séren de Gaza si bien qu'Akish se voit contraint de céder à leurs instances. Ainsi, dès que s'est terminée la revue des troupes, il fait appeler David et lorsque ce dernier l'a longuement salué il lui dit :

« Par la vie de Dagon et de Baal-Zébub, seigneur des mouches, je sais que tu es loyal. Il m'aurait plu que tu m'accompagnasses dans cette guerre car je n'ai rien trouvé de mauvais en toi, ni lâcheté ni perfidie. Mais tu es mal vu des autres rois. Ainsi est-il préférable que tu t'éloignes, que tu t'en retournes en paix dans ton fief afin de ne pas indisposer les princes des Philistins. »

Ces paroles comblent David d'aise, mais il préfère

feindre l'indignation afin de bien convaincre le roi de son zèle pour la défense de sa cause.

« Qu'ai-je donc fait, qu'as-tu à reprocher à ton serviteur depuis le jour où je suis venu auprès de toi, pour ne pas vouloir que je combatte les ennemis de mon seigneur le roi ?

— David tu m'es agréable comme un messager envoyé par un dieu. Mais les princes des Philistins ont déclaré ne pas vouloir que tu combattes avec nous. Ainsi, levez-vous de bon matin, toi et les serviteurs de ton seigneur qui t'ont suivi, et retournez dans la ville que je vous ai donnée. Mais je t'en prie, éloigne tout ressentiment de ton cœur car tu m'es agréable. Vous vous lèverez avant l'aube et dès qu'il fera jour, partez. »

Ainsi fait David, l'âme légère, et à peine le soleil s'est-il levé et éclaire-t-il la route, la vallée et les campagnes que David et ses gens se mettent en marche vers le sud après avoir plié les tentes et chargé tous leurs bagages sur les bêtes de bât.

Dès qu'il a appris les préparatifs hostiles des Philistins, Saül a en hâte fait convoquer les guerriers d'Israël. Par ses espions il sait que l'ennemi se rassemble à Apheq, à l'orée de la plaine de Jizréel. Avec ses troupes il se porte au-devant d'eux, jusqu'au mont Gelboé qui ferme la plaine de Jizréel, où il établit son camp. Il veut attendre l'ennemi en ce lieu où il a l'avantage de dominer la région alentour. Peu après, les Philistins font mouvement et ils s'avancent jusqu'à Sunam, dans la plaine de Jizréel. De son observatoire, Saül peut alors découvrir l'armée ennemie dans toute sa puissance. Son âme s'effraie en voyant tant de tentes blanches dressées dans la verdure, tant de bêtes de bât, et de boucherie, tant de chars, tant d'hommes en armes dont les lances et les casques brillent dans les rayons du soleil.

Alors il songe à interroger Yahvé afin de savoir s'il peut engager le combat. Il commence par faire tirer les ourim, les sorts sacrés, mais ils ne répondent pas, il interroge alors les prophètes qui suivent l'armée, mais ils demeurent muets. Il va enfin se coucher sur la terre nue, pendant toute une nuit, après avoir absorbé un breuvage divin, dans l'espoir que le dieu s'adressera à son âme en rêve, mais nul songe ne vient le visiter.

Saül s'inquiète car décidément Yahvé ne veut pas se manifester.

« S'il en est ainsi, s'écrie Saül, je m'adresserai aux devins et aux sorciers qui évoquent les démons et les âmes des morts.

— Mon seigneur, lui répond Abner, as-tu oublié que tu as chassé de ton royaume tous les devins et les nécromanciens, que tu as fait mettre à mort ceux qui ont prétendu rester ?

— Il doit en subsister car ils étaient en grand nombre », répond Saül.

Il tourne ses regards vers ses serviteurs les plus fidèles qui se tiennent devant lui, sur le seuil de sa tente, et reprend :

« Allez, il faut me trouver un devin car je veux le consulter avant que d'engager la bataille. »

L'un de ses serviteurs s'agenouille devant lui pour avouer :

« Seigneur mon roi, j'ai entendu dire qu'il restait encore une femme capable d'évoquer les morts. Mais elle se cache depuis que tu as sévi contre ces serviteurs des démons.

— Où se trouve-t-elle ? Je veux la consulter. Conduis-moi vers elle, tu seras récompensé.

— Elle vit à Endor, au pied du Thabor, au-delà de Sunam où sont campés les Philistins.

— Allons-y sans plus tarder, le temps presse. »

Saül aussitôt pénètre dans sa tente. Il y laisse son manteau royal, son armure et sa lance. Il revêt une simple robe et un rude manteau de laine brune avec un pan duquel il cache son visage et sa chevelure. Il s'éloigne du camp hébreux avec le serviteur qui le guide vers Endor et un seul garde armé. Pendant le reste du jour ils marchent d'un pas rapide en se tenant loin du camp des Philistins qu'ils doivent contourner pour rejoindre la route d'Endor.

La nuit, une nuit noire sans lune, a recouvert la terre de son suaire lorsqu'ils s'engagent dans la rue pierreuse qui traverse le village. Les quelques maisons de terre à peine blanchie se pressent au bas de la montagne, dans un profond silence. Parfois l'appel d'une chouette parti on ne sait d'où fait frissonner les trois hommes qui s'avancent en silence, en se tenant par un pan du manteau pour ne pas s'égarer. A l'orée du village, au milieu d'arbres touffus dont on devine les silhouettes, ils découvrent un rai de lumière qui filtre d'un volet clos.

« C'est là », souffle le guide.

Il heurte l'huis et aussitôt pousse une porte en bois grossièrement scié. Des odeurs mêlées d'herbes brûlées, d'onguents et de sang assaillent Saül qui a un mouvement de recul. Au fond d'une salle obscure, à peine éclairée par une lampe à la lueur vacillante, est assise une vieille femme enveloppée étroitement dans un manteau qui ne laisse paraître que son front crevassé de rides, ses yeux profondément enfoncés dans leur orbite dans lesquels brille une flamme inquiétante, son nez fort qui porte une ombre sur ses lèvres minces et pâles.

Elle ne semble ni effrayée ni même surprise par l'intrusion soudaine de ces trois hommes dans son antre à une heure aussi tardive. A l'aide d'un bâton, elle traçait sur le sol des signes dont elle est seule à comprendre le sens ; elle s'est arrêtée et a levé la tête vers les visiteurs.

« Qu'attendez-vous de moi ? leur demande-t-elle aussitôt.

— Je veux connaître l'avenir, répond Saül. Fais revenir un mort par ta magie, évoque-le pour moi. »

La femme ouvre la bouche en un rire pareil à une grimace :

« Voyons, dit-elle, ne sais-tu pas ce qu'a fait Saül le

roi ? N'a-t-il pas supprimé du pays les devins et les nécromants ? Pourquoi me tends-tu un piège dans l'espoir de me faire périr ? »

Saül s'est avancé tout près d'elle et, s'accroupissant devant elle, il jure :

« Aussi vrai que Yahvé est vivant, tu ne cours aucun risque, tu ne supporteras aucune faute pour cette affaire. »

Et pour la fléchir plus sûrement il sort de dessous son manteau un bracelet d'or qu'il lui tend. D'un geste vif elle s'en saisit et le cache dans un pli de sa robe.

« Qui veux-tu que j'évoque pour toi ? demande-t-elle alors.

— Fais monter Samuel », demande Saül.

La femme se lève et sort sans prononcer un mot. Elle revient peu après avec un chevreau noir qui bêle désespérément. Avec la pointe d'un couteau elle trace sur le sol de terre battue un carré au-dessus duquel elle égorge la bête, d'un seul coup. Le sang sombre à flots jaillit de la blessure et ruisselle sur la terre qui avidement le boit. Elle se tient alors assise sur ses talons, la tête penchée, et murmure des mots incompréhensibles. Les deux serviteurs saisis d'effroi se sont reculés jusqu'auprès de la porte, prêts à s'enfuir. Saül n'a pas bougé mais il retient son souffle, attentif à chaque mouvement de la femme. Et soudain celle-ci pousse un grand cri car elle a vu une forme claire s'élever du carré magique et elle a eu une première vision de la réalité.

Elle se retourne vers le roi et lui dit :

« Pourquoi m'as-tu trompée ? Car tu es Saül et tu as voulu me tenter.

— N'aie aucune crainte, répond le roi. Je ne t'ai pas trompée. Tu n'encourras pas ma colère. Dis-moi ce que tu as vu.

— Je vois un esprit qui monte de la terre, il s'est

glissé par un soupirail du Schéol car c'est l'âme d'un mort.

— Quelle apparence a-t-il ?

— Il a pris forme, c'est un vieillard, il est drapé dans un manteau, très ample, très long. »

Alors Saül a compris que c'est bien l'âme de Samuel et il tombe la face contre terre. Il ne voit pas la forme de l'esprit, mais il entend sa voix qui s'élève dans sa tête, car c'est bien la voix de Samuel qui lui demande sur un ton de reproche :

« Pourquoi m'as-tu évoqué, pourquoi avoir ainsi troublé mon repos ? »

La femme a porté les mains sur ses yeux car l'esprit se tient toujours devant elle mais elle ne l'entend pas alors que Saül n'est frappé que par ses paroles, et il répond :

« Tu me vois dans la plus grande détresse. Les Philistins me font la guerre et Elohim s'est éloigné de moi, il ne me répond ni par ses prophètes ni en songe. Alors je t'ai évoqué afin que tu me dises ce que je dois faire.

— Pourquoi m'appeler puisque Yahvé s'est détourné de toi, qu'il est devenu ton ennemi ? Yahvé a agi comme je te l'avais annoncé. Il a arraché de tes mains la royauté, car il a décidé de la donner à ton compagnon, à David qu'en vain tu as voulu faire périr. Sache que Yahvé en même temps que toi livrera Israël aux mains des Philistins. Et demain, toi et tes fils vous m'aurez rejoint et l'armée d'Israël sera entre les mains des Philistins. »

En entendant ces paroles, Saül sent son cœur éclater dans sa poitrine, tomber dans ses talons. Il s'affaisse de tout son long, son corps tremble et un filet de salive coule de ses lèvres sur la terre. La sorcière voit lentement la forme se diluer dans le sol et lorsqu'elle a disparu, elle se trouve comme délivrée d'une étrange possession et elle sort progressivement de son immobilité.

Les deux serviteurs qui n'ont rien vu ni entendu accourent auprès du roi afin de l'aider à se relever. Une indicible épouvante se lit sur son visage aussi blanc que la rive méridionale de la mer de Sel. La femme s'est approchée de Saül qui paraît avoir retrouvé ses sens :

« Vois, dit-elle, ta servante t'a obéi. J'ai risqué ma vie en obtempérant à tes ordres. Maintenant, écoute aussi les paroles de ta servante : permets-moi de te servir un morceau de pain et de la nourriture afin de reprendre des forces avant de te mettre en route.

— Je ne pourrai manger ! » soupire Saül.

Mais les serviteurs qui l'ont fait asseoir sur une banquette, le pressent d'accepter car jamais il ne sera capable de parcourir le chemin du retour. Saül finit par accepter. La femme quitte la pièce et va derrière abattre un veau qu'elle engraissait. Elle met à rôtir les meilleurs morceaux puis elle pétrit des pains sans levain et les met au four. Pendant ce temps, les serviteurs de Saül prennent quelque repos, mais le roi n'en peut goûter car son âme est assaillie de tourments. Il ne parvient ensuite qu'à avaler un peu de nourriture tandis que les serviteurs qui ignorent l'avenir s'en rassasient, puis ils repartent tous les trois, avant la fin de la nuit.

A la tête de sa troupe, David s'en revient à Tsiqlag. Il se sent le cœur léger car grâce à sa ruse il n'a pas été contraint de porter ses armes contre Saül, et encore il se réjouit de retrouver sa demeure avec Akhinoam et Abigaïl, ses deux épouses auxquelles il porte un même amour.

Or sa joie tombe lorsqu'il arrive dans la ville car il n'y trouve plus que des ruines encore fumantes de l'incendie qui a ravagé les demeures. Un vieillard qui avait trouvé un refuge dans la campagne vient au-devant de David et lui apprend que les Amalécites ont surgi du désert sur leurs chamelles rapides. Après avoir mis à sac la ville, ils l'ont livrée aux flammes, puis ils se sont retirés avec tout le butin enlevé dans les maisons, les femmes et les enfants, et aussi les vieillards. Car il n'était pas demeuré dans la ville un seul homme jeune et robuste : tous ont suivi David lorsqu'il a rejoint l'armée de Gath.

Devant ce spectacle de désolation, David et tous ses compagnons se mettent à gémir et ils versent des larmes jusqu'à ce qu'ils tombent dans la poussière, épuisés de fatigue et de chagrin. Lorsque revient le jour, bien des hommes se tournent vers David et s'en prennent à lui. Ils lui reprochent de les avoir tous entraînés dans cette guerre des Philistins, sans laisser personne pour la défense du camp. Déjà quelques-uns poussent l'audace jusqu'à se saisir de pierres afin de lapider leur chef, mais ses proches compagnons, Joab et ses frères, Abiathar, Akhimelek le Hittite, Kazbeel, fils de Joïada, un jeune et vigoureux garçon rallié à David dès les premiers jours et qui a manifesté une telle ardeur dans la bataille qu'il en a fait l'un de ses capitaines, tous ceux-là s'interposent tandis que le vieillard rescapé les presse :

« Hâtez-vous plutôt de poursuivre ces pillards. Je les connais : ils vont laisser mourir de soif le long du chemin les vieillards qui ne pourront suivre. Quant aux femmes et aux jeunes filles, ils en feront leurs esclaves et leurs concubines, et les enfants mâles ils les sacrifieront à leurs dieux. »

Alors David, afin de montrer à ses hommes que Yahvé ne l'a pas abandonné, demande à Abiathar d'apporter l'éphod. Lorsqu'il a déposé l'effigie sacrée au milieu des ruines de la ville, David demande au dieu :

« Poursuivrai-je ce rezzou ? le rattraperai-je ? »

Abiathar tire les sorts et donne la réponse de Yahvé :

« Poursuis, car sûrement tu atteindras et tu délivreras. »

Aussitôt David se met en route à la tête de six cents hommes. Il court plus qu'il ne marche afin de combler l'avance qu'ont prise les Amalécites. Lorsqu'ils parviennent au torrent de Bésor, le tiers des hommes se laissent tomber sur les rives pierreuses, terrassés par la fatigue. David les abandonne en cette place car ils n'ont plus la force de franchir le torrent, et avec le reste de la troupe, les hommes les plus robustes et les plus entraînés, il poursuit sa route. Le soleil, haut dans le ciel, brûle la terre, rend plus pénible la marche qui dure depuis l'aube, sans répit.

Des pierres qui couvrent le sol ardent s'élève un air troublé par la chaleur de manière que le lointain paraît brouillé aux regards. Cependant David qui va en tête, discerne la forme d'un corps qui gît dans la poussière : sans doute un vieillard abandonné à la rapacité des carnassiers de la nuit. Mais lorsqu'il s'est approché il découvre qu'il s'agit d'un homme jeune encore dont la poitrine est soulevée rapidement par un halètement rauque. Il n'est vêtu que d'un pagne de lin noué sur la taille à la manière des Egyptiens.

On lui fait boire par petites gorgées de l'eau à satiété puis on lui donne à manger du pain, des figues et des raisins secs. Ainsi retrouve-t-il quelque force. Interrogé par David, il déclare n'avoir pas mangé ni bu depuis trois jours.

« D'où viens-tu, qui es-tu ? » lui demande alors David.

Il répond d'une voix hésitante car il parle mal le langage de Canaan :

« Je suis un jeune Egyptien. Un Amalécite m'a enlevé aux confins de mon pays et a fait de moi son esclave. Mon maître m'a abandonné ici voici trois jours parce que j'étais malade et que je ne pouvais plus marcher, ni même me tenir debout. Il était avec les Amalécites qui ont pillé le Negeb des Kéréthiens, et celui de Juda, et le Negeb de Caleb ; c'est aussi eux qui ont incendié Tsiqlag.

— Je vais te tirer de ce désert, lui assure David, mais toi, guide-moi vers ces pillards.

— Jure-moi sur tes dieux que tu ne me mettras pas à mort ni que tu me livreras à mon maître et je te guiderai, je te conduirai jusqu'à leur campement.

— Je t'en fais le serment par Yahvé, mon dieu, et par Elohim », répond David.

L'Egyptien est juché sur l'un des quelques ânes emmenés par David et ils reprennent leur marche, tout le reste du jour. Lorsque la nuit est devenue trop sombre, ils bivouaquent à l'endroit où ils se trouvent et dorment sur place, à même la terre dure. Le froid les réveille bien avant que ne se lève le soleil et ils se remettent en route, éclairés par les premières lueurs de l'aube.

Bientôt ils découvrent une oasis couverte de palmiers qui se déploient tout au long d'une nappe d'eau étirée entre deux collines basses. Les tentes noires des Amalécites sont éparses par toute la contrée : les nomades se sont abandonnés à une trompeuse sécurité après avoir bu et mangé plus que de raison afin de se réjouir de l'immense butin ramassé au cours de leur razzia. Tous dorment terrassés par la fatigue et l'ivresse. L'Egyptien les désigne à la colère des hommes de David ; les brebis et les chèvres, les chameaux et les ânes en grand nombre témoignent de l'importance du butin qu'ils ont ramassé.

Les Israélites assurent dans leurs mains leurs lances et leurs épées puis ils s'élancent sur le campement endormi. Surpris dans leur sommeil, les hommes, quoique plus nombreux que leurs agresseurs, ne trouvent pas la force de se défendre. Ils tombent la poitrine percée, souvent avant même d'avoir ouvert les yeux. Cependant quelques-uns parviennent à saisir leurs armes et s'engagent alors des combats acharnés tandis que des tentes sortent femmes et enfants qui courent en tous sens comme des oies en poussant de grands cris. David ne cesse de frapper de son épée qui ruisselle de sang ; ses yeux cherchent partout Akhinoam et Abigaïl pour qui tremble son cœur. Or il a déjà beaucoup massacré lorsqu'il parvient devant une tente grande et belle, une tente de chef que personne ne paraît défendre. Il ne voit devant ni gardes ni combattants. Il est prêt à passer outre pour porter plus loin encore cette guerre d'extermination mais il se sent attiré par la curiosité, il veut savoir si personne ne s'y dissimule. D'un coup d'épée il fend la toile sur le côté et saute dans la salle afin de surprendre un quelconque ennemi qui aurait pu espérer assaillir tout homme qui viendrait par l'entrée.

Le sol est couvert de peaux et de tapis, de coussins et de couches en fourrure. Il découvre un homme étendu sur l'un des lits, mais il ne bouge pas lorsqu'il entre. A peine a-t-il fait quelques pas que de derrière une tenture surgit Akhinoam suivie d'Abigaïl. Elles se sont emparées, l'une d'un javelot, l'autre d'une épée qu'elles abandonnent en reconnaissant David vers qui elles se précipitent. Il les reçoit dans ses bras et apprend de leur bouche qu'Akhinoam a tué d'un coup d'épée l'homme qui gît sur la couche. C'est le chef des Amalécites. Il s'était attribué les deux épouses de David, comme part de butin. Au cours de la nuit, il a voulu leur faire violence, mais il était déjà à demi ivre, de manière qu'Akhinoam a pu lui prendre son épée et le percer comme une outre. Peu après s'étaient élevées des rumeurs causées par l'attaque des hommes de David mais dont elles n'avaient pu discerner la nature. Aussi n'avaient-elles pas osé quitter la tente et après s'être emparées des armes qu'elles avaient pu trouver, elle s'étaient dissimulées derrière cette tenture en attendant quelque opportunité.

Jusqu'à la fin du jour les hommes de David ont traqué les Amalécites. Tous ont été ainsi massacrés excepté deux cents jeunes gens qui sont parvenus à fuir grâce à la rapidité de leurs chameaux qu'ils ont réussi à monter au cours de la mêlée.

Ainsi David se trouve-t-il maître du camp des Amalécites et il récupère non seulement ce qui a été pris à Tsiqlag mais même le butin enlevé dans les différents lieux qu'a pillés le rezzou. Les hommes se réjouissent de retrouver leurs femmes et leurs enfants, tous jeunes, souvent encore à la mamelle Ils réunissent le petit et le gros bétail et le poussent devant eux en criant :

« Voilà le butin de David. »

Le matin suivant ils prennent la route du retour, après avoir dormi sur les couches des Amalécites, avec leurs propres femmes. Mais plus avisé et prudent que ses ennemis, David a eu soin d'instaurer un tour de garde afin de ne pas être surpris par quelques brigands pendant la nuit. Lorsqu'ils parviennent au torrent de Bésor, les hommes qui s'y sont arrêtés viennent au-devant d'eux, ils s'enquièrent des affaires et quelques-uns réclament leur part de butin. Mais parmi les hommes qui ont accompagné David s'élèvent des protestations :

« Ils ne nous ont pas accompagnés, ils n'ont pas pris part au combat, pourquoi leur donnerait-on une part du butin et de ce que nous avons sauvé ? Qu'on rende à chacun sa femme et ses enfants, qu'ils les prennent avec eux et s'en aillent. »

Mais David impose le silence et il déclare avec autorité :

« On ne peut agir ainsi après ce que Yahvé nous a accordé. Il nous a protégés, il a livré entre nos mains la bande qui est venue contre nous. Qui pourrait être avec vous dans cette affaire ? La part de celui qui descend au combat doit être la même que pour celui qui reste auprès des bagages. Ensemble ils partageront. Ainsi le veut Yahvé, et ainsi devra-t-il en être toujours. »

Nul n'ose s'élever contre la décision de David qui procède au partage. Mais le butin est considérable et il en conserve une bonne moitié, mais pas pour lui. Car dès que rentré à Tsiqlag, il en fait plusieurs lots et il les envoie aux anciens de Juda, dans tous les lieux où il est déjà passé, à ceux de Carmel et de Yattir, d'Hébron et d'Eshtemoa, des villes des Qénites et de Yérahméel, de bien d'autres cités encore, et en les remettant, les messagers disent :

« Voici pour vous un présent de David, prélevé sur le butin des ennemis de Yahvé. »

Ainsi David espère-t-il se concilier la faveur des anciens de Juda.

LIVRE XI

Comment sont tombés les héros ?

Depuis trois jours David est rentré à Tsiqlag avec ses gens. Ils ont dressé leur camp à proximité de la ville incendiée car ils vivent sous les tentes en attendant que soient relevées les ruines. Les hommes se sont remis des fatigues de la poursuite des Amalécites, les femmes de leurs émotions. Déjà le bruit de l'éclatante vengeance que David a tirée de ceux qui ont osé ravir ses biens, s'est répandu à travers tout le midi de Canaan tandis que Juda célèbre sa générosité.

David, qui ne sait guère rester en repos, revient d'une chasse dans le désert en compagnie d'Abisaï et de quelques autres proches, lorsque arrive dans le camp un homme qui demande à le voir. Déchirés sont ses vêtements, vide le fourreau de son épée, couverts de poussière ses cheveux hirsutes et ses mollets. Arrivé devant David qui se tient debout devant sa tente, l'arc et la lance à la main car il n'a pas encore eu le loisir de déposer ses armes, l'homme se jette à terre, se prosterne :

« D'où viens-tu, que t'est-il arrivé ? » s'inquiète David.

Il redresse le buste et déclare d'une voix haletante :

« Je me suis enfui du camp d'Israël. »

David qui se doute que s'est déroulé un combat contre les Philistins se penche vers lui et le prend par les épaules :

« Dis-moi, que s'est-il passé ? Parle, dis la vérité.

— Il y a eu bataille. Les nôtres ont fui, ils ont été vaincus. Parmi notre peuple, nombreux sont ceux qui sont tombés. Saül, le roi, et son fils Jonathan sont morts. »

Cette nouvelle frappe David comme la foudre de Yahvé. Il tombe à genoux devant le messager et s'écrie :

« Dis-moi, dis-moi comment sont tombés les héros ?

— Israël se trouvait sur le mont Gelboé lorsque les Philistins lui ont livré bataille. Rude a été le choc. Les nôtres se sont jetés sur l'ennemi, le cœur rempli du bruit des combats. Mais le Philistin a chargé avec sa charrerie et nombreux ont été ceux des nôtres qu'ont fauchés les lances des hommes des chars. Ils ont rompu nos rangs et les lourds bataillons des Philistins, tous ces hommes bardés d'airain, hérissés de fer, ont marché contre nous. Aminadab et Malkichoua, les deux fils de Saül, sont tombés parmi les premiers. Alors Israël a lâché pied et le roi avec son dernier fils Jonathan et quelques racim se sont repliés sur le mont Gelboé, sur une hauteur d'où ils dominaient la plaine couverte de chars et de guerriers. Les Philistins sont alors montés à l'assaut de ce dernier bastion de résistance formé par les hommes du roi. Ils étaient comme le flot d'un fleuve grossi par les pluies d'orage. Chaque tourbillon arrache à la rive quelque morceau de terre, il sape le bord escarpé de la berge jusqu'à ce qu'un pan entier soudain s'écroule. Ainsi sont les uns après les autres tombés les racim qui seuls n'avaient pas fui. Jonathan qui combattait à leur tête, qui les entraînait dans une défense désespérée, a été frappé d'un coup de lance puis la lame tranchante d'un guerrier philistin a coupé le fil de ses jours, pour l'éternité.

« Mais Saül toujours combattait. Sur lui s'acharnaient les ennemis qui de partout l'entouraient. Jusqu'à quand les aurait-il ainsi tenus à distance ? Sa force et son ardeur étaient telles que les Philistins n'osaient le serrer de trop près tant ils redoutaient la violence de ses coups. Mais les tireurs à l'arc l'ont accablé de traits. Par l'une de leurs flèches il fut blessé. Alors Saül a dit à son écuyer : " Avec ton épée, transperce-moi de peur que ces incirconcis ne me prennent vivant et que je ne sois leur dérision. " Mais l'écuyer se refusait à porter sur son roi une main sacrilège. Déjà les Philistins étaient sur nous, car j'étais parmi les derniers des racim qui combattaient pour la vie de leur roi. Il n'était plus temps de discuter et voici : Saül a planté son épée dans la terre, du côté du manche, la pointe dressée et sur elle il s'est jeté. La lame l'a traversé, de part en part. Et en voyant que le roi était mort, son écuyer à son tour s'est tué avec sa propre épée. »

Un instant l'homme s'est tu tandis que David a baissé la tête, puis il s'enquiert auprès de lui :

« Mais toi, dis-moi, comment es-tu ici, vivant ?

— Une pierre m'a frappé et j'ai perdu connaissance. Lorsque je me suis réveillé, le soleil se levait, c'était un jour nouveau qui éclairait le mont couvert de cadavres. Des Philistins étaient là qui dépouillaient les morts de leurs armes et moi-même ils m'ont capturé. Ils ont retrouvé les corps de Saül et de ses fils. Celui du roi, ils l'ont profané, ils lui ont tranché la tête après lui avoir pris ses armes, ôté ses vêtements. Ils ont ordonné que la tête soit montrée dans tout le pays philistin pour y annoncer la nouvelle, bonne pour eux, pour l'offrir à leurs dieux. Ses armes ont été déposées dans leur temple d'Astoreth. Quant à son corps, ils l'ont suspendu le long des remparts de Beth-Shan, avec ceux de ses fils, car ils se sont rendus maîtres de cette ville sans combat. Et moi, ils ont voulu que je voie tout cela, l'abomination de l'abomination, avec tous les autres captifs d'Israël. Mais ils n'y sont pas restés longtemps car en apprenant cette nouvelle, les gens de Yabesh de Galaad sont venus à Beth-Shan, ils ont assailli les Philistins et ils ont enlevé les corps de Saül et de ses fils qu'ils ont emportés à Yabesh pour les y incinérer et les ensevelir sous le tamaris de leur cité. Quant à moi, j'ai profité du tumulte pour m'enfuir car les Philistins me gardaient là-bas, sous leur surveillance. »

Lorsqu'il a terminé de parler, David déchire ses vêtements et couvre sa chevelure de poussière ; ses deux épouses qui sont sorties et tous les hommes qui sont auprès de lui font de même, et tous se mettent à pleurer et à se lamenter et nul ne prend de nourriture. Ainsi font-ils jusqu'au soir, mais parmi eux, seul David manifeste une douleur réelle car il pleure sur son ami Jonathan, sur Saül que jamais il n'a pu haïr, sur les hommes d'Israël morts au cours de cette funeste journée.

Quand la nuit est tombée, quand les serviteurs ont allumé les lampes et les torches, les feux pour faire rôtir la viande et cuire les aliments, David va dans sa tente chercher sa harpe, la harpe de Gath qu'Ithaï lui a offerte. Il s'assied alors, puis, en l'honneur de ceux qui sont morts, il chante ce chant funèbre que dans sa douleur lui a inspiré Yahvé, cette complainte qui par la suite a été conservée dans le Livre du Juste, ce cantique de l'arc dont il ordonna qu'on l'enseignât aux enfants de Juda.

La gloire d'Israël sur tes hauteurs a péri !
Comment sont tombés les héros ?

Ne le dites pas à Gath, ne l'annoncez pas par les rues d'Ascalon,
Afin que ne s'en réjouissent les filles des Philistins,
Afin que n'exultent pas les filles des incirconcis.
Montagnes de Gelboé
Que ni rosée ni pluie ne tombe sur vous,
Qu'il n'y ait de champs d'offrandes
Car là fut abattu le bouclier des héros.
Le bouclier de Saül n'était pas oint d'huile,
mais du sang des blessés, de la graisse des guerriers.
L'arc de Jonathan jamais ne recula
Ni l'épée de Saül ne resta inactive.
Saül et Jonathan aimés et chéris de leur vivant
Dans la mort n'ont pas été séparés.
Ils étaient plus rapides que les aigles,
Plus puissants que les lions.
Hélas, filles d'Israël, pleurez sur Saül.
Il vous revêtait de pourpre et de fins tissus,
il ornait d'or vos vêtements.
Comment sont tombés les héros
Au milieu du combat ?
Jonathan, tu as été frappé sur le haut lieu !
Pour toi je suis accablé de chagrin,
mon frère Jonathan.
Tu étais pour moi plus cher que tout,
ton amour était pour moi merveilleux
plus encore que l'amour des femmes.
Comment sont tombés les héros ?
Comment les guerriers ont-ils péri ?

Or, dans les jours qui suivent la mort de Saül, David prend conscience du vide que cette disparition laisse dans le royaume. Les Philistins victorieux se sont établis dans la région de Gelboé et leurs armées menacent Israël décapité. Saül n'a plus laissé qu'un fils, jeune encore, sans grande vigueur, homme de peu de caractère. Abner qui est parvenu à rassembler une poignée de braves qui n'ont fait retraite qu'après la mort de Saül, l'a emmenée avec lui par-delà le Jourdain afin de le préserver des Philistins dont il redoute qu'ils n'enlèvent Guibéa. Il a fixé sa résidence à Mahanaïm, sur le territoire de Galaad, aux confins de Gad et de Manassé. Aussi toutes les tribus de Canaan commencent à trembler dans la crainte du Philistin à qui elles savent ne pouvoir résister. David comprend alors qu'est venu le moment de saisir son destin, car Yahvé a voulu que périsse Saül pour que triomphe David.

Il veut cependant consulter le dieu afin que sa réponse le fortifie dans sa décision et que son oracle soit répété à travers tout Juda. Car il sent Juda disposé à reconnaître son autorité, la suprématie d'un homme de sa race qui s'est distingué par tant d'actions d'éclat. Il envoie des messagers sûrs pressentir les anciens du pays, ceux qui ont reçu des présents à la suite de sa victoire sur les Amalécites, les autres aussi. Bientôt il reçoit leurs réponses : toutes sont favorables car les gens de Juda mettent en lui leur sauvegarde, il leur apparaît comme le seul homme capable de les défendre contre les entreprises de l'orgueilleux Philistin.

Devant la face de ses guerriers rassemblés, David veut en outre recevoir l'approbation de Yahvé, dieu d'Israël. Il commande à Abiathar d'amener l'éphod près de l'autel portatif qui a été dressé sur l'aire aménagée devant sa propre tente. Alors il interroge l'oracle et demande à voix forte afin que tous puissent l'ouïr :

« Monterai-je dans l'une des villes de Juda ? »

Le prêtre tire le sort et dit tout haut la réponse du dieu, réponse qui sanctifie la volonté de David :

« Monte ! »

Il pose ensuite une seconde question :

« Où monterai-je ? »

Nombreux sont ceux qui attendent que soit nommée Bethléem, patrie de David. Mais David songe que plus prestigieux aux yeux des enfants d'Israël est Hébron, Hébron l'antique, plus ancienne encore que Memphis d'Egypte, Hébron la vénérable où sont ensevelis les corps d'Abraham et de Sara, d'Isaac et de Rébecca, de Jacob et de Léa, dans la grotte de Maqpela, Hébron la sacrée où depuis des temps immémoriaux tous les gens de Canaan, tous les nomades des déserts du Midi, viennent autour du puits sacré dans la chênaie de Mambré adorer le dieu qui s'est révélé en Yahvé, Hébron la Calébite, la ville du plus puissant des clans intégrés dans la tribu de Juda. Or au-devant du désir de David vient le dieu car c'est la ville qu'il désigne par l'organe de son oracle.

Avant même que David ait levé le camp, on sait à

travers tout Juda qu'il veut se rendre à Hébron à la tête de ses guerriers invincibles afin de prendre possession de la ville. Aussi, tous les anciens du pays se hâtent de monter dans la ville afin de s'y trouver lorsque entrera David.

Les tentes du camp de Tsiqlag sont abattues, chargées sur les mulets et les ânes avec tous les bagages, et, par petites étapes, David, ses deux épouses, ses guerriers avec leurs femmes et leurs enfants se dirigent vers Hébron. Devant marche David accompagné de Joab et Abisaï. Il porte au côté l'épée de Goliath, à la main une solide lance que lui a donnée le roi de Gath, et sur ses épaules est attaché le manteau, don de Jonathan en gage de sa foi, alors qu'il était un adolescent à l'âme pleine de fougue et de rêve. Il a maintenant trente ans et ces années passées dans les combats, dans le désert, dans la détresse souvent, ont conféré à son visage une gravité mêlée d'une force qui a chassé toute son ancienne grâce juvénile sans cependant diminuer sa beauté. Ses traits, burinés par le soleil et les vents du désert, sont empreints d'une noblesse qui en impose à tous ceux qui l'approchent tandis que son regard dominateur le désigne comme le futur maître des tribus d'Israël. Car en lui a lentement crû une ambition dont il s'est trouvé digne de par l'éclat de ses victoires et le mérite de ses actions.

Or, alors qu'avec sa troupe il pénètre dans le territoire de Juda, un groupe d'hommes vêtus de l'éphod s'avancent vers lui. A leur tête marche Gad qui l'a quitté lorsqu'il est allé se réfugier auprès d'Akish, hors du territoire de Yahvé. Il est revenu à Armathaïm où il a succédé à Samuel parmi les voyants de Yahvé. Après avoir pris la décision de monter à Hébron, David a envoyé en hâte un messager l'en aviser afin de lui demander la bénédiction des voyants, la consécration du disciple de Samuel. Or, après avoir ouï le messager, Gad a ordonné qu'on amène des mules, et avec les prophètes il s'est rendu au-devant de David.

En reconnaissant le voyant, David est tombé à genoux devant lui et a porté à ses lèvres le bas de sa robe de lin blanc.

« Mon fils David, la bénédiction de Yahvé est sur ta tête, assure Gad. Avec toi sont les voyants de Yahvé car le dieu t'a distingué parmi les hommes, parmi les enfants d'Israël. »

Ainsi David poursuit sa route en compagnie de Gad qui lui confère une autorité nouvelle devant les gens de Juda. Et lorsque avec les siens il approche d'Hébron, il voit sortir de la ville les anciens en cortège tandis que les femmes dansent en frappant sur leurs tambourins et elles chantent la gloire du vainqueur de Goliath et des ennemis d'Israël.

Devant lui se prosternent les anciens de Juda et ils le conduisent jusqu'au cœur de la ville dont les blanches maisons se déploient au pied de la colline couverte d'oliviers, de chênes et de térébinthes. Alors s'avance Gad qui déclare que Samuel a depuis longtemps désigné David comme l'oint de Yahvé, celui sur qui le dieu a étendu sa grâce après s'être détourné de Saül : c'est pourquoi toujours victorieux a été le bras de David conduit par Yahvé Sabaoth alors que Saül et ses fils ont perdu la vie sur la hauteur de Gelboé.

Tous les anciens et bientôt tout le peuple acclament David et ils déclarent qu'ils veulent qu'il règne sur Juda. Sans plus balancer, Gad fait monter David jusqu'au haut lieu, près de l'autel de Yahvé et là, après avoir offert un sacrifice au dieu, il verse sur sa chevelure l'huile parfumée, il en oint son front en le faisant roi de Juda et il lui rend la lance de Jonathan qu'il lui avait enlevée, symbole de l'héritage de Saül.

Le même jour, David s'établit avec ses épouses dans la plus vaste des maisons d'Hébron dont il fait sa résidence royale.

Les jours suivants, David les consacre à rendre grâce à Yahvé pour lui avoir donné Juda et à recevoir tous les gens importants de son nouveau royaume, les anciens, les riches propriétaires, les grands caravaniers. Puis, un matin, Joab vient devant lui et lui dit :

« David, mon oncle et mon roi, tandis que tu penses asseoir ta royauté sur Juda, Abner s'emploie à gagner à Ishbaal les autres tribus d'Israël. Il l'a établi roi sur Galaad, sur les Ashérites, sur Jizréel et Ephraïm. Benjamin lui est acquis et il songe à ceindre la couronne de son père. Mais n'est-ce pas toi qui a reçu les armes et le manteau de Jonathan ? N'as-tu pas été oint par les voyants de Yahvé ?

— Sans doute Joab, mais Ishbaal possède la lance de Saül et Gad ne m'a sacré que roi de Juda.

— Il faut marcher sur Mahanaïm et s'emparer d'Ishbaal.

— Et dans le même temps affaiblir Israël pour le plus grand profit des Philistins et même découvrir notre flanc pour l'offrir aux coups de ces mêmes Philistins établis à Gelboé. Non, Joab, je préfère employer les armes de la persuasion, convaincre les tribus d'Israël que leur seul salut est en moi afin qu'à leur tour elles m'appellent pour régner sur tout notre peuple. Vois, je viens de dicter une lettre aux gens de Yabesh afin de les féliciter pour la manière dont ils ont repris les corps de Saül et de ses fils, et dans le même temps je leur apprends mon avènement. Ecoute ce que je leur dis : “ que Yahvé vous bénisse pour avoir accompli ce pieux devoir envers Saül votre seigneur et pour l'avoir enseveli. Que la miséricorde et la bonté de Yahvé soient sur vos têtes. Moi aussi je vous rendrai le bien que vous avez fait à Saül. Et maintenant que soient fortes vos mains, et restez vaillants car Saül votre seigneur est mort et c'est moi qui ai été oint pour régner sur la maison de Juda. "

« Ainsi vont-ils voir ma miséricorde et ils diront que j'ai été oint par les voyants, fils de Samuel, alors qu'Ishbaal n'a reçu d'onction que d'Abner.

— Qu'il en soit fait selon ta volonté, déclare Joab, mais, mon oncle, permets à ton serviteur de regarder vers Galaad afin que les mouvements d'Abner et ses mauvaises pensées ne puissent nuire à ta royauté.

— Qu'il en aille ainsi, Joab, et moi-même je resterai tourné vers les Philistins, mais je n'entreprendrai pas le premier d'action contre eux car je demeure toujours le vassal du roi de Gath et cela nous est une garantie de paix. »

David commence à peine à consolider son trône sur Juda lorsqu'un messager vient lui annoncer qu'Abner, fils de Ner, à la tête de l'armée d'Ishbaal, a quitté Mahanaïm pour marcher vers Gabaon et ensuite contre Juda. Dans le même temps, une femme du palais accourt vers David pour lui annoncer que son épouse qu'il aime, Akhinoam, est en couches, qu'elle va lui donner un héritier. Aussitôt, David fait appeler Joab et lui dit :

« Joab, mon neveu, comme Abner est le sarsaba des armées d'Ishbaal, toi tu es le chef de celles de David. Prends nos soldats les meilleurs, ma garde et les guerriers de Juda et porte-toi contre Abner car il marche sur Gabaon. Mais si tu peux éviter que ne coule le sang d'Israël, fais-le, car ce sang est cher à Yahvé. Que notre dieu te bénisse et conduise ton bras comme il a dirigé le mien. »

Tandis que part Joab à la tête des guerriers de David, ce dernier se porte au chevet d'Akhinoam. Mais il ne peut l'approcher car la sage-femme est auprès d'elle tandis que l'ont saisie les premières douleurs de l'enfantement. Accroupie sur la pierre blanche, la jeune femme serre les dents pour étouffer les cris que la douleur fait naître dans sa poitrine.

David ne cesse d'aller et venir dans la cour ensoleillée de la demeure, car l'impatience brûle ses pieds. Mikal ne lui avait pas donné d'enfant, mais il était resté peu de temps avec elle, ce en quoi il trouvait une justification à cette stérilité. Mais il n'en allait pas de même avec ses deux autres épouses et il commençait à redouter que Yahvé ne lui refuse une descendance lorsque enfin Akhinoam lui avait annoncé qu'elle était enceinte alors qu'il se trouvait à Tsiqlag. Maintenant il prononce le nom de Yahvé afin qu'il lui accorde un garçon qui lui succédera sur le trône de Juda, peut-être sur celui d'Israël. En son cœur il évoque les paroles d'un ancien : « Des fils, fruits des entrailles, sont l'héritage de Yahvé, sa récompense ; comme des flèches dans la main du guerrier, ainsi sont les fils de la jeunesse. » Enfin auprès de lui accourt une servante ; son visage souriant apparaît à David comme le meilleur présage. Elle se prosterne devant lui, frappe le sol de son front et s'écrie :

« Mon seigneur le roi, Yahvé a béni mon seigneur : sa servante, la femme qu'il aime, l'épouse de mon seigneur, lui a donné un garçon, un beau et vigoureux garçon qui déjà crie si fort que tous les ennemis de Yahvé en seraient terrorisés si jamais ils l'ouïssaient. »

Indescriptible est la joie de David. Il relève la servante et passe à son cou un collier d'or. Il voudrait l'interroger encore sur le nouveau-né, mais elle lui dit :

« Que mon seigneur pardonne à sa servante, mais je dois me hâter auprès de la mère. Car je cours chercher le sel avec lequel on va frotter le nourrisson afin de le protéger contre les démons après que les servantes auront terminé de le baigner. Dès qu'il sera langé, il sera montré à son père, mon seigneur. »

Vivement s'éloigne la servante et David se met à

danser de joie et autour de lui se réjouissent les serviteurs. Lorsque lui est présenté l'enfant enserré dans ses langes, il l'élève à bout de bras, le présente à Yahvé à qui il va le racheter pour cinq sicles d'argent, car le premier-né appartient au dieu. Puis il déclare à voix haute que son nom, le nom qu'il lui a choisi, est Amnon, le fidèle, en témoignage de sa propre fidélité à Yahvé.

En ces jours, Yahvé a certainement béni David, car après lui avoir donné la royauté sur Juda, il lui accorde un fils depuis si longtemps attendu. Puis, quelques jours plus tard, arrive à Hébron sa famille, son père, ses frères, ses sœurs, ses neveux et nièces qu'il a fait revenir du pays de Moab où ils ont séjourné jusqu'à ces derniers temps. Et David peut alors tenir la promesse qu'il avait faite à son frère : il rend à lui et à son père un domaine qu'il a agrandi plus encore que lui-même ne l'aurait espéré.

Enfin, à quelque temps de là, Abigaïl dont il craignait qu'elle ne fût chagrine et jalouse de ne pouvoir de son côté lui donner de postérité, lui annonce qu'à son tour elle est enceinte et qu'avant que ne revienne le printemps elle lui aura donné un enfant.

Tout en marchant à la tête de ses hommes, Abner reste méditatif. Il est convaincu d'avoir agi comme il devait lorsqu'il a amené Ishbaal en Galaad pour le faire couronner roi d'Israël, car n'est-il pas le successeur légitime de Saül ? La faiblesse, l'indolence, l'indécision du dernier fils de Saül, sont même pour lui un avantage puisque, en définitive, c'est lui qui gouverne Israël sous le couvert de ce prince incapable. Mais d'un autre côté, il sait qu'il s'engage dans une action lourde de conséquences en marchant contre David et Juda, car c'est là un acte hostile caractérisé : or, même serait-il vainqueur dans un premier combat, il connaît trop bien David pour qui il nourrit toujours une vive admiration pour savoir que celui-ci ne se laissera pas abattre pour si peu, et avec sa propre troupe de rescapés du désastre de Gelboé il se sent trop faible pour soumettre Juda qui est acquis à David. En revanche, si d'aventure il était vaincu, il n'ignore pas qu'il compromet gravement les minces chances qu'a Ishbaal de consolider son trône et dans le même temps d'asseoir sa propre autorité sur le jeune souverain. Quelle que soit l'issue de cette campagne, il sait que cette guerre ne pourra qu'affaiblir les deux royaumes au profit des Philistins. Et pourtant il ne pouvait agir autrement : Ishbaal, soutenu par une partie des chefs militaires jaloux en secret de l'autorité d'Abner, après lui avoir reproché d'avoir laissé David s'établir à Hébron, s'indignait qu'il le laissât ainsi régner en paix sur Juda et intriguer pour se rallier les autres tribus dont la plupart n'avaient toujours pas reconnu l'autorité du fils de Saül. Aussi avait-il été contraint de se résoudre à attaquer Juda malgré qu'il en eût.

Cependant, lorsque avec ses guerriers il parvient près de l'étang de Gabaon, il se sent le cœur rasséréné car il pense que Yahvé lui a suggéré une heureuse solution pour épargner le sang des enfants d'Israël. Ses coureurs l'ont averti que Joab avec l'élite des hommes de David est établi dans la région, de l'autre côté de l'étang. Aussitôt il dispose ses soldats en ligne de combat et s'avance vers l'étang. Il voit en face de lui se déployer la troupe de Joab qui marche en avant avec ses deux frères. Face à eux s'arrête Abner qui a revêtu sa cotte légère et coiffé son casque d'airain :

« Joab, lui dit-il, épargnons le sang de l'élite des guerriers d'Israël et de Juda. Que se lèvent parmi nous douze de nos meilleurs combattants et qu'ils s'affrontent, par couples. Yahvé donnera la victoire à ceux que chérira son cœur et les vaincus se retireront.

— Qu'il en soit ainsi, qu'ils se lèvent », répond Joab qui redoute de son côté de perdre les meilleurs guerriers de David.

Parmi les volontaires qui se proposent, nombreux, Joab et Abner, chacun de son côté, choisissent les douze qui leur semblent les meilleurs. Ils marchent alors les uns vers les autres, l'épée à la main. Ce sont tous de jeunes et fougueux guerriers qui rêvent de coups d'éclat et de gloire, car chacun a dans l'esprit l'exemple de David qui a acquis une renommée éternelle par sa première victoire, son triomphe sur

Goliath. Or, avec une fougue furieuse ils s'affrontent par paires. Ils ont tous dédaigné le casque et la cuirasse de manière que leur longue chevelure flotte sur leur nuque. C'est par elle qu'ils se saisissent mutuellement puis les lames se heurtent, se froissent en des claquements secs mêlés à leurs cris, enfin s'enfoncent dans le flanc dégagé de l'adversaire.

Et comme si Yahvé refusait de décider de la victoire par cette simple épreuve, les vingt-quatre combattants tombent tous percés de coups mortels et demeurent immobiles sur le sol où ruisselle en vain leur sang.

Alors que dans chaque camp les hommes encourageaient leurs champions par des cris et des exhortations, un silence s'abat soudain sur les troupes stupéfaites. Avec audace, Joab songe à profiter de l'hésitation des hommes. Il brandit son épée et s'élance vers l'armée adverse en criant :

« En avant, pour la gloire de David, pour le triomphe de Yahvé ! »

Aussitôt les guerriers de Juda chargent ceux d'Ishbaal et ainsi s'engage une furieuse mêlée. Dès le premier assaut, les Benjaminites ont ployé et malgré les encouragements d'Abner qui fauche avec sa lourde épée tous les audacieux qui osent l'affronter, les gens d'Israël reculent et bientôt lâchent pied et prennent la fuite. Malgré toute son ardeur, Abner se voit contraint de s'esquiver à son tour et, l'âme ulcérée, il tourne le dos à l'adversaire.

Or face à lui se trouvait Azaël qui aussitôt s'élance à sa poursuite. Il le traque sans dévier, ni à droite ni à gauche, pareil à un chien courant qui force le cerf. Mais Abner n'est pas un animal craintif. Il se retourne et il lui semble reconnaître le jeune frère de Joab qu'il n'a jamais fait qu'entrevoir lorsque David était à Guibéa.

« Est-ce bien toi, Azaël ? » lui demande-t-il en faisant face subitement.

Azaël s'est arrêté à son tour et chacun cherche à reprendre son souffle.

« C'est moi, répond-il.

— Si tu cherches la gloire, reprend alors Abner, éloigne-toi de moi, va à droite ou à gauche, défais l'un des jeunes gens en fuite et empare-toi de ses armes. »

Il parle ainsi car il ne veut pas combattre le frère de Joab, le neveu de David.

« Si tu n'es pas un lâche, bats-toi », s'écrie Azaël d'un ton agressif. Car la gloire qu'il désire est celle que lui donnera une victoire sur le sarsaba des ennemis.

Mais toujours Abner se dérobe :

« Eloigne-toi de moi, car je ne te veux pas de mal. Ecarte-toi afin que je ne sois pas contraint de t'abattre à terre. Comment ensuite pourrai-je regarder en face ton frère Joab ?

— Je te forcerai bien à te défendre, tu n'es qu'un chacal ! »

En criant ainsi, Azaël se jette sur Abner, l'épée haute. Mais entre eux Abner a dressé sa lance et il a atteint le jeune guerrier en plein ventre avec tant de force que la pointe de fer aiguë ressort par le dos. Azaël se fige sur place, titube en ouvrant la bouche comme saisi d'un immense étonnement, puis il s'écroule en vomissant un flot de sang noir.

Abner n'a pas le loisir de s'apitoyer sur cette mort qu'il a infligée contre son gré. A travers les arbres épars du bois où il s'est engagé, lui parviennent les cris des vainqueurs et bientôt il entrevoit les soldats de David qui bondissent entre les buissons et les fourrés. Il abandonne sa lance dans le corps d'Azaël et reprend sa course dans le dessein de rassembler ses hommes en fuite.

Autour du corps d'Azaël se sont arrêtés les poursuivants. Joab et Abisaï sont parmi eux, mais ils ne prennent pas le temps de se lamenter sur le cadavre de leur frère. Joab ordonne à quelques soldats de l'emporter vers le camp afin que lui soit donnée une sépulture, puis il entraîne ses hommes, le désir de vengeance décuplant son ardeur. Longtemps encore dure la poursuite, jusqu'au moment où le soleil, bas sur l'horizon, enpourpre le ciel en un suprême éclat avant de sombrer dans les ténèbres de la nuit.

Abner est parvenu à rassembler les Benjaminites et il les dispose en formation serrée sur la colline d'Ammah, une hauteur dénudée qui domine la vallée conduisant à Gabaon. A la tête des siens, Joab s'élance à l'assaut mais sur eux pleuvent traits et javelots, comme la grêle sur les blés en herbe : ainsi sont brisées les tiges fragiles qui tombent sur la terre aride. Les guerriers de Joab cherchent des abris derrière les rochers et les buissons, car ils ne s'attendaient pas à une pareille volte-face. Alors se dresse Abner au bord de la colline. Il interpelle Joab :

« Le glaive dévorera-t-il toujours ? Tout cela finira par une catastrophe pour nous tous. Quelle folie nous a donc saisis de nous entre-déchirer pareillement ? Joab, qu'attends-tu encore pour ordonner à tes gens de cesser de traquer ainsi leurs frères ? »

Malgré sa colère et sa haine, Joab sait ne pas se laisser aveugler. Il tient pour l'instant la victoire, mais elle peut tourner comme les vents du désert : il a vu avec étonnement ses compagnons tomber, il craint d'en perdre encore et d'encourir des reproches de David, de ternir sa gloire en voulant aller trop loin. Il songe que les paroles d'Abner lui sont comme une main tendue et qu'il gardera pour lui la renommée de cette journée. C'est pourquoi il répond avec une pointe d'insolence :

« Aussi vrai que Yahvé est vivant, si tu n'avais pas

ainsi parlé, nos gens n'auraient pas cessé avant le matin de poursuivre chacun son frère. »

Ayant ainsi parlé, il fait sonner les trompes afin de rappeler ses hommes et il ordonne que cesse la poursuite.

De son côté, Abner a rassemblé la plupart de ses guerriers. A la faveur de la nuit ils parviennent au Jourdain et ils passent le fleuve à gué. Sans prendre de repos ils marchent toute la matinée suivante et avant que se termine ce jour ils arrivent à Mahanaïm. Au cours de cette campagne, ils ont perdu trois cent soixante hommes. De leur côté, les pertes de Joab sont de dix-neuf guerriers, outre Azaël.

Toute la nuit, Joab et les siens ont marché vers Hébron où ils parviennent quand se lève le jour. David est partagé entre la joie de la victoire de son neveu et le chagrin que lui cause la mort d'Azaël. Il félicite Joab pour avoir su épargner les vies des combattants des deux camps puis il envoie ses deux neveux avec une bonne escorte à Bethléem afin qu'ils ensevelissent Azaël dans le tombeau de leur père.

Ainsi a commencé la guerre entre la maison de Saül et celle de David. Mais David est allé se fortifiant tandis que s'affaiblit la maison de Saül.

David traite avec les Philistins, avec le roi de Gath qui le considère toujours comme son vassal. Satisfaits de son apparente soumission et plus encore de la guerre qui s'est élevée entre Israël et Juda, les Philistins sont rentrés chez eux avec les dépouilles de l'armée de Saül. David songe qu'il doit s'affermir dans la paix. Aussi dépêche-t-il Gad auprès de Talmaï. C'est un Araméen qui règne sur Geshur. Son royaume est petit mais il menace au nord les frontières d'Israël et il sert de lien avec les autres royaumes araméens. Une alliance avec ce prince paraît souhaitable à David et Talmaï répond favorablement à ses avances. Un traité entre eux est signé et, pour le sanctionner, Talmaï accorde en mariage à David sa fille Maaka. Les noces ont lieu dans le même temps qu'Abigaïl donne à David un second fils, Kiléab.

Maaka est jeune et aimable. Pendant un temps David ne vit que dans elle, au point qu'il en oublie presque Akhinoam, la compagne de sa jeunesse, et

Abigaïl. Moins d'un an plus tard elle lui donne un fils, le troisième, Absalom.

A mesure que s'écoule le temps, à mesure que se consolide son pouvoir et que les richesses affluent vers Hébron, David prend conscience de sa dignité royale. Les rois étrangers lui envoient des ambassadeurs et des dons, lui-même s'adresse à eux d'égal à égal.

Le jeune Egyptien qu'il a recueilli dans le désert alors qu'il traquait les Amalécites après le rapt de ses deux épouses, est resté auprès de lui et souvent il l'entretient des fastes de son pays, de la richesse du roi du pays, de ses palais, de ses épouses nombreuses, signes de sa puissance. David veut s'égaler à ces grands rois de la terre, à ceux d'Assyrie, de Babylone. Il se fait construire un palais sur la partie haute de la ville ; il y établit ses épouses dans des appartements séparés où elles vivent chacune avec son fils et ses servantes, ceci afin d'éviter les querelles qui commençaient à agiter son ancienne demeure. Sa passion pour les belles femmes lui acquiert une telle réputation que bien des pères qui ont une fille qui brille par sa beauté, viennent la lui livrer en mariage contre des dons magnifiques. Ainsi épouse-t-il encore Abital qui lui donne un fils Shephtayah, puis Egla, mère de Yitréam. D'autres encore, et de Maaka il a ensuite une fille, Tamar.

Ainsi David va-t-il de femme en femme et prend-il avec elles son plaisir, à satiété. Pourtant, il ne peut encore oublier celle qu'il a aimée aux jours heureux de son adolescence, la seule qui ait marqué son cœur de son sceau, celle qui était pour lui comme la biche de l'aurore, Mikal, la fille de Saül.

Autant la cour de David à Hébron gagne en lustre, autant celle d'Ishbaal à Mahanaïm s'appauvrit. Le roi habite une demeure vaste mais de piètre apparence avec quelques serviteurs, les concubines de son père qu'il a recueillies en héritage, Meribaal le fils de Jonathan. Ce Meribaal est boiteux et il a les jambes torses. Il avait cinq ans lorsque son père mourut sur le mont Gelboé. Quand la nouvelle de la défaite d'Israël et de la fin de Saül et de ses trois fils était parvenue à Guibéa, nombreux avaient été les habitants qui avaient pris la fuite dans la crainte de l'arrivée des Philistins. La nourrice de Meribaal avait emporté l'enfant mais dans sa hâte à rejoindre Abner qui emmenait avec lui Ishbaal, elle l'avait laissé tomber. Ainsi avait-il été estropié et il grandissait, malingre et solitaire, dans la demeure de son oncle. Y habitent encore les deux fils qu'avait donnés à Saül la plus jeune de ses concubines, Rispa fille d'Ayya.

De son côté Abner loge dans une maison adjacente de manière qu'il n'a qu'à traverser une cour pour se trouver auprès du roi. Il a toujours autour de lui plusieurs gardes, fidèles guerriers, plus que n'en dispose Ishbaal lui-même. Lors de la fuite de Guibéa, c'est lui qui a emmené sous sa protection la maison de

Saül ainsi que la reine Achinoam qui est morte depuis. Or, parmi les concubines du roi défunt, Abner a distingué Rispa encore jeune et belle. Il a réussi à la séduire et depuis maintenant cinq années ils s'aiment en secret. Abner a toute liberté d'entrer dans la demeure d'Ishbaal et d'en sortir à toute heure du jour et de la nuit, et ainsi il lui est aisé de retrouver Rispa.

Or, ce soir-là, Abner a quitté Ishbaal après qu'il s'est assoupi sur sa couche, ivre de vins des vignes dont lui-même prend soin, dans la vallée du Jourdain à flanc de coteau. Sans même chercher à se dissimuler, il va rejoindre Rispa dans ses appartements. Elle sait que chaque fois qu'il passe la soirée à boire avec le roi, Abner vient ensuite la voir : aussi l'attend-elle avec impatience. Elle a revêtu sa plus belle robe, orné sa gorge et ses membres de ses plus riches bijoux, parfumé sa couche de nard et d'aloès. Car elle se sent lentement vieillir et elle craint qu'Abner ne se détache d'elle ; son secret désir est qu'il l'épouse, qu'il en fasse sa femme aux yeux de tous. Elle a pris la décision d'entreprendre ce soir même son amant avec fermeté et de le mettre dans l'obligation d'agir enfin.

Dès qu'il entre elle vient vers lui, l'enlace de ses bras nus, l'entraîne vers le lit où elle le dévêt, l'oint de parfums, lui lave les pieds et les arrose d'huiles odoriférantes. Elle lui offre des dattes, des amandes, des pâtisseries au miel, du vin nouveau.

Tandis qu'il se plonge dans ces délices, elle ôte sa robe et, seulement parée de ses bijoux, elle se presse contre lui, l'agace de ses caresses et de ses baisers, éveille en son ventre les plus violents désirs. Mais lorsqu'il veut venir en elle, elle glisse sous lui, le repousse. En vain tente-t-il de la prendre ; chaque fois elle se dérobe alors qu'il croit déjà la posséder. Et comme il s'irrite, elle se met à pleurer et déclare :

« En vérité, Abner, tu ne m'aimes pas. Tu n'as pour

ta servante que le lubrique désir du bouc et tu ne cherches qu'à satisfaire les besoins de ta chose. Mais moi, je ne compte pas plus qu'une datte, je vaux moins à tes yeux qu'un panier de figues.

— Comment peux-tu parler ainsi ! » s'étonne Abner que déconcertent ces plaintes. « Ne suis-je pas auprès de toi comme un époux et ne t'ai-je pas offert des bijoux et des parfums en quantité ?

— Ceci, peut-être, mais tu n'es comme un époux que pour ce qui regarde mes choses. En vérité je ne suis que ta courtisane alors que je veux être ta femme. Or, je te le dis, désormais je ne veux plus t'accorder mon amour en cette mesure, je veux être à toi tout entière et t'aimer dans ta maison.

— Rispa, soupire Abner, comment veux-tu que je fasse ? Tu sais bien que si je t'emmène dans ma demeure, Ishbaal verra dans cet acte une menace, car qui prend les épouses ou les concubines d'un roi défunt déclare ainsi sa prétention à lui succéder sur le trône.

— En vérité, n'est-ce pas toi le vrai maître d'Israël ? Ne disposes-tu pas d'un pouvoir dont Ishbaal n'a que les insignes ?

— Il en est bien ainsi mais je préfère éviter de le provoquer aux yeux de tous.

— Visiblement tu as peur d'Ishbaal. Tu crains sa colère, c'est pourquoi tu n'oses me prendre dans ta maison.

— A-t-on jamais vu qu'Abner ait eu peur de quelqu'un ? Quiconque le prétendra devra m'en rendre des comptes.

— Eh bien, ta servante prétend que tu trembles devant Ishbaal. Et maintenant je te prie de te retirer car je n'ai plus rien à faire avec toi. »

Rispa a parlé avec colère et elle jette sur les épaules d'Abner son manteau. Lui-même est ulcéré par la manière dont elle le traite et afin de ne pas se porter sur elle à quelque violence, il quitte la pièce. Or il se trouve qu'Ishbaal, pressé par un besoin naturel, s'est levé pour courir vers la cour. Il passe à proximité de la chambre de Rispa d'où viennent les bruits de la dispute. Il s'en approche au moment où en sort Abner qui dans la pénombre se heurte à lui. En le reconnaissant, le roi s'écrie indigné :

« Pourquoi es-tu venu auprès de la concubine de mon père ? »

Ces paroles ne font qu'attiser la colère d'Abner :

« Ne suis-je donc qu'une tête de chien uniquement bonne à combattre Juda ? Je suis dévoué à la maison de Saül, ton père, à ses proches et à ses amis, et je ne t'abandonne pas entre les mains de David. Et maintenant tu m'agresses pour une histoire de femme ? Qu'Elohim maudisse Abner et plus encore si je n'aide pas à accomplir ce que Yahvé a promis par la voix de Samuel : d'ôter la royauté à la maison de Saül pour établir David sur le trône d'Israël et de Juda, depuis Dan jusqu'à Beersheba. »

Sous le poids de la colère d'Abner, Ishbaal se sent s'affaisser et il n'ose répondre tant il craint son général. Celui-ci s'éloigne sans ajouter un mot et il s'enferme dans sa demeure afin d'y méditer sur les conséquences de son altercation. Il se persuade que de cette lutte entre Ishbaal et David, ce dernier ne pourra que sortir vainqueur, qu'en soutenant la maison de Saül il défend une cause perdue et qu'elle l'entraînera dans sa chute. Lorsque point l'aube, sa décision est prise et il convoque un messager, l'un de ses hommes en qui il place toute sa confiance :

« Va, lui ordonne-t-il, rends-toi promptement à Hébron auprès de David et dis-lui de la part d'Abner : " Allie-toi avec moi, car le règne d'Ishbaal divise Israël et ne peut que nuire au peuple de Yahvé. Moi, je serai ton soutien en ce royaume et ma main t'aidera à tourner vers toi tout Israël. " Ajoute que je ne demande rien, mais je sais que David n'est pas un ingrat. »

Le messager s'éloigne aussitôt. Il est introduit auprès de David qui le reçoit à la porte d'Hébron où il est assis sous un térébinthe. Lorsqu'il a délivré son message, David se réjouit dans son cœur car il sait qu'il a en Abner un allié puissant.

« Réponds à ton maître que David fera alliance avec lui, mais je lui dis ceci : " Je n'exige qu'une seule chose, tu ne verras pas ma face si tu ne m'amènes pas Mikal, fille de Saül, lorsque tu viendras devant moi. " »

Ainsi parle David car il songe que c'est une occasion comme il n'osait plus en espérer pour que lui soit rendue celle qui occupe toujours la première place en son cœur.

L'homme revient en hâte auprès d'Abner pour lui rapporter la réponse et ce dernier le renvoie aussitôt vers David :

« Abner mon maître, déclare le messager à David, ne peut te restituer Mikal de son propre chef. Mais réclame-la à son frère Ishbaal, et Abner fera pression auprès de lui pour qu'il soit fait selon ton désir. »

Sans tarder, David expédie un héraut auprès d'Ishbaal à qui il déclare :

« David, fils de Jessé, le roi de Juda m'envoie auprès de toi pour te dire ceci : " Qu'on me rende Mikal, fille de Saül, mon épouse que j'ai acquise pour cent prépuces de Philistins. Elle m'a été enlevée au mépris du droit mais elle demeure ma femme. " »

Ishbaal qui n'ignore pas l'injustice qui a été commise par son père envers David qui est toujours son beau-frère devant la loi, reste hésitant. Il se tourne vers Abner qui se tient auprès de lui et avant qu'il ne l'interroge, celui-ci intervient :

« Il est bien vrai que David a subi un grave préjudice car Saül a abusé de son pouvoir pour lui enlever sa légitime épouse qu'il lui avait lui-même accordée. Il serait utile à ta cause que tu répares cette iniquité en la lui rendant.

— Sans doute, Abner, mais que va dire Paltiel, l'époux que lui a ensuite donné mon père ?

— Paltiel a accepté un bien acquis par dol et ainsi usurpé son titre d'époux. Il devait savoir à quoi il s'engageait et à cette époque il n'a guère eu pitié de David ni de Mikal qui l'aimait. Pourquoi maintenant devrions-nous le ménager ? Et que vaut-il mieux craindre, la colère de cet homme obscur ou celle du vainqueur des Philistins, du roi de Juda ? Par ta décision tu peux t'acquérir soit son amitié, soit sa haine, et n'oublie pas qu'il ne fait que te demander une chose juste.

— Abner, charge-toi alors d'aller prendre ma sœur chez Paltiel et qu'elle soit conduite à Hébron, chez son premier mari. »

Aussitôt Abner se met en route avec une forte escorte vers Gallim où habite Paltiel avec son épouse.

Lorsque Abner a exposé à Paltiel la raison de sa visite, ce dernier commence par s'indigner :

« Aussi vrai que Yahvé est vivant, je ne céderai pas mon épouse. Je l'ai reçue de son père le roi Saül et je lui ai remis le mohar, des biens considérables. Elle est à moi, elle m'appartient.

— Paltiel, réplique Abner, le mohar te sera restitué et même plus encore pour te dédommager. Quant à toi, rends Mikal sans murmurer, car en vérité, elle était l'épouse de David, le roi la lui avait donnée contre cent prépuces de Philistins et il la lui devait suivant le serment qu'il avait fait d'accorder sa fille au vainqueur de Goliath. C'est au mépris du droit que Saül l'a reprise à David et te l'a donnée de manière que tu peux être regardé comme un adultère et puni en conséquence, car tu savais qu'elle était la femme d'un autre, qu'elle n'avait pas été répudiée. Aussi, ne me contrains pas à employer la force, car tu ne saurais garder une femme que tu as en réalité volée, même si tu prétends l'avoir payée. »

Abner s'est exprimé avec fermeté et Paltiel sent trop bien qu'il a agi contre le droit en acceptant de recevoir Mikal des mains de Saül, car elle n'appartenait plus à son père. Il soupire, cherche encore à tergiverser, mais le ton d'Abner devient sévère et il comprend qu'il doit se rendre. Lui-même se charge d'avertir Mikal. Celle-ci ne dit rien, ne manifeste aucune émotion, mais elle ne cherche pas à montrer un quelconque regret de devoir quitter la demeure de Paltiel. Car c'est contre son gré qu'elle a été unie à lui et si elle s'est conduite envers lui comme une épouse fidèle, dans le secret de son cœur elle n'a jamais pu l'aimer, ni même ressentir une affection pour cet homme à qui elle en a toujours voulu de l'avoir prise à David, l'amour de sa jeunesse, celui dont son âme n'a jamais pu se déprendre. Or, au cours de ces longues années, son cœur s'est peu à peu durci, son âme s'est repliée sur elle-même comme une fleur qui se ferme et elle a chassé loin d'elle l'image de David et le souvenir d'un bonheur perdu qui lui était trop douloureux.

Et maintenant cette nouvelle qui dix ans plus tôt aurait soulevé en elle un flot débordant de joie la laisse presque indifférente. Elle a même peur d'être déçue, peur que l'image d'un bonheur ancien qui remonte soudain à sa mémoire ne réponde plus à la réalité. Néanmoins, elle se sent soulagée de quitter Paltiel, de laisser cette vie terne auprès de cet homme sans grandeur ni ambitions. Sans doute Paltiel lui vouait un amour ardent mêlé d'un respect dû à son ancien rang de princesse royale, mais alors que toutes les attentions dont il l'entourait auraient dû la séduire, elles n'étaient parvenues à la longue qu'à l'irriter et l'indisposer contre lui car elle se sentait étouffée par une si jalouse sollicitude. Elle songe aussi que David le guerrier, le héros que Juda a oint pour régner sur son peuple, est plus digne d'elle que Paltiel, qu'avec lui elle va retrouver son rang royal car, elle, n'est-elle pas sa première épouse, celle qui entre les femmes de David est toute désignée pour porter le titre de reine ? Car elle a su par les rumeurs publiques que David a épousé plusieurs femmes qui déjà lui ont donné des garçons. Il lui revient de reconquérir auprès de lui sa place qui doit être la première.

Mikal a pris place dans un palanquin fixé sur le dos d'une chamelle blanche, don du roi, son frère. Ses femmes et ses bagages suivent sur ânes et mulets. Paltiel a aussi voulu accompagner celle qui fut sa femme, jusqu'aux frontières de Juda. Pendant tout le chemin il a marché derrière elle tout en versant tant de larmes qu'il aurait pu attendrir les guerriers d'Abner qui forment l'escorte de la jeune femme, si chacun d'eux ne savait qu'il a usurpé son épouse en profitant de l'exil de son mari.

Ainsi parviennent-ils à Bahurim, dernier village avant le pays de Juda, sur l'antique voie qui conduit de Jéricho à Jérusalem. Jusque-là est venue l'escorte des hommes de Juda, envoyée par David. Il l'a placée sous le commandement de Benaya, fils de Joïada, l'un de ses plus fidèles capitaines, un fort guerrier venu des montagnes du sud de Juda, rallié à lui dès les premiers jours de ses errances dans les déserts. Car David n'a pas voulu confier cette mission à l'un de ses neveux, surtout pas à Joab dont il connaît l'intransigeance et la fougue ; il craint qu'en présence d'Abner, à qui il n'a pas dû pardonner la mort d'Azaël, il ne se porte à quelque excès qui risquerait de compromettre ses transactions avec le sarsaba des armées d'Ishbaal.

Alors Abner s'approche de Paltiel :

« Tu ne peux aller plus loin, lui dit-il. Voici les gardes de David, rentre chez toi. »

Paltiel s'approche de la bête sur laquelle se trouve le palanquin. Il est entouré de voiles à travers lesquels on distingue à peine la silhouette de Mikal. Celle-ci reste immobile ; elle juge inutile d'ouvrir le rideau pour faire un dernier adieu à un homme dont elle se sépare sans déplaisir. Il soupire, prononce son nom, appelle sur elle la bénédiction de Yahvé, puis, la tête basse, il prend le chemin du retour.

David est venu à la porte d'Hébron, devant la porte de la route du Nord, pour accueillir Mikal. Il a revêtu une riche tunique teinte de pourpre et brodée, sortie des ateliers de Tyr, et jeté sur ses épaules un court manteau frangé d'or. Près de lui se tiennent ses principaux officiers et il est escorté par ses gardes, ses guerriers maîtres dans les combats, les guibborim. Tout autour se presse un grand concours de peuple venu d'Hébron, des campagnes voisines, et même de Bethléem et de plus loin encore. On danse et on chante en s'accompagnant de la musique des flûtes et des cithares, des crépitements des crotales et des tambourins, afin de fêter le retour de l'épouse du roi.

Le chameau qui porte Mikal s'est arrêté et, obéissant aux cris gutturaux de son maître, il s'agenouille lentement. La jeune femme a entrouvert le rideau et son cœur s'émeut lorsqu'elle reconnaît David. Les années ont buriné son visage, étoffé son corps puissant, mais il demeure élancé, sans nul embonpoint ; la vie guerrière qu'il a menée dans le désert a sculpté ses muscles tout en lui acquérant une majesté dans le port et une élégance dans les mouvements qui conviennent parfaitement à sa dignité royale.

David s'est avancé jusqu'au chameau afin d'honorer

Mikal. Il lui tend la main pour l'aider à descendre du palanquin. Lorsqu'elle apparaît ainsi à son regard, David dont le cœur avait commencé à battre plus vite ressent un choc violent. Son visage autrefois doucement épanoui est devenu sec et osseux, son teint lumineux est maintenant terne, son regard s'est assombri, il a perdu tout l'éclat de son ancienne passion. En celle qui vient à lui il ne peut reconnaître la femme de sa jeunesse, celle pour qui il a éprouvé de si violents sentiments. La main qu'elle avance à la rencontre de la sienne demeure fine et belle, mais elle lui paraît soudain sèche et il lui semble que cette femme encore jeune approche déjà du seuil de la vieillesse.

Il était prêt à l'enlever dans ses bras, à la serrer contre lui pour lui témoigner l'éternité de son amour, il se contente de la bénir et de l'emmener par la main vers sa demeure. Elle lui a adressé un sourire qu'il trouve pincé et il s'est efforcé de lui sourire à son tour, mais sans conviction. Il se sentirait près de regretter de l'avoir fait venir jusqu'à lui, s'il ne songeait qu'elle était là avant tout pour légitimer ses visées sur le trône de Saül. Elle-même demeure hautaine et raide, de manière qu'il sent en lui se glacer son sang et que s'éloigne de lui toute volonté de surmonter sa première déception. De son côté, Mikal s'étonne de ne retrouver en elle aucun de ses élans de jeunesse.

A mesure que passaient les ans elle sentait ses anciens sentiments se figer, s'amenuiser comme si les rongeait la rancœur qui s'installait en elle, triomphante. Rancœur contre son père qui l'avait livrée à Paltiel, rancœur contre ce dernier pour l'avoir acceptée et maintenue dans la médiocrité de sa condition, rancœur surtout envers David qui n'avait osé s'exposer à tous les périls pour venir la chercher, l'enlever, et l'emporter au fond du désert pour y ranimer leurs anciennes amours. Elle sent que tous deux sont devenus des personnages différents, étrangers à eux-mêmes, qu'est morte cette passion qui les avait jadis si vivement jetés l'un vers l'autre. Ravages du temps !

Tout est cependant dans la joie et le peuple qui accueille sa reine ne discerne la déception qui accable soudain les deux époux. Ni l'un ni l'autre ne prononcent une parole pendant qu'à pied ils suivent la voie conduisant de la porte de la ville jusqu'au palais, tout au long de laquelle s'est amassée une foule bruyante contenue avec peine par les gardes. Alors qu'il rêvait de l'emmener dans sa propre chambre pour retrouver auprès d'elle les élans de leur passion de jeunesse, David se hâte de la conduire dans l'appartement qu'il a fait aménager. Il la laisse là aux mains des suivantes en déclarant qu'il convient qu'elle se repose des fatigues de son voyage. Il ajoute que si elle se sent dispose, un banquet sera servi le soir même dans la cour du palais.

« Ainsi, précise-t-il, tu pourras y rencontrer toutes mes autres épouses qui te seront d'agréables compagnes. »

Elle évite de répondre, mais il a trouvé là les mots qui la dissuadent de venir participer au banquet. Déjà elle se sent remplie de haine et de mépris pour ces filles de médiocre condition qui lui sont des rivales autant dans le cœur de David que dans le palais.

Ce soir-là, David boit du vin jusqu'à l'ivresse, il demande à Egla et Abital de le ramener dans sa chambre afin de partager sa couche. Mais il s'endort entre elles sans désir, l'âme lourde de tristesse et de vin.

Après avoir remis Mikal entre les mains de Benaya, Abner entreprend de visiter les tribus d'Israël. Il va voir les anciens, dans leur demeure, et les entretient sans témoins.

« Depuis longtemps vous désirez avoir David pour roi, leur dit-il. Aussi, il est temps d'agir en sa faveur, de se rallier à lui afin d'accomplir les paroles de Yahvé. Car notre dieu a dit : " C'est par la main de David, mon serviteur, que je délivrerai mon peuple d'Israël de la domination des Philistins et de tous ses ennemis. " »

Il vient aussi parmi les anciens de Benjamin qui semblent les plus attachés à la famille de Saül. Il leur montre David comme l'oint de Yahvé, mais aussi le beau-fils de Saül, celui que Jonathan, l'héritier légitime du trône, avait désigné comme un autre soi-même, comme le plus digne de régner sur Israël. Aussi détache-t-il peu à peu les cœurs d'Ishbaal, car chacun reconnaît que David est seul capable d'éloigner les ennemis d'Israël.

Lorsqu'il a acquis l'assurance d'avoir rallié à la cause de David une grande partie des anciens des tribus, il se rend à Hébron accompagné d'une vingtaine de gardes à la fidélité éprouvée. David s'ingénie à recevoir avec magnificence Abner et ses compagnons. Il les accueille au seuil de son palais et leur offre un festin auquel sont conviés les anciens de Juda. Seuls sont absents Joab et son frère. Les neveux de David goûtent peu les plaisirs de la paix, si bien que lorsqu'ils ne vont pas chasser avec leur oncle dans les montagnes désertes de Juda, ils entreprennent à la tête des guibborim, l'élite des guerriers de David, des razzias en pays ennemi, dans les terres où errent les nomades du Negeb. Or c'est pour l'une de ces campagnes que sont partis Joab et Abisaï avec la bénédiction de David qui trouve heureux que par ce moyen ses soldats ne s'amollissent pas dans l'oisiveté.

Au cours du banquet Joab rend compte à David des résultats de son intervention en sa faveur auprès des grands d'Israël, il lui assure que personne n'a de respect pour le fils de Saül, qu'en lui, David, chacun met ses espoirs. Enfin il conclut par ces paroles qui réjouissent David et comblent ses plus secrètes espérances :

« Je vais me lever et m'en aller ; je rassemblerai tout Israël autour de mon seigneur le roi, afin qu'il fasse alliance avec toi, et ainsi régneras-tu sur tout ce que ton cœur désire. »

Avant qu'il ne parte, David comble Abner de présents et lui jure par le nom de Yahvé qu'il demeurera le premier après lui-même dans le royaume. Ainsi se séparent-ils chacun satisfait de l'autre.

Or, à peine Abner a-t-il quitté Hébron par la route du Nord que rentre Joab par la porte du Sud. Il revient avec sa troupe chargée d'un immense butin, de manière que toute la population est en liesse.

Dès que Joab est arrivé au palais un serviteur attaché à sa maison lui apprend qu'Abner, fils de Ner, est venu chez le roi qui l'a laissé partir librement après lui avoir offert un banquet et de riches présents.

Cette nouvelle fait tomber la joie de Joab. Il sait déjà qu'Abner s'est allié en secret à David et tente de lui acquérir l'amitié des anciens d'Israël. A sa haine envers l'homme qui a tué son frère s'ajoute sa crainte que par des manœuvres il ne le supplante dans le cœur de David et occupe dans le royaume cette première place qui est pour l'instant la sienne et qu'il compte bien conserver. Ainsi n'hésite-t-il pas à prendre son oncle de front dès qu'il se trouve en sa présence :

« David, mon seigneur, que me rapporte-t-on, qu'as-tu fait ? Abner est venu devant toi, et tu l'as laissé repartir en paix, tu l'as renvoyé comblé de tes bienfaits ? Ne connais-tu pas cet Abner, le fils de Ner ? Il est venu pour te tromper, pour connaître les allées et venues de tes gens, pénétrer tes intentions.

— Joab, lui répond David avec sévérité, je connais mieux que toi cet Abner. Avec lui j'ai combattu et bien souvent en sa compagnie j'ai dîné dans le palais de Saül. Je suis encore capable de conduire les affaires de ce royaume que j'ai su me conquérir par l'habileté de mes actions. Toi, contente-toi de commander les armées et fais confiance à ton oncle et ton roi. »

Joab n'insiste pas afin de ne pas indisposer David. Il lui remet le butin et conserve sa part par-devers lui. Dès qu'il est sorti du palais il court en sa propre demeure où se tiennent de fidèles messagers. En hâte il les dépêche à la suite d'Abner afin de le prier de revenir devant le roi, car il avait une chose importante à lui confier en secret, une chose dont, dans l'ivresse du banquet, il avait oublié de l'entretenir. Les messagers retrouvent le fils de Ner près de la citerne de Sira où il prend quelque repos, lui font aussitôt part du message.

La réception du roi l'ayant mis en confiance, Abner n'hésite pas à faire demi-tour avec son escorte. Avant la fin du jour il est de retour à Hébron. Pendant tout ce temps Joab l'a guetté depuis le haut des murs de la ville. Dès qu'il aperçoit la troupe d'Abner il se porte au-devant d'elle et salue son chef au nom de David. Abner qui a oublié depuis tant d'années la mort d'Azaël lui répond avec courtoisie.

« Abner, lui dit Joab, David, mon roi, m'envoie auprès de toi afin que je sois son porte-parole car il se sent mal, sans doute parce qu'il a abusé de vin et de nourriture au cours du banquet qu'il a offert en ton honneur. »

Après s'être inquiété de la santé du roi, Abner se déclare prêt à entendre le message royal.

« Je t'en prie, répond alors Joab, veuille venir avec moi à l'écart car David m'a bien prescrit de te parler en secret. Nulle oreille ne doit nous entendre. »

Sans nulle défiance, Abner vient près de Joab qui le prend familièrement par le bras et l'entraîne vers le côté de la porte tout en commençant de lui parler d'Ishbaal. Mais lorsqu'il se voit suffisamment éloigné des gardes d'Abner pour qu'ils ne puissent intervenir il tire soudain son épée et porte à son ventre un coup mortel. Il a agi avec une telle rapidité que le vieux général s'affaisse sans un cri, tandis que gicle de la plaie un flot de sang qui inonde sa robe, brunit la poussière du sol.

« Pour venger le sang d'Azaël, mon frère ! » déclare Joab en le regardant tomber.

Les soldats d'Abner, qui ont assisté à la scène sans pouvoir intervenir, prennent un visage consterné. En un premier mouvement ils s'avancent vers Joab, puis ils songent qu'en vain ils tenteraient de sauver Abner ; ils découvrent le danger qu'ils courent eux-mêmes et sans un mot, ils tournent les talons et s'éloignent en hâte. Ce meurtre commis, Joab rentre chez lui, laissant aux témoins le soin d'en avertir David. Lorsqu'il apprend ce qui s'est passé, le roi est partagé entre la colère et son affection pour son neveu. Dans un premier mouvement il s'apprête à le faire conduire devant lui, puis il songe qu'il est plus sage de laisser s'apaiser les bouillonnements de son indignation car il pourrait sous cet empire commettre quelque acte irréparable. Cependant, aux yeux de tous ses officiers et ses serviteurs, il ne peut s'empêcher de se disculper devant Yahvé.

« Moi et mon royaume, s'écrie-t-il, nous sommes à jamais innocents du sang d'Abner, le fils de Ner, devant Yahvé. Qu'il retombe sur la tête de Joab et tous ceux de la maison de son père. Qu'il y ait toujours dans la maison de Joab un homme atteint de blennorragie ou de la lèpre ou qui tienne le fuseau, ou qui tombe par l'épée, ou qui manque de pain. »

Il ordonne ensuite que soit relevé le corps d'Abner afin que lui soient faites de dignes funérailles. Pendant toute la nuit il se lamente sur le corps après qu'il a été lavé et préparé pour être enseveli. Lorsque revient le jour, il envoie dire à Joab, Abisaï et tous les grands de Juda de venir assister à la cérémonie. Lui-même a revêtu une grossière robe brune en poil de chameau et il n'a pas passé de peigne dans sa chevelure.

« Déchirez vos vêtements, mettez des sacs et portez le deuil d'Abner », ordonne-t-il aux gens de sa cour lorsqu'on sort le corps d'Abner porté sur une litière découverte.

Chacun obéit et viennent les pleureuses qui tout en griffant leur visage et leur poitrine dénudée, tout en s'arrachant les cheveux, mêlent les cris aux gémissements qui couvrent les chants lugubres des flûtes. David lui-même suit derrière la litière et par sa douleur il montre bien qu'il est étranger à ce meurtre. Au milieu d'une foule dense le convoi funèbre s'avance jusqu'à la tombe qu'on lui a en hâte aménagée dans la nécropole, hors des murs de la ville.

Là s'arrête le cortège et tandis qu'est descendu le corps dans la fosse, David improvise ce chant :

Abner devait-il périr comme meurt un insensé ?
Tes mains n'étaient pas liées,
des chaînes n'avaient pas entravé tes pieds !
Comme un homme qui tombe devant des scélérats,
Ainsi tu es tombé !

Ces paroles redoublent les larmes du peuple, puis tout le monde rentre à Hébron. David n'a pas eu une parole pour Joab. Il s'assoit dans la cour du palais où il demeure sans bouger, entouré de ses serviteurs et des anciens du peuple. Depuis la veille il n'a ni mangé ni bu, et ses proches l'incitent à prendre quelque nourriture, mais il répond avec fermeté :

« Qu'Elohim me traite comme il l'a fait pour lui et pis encore, si je goûte à du pain ou quoi que ce soit d'autre avant le coucher du soleil. »

Puis il se lève et reprend à l'adresse de ses officiers :

« Ne savez-vous donc pas qu'un prince, qu'un grand homme est tombé ces jours en Israël ? Et moi, aujourd'hui je suis impuissant quoique ayant reçu l'onction royale. Yahvé rendra à qui fait le mal, le mal qui a été fait. »

LIVRE XII

C'est toi qui paîtras mon peuple d'Israël

Le soir tombe sur Beérôth. Une brise s'est levée qui apporte un semblant de fraîcheur après l'écrasante chaleur de ce jour d'été. Cette bourgade, à trois heures de marche au nord de Jérusalem, a connu une grande prospérité avant que les Hébreux ne la conquièrent sous le commandement de Josué, alors qu'elle appartenait à la confédération des quatre cités gabaonites. Elle a été attribuée à Benjamin et depuis a perdu de son importance, bien qu'elle demeure une étape sur la route qui par Jérusalem va d'Hébron vers Ephraïm.

A cette heure les hommes sont assis devant la porte de leur demeure ou sur la grande place sous les térébinthes et les grenadiers pour s'entretenir des nouvelles du jour. Vers la source d'où une eau limpide jaillit en abondance pour se répandre dans de longs bassins où viennent s'abreuver les troupeaux et les femmes laver leur linge, deux hommes marchent côte à côte. L'épée suspendue à leur hanche marque leur état militaire, car ce sont deux chefs de bande, deux frères au service d'Ishbaal. Ils devisent à voix basse tout en s'éloignant des groupes de femmes venues puiser de l'eau, la cruche sur l'épaule. Les hommes qu'ils croisent les saluent avec respect, car leur père

Rimmon est un notable du village et eux-mêmes ont su se distinguer par leurs exploits guerriers dans les armées d'Abner.

« Rékab, dit enfin l'aîné des frères, maintenant qu'est mort Abner, Ishbaal est perdu.

— Baanah, remarque son interlocuteur, même du vivant d'Abner son sort était réglé. Car nul n'ignore qu'Abner le trahissait et ralliait à David les tribus d'Israël. Le fils de Saül lui-même savait que son sarsaba travaillait contre lui mais il était impuissant à le punir.

— Il a bien pensé le faire assassiner.

— C'est ce qu'a fait Joab pour lui. Nous savons bien que sa douleur en apprenant la nouvelle était simulée. Mais le temps de son règne est révolu. A nous de savoir agir comme il convient pour plaire à David, le futur maître des Etats de Saül.

— Je crois, Baanah, que nous avons depuis déjà longtemps décidé de la manière dont nous devons agir. Il est maintenant temps de réaliser notre dessein avant qu'un autre n'exécute pour nous ce que nous avons conçu.

— Ou encore que David ne se mette décidément en campagne contre le roi car je ne vois pas de quelle manière celui-ci pourrait lui résister maintenant qu'il n'a plus Abner pour conduire ses armées.

— Est-il donc utile de tergiverser encore ? Mon frère, allons prendre un peu de repos et mettons-nous en route avant que l'aube n'ait blanchi le ciel.

— Allons et faisons en sorte qu'avant qu'une nouvelle fois le soleil soit parvenu au terme de sa course, nous ayons ouvert à David la route du trône de Saül. »

Ils se séparent après avoir mis au point les détails de leur conspiration et lorsque le soleil à nouveau se lève sur la terre encore dolente des moiteurs de la nuit, ils s'avancent d'un pas rapide sur la route qui conduit à

Mahanaïm. Ils y parviennent à l'heure la plus chaude du jour, alors que toute la ville s'est endormie dans la fraîcheur des maisons. Nul ne les remarque alors qu'ils parcourent les rues silencieuses éclaboussées de soleil. Tout le monde dort dans la demeure d'Ishbaal, les gardes qui veillent devant la porte, même la portière qui mondait du blé, tout le monde s'est assoupi. Ils pénètrent dans les appartements jusque dans la chambre royale où Ishbaal fait sa sieste. Il est étendu sur la couche, seulement vêtu d'un pagne. Vers lui s'avancent les deux frères. Sa poitrine épaisse, sa lourde panse, se soulèvent au rythme régulier de sa respiration car il est plongé dans un si profond sommeil qu'il ne perçoit pas la présence des deux hommes. Sur son front, sur la peau moite de ses épaules, perlent des gouttes de sueur, qui ruissellent doucement sur les tissus et les coussins.

Les deux hommes ont lentement tiré leurs épées tout en maintenant la gaine d'une main afin de ne rien heurter. Ils sont tout près du roi, chacun d'un côté. Il pousse un soupir, grogne et s'agite sur sa couche : sans doute vient l'assaillir un rêve, le dernier qu'il fera. Les deux lames s'élèvent au-dessus de lui et d'un même élan plongent ensemble dans la poitrine. Des deux larges plaies sourd un sang fluide tandis que dans sa gorge s'étouffe un sanglot. Il a ouvert les yeux pour découvrir ses assassins et aussitôt les a refermés pour sombrer dans l'éternité.

Rékab a empoigné sa chevelure et redresse la tête qu'en deux coups de taille tranche son frère Baanah. Ils déchirent le drap pour y enfermer ce sanglant trophée et sans être vus ils quittent la maison et la ville. Pendant la fin du jour et toute la nuit ils suivent la route du Jourdain puis s'élèvent vers les montagnes de Juda. Au matin ils parviennent à Hébron et à leur requête sont introduits auprès de David. Le roi est assis parmi ses officiers et quelques-uns des trente, les meilleurs de ses guerriers qu'il a placés sous le commandement d'Abisaï.

Devant David s'arrêtent les deux frères. Ils se jettent le ventre au sol et saluent le roi, puis l'aîné prend la parole et il se présente avec son frère. Enfin il déploie le linge d'où surgit la tête, cheveux et barbe poissés de sang, yeux clos, joues flasques et marbrées.

« Voici, déclare-t-il, la tête d'Ishbaal, fils de Saül, ton ennemi qui en voulait à ta vie. Ce jour Yahvé a vengé mon seigneur le roi de Saül et de sa descendance. »

Mais David détourne la tête et leur répond avec sévérité tant est vive son indignation.

« Aussi vrai qu'est vivant Yahvé qui a délivré mon âme de tout péril, croyez-vous m'apporter une bonne nouvelle ? Vous n'êtes que des bandits qui avez assassiné un homme droit dans sa propre maison alors qu'il dormait dans son lit ! Ne dois-je pas vous demander compte de son sang et vous supprimer de la surface de la terre ? »

Les deux hommes qui s'attendaient à des félicitations et des marques de reconnaissance s'étonnent, tentent de protester. Mais David ne veut pas les entendre car ils ont étalé devant lui les preuves de leur perfidie, de leur félonie envers leur roi.

« Jamais, s'écrie-t-il en se levant, on ne verra David récompenser le crime, se féliciter du meurtre d'un roi, lui qui a toujours refusé de porter la main sur Saül, l'oint de Yahvé. »

Sur son ordre sont entraînés les deux assassins malgré leurs cris et leurs supplications. Ils sont conduits sur la place principale de la ville où on les met à mort par l'épée. Leurs pieds et leurs mains, agents de leur crime, sont tranchés et leurs corps sont exposés près du lac d'Hébron afin que chacun sache que de tels crimes ne peuvent trouver grâce aux yeux de David.

Quant à la tête d'Ishbaal, le roi ordonne qu'elle soit lavée et parfumée avant d'être ensevelie dans la sépulture d'Abner, aux portes d'Hébron.

Malgré son indignation, David ne se sent pas mécontent au fond de lui-même de la mort d'Ishbaal, car ainsi lui est ouverte la voie de la royauté sur Israël. Excepté Meribaal, il n'existe plus aucun héritier direct de Saül : mais qui songerait à lui opposer ce malheureux incapable de marcher à la tête des armées des tribus ? Bientôt David peut juger de l'importance du travail accompli en sa faveur par Abner, et aussi par les voyants d'Armathaïm et le prophète Gad. Moins d'un mois après le meurtre d'Ishbaal, une délégation des tribus d'Israël arrive à Hébron. David la reçoit aussitôt dans son palais, au milieu de ses guerriers. Les ambassadeurs se jettent sur le ventre devant lui et leur chef prend la parole :

« Vois, lui dit-il, nous sommes tes os et ta chair. Aussi, dans le passé, alors que Saül régnait sur nous, c'est toi qui faisais sortir les armées d'Israël et les ramenais victorieuses, et Yahvé t'a dit : " Tu paîtras Israël, mon peuple, et tu seras un prince sur Israël. " Parmi tous les hommes de ce pays, tu es le seul qui puisse régner sur Israël comme sur Juda, tu es l'oint de Yahvé et nous sommes tous tes serviteurs.

— Puisque le veut Yahvé, répond David, puisque le veulent les anciens des tribus d'Israël, j'accepte de passer un pacte avec vous et de régner sur le peuple de Yahvé. »

A travers tout le pays, dans les tribus et les cités d'Israël vont des messagers pour annoncer l'élection de David, et toutes les tribus, toutes les villes envoient des hérauts pour saluer David et l'oindre roi sur Israël.

Il régnait sur Juda depuis sept ans et six mois, lorsque tous les représentants d'Israël, réunis à Hébron, les voyants de Yahvé et ses prêtres avec à leur tête Gad et Abiathar, oignent David roi d'Israël.

A peine David a-t-il reçu la lance de Saül qu'il lève dans toutes les tribus une armée puissante, encadrée par ses officiers et ceux d'Abner, des hommes entraînés à la guerre depuis des années. Dès lors chacun, aussi bien en Israël que chez les nations voisines, a compris que des événements d'importance se préparent, qu'en David Israël a trouvé un maître à sa mesure, plus grand et plus fort que Saül; déjà les Philistins commencent à regretter de l'avoir reçu parmi eux et soutenu, eux qui pendant ces dernières années se réjouissaient de voir David demeurer fidèle à Akish, roi de Gath, de découvrir que l'ancien guerrier jadis plein de fougue et d'ardeur au combat se complaisait dans une paisible inactivité depuis qu'il était devenu roi de Juda. Ils n'avaient alors pas compris que David se sentait trop faible pour partir en guerre contre ses voisins tout en poursuivant une lutte sourde contre le roi d'Israël. Il attendait avec patience la chute de ce dernier pour enfin entreprendre les grandes actions et réaliser les ambitions que depuis longtemps il nourrissait en son cœur.

Quand les hommes en armes, vaillants armés de la lance et de l'épée, de la cotte et du bouclier, voltigeurs légers pourvus d'arcs et de flèches, de la fronde et du court glaive, tous compagnons des premiers jours lorsqu'il errait dans les déserts de Juda, lorsqu'il exerçait ses rezzous depuis Tsiqlag, et tous guerriers de Juda et d'Israël, sont réunis à Hébron, il déclare le but tenu jusqu'alors secret de son expédition :

« Ce jour, hommes d'Israël, nous marchons sur la cité des Jébuséens, sur cette Jérusalem que n'ont su prendre ni Josué ni Saül, nid d'aigle qui domine et commande les routes de Benjamin et de Juda. »

Cette annonce est accueillie par des hurlements de joie et des heurts de lances et d'épées contre les boucliers. David lui-même a revêtu une cotte légère en mailles de fer, sortie des ateliers des armureries de Gath, et il a ceint sa chevelure d'un bandeau de fils d'or. Sur sa cuisse pend la lourde épée de Goliath et s'il n'a pas pris d'arc il a ceint sa taille de la lanière de sa fronde, cette arme si simple qui lui a valu son premier renom. A la main, il tient la lance de Saül.

Depuis longtemps il rêve de ce jour, et la hâte qu'il met à quitter Hébron est encore augmentée par son désir de s'éloigner de Mikal. Car depuis qu'elle est revenue auprès de lui, c'est à peine s'il l'a entrevue, prétextant chaque jour des affaires d'importance pour éviter d'être confronté à celle en qui il ne retrouve rien de ce qui a suscité en un temps si grande passion en son âme.

Dans la même journée, l'armée de David vient s'établir devant la cité des Jébuséens, au nord-ouest, sur le plateau des Réphaïm, à l'est, sur les pentes de la colline couverte d'oliviers, en surplomb de la vallée abrupte que domine la ville forte, qui par la suite portera le nom de Cédron, torrent asséché qui ne roule ses eaux tumultueuses que pendant les pluies d'hiver.

Depuis le jour où, fuyant la colère de Saül auprès d'Akhimelek, David a vu la puissante cité, il n'a plus songé qu'à s'en emparer au nom de Yahvé. Mais il lui plairait de s'en rendre maître sans avoir à combattre, par composition, car il craint qu'un siège ne soit long et périlleux. Aussi dépêche-t-il des hérauts auprès des Jébuséens pour leur demander de lui livrer la ville ; en revanche, il leur laissera la vie et leurs biens et fera de la cité la ville royale d'Israël, la capitale de l'un des grands Etats de ce temps, grâce à quoi elle acquerra prestige et richesses.

Mais les Jébuséens ne l'entendent pas de cette oreille. Ils savent que depuis qu'elle a été fondée, jamais leur ville n'a pu être prise, que ni d'autres princes cananéens, ni les Moabites et les Ammonites, ni les Philistins, ni les Hébreux, ne sont parvenus à s'en emparer. Aussi ne craignent-ils pas David et ils lui font répondre par la voix de ses propres hérauts :

« Tu ne mettras pas les pieds ici. Si forte est notre cité que les aveugles et les boiteux qui s'y trouvent suffiront pour t'en écarter. »

Ces paroles font comprendre à David qu'il est inutile de tenter encore de parlementer. Tandis que ses messagers se trouvaient parmi les Jébuséens, avec ses officiers et les guibborim, il a parcouru les alentours de la cité pour en étudier les fortifications et tenter d'en découvrir les failles. Son attention a été retenue par le tunnel creusé dans la colline et qui permet aux gens de la ville de descendre jusqu'à la source qui se trouve vers la vallée, la source de Gihon. Là est le point faible des défenses de Jérusalem.

Après avoir ainsi pris la mesure de la forteresse qu'il prétend enlever, David ne laisse que quelques corps de mille pour empêcher une quelconque sortie vers l'est et le sud, et il fait porter le poids de ses attaques au nord-ouest, du côté le plus accessible, depuis la plaine des Réphaïm dans laquelle aboutit la route de Joppé et des villes philistines. Lui-même conduit plusieurs assauts contre les hautes murailles couronnées de créneaux arrondis en forme de boucliers. De là, les guerriers de David sont accablés de traits et de pierres et malgré les échelles dont ils sont munis ils ne parviennent à prendre pied dans la ville.

Pendant deux jours, David mène la vie dure autant à ses hommes qu'aux assiégeants ; toute la journée ils restent sur la brèche et, comme David l'espérait, les Jébuséens massent tous leurs hommes vers le couchant où viennent se briser par vagues les assauts des Hébreux. Mais, lorsque tombe la nuit, David emmène ses meilleurs guerriers avec Joab et Abisaï, du côté de la source de Gihon. Il leur montre le tunnel dérobé qui s'élève jusque dans les murs de la ville.

« Le boyau est étroit et sans doute surveillé, leur dit-il. Mais des hommes décidés peuvent s'y glisser et, au risque de leur vie, mettre à mort les gardes et par là s'infiltrer dans la ville, prendre de dos ses défenseurs. La nuit prochaine je continuerai de diriger les assauts du côté de la plaine des Réphaïm et nous ne cesserons de les harceler, tout le jour suivant et la nuit encore de manière à tenir sans cesse éveillés les Jébuséens. Mais nous utiliserons nos hommes par roulements afin qu'ils soient toujours dispos. Quant à vous, lors de la seconde nuit, vous vous glisserez dans le boyau, vous vous rendrez maîtres de ce passage et ensuite vous assaillirez les Jébuséens sur leurs arrières et vous ouvrirez les portes de la ville à nos hommes. Quiconque s'introduira le premier dans la cité et frappera les Jébuséens sera fait prince, sarsaba des armées d'Israël. »

Joab trouve là un moyen pour reconquérir la faveur de David. Car depuis le meurtre d'Abner, le roi ne lui parle guère et, bien qu'il l'accepte dans ses conseils et le garde auprès de lui avec Abisaï, il ne s'adresse plus à lui en particulier. Non plus, depuis qu'il a été oint roi d'Israël, il ne lui a délégué comme il l'espérait le commandement de son armée ; il se réserve cette fonction du sarsaba et donne directement ses ordres aux chefs des mille.

« Je conduirai cette attaque », dit-il simplement.

Or, la nuit venue, Joab se glisse dans la fontaine et s'engage dans le boyau abrupt, suivi par quelques audacieux compagnons. Comme l'espère David, tous les défenseurs de la ville se sont portés vers les remparts de l'ouest pour repousser les assauts furieux que conduit David sans relâche. Seule une poignée de guerriers est commise à la garde du tunnel et à la surveillance des remparts du sud.

Ainsi Joab surprend-il les gardes et les met à mort sans qu'ils aient pu donner l'alarme. Avec ses hommes il prend pied dans la forteresse et aussitôt il assaille par-derrière les défenseurs et entreprend d'ouvrir les portes aux guerriers de David qui s'engouffrent dans la ville. Un moment se poursuivent les combats à la lueur des torches et des pâles rayons de la lune qui s'élève dans le ciel noir en son premier quartier. Mais en se voyant débordés de partout, les Jébuséens bientôt lâchent pied et prennent la fuite.

David a donné à ses officiers des instructions afin que ses hommes ne s'abandonnent à aucun excès, il ne veut ni qu'on pille, ni qu'on incendie, ni qu'on viole, ni qu'on massacre la population, ainsi que la chose se fait communément, comme les Hébreux de Josué l'ont fait à Jéricho et Aï. Car malgré la résistance des gens de Jérusalem, il persiste à vouloir en faire sa ville, la capitale de son royaume. Malgré sa position forte et son antiquité, Hébron ne lui paraît pas convenir car elle est une ville de Juda et il ne veut pas paraître ainsi favoriser sa propre tribu. Pareillement, Guibéa, l'ancienne résidence de Saül, appartient à Benjamin, celle des tribus qui s'est rendue à lui avec le plus de réticence. Par sa position hors de tout territoire revendiqué par l'une des tribus, sa situation au croisement de routes importantes et en plein cœur pourtant des terres occupées par Israël, la sécurité que lui assure la colline escarpée sur laquelle elle est bâtie, Jérusalem lui apparaît désignée par Yahvé pour devenir la résidence du nouveau roi d'Israël et de son dieu.

Aussi, quand le matin suivant David se voit maître de la ville et que les chefs des Jébuséens viennent faire leur soumission, il déclare à ses officiers qu'il ne va pas rentrer à Hébron, que désormais il résidera à Jérusalem. Il désigne ensuite Joab comme le sarsaba de toutes les armées d'Israël, puis il ordonne qu'on mobilise de nombreux ouvriers afin d'étendre les fortifications de la ville et de renforcer les remparts de la hauteur de Sion où il a l'intention d'établir sa résidence.

Pendant les jours qui suivent la prise de Jérusalem David déborde d'activité. Il reçoit les serments de fidélité de tous les Jébuséens, envoie des ambassades à tous les rois voisins, à Naas roi des Ammonites, à ceux de Moab et des Etats araméens, en particulier à son beau-père Talmaï, roi de Geshur, jusque chez les Phéniciens, à Tyr où règne Hiram, à qui il demande de lui envoyer du bois de cèdre, des charpentiers et des tailleurs de pierre afin de lui construire un palais dans sa nouvelle capitale. Les parties hautes de la colline, rocs nus et escarpés, sont mises en chantier pour qu'y soient élevées les demeures des serviteurs du roi, officiers et hauts fonctionnaires, et cette ville nouvelle qui empiète en partie sur l'ancienne Sion, il veut qu'elle porte son nom, il l'appelle la Cité de David.

Pendant tout ce temps, David demeure à Jérusalem afin de s'assurer la totale possession de la ville. Bientôt arrive une ambassade d'Hiram. Le roi de Tyr félicite le nouveau souverain, l'assure de son amitié et lui envoie tout ce qu'il a demandé : de lourds chariots tirés par des bœufs apportent les troncs de bois de cèdre du Liban. Les accompagnent les ouvriers tyriens qui vont travailler à la construction du palais, sur la colline de Sion.

A peine David a-t-il renvoyé l'ambassadeur d'Hiram qu'un messager vient l'aviser que les séren des cinq cités philistines se sont unis pour marcher contre lui. Akish lui avait déjà dépêché des serviteurs pour exiger de lui le tribut, gage de sa fidélité. David les avait renvoyés avec quelques présents et des paroles conciliantes. Mais Akish ne s'en était pas satisfait et il s'était laissé persuader par les autres rois philistins qu'il fallait écraser David avant qu'il soit définitivement fortifié dans Jérusalem et qu'il ait solidement établi sa domination sur Juda et Israël, sans quoi il deviendrait une menace pour les Philistins qui occupaient depuis leur victoire sur Saül à Gelboé la frange occidentale des territoires d'Israël.

« D'Ascalon et de Gaza, de Gath et d'Eqrôn, déclare

le messager, sont sortis les chars attelés de fougueux chevaux ; les portes de ces cités ont vomi les bataillons couverts d'airain des guerriers de Philistie. Et maintenant ils marchent par colonnes séparées vers Jérusalem. »

Aussitôt David ordonne à Joab de convoquer le ban et l'arrière-ban des tribus d'Israël, de réunir en hâte tous les hommes disponibles afin de tenir tête au déferlement des armées philistines.

« Que chacun le sache », précise David devant Joab et ses généraux, « nous allons venger Israël, le laver de la défaite de Gelboé. Nous infligerons à la Philistie une défaite éternelle, nous chasserons ses guerriers jusqu'aux portes de leurs cités et même au-delà. »

Lorsque sont rassemblés les guerriers d'Israël, David descend de la forteresse et à leur tête il s'avance vers la vallée des Réphaïm, au couchant de Jérusalem. Car c'est là que se sont rejointes les troupes des Philistins, là que leurs rois ont déployé leurs armées.

David s'est avancé sur une hauteur pour examiner l'armée des Philistins. Ils couvrent toute la plaine des Réphaïm, ils sont aussi nombreux que les grains de sable au bord de la mer, plus encore qu'au jour où ils ont marché contre Saül au mont Gelboé. David a auprès de lui les guibborim, les trente guerriers les plus valeureux de toutes les tribus d'Israël, avec Abisaï qui est leur chef, et Joab, sarsaba de ses armées, et aussi Abiathar.

« Ce serait une grande folie de les attaquer de front, déclare David. Ainsi a fait Saül à Gelboé, et les chars philistins ont rompu les rangs d'Israël. Seulement une partie de nos troupes sous ton commandement, Joab, les provoquera de face, afin qu'ils chargent avec leurs hommes de pied et qu'ils lancent leurs chars. Vous romprez vos rangs, vous vous séparerez en corps de cent afin de laisser passer les chars. Mais moi, avec les guibborim et le reste de l'armée, je viendrai sur le flanc, nous les assaillirons par-derrière et la panique sera sur eux. »

Après avoir ainsi parlé, David demande à Abiathar d'amener l'éphod afin de prendre l'oracle de Yahvé. Et la réponse du dieu vient confirmer la décision de David :

« Ne les attaque pas en face, dit Yahvé, ne monte pas vers eux, tourne-les par-derrière, là où est le bois de balsamiers. Lorsque tu entendras des bruissements dans la cime des arbres, alors attaque-les : car Yahvé sera là pour marcher contre l'armée des Philistins. »

Ainsi fait David. Il laisse à Joab une forte troupe afin de servir de couverture et lui-même, à la tête du reste de l'armée, à l'abri des regards des Philistins, il se meut, dissimulé par des suites de collines basses, vers le flanc des Philistins. Le bois de balsamiers leur sert de refuge et suivant ses instructions ses hommes ont eu soin d'envelopper dans des tissus les pointes de leurs lances, leurs casques d'airain, leurs épées, afin que les reflets du soleil ne les trahissent pas, que les heurts des armes métalliques soient étouffés. Ils demeurent en ce lieu un moment, l'oreille tendue, l'œil aux aguets. Soudain se lève une brise qui agite les feuillages des balsamiers. Chacun lève la tête et Abiathar, après avoir un moment déchiffré le céleste message, murmure :

« J'entends dans les ramures les pas de Yahvé. Du ciel est descendu le dieu pour nous conduire. »

Aussitôt David envoie un coureur ordonner à Joab de déclencher la première attaque de front. Bientôt parviennent au loin les bruits du combat, les cris de la mêlée qui dominent le roulement sourd des chars dans la plaine. De plus en plus vivement bruissent les feuillages. David s'est avancé jusqu'à l'orée du bois : de là il peut apercevoir l'armée des Philistins qui se déploie sur la plaine, face aux guerriers de Joab qui lentement reculent, débordés par le flot ennemi.

Alors David tire son épée et par ses cris entraîne ses hommes à l'assaut. Cette charge soudaine sur leur aile gauche prend de court les Philistins. Les plus proches font front à cette attaque inattendue. Mais ils sont renversés tandis qu'une partie de la troupe de David se rabat vers l'arrière de l'armée adverse.

A la tête des guibborim, David s'enfonce comme un coin dans le cœur des rangs philistins. Son épée tourbillonne, elle zèbre le ciel de ses éclats, elle s'abat ensuite sans se lasser sur les têtes casquées, elle ouvre les gorges, fend les crânes, perce les aines. Cependant il s'est si imprudemment avancé qu'il se trouve isolé et devant lui se dresse un énorme guerrier semblable à ce Goliath que par sa fronde il sut dompter. L'homme est bardé de bronze et il brandit une lourde lance ; à sa hanche pend une épée neuve de solide fer, capable de rompre les casques les plus durs. Il déclare s'appeler Dôdô, fils de Yoash, un descendant de Rapha, l'ancêtre des Réphaïm, ces géants sanguinaires qui ont laissé leur nom à la plaine où se déroule le combat. Il jure par les dieux des Philistins qu'il égorgera David comme un chien galeux, comme un goret. En se voyant pressé de toutes parts et menacé par ce guerrier d'une taille extraordinaire, David craint de manquer de force pour sauver sa vie. Il a déjà si violemment manié l'épée, la lourde épée de Goliath, qu'il sent la fatigue saisir son bras. Cependant il ne peut ni ne veut reculer. Derrière lui il entend ses guibborim ouvrir les rangs philistins à grands coups d'épée et de lance : jamais il ne voudrait faire preuve de faiblesse sous les yeux des héros d'Israël. Il affronte la mort de face, sans songer à reculer. Dôdô est maintenant devant lui ; d'un bond il évite un formidable coup susceptible de couper un homme par moitié.

Il voudrait à son tour frapper son adversaire, mais il doit porter ses attaques de côté pour se débarrasser d'importuns qui cherchent à le prendre de flanc. Ainsi se sent-il impuissant à parer tant de coups qui tous ensemble tombent sur lui ; il invoque Yahvé pour qu'il vienne à son secours et dans le même temps il voit Abisaï qui à grands assauts d'épée s'est frayé un chemin jusqu'à lui. Son neveu, son ami, a vu le danger qu'il courait et il est le premier à être auprès de lui. Il reçoit sur son bouclier le coup que Dôdô dirigeait vers David, puis dans la fureur qu'a suscitée en lui la crainte qu'il a éprouvée pour son oncle, il porte au Philistin une botte si sûre et si violente qu'il lui perce l'aine et lui fend le ventre. L'homme titube en levant à nouveau son glaive ; il découvre ainsi sa poitrine et d'un nouveau coup d'estoc Abisaï lui enfonce la lame sous l'aisselle, à la commissure de la cotte de bronze. Le guerrier s'abat de tout son long et le poids de son armure fait gicler les pierres éparses sur le sol.

La mort de leur champion remplit de consternation les Philistins qui soudain lâchent pied et prennent la fuite. David exige une victoire complète et il entraîne ses hommes à la suite des fuyards. Ils les traquent jusqu'à Gabaon et jusqu'à Gézer. Là, les princes des Philistins se dispersent et chacun tente de regagner ses Etats avec ceux d'entre leurs guerriers qui se sont sauvés. David songe alors à rompre son lien de sujétion avec le roi de Gath. Il entreprend de marcher sur sa ville afin de le forcer à reconnaître son indépendance. Ainsi descend-il vers Gath avec le plus gros de ses troupes ; il a laissé à Joab le soin de traquer les autres fugitifs afin qu'ils ne songent plus à venir menacer Israël dans ses terres.

Lorsqu'il arrive en vainqueur devant Gath, David en trouve les portes ouvertes et une troupe d'hommes s'avance vers lui. A sa tête marche Ithaï, dont Akish avait fait son commensal. Devant David il s'arrête et se jette à ses pieds :

« Akish notre roi, dit-il, était vieux et il n'a pas pris part au combat. Il est mort entre-temps sans laisser d'héritier. Que mon seigneur David n'entreprenne pas le siège d'une ville où il a été accueilli en suppliant. Ton serviteur vient au-devant de toi pour te dire, au nom du peuple de Gath et des grands du pays, que nous sommes prêts à reconnaître ton autorité. Reçois Gath comme fief héréditaire, mais épargne une ville qui est volontairement tienne. »

David relève Ithaï et lui déclare qu'il reçoit ce don de Yahvé, qu'il traitera les gens de Gath comme de fidèles serviteurs et qu'il se montrera équitable envers eux. Il entre alors dans la ville où il est accueilli comme son nouveau souverain par les habitants. Il s'installe dans le palais d'Akish à qui il fait d'honorables funérailles puis il nomme un gouverneur et laisse en garnison des hommes choisis parmi ses bons guerriers. Ithaï prend place dans l'armée de David, à la tête de six cents hommes de Gath et ils suivent leur nouveau roi lorsqu'il s'en retourne à Jérusalem.

Plus que toute autre, cette victoire a acquis à David un tel renom que les rois des pays voisins lui envoient des messagers à Jérusalem pour le féliciter. Quelques-uns des meilleurs guerriers qui combattaient au service des séren philistins viennent même proposer leur service à David. De ceux-là il constitue deux corps : les Kéréthiens et les Péléthiens ; les premiers sont des mercenaires venus des îles lointaines de l'Occident, en particulier de la grande île de Kaphtor que les insulaires appellent Crète, les seconds sont d'origine philistine. David les place sous le commandement de l'un des trente guibborim, Benaya fils de Joïada.

Cependant, chacun dans les rangs d'Israël a appris comment, dans cette mémorable bataille, David a failli perdre la vie du fait de sa témérité et comment il n'a dû son salut qu'à l'intervention de Yahvé et d'Abisaï. Aussi, lorsqu'il est rentré à Jérusalem, ses officiers et les soldats présents sont venus devant lui et lui ont dit :

« David, mon seigneur, tu n'es plus un simple capitaine, un jeune héros qui combat pour la plus grande gloire d'un roi et de son dieu. Tu portes sur tes épaules le poids d'un royaume dont tu as assuré la grandeur et la gloire. Dès lors, tu ne peux plus aller avec nous au combat, afin qu'avec toi ne s'éteigne pas la lampe d'Israël. Ta vie nous est plus précieuse que celle de nos pères, nos épouses et nos fils. Tu n'as plus le droit d'en disposer selon ta volonté car elle ne t'appartient plus, elle appartient à ton peuple et seul Yahvé peut librement en disposer. »

LIVRE XIII

Devant Yahvé je danserai

Une accablante chaleur écrase les terres brûlées de Canaan, de Moab et d'Ammon. Depuis des mois le ciel reste pareil à un miroir fondu, sans que le moindre nuage y tisse un voile de fraîcheur. Les rues de Jérusalem comme les rues de toutes les villes, de tous les villages d'Israël, demeurent vides pendant les heures chaudes du jour. L'artisan dort dans son atelier, le marchand somnole dans l'ombre étouffante de sa boutique, les maçons et les menuisiers phéniciens qui travaillent encore à l'achèvement du palais royal se sont assoupis au pied du mur qu'ils dressent. Seul veille David à l'abri d'un vélum tendu sur l'une des terrasses de la résidence royale. Auprès de lui se sont rendus quelques-uns de ses familiers : Shusha, son secrétaire, Ira le Jaïrite, un lévite dont il a fait son premier conseiller, Gad et Abiathar. Il les a fait quérir par un serviteur alors que de leur côté ils faisaient leur sieste, car il lui est venu une idée qu'il pense lui avoir été inspirée par Yahvé.

« Qui d'entre vous, leur demande-t-il alors, saura me parler de l'arche de Yahvé Sabaoth qui siège sur les chérubim, de cet escabeau des pieds de Yahvé dont il inspira à Moïse la construction, alors qu'il venait de faire sortir son peuple d'Egypte et l'avait amené dans le désert ? »

Aussitôt Gad prend la parole :

« Parmi nous, ne suis-je pas le mieux placé pour parler de cette arche sacrée qui fut installée sous la tente de réunion à Silo par Josué lui-même ? Car ne se trouvait-elle pas toujours à Silo, dans le sanctuaire de Yahvé, lorsque trois siècles plus tard mon maître Samuel a reçu la révélation du dieu, alors qu'il veillait dans le Saint des Saints où brûle la lampe, près de l'arche ?

— Parle, Gad, répond David, car Yahvé t'inspire la sagesse et Shusha prendra en notes tes paroles afin que nul ne les oublie par-delà les siècles. »

Sur l'invitation du roi, les quatre hommes s'étaient assis auprès de lui, parmi les coussins, devant des tables basses chargées de fruits, de cruches de vin, de gâteaux de figue. Mais pour parler de l'arche, Gad se lève et dit en portant une main sur sa poitrine :

« Cette arche qui lors de la conquête de la terre de Canaan avait marché devant les armées d'Israël, elle ne sortit plus guère de Silo. Une fois elle fut emmenée à Béthel par les tribus, lors de la guerre qu'Israël mena contre les hommes de Benjamin pour les punir du crime commis contre la femme du lévite, lors de son passage à Guibéa. D'entre les chérubim sortit l'oracle de Yahvé qui enjoignait à Israël de monter combattre Benjamin car le dieu leur donnerait la victoire. Elle n'est ressortie de Silo qu'une seconde fois pour le malheur d'Israël : ce fut lors de la journée d'Apheq où Israël connut le désastre face aux Philistins qui enlevèrent l'arche. Ce jour-là sont morts les deux fils d'Héli, Hophni et Pinas, ce jour-là Yahvé a entrepris de se venger de la descendance d'Héli. Un homme de Benjamin s'enfuit vers Silo où il parvint le même jour. Ses vêtements étaient déchirés, sa tête couverte de poussière. Il apporta dans la ville la nouvelle, et s'élevèrent des cris et des gémissements par les rues de la ville. Héli se tenait près d'une porte, sur un siège, et il surveillait la route car son cœur était inquiet pour l'arche. En entendant les cris, Héli demanda la raison de cette grande rumeur, car il avait alors près de cent ans et son regard fixe s'était éteint, il n'avait pu voir le messager. Celui-ci vint devant lui et déclara : " J'arrive du camp, j'ai fui ce jour les rangs d'Israël. — Mon fils, dis-moi ce qui s'est passé ", a demandé Héli, et le messager a répondu : " Israël a fui devant les Philistins, nos armées ont subi une grande défaite ; tes deux fils ont été tués et l'arche de Yahvé a été prise par l'ennemi. " En entendant de tels malheurs, Héli est tombé de son siège à la renverse, en travers de la porte. Sa nuque fut brisée et il mourut car il était appesanti par l'âge. »

Abiathar n'écoute pas Gad sans impatience ; il a hâte de savoir quelle idée a traversé l'esprit de David car il redoute que le roi ne veuille faire venir l'arche à Jérusalem et qu'ainsi elle supplante l'éphod dont il est le détenteur, ce qui lui confère une grande autorité auprès de David et des tribus d'Israël.

« Gad, l'interrompt-il, nous savons cela et nous savons aussi que les Philistins ont emmené dans le temple de leur dieu Dagon à Ashdod, l'arche qui n'a pas réussi à donner la victoire à Israël.

— Abiathar, réplique sèchement Gad, si Yahvé a permis qu'il en fût ainsi, c'est sans doute parce que les enfants d'Israël avaient péché.

— Apprends-moi donc quelle a été leur faute.

— Yahvé ne l'a pas révélée, mais de la puissance de l'arche on ne peut douter : n'a-t-elle pas fait tomber par terre, sur la face, la statue de Dagon dans son temple où elle était placée ? Yahvé n'a-t-il pas ensuite affligé d'hémorroïdes les gens de la ville et des bourgades alentour ? Or les anciens d'Ashdod ont convoqué les séren des cinq villes de Philistie à qui ils ont demandé : “ Que devons-nous faire de l'arche du dieu d'Israël ? ” car ils ne la voulaient plus chez eux. Il fut alors décidé de l'emmener à Gath, mais la main de Yahvé fut sur la ville et les habitants furent frappés, du plus petit au plus grand, et ils eurent à leur tour des hémorroïdes. Alors les gens de Gath voulurent se débarrasser de l'arche et ils l'ont envoyée à Eqrôn. Mais en la voyant chez eux, les Eqronites se sont écriés : “ On nous a amené l'arche du dieu d'Israël pour nous faire périr avec tout notre peuple. ” Ils ont à leur tour convoqué les séren des Philistins et ils ont suggéré qu'on renvoie l'arche du dieu d'Israël, qu'elle retourne à son lieu d'origine afin que ne meure pas le peuple de Philistie. Ainsi fut-il décidé, et on prépara un chariot neuf auquel on attela deux vaches qui allaitaient, ceci sur les conseils des devins du pays. L'arche fut placée sur le chariot avec un coffre qui contenait des objets en or voués à Yahvé : images des pustules qui avaient affligé les Philistins, et aussi de rats qui commençaient à envahir le pays.

« L'attelage fut mis sur la route, et c'est le chemin de Beth-Shemesh que prirent les vaches. Les Philistins le suivirent jusqu'aux confins de leur territoire. Or c'était l'époque de la moisson et les gens de Beth-Shemesh étaient dans les champs à couper le blé. Dès qu'ils virent l'arche ils allèrent à sa rencontre, le cœur rempli de joie. Les vaches ont encore marché jusqu'au champ de Josué de Beth-Shemesh. Là, elles se sont arrêtées près d'une grande pierre. Aussitôt les gens du pays ont descendu l'arche qu'ils ont placée sur la pierre avec le coffre contenant les objets d'expiation. On débita le bois du chariot pour le feu de l'holocauste et les vaches furent sacrifiées à Yahvé.

— Ne rapporte-t-on pas, intervient alors Ira, que

parmi les gens de Beth-Shemesh les fils de Jéchonias ne s'étaient pas réjouis du retour de l'arche, c'est pourquoi Yahvé frappa soixante-dix hommes d'entre eux ?

— C'est la vérité, assure Gad, et le peuple fut alors en deuil parce que Yahvé l'avait durement frappé. Alors les gens de Beth-Shemesh ont demandé : " Qui pourrait se dresser en face de Yahvé, le dieu saint ? " Et ils se sont interrogés pour débattre du lieu où serait placée l'arche. Ainsi fut-il décidé de proposer aux gens de Qiriath Yéarim, aussi appelée Baala, l'une des quatre cités des Gabaonites, de recevoir l'arche chez eux. Ceux-ci acceptèrent et ils firent monter en leur territoire l'arche de Yahvé. Ils l'ont emmenée dans la demeure d'Abinadab, sur la hauteur dominant la ville, la plus haute des maisons dans le pays, et ils ont consacré son fils Eleazar pour la garder. Depuis ce temps, l'arche est demeurée là-bas, jamais elle n'en est sortie.

— Alors, laisse tomber David, je l'en sortirai. Je veux qu'elle soit amenée à Jérusalem afin que soit établie ma volonté de faire de cette cité, de ma cité, le cœur d'Israël, la résidence de son roi et de son dieu.

— Roi David, mon seigneur », intervient alors Abiathar qui voit se confirmer ses craintes, « ne serait-il pas bon, avant que tu ne prennes une si grave initiative, d'interroger l'éphod ? Qui est mieux placé que Yahvé lui-même pour savoir ce qu'il convient de faire de son arche ? »

David scrute Abiathar du regard puis il sourit en lui-même et déclare :

« Je ne pense pas, Abiathar, qu'il soit utile d'interroger l'oracle. Yahvé ne peut que vouloir être retiré de cet exil chez les Gabaonites pour trôner sur le haut lieu de Sion, dans la cité de son oint. »

Abiathar voudrait encore insister, mais entre un

serviteur qui annonce l'arrivée d'un messager venu de la vallée du Jourdain. David ordonne qu'il l'introduise sans tarder, car il se doute qu'il s'agit de l'un des espions qui tiennent campagne dans les régions de Méhola et de Mahanaïm où vivent les derniers Saülides. Or le messager se prosterne devant David, il frappe le sol de son front et il déclare :

« Mon roi, je viens de Méhola pour te dire ceci : il s'agit des fils de Mérab et d'Adriel.

— Songeraient-ils à conspirer contre moi ? s'inquiète David.

— Cela, ton serviteur ne peut l'assurer. Mais des anciens de Benjamin, des anciens serviteurs de Saül, sont venus à Méhola et ils ont parlé avec les fils de Mérab. Ce qui s'est dit, ton serviteur n'a pu le savoir, mais il a préféré courir auprès de son seigneur le roi pour l'en aviser.

— Il n'est pas bon que les petits-fils de Saül aillent ainsi en liberté, reconnaît David, mais tant qu'ils n'ont pas levé la main sur moi, je ne puis rien faire contre eux. Si je sévissais sans pouvoir me justifier, je risquerais de mécontenter les anciens du pays, ceux de Benjamin surtout ; certains pourraient y trouver une raison pour parler contre moi et lever le peuple contre ma face.

— Il serait peu sensé d'agir sans motif contre les enfants de Mérab », reconnaît Gad.

Mais Abiathar lui coupe la parole, ne le laisse pas poursuivre car il n'a pas oublié la manière dont Saül a fait périr sa famille à Nobé.

« Est-il plus sensé de laisser vivre des enfants de Saül ? Et surtout ceux qu'il a eus de Rispa, fille d'Ayya, Armoni et Meribaal ? Saül lui-même a-t-il eu quelques scrupules à se débarrasser de tous ceux qui lui semblaient menacer son trône ? N'a-t-il pas poursuivi notre roi David de sa haine injuste ? N'a-t-il pas fait massacrer mon père, mes frères, tous les prêtres de Yahvé à Nobé parce qu'Akhimelek avait reçu David fugitif ?

— Ce sont précisément là des erreurs de Saül que David doit éviter, réplique Gad.

— Abiathar, intervient David à son tour, je compatis plus que nul autre à ton chagrin, mais il ne faut pas se laisser pour autant entraîner à des extrémités qui peuvent ensuite nous porter le plus grand préjudice. J'écoute les paroles sensées de Gad et je rentre en mon cœur ma colère. Il ne serait pas bon que le peuple pût dire que David a peur des enfants de Saül ou encore qu'il veut se venger sur eux des persécutions que lui a fait subir Saül. Si les enfants de Saül conspirent, si leur duplicité éclate aux yeux de tous, alors je pourrai sévir en toute justice. Car l'oint de Yahvé doit se donner une image d'équité. C'est pourquoi j'ai puni les assassins d'Ishbaal au lieu de les récompenser ainsi qu'ils s'y attendaient, afin que nul ne puisse répéter que David profite de son pouvoir pour assumer ses vengeances, assouvir quelque haine. »

David a voulu entourer le transport de l'arche de toute la majesté digne du dieu d'un royaume puissant, toute la magnificence qui accompagne le déplacement d'un roi opulent. Aussi a-t-il rassemblé toute l'élite d'Israël, trente mille hommes revêtus de leurs plus riches armures, porteurs d'armes d'apparat où le brillant des lames d'acier rivalise avec les feux des ors des poignées et des gaines, des bracelets et des guillochures des casques : ce sera là la garde d'honneur du dieu de David.

Ainsi un matin, David s'est levé et, accompagné des anciens d'Israël, de l'armée, d'une partie du peuple, il se met en route pour Baala de Juda, autrement appelée Qiriath Yéarim. De Jérusalem une petite route sinue entre les collines couvertes d'oliviers et de câpriers jusqu'à Baala. En moins de quatre heures de marche le cortège parvient en vue de la bourgade qui se dresse au pied du mont Ephron couronné de forêts. Seul David avec les grands du royaume monte jusqu'à la demeure d'Abinadab. A son arrivée se jettent sur le ventre, dans la poussière, Uzza et Achio, les deux derniers fils d'Abinadab ; car ce dernier est mort ainsi que son aîné Eléazar, commis à la garde de l'arche.

Par des messages ils ont été avertis de la visite du roi venu quérir l'arche pour la conduire à Jérusalem.

David a amené un chariot tiré par deux bœufs sans tache. Avec ses hôtes il entre dans la salle de la maison où a été entreposée l'arche. La pièce est close, éclairée en permanence par des lampes à huile qu'Eléazar et ensuite ses frères ont entretenues avec soin. Dans la pénombre luit le coffre sacré : il est là, en place depuis tant d'années. Chacun s'arrête et adore l'arche sainte. Elle est toujours comme au premier jour, lorsque la tailla Béséléel, dans du bois d'acacia, suivant les indications de Moïse telles qu'il les avait reçues de Yahvé lui-même. Sa longueur est de deux coudées et demie, d'une coudée et demie sa largeur et sa hauteur. Elle est revêtue d'or pur au-dedans et au-dehors, et tout autour est ciselée une guirlande d'or. Elle est posée sur ses quatre pieds en bois tourné et vers l'attache de chacun des pieds est fixé un anneau d'or ; dans les anneaux, deux par deux, sont passées deux barres cylindriques d'acacia enfermées dans des feuilles d'or battu. Au-dessus du coffre est placé un propitiatoire d'or pur, plateau qui recouvre exactement le côté supérieur de l'arche ; à chacune de ses extrémités se dresse un chérubim d'or battu dont les ailes déployées couvrent le propitiatoire ; ces animaux divins sur lesquels trône le dieu invisible se font face. Sur l'arche est inscrit le nom de l'élohim qui l'habite et qui est Yahvé.

Le cœur rempli de la crainte du dieu, Achio et Uzza ont levé l'arche sur leurs épaules, chacun à un bout des barres ; ils la portent jusqu'au chariot sur lequel ils la chargent. Tout autour ont été disposées des cassolettes de bronze d'où s'élèvent les fumées du parfum sacré, composé d'encens, d'onyx, de styrax et de galbanum.

Au bas du village, à la porte, tout le peuple accueille

l'arche avec des cris de joie, avec la musique des cithares, des harpes dont les chantres font vibrer les cordes, des tambourins, des sistres et des cymbales qu'agitent et que font résonner les femmes tout en dansant. David a voulu qu'Uzza et Achio demeurent les gardiens de l'arche, ainsi ont-ils le redoutable honneur de l'escorter au plus près : Achio va devant pour diriger le char, Uzza marche à côté afin de retenir le véhicule dans les chemins pentus. Or, vers l'aire de Nakôn, la route pierreuse se rétrécit et s'incline sur un côté. Ainsi penche le char et les bœufs glissent sur les cailloux lisses. Dans la crainte que ne se renverse le chariot avec l'arche, Uzza étend la main afin de retenir le coffre sacré. Au même instant il glisse sous la roue du char et tombe sans un cri. Aussitôt le peuple est saisi de stupeur, les chants cessent, la musique s'éteint. On court auprès d'Uzza, son frère le relève puis il incline la tête car il voit qu'il est mort. De sourds murmures montent de la foule et l'on dit que Yahvé a frappé l'audacieux qui a osé toucher à l'arche toute remplie de la puissance du dieu des armées, du maître de l'orage et de la foudre.

David ordonne que le corps d'Uzza soit ramené en son village afin d'y être enseveli auprès de son père.

« Comment l'arche de Yahvé entrera-t-elle dans ma demeure, comment l'ôter de ce char si la mort menace ceux qui l'approchent ? s'inquiète David.

— Mon roi, mon seigneur, répond Abiathar, il paraît que Yahvé ne veut pas que son arche soit conduite dans la cité royale. Sans doute l'aurait-il dit par l'organe de son oracle. Il vient de manifester sa colère.

— Abiathar, que conseilles-tu donc ? Car on ne peut ni ramener l'arche chez Achio dont le cœur tremble de crainte ni non plus la conduire à Jérusalem.

— Comme elle ne peut demeurer sur ce chemin,

mettons-la à l'abri dans la première maison qui se présentera, car elle sera désignée par Yahvé pour devenir sa demeure provisoire. »

David se sent trop troublé pour aller contre l'avis d'Abiathar. Le charroi repart dans un grand silence et bientôt surgit une maison au tournant du chemin. Il se trouve qu'y habite un homme de Gath, un Philistin installé là depuis que Gath est tombé dans l'héritage de David. Il vient à l'appel du roi, se prosterne et lui dit se nommer Obédédom. Lorsque David lui a fait part de sa requête, le Philistin lui répond :

« Qu'il en soit fait selon la volonté de mon seigneur le roi. Il y a derrière la maison une pièce close où l'arche de ton dieu sera à l'abri et nous y tiendrons une lampe allumée. »

Avec mille précautions, les enfants d'Obédédom descendent l'arche du char en ayant soin de la prendre uniquement par les barres, puis ils la portent dans la salle destinée à l'abriter.

Aussitôt après, David remercie les hommes d'armes et les anciens ; il les renvoie chez eux et rentre à Jérusalem avec le peuple de la ville, dans le silence et la tristesse, tandis que lentement monte la nuit dans le ciel oriental.

Or la sécheresse continue, et même s'il arrive que quelques nuages passent dans le ciel, jamais sur Israël ils n'éclatent en pluie fécondante. Devant David viennent se plaindre les paysans : à la porte de la ville il les reçoit mais il les renvoie sans pouvoir en quoi que ce soit les satisfaire. En ces jours plus que jamais il mesure la faiblesse de l'homme, les étroites limites du pouvoir des rois, car tous les êtres créés sont dans la main de Yahvé.

Alors David fait venir Gad devant lui, il l'interroge sur les raisons qui conduisent Yahvé à punir ainsi ses créatures, il voudrait savoir par quelles offrandes, par quels sacrifices, on peut apaiser sa colère.

« Yahvé n'a pas reçu tous les hommages qui lui sont dus. Il veut régner seul sur Jérusalem qui est sa cité, assure Gad.

— N'ai-je pas voulu conduire son arche dans la ville ? N'est-ce pas lui-même qui m'en a empêché en tuant son serviteur Uzza ?

— Monte et dresse un autel à Yahvé sur l'aire d'Arauna le Jébuséen, ordonne le voyant.

— Pourquoi en ce lieu ? N'est-ce pas un champ au haut de la ville, au-dessus de Sion, où Arauna a planté son blé ?

— Il y a là une grotte, étroit abri sous un large roc percé en son centre. J'ai vu ce que Yahvé m'a révélé. En ce lieu était adoré El-Elyôn, sur cette pierre il s'est manifesté. C'est là qu'Elohim a conduit Abraham lorsqu'il lui a ordonné de sacrifier Isaac son premier-né, sur le mont Moriah. C'est là que notre père Abraham a dressé le bûcher, c'est par cet orifice que coulait dans la grotte le sang du sacrifice qui plaît au dieu.

— Elohim habitait-il cette caverne? s'étonne David.

— Elohim est au plus haut des cieux, et vers lui montait la fumée de l'holocauste. Le sang descendait chez les morts qui sont sous la terre. Va, et que ce lieu soit désormais consacré à Israël. »

Aussitôt, David sort du palais accompagné de Gad, de ses neveux, de ses proches serviteurs, et tous ensemble ils montent vers le sommet du mont qui domine Sion.

Là, Arauna a sa demeure. Le Jébuséen se tient sur l'aire à blé, voisine de la grotte; il n'a fait qu'une maigre moisson et il se hâte de dépiquer le blé pour l'engranger avant que les oiseaux et les rats ne viennent lui dévorer les grains. En voyant venir le roi avec sa suite, il s'éponge le front ruisselant de sueur à l'aide de sa tunique qu'il a ôtée, ne conservant qu'un pagne pour travailler plus à son aise. Puis il vient vers David, se prosterne devant lui, la face contre terre. « Pourquoi mon seigneur le roi est-il venu chez son serviteur ? l'interroge-t-il.

— Je veux t'acheter cette aire afin d'y élever un autel à Yahvé. Ainsi la famine s'éloignera de mon peuple.

— Que mon seigneur le roi la prenne et qu'il offre en sacrifice ce qui lui paraîtra bon, répond le Jébuséen. Voici les bœufs pour l'holocauste, le traîneau et les jougs pour le bois. »

Il désigne les bœufs attelés au traîneau qu'ils font tourner sur le blé pour séparer le grain de l'épi et il conclut :

« Le serviteur de mon seigneur le roi donne tout au roi et que Yahvé ton dieu te soit favorable, qu'il agrée le sacrifice. »

Mais David repousse cette offre généreuse. Il ne veut pas que la propriété du champ puisse ensuite lui être contestée :

« Non, je veux te l'acheter en payant, car je n'offrirai pas à Yahvé mon dieu des holocaustes qui ne me coûtent rien. Je te donne cinquante sicles d'or, de l'aire, des bœufs et du traîneau. »

Ainsi est conclu le marché. Dès qu'Arauna a touché le poids en or de son bien, David ordonne que soit construit là un autel à Yahvé et aidé de Gad il égorge les bœufs sur l'autel fait de pierres brutes, que ni le fer ni le bronze n'ont taillées, et ils les consument avec un feu alimenté par le bois du joug et du traîneau qu'on débite à la hache.

Or malgré cela, le fléau ne s'écarte pas d'Israël, la pluie ne tombe pas pour ramener la vie dans les champs.

David vit dans la plus cruelle anxiété car il ne sait de quelle manière il pourra apaiser la colère de Yahvé. Il reste soucieux tout le jour et le sommeil ne vient guère le visiter la nuit. C'est dans ces circonstances qu'il apprend que Gad est couché dans sa demeure, qu'il est près de la mort, atteint par l'âge et la maladie. Aussitôt David s'empresse à son chevet. Il le trouve entouré des voyants venus d'Armathaïm. Gad ne s'exprime plus qu'avec peine d'une voix presque éteinte. Il lui désigne un homme parmi les prophètes :

« Voici Nathan, lui dit-il, le serviteur de Yahvé, le serviteur de mon seigneur le roi. Lorsque j'aurai rejoint mes pères, il demeurera auprès de toi et sera ton prophète, la parole de Yahvé auprès de mon seigneur le roi. »

Ainsi parle Gad, et quelques jours plus tard il descend dans le Schéol, auprès de ses pères.

Lorsque se termine la période du deuil et que les voyants sont rentrés à Armathaïm, David fait venir Nathan devant sa face.

« Yahvé mon seigneur, mon dieu, lui dit-il, se manifeste-t-il à toi comme il l'a fait pour Samuel ?

— Il se manifeste s'il lui plaît, répond Nathan.

— Dis-moi, alors, que dois-je faire pour que cesse la

sécheresse, pour que s'éloigne la famine d'Israël ? Dois-je décidément ramener l'arche de Yahvé Sabaoth à Jérusalem ?

— Si Yahvé a voulu que son arche soit arrêtée vers l'aire de Nakôn, c'est parce qu'elle ne devait pas monter dans la cité de David tant que le temps n'était pas venu. Elle est en sécurité chez Obédédom de Gath, et il plaît à Yahvé qu'elle soit sous la protection de cet homme car le seigneur a béni sa famille, elle prospère malgré la famine.

— N'ai-je pas acquis l'aire d'Arauna pour qu'y soit construit un autel à Yahvé et qu'y soit conservée son arche ?

— L'arche n'y pourra monter que lorsque Yahvé aura reçu satisfaction.

— Dans ce cas, dis-moi ce que je dois faire.

— Fais venir devant toi Sadoq, fils de Meraioth. Par son grand-père Achitob il descend d'Eléazar, l'un des fils d'Aaron. Actuellement il se trouve à Gabaon, il est le chef du clergé de Gabaon.

— Je le connais, assure David. Il est venu devant moi à Hébron accompagné de vingt-deux capitaines de sa maison patriarcale ; il était parmi ceux qui les premiers sont montés en Juda pour me donner le trône d'Israël.

— Convoque-le devant ta face, il te dira la raison de la colère de Yahvé. »

Sans plus tarder David envoie des serviteurs inviter Sadoq à monter à Jérusalem. Or, lorsqu'il est devant David, que le roi l'interroge sur la cause de la vindicte du dieu, Sadoq lui répond :

« Il y a du sang sur Saül et sa maison, parce qu'il a mis à mort les Gabaonites. »

Ces paroles étonnent David. Il sait que les habitants des cités gabaonites, réparties au nord et à l'ouest de Jérusalem, sont des Amorites, mais ils ont adopté le culte de Yahvé et les mœurs des Hébreux. Lors de la conquête de Canaan, Israël et les Gabaonites avaient conclu une alliance et les Israélites s'étaient engagés par serment à respecter les biens et les vies des Gabaonites.

« Au mépris de ce pacte entre Yahvé et Gabaon, explique Sadoq, Saül a mis à mort des Gabaonites, en grand nombre, il les a abattus dans son zèle pour Israël. »

Cette révélation consterne David. Cependant, il évite de demander à Sadoq pourquoi Yahvé a attendu si longtemps après ce sacrilège, tant d'années après la mort de Saül pour manifester son indignation. Il sent que Sadoq lui prépare là un prétexte pour exterminer la maison de Saül afin qu'il n'ait plus d'inquiétude à son sujet, qu'il n'ait plus à redouter que ne se lève une révolte autour d'un fils de Saül. Il sait que depuis le massacre des prêtres de Nobé, depuis ses dissensions avec Samuel, tout le clergé d'Israël poursuit Saül et sa maison de sa réprobation, voire de sa haine. Ainsi trouve-t-il utile d'épouser la cause des prêtres de Yahvé sans cependant paraître prendre personnellement parti.

« Qu'exige Yahvé pour qu'il soit apaisé ? demande David à Sadoq.

— Pour le savoir, interroge les gens de Gabaon. Fais-les venir devant toi et tu sauras ce qu'il convient de faire par leur bouche, car tu entendras la voix de Yahvé.

— Alors, retourne à Gabaon et envoie-moi les anciens du pays », ordonne David.

Ainsi fait-il et lorsque les premiers parmi les Gabaonites sont devant lui, David leur demande :

« Que ferai-je pour vous, de quelle manière expier le crime de Saül pour que vous bénissiez l'héritage de Yahvé ? »

Le chef de la délégation des Gabaonites qui se tient parmi les autres agenouillé devant David, répond en leur nom :

« Ce n'est pas une question d'argent ou d'or entre nous et la maison de Saül. Nous ne voulons pas non plus que soit sacrifié un homme quelconque en Israël. »

David comprend que pour prix du sang, les Gabaonites ne veulent pas de dédommagement en objets de valeur ou la mise à mort du premier venu et au fond de son cœur il s'en réjouit.

« Ce que vous exigerez, je vous l'accorderai, assure-t-il, car c'est à ce prix que la colère de Yahvé sera apaisée. »

Tous les officiers de David, ses premiers serviteurs et les prêtres de sa maison sont présents, et chacun attend le jugement des Gabaonites. Ils répondent ainsi :

« L'homme qui a entrepris de détruire notre peuple et qui avait formé en son cœur le projet de tous nous exterminer, afin que nul d'entre nous ne subsistât dans le territoire d'Israël, nous voulons qu'on nous livre sept hommes de sa descendance.

— Vous exigez que vous soient livrés sept des fils et petits-fils de Saül ? » s'enquiert David afin qu'il n'y ait pas de malentendu.

« Qu'il en soit ainsi.

— Qui exigez-vous ? Car il ne subsiste plus qu'Armoni et Meribaal, les deux fils que Rispa a donnés à Saül, et les cinq fils d'Adriel et de Mérab, la fille aînée de Saül.

— Qu'ils nous soient livrés et nous en ferons ce que nous en avons décidé.

— Je vous les livrerai », assure David.

Il préfère ne pas demander le sort que leur réservent

les Gabaonites mais il sait que la vengeance du sang exige un autre sang. Il se tourne ensuite vers Joab et lui demande de donner des ordres pour que les hommes de Gabaon reçoivent satisfaction.

Est revenu le temps de la moisson, de la moisson des orges, mais les paysans ne sont pas dans les champs car la sécheresse n'a guère permis aux épis de croître : le soleil les a desséchés avant qu'ils ne parviennent à maturité. Et voici que soudain, quelques nuages se sont répandus dans le ciel au-dessus des plaines et des montagnes à l'ouest du Jourdain. Le vent venu de la mer en a poussé d'autres vers les terres puis, un soir, Yahvé a grondé dans le ciel. Les roulements du tonnerre ont annoncé au loin son approche, puis le ciel s'est illuminé d'éclairs. Enfin, brusquement s'est fendue la nue et sur tout le pays l'eau est tombée par trombes. D'un seul coup les lits des rivières depuis longtemps desséchés ont vomi des torrents d'eau, la pluie tiède a fécondé la terre assoiffée.

Tout le peuple des villes et des campagnes est sorti pour bénir Yahvé, David a passé une partie de la nuit sur une terrasse du palais à s'imbiber de cette eau du ciel depuis si longtemps attendue.

Le jour suivant, Sadoq s'est présenté devant David. Il est ruisselant de pluie car il vient de Gabaon, en toute hâte. De sa bouche David attend des nouvelles de la descendance de Saül, car il sait que les hommes désignés de sa maison ont été livrés aux Gabaonites.

« Mon seigneur le roi, vois, Yahvé a reçu satisfaction, déclare Sadoq. Les gens de Gabaon ont pris les fils et petits-fils de Saül et ils les ont empalés sur la montagne de Yahvé, au-dessus de Gabaon, près de l'aire où sont les demeures des prêtres dont je suis le premier. Ton serviteur était présent, et il a veillé à ce que la vie des enfants de Saül ait payé celles des Gabaonites tués par Saül. Ainsi est détruite la maison de Saül, ainsi nul ne pourra plus se dresser contre mon seigneur le roi. Sache cependant que Rispa, la mère d'Armoni et de Meribaal a pris le sac et elle s'est étendue sur le rocher près duquel ont été sacrifiés ses fils. Jour et nuit elle a veillé les corps, afin que le jour ne s'abattent sur eux les oiseaux, que la nuit ne viennent les dévorer les bêtes sauvages. Elle est restée là jusqu'à ce que tombe la pluie.

— Que Yahvé bénisse Rispa », déclare David. Il se tourne alors vers Ira le Jaïrite et lui donne ses ordres : « Je veux que ce jour on aille chercher les corps des enfants de Saül qui ont expié le crime de leur père. Qu'on réclame aussi aux anciens de Jabès de Galaad les ossements de Saül et de son fils Jonathan, qu'ils ont retirés des murs de Beth-Shan, afin que tous soient emmenés au pays de Benjamin, à Séla, et ensevelis dans le tombeau de Qish, le père de Saül.

— Il en sera ainsi fait dès ce jour », répond Ira.

Le sort misérable des descendants de Saül a apporté une grande pitié dans le cœur de David, malgré le danger qu'ils pouvaient représenter pour son trône. Il se rappelle alors qu'il restait un enfant à Jonathan et il songe à s'en enquérir auprès de ses serviteurs.

« Reste-t-il encore quelqu'un de la famille de Saül, car je veux le traiter avec bonté en souvenir de Jonathan ?

— Je connais un homme qui pourra te renseigner,

assure Sadoq. Il s'appelle Siba, c'est un ancien serviteur de Saül.

— Qu'on le conduise devant moi », ordonne David.

D'aucuns pensent que le roi veut savoir s'il survit encore des descendants de Saül pour les éliminer afin d'assurer son pouvoir, définitivement. Ceux qui pensent ainsi ont oublié les liens d'amitié qui ont uni David à Jonathan.

Le lendemain, Siba se présente à David. Il se jette sur le ventre tandis que le roi lui demande :

« Est-ce toi Siba ?

— Pour te servir, répond l'homme.

— Dis-moi s'il ne reste pas quelqu'un de la famille de Saül, car je veux le traiter avec bonté comme le ferait Elohim.

— Il y a encore Meribaal, le fils de Jonathan, mais il est estropié et il ne peut nuire à mon seigneur le roi.

— Où est-il ? Car je veux lui faire du bien.

— Il vit dans la maison de Makir fils d'Ammiel, à Lôdabar, de l'autre côté du Jourdain.

— Va le chercher, ordonne David, qu'une escorte accompagne Siba. »

Après avoir ainsi parlé, le roi s'adresse à Sadoq et à Abiathar :

« Voici, maintenant que Yahvé est satisfait, il convient de faire monter l'arche à Jérusalem. Je vous charge de convoquer les chefs des familles lévitiques et de préparer cette cérémonie.

— Avant que ne revienne l'été, assure Sadoq, l'arche sera dans la Cité de David, mon seigneur le roi. »

Quelques jours plus tard, Siba amène Meribaal devant David. Le fils de Jonathan est petit et malingre, et il doit s'appuyer sur une canne et l'épaule de Siba pour se déplacer. Il se prosterne devant David qui, en le voyant, est pris de pitié ; il se sent ému au souvenir de Jonathan et des jours de sa jeunesse ; il pense aussi à Mikal, à celle qui fut l'épouse tant aimée mais qui est morte dans son cœur, même si dans son palais vit encore une Mikal qui n'est plus la même femme. Il ne peut retenir ses larmes et dit simplement :

« Meribaal !

— Me voici, ton serviteur », répond le fils de Jonathan.

David quitte son siège, vient jusqu'à lui et le relève :

« N'aie point de crainte, lui dit-il avec douceur. Je veux te faire du bien en souvenir de ton père Jonathan. Je te restituerai tous les domaines de ton aïeul Saül et tu prendras tes repas à ma table. »

A ces mots, Meribaal se laisse glisser au sol et le frappe de son front en s'écriant :

« Qu'est donc ton serviteur pour que tu portes ton regard sur un chien crevé comme moi ? »

Mais à nouveau le relève David qui dit à Siba :

« Tout ce qui a appartenu à sa famille, je le donne au fils de ton maître. Tu seras son serviteur, pour lui tu géreras ses terres avec tes fils, tes esclaves les cultiveront, tu en récolteras le produit, et cela assurera la subsistance de la famille de ton maître et des tiens. »

Siba se prosterne en déclarant :

« Ton serviteur a quinze fils et vingt esclaves. Il fera tout ce que mon seigneur le roi a ordonné à son serviteur. »

Dès ce jour, Meribaal s'est installé à Jérusalem auprès de David. Siba avec ses fils et ses esclaves a pris possession des domaines de Saül où est allée vivre l'épouse de Meribaal avec leur fils, un jeune garçon qui se nomme Mika.

Depuis qu'il est devenu roi de Juda et d'Israël, David ne connaît guère plus ces moments de solitude pendant lesquels il pouvait prendre sa harpe afin de composer des hymnes à son dieu ou des chants d'amour. Tout le jour il a auprès de lui ses officiers, ses conseillers, ses anciens compagnons de combat, à moins qu'il ne rende la justice aux portes de la ville ou de son palais ou qu'il ne donne audience à quelque ambassadeur étranger ou à un ancien d'Israël. Jusqu'à tard dans la nuit il travaille à l'administration de son royaume et s'il fait venir dans sa chambre l'une de ses épouses, c'est plus par habitude ou pour lui faire honneur que par désir car bien souvent il sombre dans le plus profond sommeil, sans avoir cherché son plaisir auprès de l'élue d'un soir. Car depuis qu'il s'est établi à Jérusalem il a pris de nouvelles femmes, toutes celles qu'il a vues parmi les filles de ses serviteurs, voire celles qu'il a entr'aperçues dans la rue et qui ont suscité son désir. Mais bien vite s'est éteint le désir : nulle d'entre elles n'est parvenue à retenir son amour, et ce sont encore Akhinoam et Abigaïl dont il goûte le plus la compagnie, celles auxquelles il se sent le plus profondément attaché. Quant à Mikal, il ne l'appelle jamais auprès de lui, il craint trop que la nouvelle femme qu'il a retrouvée ne détruise à jamais la précieuse image qu'il a conservée d'elle, depuis les jours de leurs amours, souvenir qu'il conserve jalousement au fond de son cœur.

Or, ce jour, il a éloigné tous ses serviteurs, tous les importuns. Il s'est installé dans l'ombre d'un vélum, sur la vaste terrasse qui s'ouvre devant sa chambre à l'étage du palais, parmi les coussins, car il veut composer en toute quiétude le psaume qui sera chanté pour accompagner la montée à Jérusalem de l'arche de Yahvé. Son kinnor sur les genoux, devant lui un calame, de l'encre et un rouleau de papyrus, il laisse descendre dans son esprit l'inspiration du dieu pour chanter sa gloire et sa puissance. A mesure que viennent les paroles de louange, il les trace sur le papyrus d'une main ferme afin que ses scribes reproduisent ces vers sur d'autres rouleaux pour les donner à apprendre à ceux qui l'accompagneront dans ses chants. Dans le même temps il cherche la musique qui pourrait accompagner les paroles divines, une mélodie qui prend forme par la magie du jeu de ses doigts sur les cordes tendues de l'instrument.

Et soudain il sent une présence qui le tire de ses rêveries créatrices ; il lève la tête : devant lui se tient Mikal. Les fards dont elle a enduit ses yeux et ses joues, masquent les premières rides, marques des ans, si bien qu'elle a presque retrouvé l'ancien éclat de sa jeunesse. Elle reste silencieuse, mais ses yeux le scrutent avec une avidité qui le met mal à l'aise :

« Le roi a-t-il fait appeler sa servante ? lui demande-t-il d'un ton sévère.

— Si j'attends que le roi me fasse appeler pour pouvoir lui parler, réplique-t-elle, je serai au bord de la tombe sans encore lui avoir adressé la parole. Pourquoi, dis-moi enfin pourquoi m'as-tu fait venir auprès de toi, m'as-tu enlevée à Paltiel pour me laisser ensuite dépérir dans tes palais, sans même daigner me voir une fois seulement ? Ta haine envers Saül et sa famille est-elle si violente que tu veuilles que toute sa maison souffre de cet ancien ressentiment ?

— Mikal, tu le sais, se défend David, je n'ai jamais nourri quelque mauvais sentiment contre ton père. J'ai souffert sans me plaindre de son iniquité et pourtant après sa mort j'ai rendu à son corps des devoirs de piété qu'on attend d'un fils et non d'un ennemi.

— C'est sans doute ce sentiment d'amour filial qui t'a conduit à livrer aux Gabaonites mes deux frères, les fils de Rispa, et mes neveux, les malheureux enfants de Mérab, de cette Mérab qui aurait pu être ton épouse.

— C'était la volonté de Yahvé ; il n'était pas en mon pouvoir de les soustraire à la vengeance de notre dieu. Ce sont les gens de Gabaon qui ont exigé le prix de leur sang.

— Cela arrangeait si bien le nouveau roi d'Israël ! Il redoutait tant que les mécontents ne se regroupent autour de l'un des descendants de Saül.

— N'ai-je pas fait de Meribaal mon commensal ? Ne lui ai-je pas rendu tous les biens de Saül, en souvenir de Jonathan ?

— Cela t'a coûté si peu ! Et ce pauvre Meribaal ainsi estropié est si peu redoutable ! D'autant que tu le gardes jalousement auprès de toi de manière à pouvoir le surveiller en permanence.

— Mikal, es-tu venue devant moi pour m'adresser ces reproches ?

— Ce n'était pas là mon propos. Je t'ai demandé pourquoi tu as exigé d'Ishbaal que je te sois restituée. Sans doute parce que je pouvais légitimer aux yeux des anciens d'Israël tes prétentions au trône de mon père. Mais maintenant que ta puissance est solidement établie, renvoie-moi auprès de Paltiel car je ne te suis plus utile en rien.

— Pourquoi agirais-je ainsi ? N'es-tu pas légitimement mon épouse ? La première dans mon palais ? Fille de roi, tu es reine en ce pays. J'ai vu que tu tiens de ta mère et de ton père le sens de la dignité royale.

— En quoi cela m'est-il utile si je ne suis jamais auprès du roi, si je ne lui donne pas un héritier, si en lui ne sont pas mêlés le sang de Saül et celui de David ? »

David détourne la tête sans répondre. Elle sent une grande émotion monter en elle, un sentiment qui lui semblait s'être glacé en son cœur depuis des années. Elle vient s'agenouiller auprès de lui :

« Oh ! David, David ! Que s'est-il donc passé ? Nous nous sommes tant aimés et voici qu'il ne resterait en nous plus rien d'une si forte passion ? »

A son tour David se sent ému.

« Il reste au moins le souvenir de moments que jamais plus ensuite je n'ai retrouvés, reconnaît-il.

— Pourquoi ne pas chercher à retrouver ces moments ? Ne suis-je pas Mikal, celle qui fut ton aimée, ta biche de l'aurore ? Et toi, n'es-tu plus David, ce berger à l'âme héroïque, ce chantre des amours humaines et divines ? »

Elle a avancé sa main pour caresser sa joue, toucher ses cheveux. Il a tressailli à ces contacts et il ferme les yeux pour renouer avec un passé enfui qu'il voudrait un moment encore emprisonner entre ses mains. Elle approche son visage du sien, effleure ses lèvres de sa bouche. Il est assailli par ce parfum de nard et de jasmin qu'elle dégageait aux jours anciens. Vers ce passé il se croit revenu et il veut empoigner cet instant d'un bonheur retrouvé. Il la serre entre ses bras, l'entraîne sur les coussins, mais en vain cherche-t-il à la connaître : il y a en lui il ne sait quoi de brisé, à moins que n'intervienne quelque démon, et avec une sorte de désespoir il découvre son impuissance devant un corps autrefois tant désiré. Soudain il se lève et prend la fuite sans trouver la force de porter vers elle son regard. Elle-même n'a rien dit ; elle n'a pas crié, elle n'a émis aucune plainte. Elle s'en est retournée dans ses appartements, l'âme partagée entre la colère et une infinie tristesse.

Sadoq et Abiathar sont revenus devant David avec les premiers parmi les grandes familles de la tribu de Lévi. Lorsqu'ils se sont prosternés devant le roi, il leur dit :

« Vous êtes les chefs des familles lévitiques. Que vous et vos frères vous vous sanctifiez car je veux faire monter l'arche de Yahvé, le dieu d'Israël, à Jérusalem, sur l'aire que je lui ai préparée. Là j'ai dressé la tente destinée à l'abriter. Déjà une première fois nous avons tenté de conduire en ma cité l'arche sainte, mais Yahvé nous a frappés.

— Sans doute parce que nous n'y étions pas, avance Uriel, l'un des chefs des lévites.

— Et aussi parce que n'avaient pas été accomplis les rites, renchérit Shemaya, un autre lévite.

— Demain donc, conclut David, vous viendrez avec moi et tout le peuple chercher l'arche où nous l'avons laissée. »

Ainsi que l'a prévu David, le lendemain dès l'aurore, prêtres et lévites, les anciens d'Israël, les capitaines de millier, les grands du royaume, tout le peuple de Jérusalem, descendent derrière le roi jusqu'à la demeure d'Obédédom. Les lévites prennent l'arche par les barres qu'ils hissent sur leurs épaules. Ils font six pas pour voir si Yahvé permet que soit ainsi prise son arche. Le dieu ne manifeste pas sa colère. Sont alors sacrifiés au dieu un bœuf et un mouton gras, puis le cortège se met en route en direction de Jérusalem, au milieu des clameurs du peuple, de la musique des cithares, des lyres et des cymbales, des hymnes des chantres.

David qui a revêtu un manteau de lin fin teint en pourpre, le retire soudain, le confie à un serviteur. Il ne conserve que le pagne des prêtres et tout le peuple peut voir le torse nu et puissant de son roi. Alors il se met à danser devant l'arche en tournoyant, et des hommes et des femmes se lancent dans une danse tourbillonnante tandis que de mille poitrines s'élève le cantique que David vient de composer en l'honneur de Yahvé, à la gloire de son peuple :

Chantez pour Yahvé, psalmodiez son nom,
ouvrez la route du chevaucheur de nuées
dont le nom est Yah,
exultez devant sa face.
Le père des orphelins, le défenseur des veuves,
c'est Elohim dans sa sainte demeure...
O Elohim, quand tu sortis en avant de ton peuple,
quand tu marchas dans le désert,
la terre trembla,
les cieux fondirent devant Elohim
devant la face d'Elohim, le dieu d'Israël.

Et tout en chantant, tout en progressant sur le chemin pierreux, vers les portes de Jérusalem, David ne cesse de danser.

Lorsque Shaddaï, le puissant, eut dispersé les rois,
tout fut clair comme la neige sur le mont Sombre.
Montagne d'Elohim, montagne de Basan !

montagne escarpée, montagne de Basan,
pourquoi jalousez-vous, montagnes sourcilleuses,
la montagne qu'Elohim a désirée pour y résider,
celle sur laquelle Yahvé habitera pour l'éternité ?

Ainsi David chante la colline de Sion où il va établir l'arche de Yahvé. Dans Jérusalem pénètre la procession. Devant marchent les chantres, les musiciens les suivent et viennent ensuite les jeunes filles qui battent les tambourins tout en dansant, puis les grands du royaume, enfin tout le peuple d'Israël. Mais en tête va David avec l'arche. Devant le palais passe le cortège bruyant, et sur les terrasses des maisons, aux fenêtres du palais se pressent les femmes et les enfants. Parmi eux se trouve Mikal. De sa fenêtre elle voit David dévêtu qui saute et tournoie devant l'arche de Yahvé, et dans son cœur elle le méprise.

Vers le haut de la colline s'élève la procession jusqu'à l'aire où est dressée la tente préparée par David. Au milieu de ce sanctuaire de toile est déposée l'arche dont la garde est confiée aux lévites afin qu'ils la servent et qu'ils glorifient Yahvé.

Alors David remarque devant Nathan :

« Vois, je vis dans un palais de cèdre et l'arche de Yahvé habite sous une tente. »

Le prophète lui répond :

« Depuis le jour où il a fait monter d'Egypte les Hébreux jusqu'à ces derniers temps, Yahvé n'a jamais habité de maison, une tente a été son abri. Pendant tout le temps où il a habité parmi eux, lorsqu'il a institué les juges comme pasteurs d'Israël, il ne leur a jamais demandé de lui bâtir une maison de cèdre.

— Désormais, répond David, est terminé le temps où Israël vivait sous la tente, où chaque tribu errait dans ses pâturages. Dans Jérusalem habitera le dieu d'Israël, seulement sur le rocher de Sion il aura sa demeure éternelle, là il trônera sur les chérubim jusqu'à la fin des temps.

— Va, répond Nathan, fais tout ce que désire ton cœur, car Yahvé est avec toi. »

Alors avec les prêtres, David offre les holocaustes et les sacrifices de communion devant la face de Yahvé, puis le roi bénit le peuple au nom du dieu des armées. Afin que chacun se réjouisse en son cœur, on distribue au peuple, hommes et femmes, pour tous ceux qui sont présents, du pain, des morceaux consacrés de bœuf et de mouton, des dattes et des gâteaux aux raisins secs.

David redescend alors vers sa demeure, et il n'a pas remis son manteau de lin. Or, sur le seuil du palais, il se heurte à Mikal qui est sortie à sa rencontre. Elle est parée de riches bijoux et porte une lourde robe de pourpre brodée d'or. Elle a un visage amer et lui lance d'un ton hautain :

« Combien en ce jour a été glorieux le roi d'Israël, lui qui s'est découvert aujourd'hui devant ses servantes et ses serviteurs, comme un homme de rien qui se dévêt sans nulle honte ! »

Cette sortie faite en public remplit de colère David qui réplique vertement :

« Devant Yahvé qui m'a choisi devant ton père, de préférence à toute sa maison, pour faire de moi le prince d'Israël, le peuple de Yahvé, devant lui j'ai dansé. Et devant lui je m'humilierai plus encore, je m'avilirai à mes propres yeux. Mais auprès des servantes dont tu parles, auprès d'elles je serai en honneur. »

Devant elle est passé David, et elle ne lui a pas répondu. Depuis ce jour, David évite Mikal et elle-même ne cherche plus à l'approcher. Le vieux lien si puissant de l'amour est définitivement rompu.

LIVRE XIV

Sur Edom je jette ma sandale

Dans les temps qui suivent, chaque jour qui s'écoule voit croître la gloire et la puissance de David. En un ultime effort, les Philistins tentent de reprendre à Israël les territoires que David leur a ôtés. Ils s'allient au roi de Moab car lui aussi redoute la puissance d'Israël et regrette l'hospitalité que son père a donnée à la famille de David alors qu'il était pourchassé par Saül. Avec Joab et le plus gros de ses forces, David marche sur les Philistins tandis qu'il confie à Benaya les opérations contre les Moabites. Fidèle disciple de David, Benaya fond sur Moab avec la rapidité de l'épervier tandis que David met définitivement en déroute les Philistins à qui il impose le tribut. Lorsqu'il rejoint Benaya par-delà le Jourdain et la mer de Sel, les Moabites sont déjà à genoux devant les guerriers hébreux. David était en amitié avec Moab : il ne peut lui pardonner d'avoir tenté de marcher dans son dos tandis que l'assaillaient de front les Philistins. Aussi, afin de donner un exemple et semer la crainte dans les cœurs des ennemis de Yahvé, il met à mort les deux tiers des captifs moabites et ne renvoie qu'un tiers d'entre eux après avoir soumis les vaincus à un lourd tribut et les avoir assujettis.

Aussitôt après il voit Hadadézer, fils de Réhob, le roi

araméen de Soba, étendre son royaume vers le nord et l'est, vers le grand fleuve qui coule chez les Assyriens et les Babyloniens, l'Euphrate. Il redoute son ambition et il songe alors qu'il est utile pour sa propre sécurité et pour sa gloire d'abaisser ce trop puissant voisin. A la tête de son armée si bien aguerrie, il marche contre Soba, bat Hadadézer, lui capture mille sept cents chars et près de vingt mille hommes de pied. Jamais encore les Israélites n'avaient utilisé de chars de guerre tirés par des chevaux. Ainsi David se trouve-t-il embarrassé d'un tel butin.

« Nos guerriers sont invincibles à pied, lui dit Joab. Que pourrions-nous faire de ces chars que nul d'entre nous ne sait conduire ? Et comment nourrir et soigner tant de bêtes ? »

Or, l'armée de David est en campagne, au nord d'Israël, au nord de Canaan, et il craint d'être gêné par ces chars qui lui sont un poids mort, alors que ses éclaireurs annoncent l'arrivée d'une armée de secours envoyée au roi de Soba par le roi araméen de Damas. Il ordonne qu'on conserve cent attelages qui serviront pour les parades, peut-être pour former le noyau d'une future charrerie, et qu'on coupe les jarrets des autres chevaux afin que les ennemis d'Israël ne puissent plus les utiliser contre eux.

Il se porte ensuite contre les Araméens de Damas. Il met leur armée en fuite, tue aux Syriens vingt-deux mille hommes, établit des gouverneurs hébreux dans la Syrie de Damas, impose un tribut aux Araméens. Enfin il rentre à Jérusalem avec un riche butin, de l'or et du bronze en quantité enlevé à Tebah et Brotaï, villes du royaume de Soba.

A peine arrivé à Jérusalem qui ne cesse de s'accroître et de s'embellir, David reçoit Hadoram, le fils de Tôou, roi de Hamath, une opulente cité araméenne sur l'Oronte. Hadoram apporte à David des présents en or et en argent ; il lui fait part des félicitations de son père pour sa victoire contre Hadadézer qui est depuis toujours l'ennemi de Tôou, et ils passent ensemble un traité d'alliance.

Or, dans ce temps, on apprend à David que les Edomites, au sud du royaume, ont pris les armes, ils se sont rués sur Juda, les garnisons établies vers cette frontière ont été anéanties. Alors David se tourne vers son dieu car il commence à être las de guerroyer : depuis sa jeunesse, depuis le jour où il a osé affronter Goliath, jour unique qui a décidé de sa destinée, il n'a cessé de tenir la lance et l'épée, il s'est usé en mille combats d'où il est toujours ressorti vainqueur.

Il a pris sa harpe et il a chanté à mi-voix ce psaume, sur la mélodie du lis du témoignage qu'il a composée pour d'autres circonstances :

Elohim, tu nous a rejetés, ruinés !
Tu étais irrité, reviens à nous !
Tu as ébranlé la terre, tu l'as fendue :
répare ses brèches car elle vacille.
Que de rudes épreuves tu as infligées à ton peuple,
tu nous a abreuvés du vin du vertige.
Tu as donné un signe à ceux qui te craignent
mais ils ont fui devant l'arc.
Afin que soient délivrés ceux que tu aimes,
sauve-les par ta droite et réponds-nous.
Elohim a parlé dans son lieu saint :
« Je me réjouis : je partagerai Sichem,
j'arpenterai la vallée de Soukkôt.
A moi Galaad, à moi Manassé !
Ephraïm est un casque pour ma tête,
Juda mon bâton de commandement.
Moab est le bassin où je me baigne,
Sur Edom je jette ma sandale,
Contre la Philistie je lance mon cri de guerre ! »

Qui me conduira dans une ville forte,
qui me mènera en Edom ?

Abisaï s'est approché de David et il lui dit :

« David, mon roi, mon ami, permets à ton serviteur de marcher contre l'Edomite afin de châtier son orgueil. »

David porte sur lui son regard et il songe que son neveu, mais aussi son vieux compagnon, mérite une telle gloire :

« Va, lui dit-il, ma bénédiction t'accompagne. »

Abisaï marche contre les Edomites : ils sont dix-huit mille qui l'attendent dans la vallée du Sel, au sud de la mer de Sel. Abisaï les renverse, les disperse, les place sous son joug, soumet à Israël Edom où il installe des gouverneurs au nom de David.

Ainsi, il n'y a pas vingt ans que David a été fait roi de Juda, qu'il a unifié tout le peuple d'Israël, qu'il a étendu sa domination au sud sur Edom, à l'est sur Moab, à l'ouest sur les villes orientales de la Philistie, au nord jusqu'aux Araméens de Damas.

Pendant tout ce temps, il est resté en paix avec les Ammonites. Leur roi Nahash lui a envoyé des présents et il lui a été favorable lorsqu'il combattait Ishbaal et ensuite les Philistins. Quand il apprend la mort de Nahash, David déclare :

« J'agirai amicalement envers Hanûn, fils de Nahash, car son père a été mon allié. »

Aussitôt il envoie auprès du nouveau roi des ambassadeurs pour qu'ils participent en son nom au deuil qui s'est étendu sur le royaume.

Mais depuis déjà longtemps les Araméens de Syrie cherchaient l'alliance des Ammonites contre Israël. Nahash avait toujours refusé de se lever contre David. Cependant, après sa mort, le parti favorable aux Syriens a redressé la tête. En apprenant l'arrivée des envoyés de David, les chefs des Ammonites qui redoutent les entreprises du roi d'Israël viennent devant Hanûn :

« Penses-tu que David t'a envoyé ses serviteurs pour honorer la mémoire de ton père ? » demande le premier des anciens d'Ammon à son nouveau souverain.

« Pourquoi, sinon pour cela ? demande Hanûn.

— Vois, David a vaincu tous les rois du voisinage. Seuls les Ammonites ne lui payent pas de tribut. Son orgueil ne peut supporter qu'un roi dresse la tête aussi haut que la sienne. Sois assuré que ces hommes, sous prétexte de partager notre douleur, vont explorer notre cité, afin d'en étudier les défenses, d'en connaître les faiblesses. Car c'est pour mieux pouvoir s'en emparer que David t'a envoyé ses serviteurs. »

Ainsi Hanûn se laisse d'autant plus volontiers persuader qu'il jalouse au fond de son cœur la gloire de David, qu'il espère lui aussi se distinguer par des exploits guerriers et étendre au loin les bornes de son royaume. Il ordonne qu'on se saisisse des ambassadeurs hébreux, leur fait raser la moitié du visage, laissant sur l'autre côté la moustache et la barbe longue, et fait couper leurs vêtements depuis le bas jusqu'aux fesses. Après les avoir pareillement humiliés, il les renvoie de Rabbath Ammon, sa capitale.

Les serviteurs de David sont si honteux qu'arrivés à Jéricho ils ne veulent aller plus loin, ils refusent de se montrer devant le roi à Jérusalem. Avisé de ce qui s'est passé, David leur envoie des vêtements et leur fait dire :

« Restez à Jéricho jusqu'à ce que votre barbe ait repoussé. Vous rentrerez ensuite. »

Mais David a ressenti lui-même l'offense. Il appelle ses neveux, Joab et Abisaï, et leur demande de mettre sur le pied de guerre les mercenaires kéréthiens et péléthiens aux ordres de Benaya fils de Joïada, les guibborim commandés par Abisaï, le ban et l'arrière-ban des armées d'Israël. Car de leur côté les Ammonites conscients de la gravité de leur acte, ont formé une alliance avec les Araméens de Beth-Rehôb et de Soba, le roi de Mâaka et les gens de Tob. Ces derniers formant une seule immense armée, déferlent depuis le nord vers Israël tandis que les Ammonites s'avancent vers l'est. Afin d'éviter d'être pris dans un étau par les deux armées ennemies, Joab, avec le plus gros des forces d'Israël, se porte en hâte vers les Araméens tandis qu'il confie à Abisaï le reste des troupes pour contenir les Ammonites.

« Si les Araméens l'emportent sur moi, dit-il à son frère, tu viendras me soutenir, si les fils d'Ammon te repoussent, c'est moi qui viendrai t'épauler. »

Joab met en fuite l'armée syrienne.

Lorsqu'ils l'apprennent, les Ammonites qui harcelaient Abisaï et sa faible troupe, lâchent pied et s'enferment dans leur ville.

Joab n'a pas cherché à exploiter sa victoire de manière que bientôt les Araméens redressent la tête. Cette fois-ci tous les princes araméens, depuis l'Euphrate jusqu'au Taurus s'unissent pour marcher contre Israël. Face à un si grave danger, David prend la tête de ses armées et s'avance contre eux jusqu'à Hélam, au midi de Damas. Là avec violence s'affrontent Aram et Israël ; mais David demeure décidément invincible. Les guerriers de l'Aramée sont dispersés, Shobak leur général trouve la mort dans la bataille. Désormais tous les rois araméens se soumettent et payent tribut à Israël.

David décide alors d'en finir avec Ammon. Il envoie Joab, l'élite de ses guerriers et l'armée d'Israël vers le pays des Ammonites. Joab renverse l'ennemi qui en vain tente de lui interdire la route de montagne qui mène à Rabbath Ammon, puis il met le siège devant la capitale de Hanûn.

Depuis des jours, des semaines, David sent son cœur dominé par un désespérant sentiment de solitude. En vain cherche-t-il un baume dans les cantiques qu'il consacre à Yahvé, son dieu, car même le ciel lui paraît vide, comme si Yahvé avait détourné de lui sa face. Et pourtant il n'a pas cessé de le combler de ses bienfaits : non content de lui accorder le trône d'Israël, il lui a abandonné les rois du voisinage, de manière que sa domination s'étend de Damas aux portes de l'Egypte, de Moab au seuil de la Philistie. Ammon est près de tomber entre ses mains : depuis plusieurs semaines, Joab assiège Rabbath la ville royale des fils d'Ammon et chacun sait que viendra bientôt le jour de sa chute qui lui livrera Ammon dans sa totalité. Yahvé l'a aussi béni dans sa descendance : six fils qui lui sont nés à Hébron, trois autres à Jérusalem, sans compter ses filles. Parmi eux, un seul, Kiléab, le fruit de son amour pour Abigaïl, n'a pas dépassé l'enfance, un mal venu du ciel l'a emporté très tôt. Amnon, son aîné, est un robuste garçon de dix-huit ans et chacun voit en lui le digne héritier d'un trône dont la stabilité est assurée. Cependant malgré l'affection mêlée d'admiration que David porte à son fils aîné, ses préférences vont aux enfants qu'il a eus de Maaka, la fille du roi de

Geshur. A quinze ans, Absalom est grand et fort, d'une parfaite beauté des pieds à la tête. Sa chevelure bouclée est si abondante, elle pousse avec tant de vigueur, que chaque année il se fait raser la tête sans que cela nuise à l'harmonie des traits de son visage. De deux ans sa cadette, Tamar est aussi d'une beauté accomplie, au point que son père prend plaisir à se trouver auprès d'elle pour la contempler.

Dans la vaste résidence royale où se multiplient les bâtiments officiels, les pavillons des épouses et de leurs enfants, les logis des grands du royaume, Amnon a reçu un appartement où il mène une vie indépendante avec ses serviteurs, tandis qu'Absalom et Tamar demeurent encore dans le palais avec leur mère. David souvent se rend auprès d'eux afin de s'entretenir avec Maaka et leurs deux enfants, au point qu'il suscite la jalousie des autres épouses et en particulier d'Akhinoam et d'Abigaïl. Quant à Mikal, elle vit retirée dans une aile du palais, sans plus chercher à rencontrer le roi.

Cependant, ni les visites à ses enfants, ni la compagnie de ses épouses dont il accroît sans cesse le nombre, ne parviennent à le distraire de son ennui. Il songe que déjà il a tout épuisé des plaisirs que lui réservait la vie ; il évoque le temps de sa jeunesse où il paissait ses brebis avec Abisaï. Que de rêves l'avaient hanté, que de fois il avait entretenu son neveu de ses désirs, de ses espérances, de ses passions ! Il avait voulu vivre intensément, goûter à la vie, s'en enivrer comme d'une boisson forte. Or il avait reçu plus qu'il n'aurait alors jamais osé demander. Il avait connu l'exaltation des combats et de la victoire, les grands enthousiasmes de la passion du divin, de la poésie et de la musique, les émotions de l'amour. Nul homme plus que lui n'avait remporté plus de victoires, composé plus de chants, aimé plus de femmes. Même les transports de l'amitié ne lui étaient pas restés étrangers, si bien que personne n'avait plus que lui goûté le sel de la vie, nul n'était parti de si bas pour s'élever aussi haut par la grâce d'un dieu.

Sans doute il pouvait encore étendre son empire, accroître ses richesses, mais cela ne flatterait jamais que son orgueil. Il pouvait aussi augmenter le nombre des femmes de son harem, mais cela ne guérirait pas ce mal d'aimer qui rongeait son cœur depuis qu'il avait perdu Mikal, le jour où elle avait été donnée à un autre.

Ainsi David est-il obsédé d'une manière de plus en plus aiguë par la vanité des choses de ce monde et il songe que, comme un troupeau, la mort mène paître les hommes, que rois et bergers, tous, se hâtent vers la tombe. Ces pensées désabusées l'assaillent sans relâche. Il essaie de les fuir mais en vain ; il vaque aux affaires du royaume mais son démon est auprès de lui comme Lilith autour des jeunes enfants et il en néglige même ses devoirs de roi ; s'il s'ouvre à l'un de ses vieux compagnons de jeunesse, Abisaï, Benaya, c'est pour leur confier ses tourments et ils ont beau l'exhorter à se tourner vers les affaires du royaume ou de Yahvé, son cœur ne peut se rasséréner ; il emmène alors une de ses femmes dans sa couche afin de lui tenir compagnie pendant la nuit, mais il est impuissant à la connaître et bientôt il la chasse car sa présence l'importune.

Par cette chaude fin de journée, au moment où le soleil déclinant caresse de ses rayons la terre alanguie par les ardeurs du jour, David s'est installé sur la terrasse sur laquelle s'ouvre sa chambre toute lambrissée d'or. Sous un dais de lin frangé de pourpre, soutenu par quatre colonnes en forme de palmier élancé, il a fait dresser un lit bas et large, couvert de coussins, de draps fins et de couvertures aux vives couleurs. Tout alentour sont jetés des tapis épais venus à grands frais de Babylone et de Sidon sur lesquels on a dressé des tables basses en bois de cèdre importées de Tyr, ou en ébène incrusté d'ivoire, présents du roi d'Egypte. Elles sont chargées de paniers de fruits, dattes, poires, figues et raisin, de vins de l'Hermon et du Carmel. Dans des cassolettes en or et en argent brûlent de l'encens et des plantes aromatiques destinées à éloigner les moustiques. Comme chaque soir un passereau solitaire au plumage bleu nuit s'est penché sur le toit voisin d'où il pousse sa plainte mélancolique.

David l'écoute un long moment, porte à la bouche une grenade qui éclate sous ses dents puis qu'il rejette avec dégoût. D'un geste las il passe les doigts sur les cordes de sa harpe de Gath qui vibrent doucement, enfin il se lève et marche en travers de la terrasse. Tout autour du parapet sont plantés des arbrisseaux et de la vigne qui grimpe le long des treilles, afin de dissimuler la retraite royale aux regards importuns. Il s'en vient tout contre la rambarde de bois d'où il peut contempler la ville qui se pare des teintes chatoyantes du couchant. Car la résidence royale a été construite sur une vaste aire, au plus haut de la colline de Sion. Le palais où il loge domine les autres bâtiments qui abritent ses épouses et ses serviteurs, de manière que d'un seul regard il embrasse les maisons aux terrasses animées qui descendent jusqu'au bas de la vallée du Cédron, les rues et les places de la ville, la campagne jusqu'à la ligne des montagnes du couchant. Sur la gauche, vers le levant, la vue est bornée par la haute colline abrupte couverte d'oliviers et de pins où les bergers du voisinage paissent leurs troupeaux.

Un long moment il reste immobile, absorbé dans le spectacle de sa ville qui se prépare pour une nouvelle nuit. Il respire les odeurs mêlées de fleurs, de feuillage et de fumets de viandes qu'on a rôties sur les terrasses inférieures ; il demeure attentif aux rumeurs lointaines des rues parfois déchirées par les cris d'une femme, les pleurs d'un enfant. Il s'apprête à s'éloigner lorsque sur une terrasse voisine, à peine en contrebas, il aperçoit une femme, une servante sans doute, qui à l'aide de cruches remplit d'eau tiède une baignoire en terre cuite. Tout près sont disposés un large coussin et une natte sur laquelle la servante vient ensuite porter du linge blanc, des boîtes à fard, des fioles de parfum, un peigne.

David, qui jusqu'à ce jour n'avait même pas remarqué cette terrasse, s'étonne de ces préparatifs. D'après sa situation vers le rempart, la maison doit être celle de l'un de ses officiers supérieurs qui vivent à sa cour, mais il ne sait de qui il peut s'agir.

La servante répand dans l'eau du bain un flacon d'essences balsamiques, puis elle y jette une éponge, tache brune qui flotte à la surface de l'eau bleutée. Alors surgit de l'escalier d'accès une femme drapée dans une ample robe de lin blanc. Elle parle à la servante, mais David ne peut entendre ce qu'elles se disent. Il ne cherche d'ailleurs pas à le savoir. Son regard a été saisi par la vision de la femme, son âme en a été charmée. Il ne peut que difficilement distinguer les détails de ses traits, mais il n'en demeure pas moins frappé par sa beauté, par le charme indéfinissable qui émane de sa silhouette toute en grâce et en harmonie. La servante l'aide à retirer les épingles plantées dans sa chevelure qui s'éploie en un flot étoilé jusqu'au bas de ses reins. D'un geste la femme congédie la servante qui se retire. Restée seule, elle se baisse pour prendre sur la natte un miroir de bronze poli dans lequel un moment elle se contemple. Avec un tissu elle efface le fard de ses yeux, enfin repose le miroir. Elle se redresse puis, en des mouvements d'une lenteur étudiée, elle détache les fibules qui retiennent sa robe sur ses épaules. Mollement le tissu glisse le long de son torse, s'affaisse sur ses pieds, dénudant son corps aux courbes souples et sensuelles. David ne peut détacher ses regards de tant de beauté, il oublie tout ce qui l'entoure pour ne plus que se perdre dans ce spectacle qui lui paraît offert si innocemment. Car la terrasse où se trouve préparé le bain est la plus haute, outre celle du palais, de manière que la baigneuse ne peut être vue des autres voisins. Ainsi paraît-elle ignorer qu'elle est observée tandis qu'elle ôte les bracelets qui ornent ses bras, ses poignets, ses chevilles. Elle croise ses bras sur sa poitrine et s'approche de la baignoire. Elle a pour cela fait face à David qui s'est reculé légèrement à l'abri d'un palmier nain, sans cependant la perdre de vue. Elle entre dans le bain, où elle reste un long moment, tout en fredonnant un air, dans lequel David reconnaît une musique qu'il a composée dans sa jeunesse pour une chanson d'amour qui est passée sur toutes les lèvres.

Enfin elle se lève : tout son jeune corps élancé ruisselle de mille gouttes d'eau qui s'irisent dans les feux du crépuscule. Elle vient jusqu'à la natte, s'enveloppe d'un linge pour s'essuyer. David en éprouve quelque regret, mais bientôt elle rejette le tissu, s'assoit sur ses talons et à l'aide de son peigne d'ivoire, longuement elle coiffe ses cheveux qui tombent en mèches ondulées sur sa poitrine, lui font un voile qui met en valeur plus qu'il ne cache les chairs ambrées aux courbes sinueuses. La jeune femme chantonne toujours en se fardant, en oignant de parfums chaque partie de son corps.

La nuit est maintenant tombée, plus de trois étoiles brillent dans le ciel lumineux. David ne distingue plus que la silhouette claire de la jeune femme. La servante est revenue auprès d'elle à son appel. Elle lui apporte une tunique propre dont elle se vêt, puis elle se retire tandis que la servante entreprend de vider la baignoire à l'aide d'un récipient de bronze.

David consent alors à s'éloigner à son tour.

Cette nuit-là, son sommeil est rempli de rêves où passe et repasse l'inconnue, au point qu'il aurait souhaité ne plus jamais s'éveiller.

Dès le réveil, alors qu'à peine s'est levé le soleil à l'orient, David va jeter un regard sur la terrasse voisine. La baignoire est là, vide, ainsi que la natte et le coussin, mais il n'y voit pas celle qu'il cherche. Aussitôt il fait venir devant lui Shusha son maître des secrets royaux. Lorsque ce dernier a appelé sur sa tête la bénédiction de Yahvé, David l'emmène sur sa terrasse et lui désigne la maison voisine :

« Vois Shusha cette demeure. Elle n'est habitée que depuis peu.

— C'est bien cela, David mon seigneur.

— Sais-tu qui l'habite ? Car elle est dans la résidence royale.

— Bien sûr. C'est la maison de ton serviteur Urie le Héthéen, l'un des plus vaillants capitaines des guibborim.

— Il doit alors se trouver dans l'armée de Joab qui assiège la cité des fils d'Ammon.

— Mon seigneur le roi ne se trompe pas.

— A-t-il une fille ?

— Urie n'est marié que depuis peu de temps, un an ou deux peut-être.

— Comment s'appelle sa femme ?

— Bethsabée, mon seigneur. C'est une très belle

femme. Son père Eliam est un serviteur de mon seigneur le roi. Il est soldat dans ton armée mais il n'a pas de grade, c'est pourquoi sa fille a fait un beau mariage en entrant dans la maison d'un officier de mon seigneur le roi.

— J'admire, Shusha, que tu connaisses la vie de chacun de mes officiers.

— N'est-ce pas là l'une des tâches d'un bon secrétaire ? Ainsi puis-je informer mon seigneur le roi de tout ce qui concerne les gens de sa maison. Mais aussi, Urie a insisté auprès de ton serviteur pour être logé dans cette maison voisine du palais. Ainsi espère-t-il que mon seigneur le roi pourra mieux le distinguer parmi ses serviteurs.

— Alors, vois-tu, il y a réussi. Shusha, je veux que ce soir on conduise devant moi, ici même, cette Bethsabée. »

Shusha porte sur David un regard où se peint sa surprise. David en rit puis, lui prenant le bras, il ajoute en baissant le ton :

« Charge-toi de cette affaire. Agis avec discrétion, afin que cette visite ne s'ébruite pas.

— Mais si elle refuse de se rendre le soir auprès de mon seigneur le roi ? N'est-elle pas une femme mariée ?

— Je te laisse le soin de la persuader. Résiste-t-on à une volonté du roi ? »

Shusha s'incline sans ajouter un mot.

LIVRE XV

Je te punirai devant tout Israël

Bethsabée était encore enfant lorsqu'elle avait découvert qu'elle était belle, plus belle que toutes les femmes et filles de son village natal, plus, sans doute, que la plupart des filles d'Israël. Elle s'était plu lorsqu'elle avait commencé à se mirer, d'abord dans la source où elle allait puiser de l'eau, ensuite dans le miroir de sa mère. Avant même qu'elle soit nubile, les hommes tournaient vers elle des regards dans lesquels elle savait déjà lire l'admiration et le désir, ce qui l'avait plus encore confortée dans sa volonté de séduction.

Elle était née à Gilo, bourgade des montagnes de Juda, dans une famille où s'était établie une tradition militaire. Son grand-père Akhitophel avait été le premier à abandonner l'araire pour entrer au service de Saül. Il avait ainsi passé une partie de sa vie à guerroyer sans cependant parvenir aux honneurs. Il avait servi sous les ordres de Jonathan et avait alors connu David sans que ce dernier lui ait porté une attention particulière. Il était présent lors de la terrible journée de Gelboé puis il avait suivi Ishbaal dans sa retraite. Après la mort du fils de Saül et le triomphe définitif de David, il s'était retiré à Gilo, abandonnant une carrière qui ne lui avait rapporté que des blessures et bien peu de gloire. Par fidélité à la famille de Saül, mais aussi par fierté, il s'était refusé à s'humilier devant David afin d'obtenir son pardon et d'être intégré dans son armée. Au fond de son cœur, il ressentait comme une injustice le fait que ce David, plus jeune que lui de quelque huit années, et comme lui simple villageois du pays de Juda, ait été distingué par Yahvé pour devenir roi alors que lui-même était retombé dans l'obscurité et la misère.

A vingt et un ans, il avait eu un fils, Eliam, qui à son tour avait embrassé la vie de guerrier. Son enfance avait été bercée par le récit des exploits de son père, ce qui l'avait incliné à faire ce choix, d'autant que la pauvreté d'Akhitophel ne lui aurait pas permis de posséder des champs à cultiver ou des troupeaux à garder. Contrairement à son père, il n'avait pas connu Saül et lorsque fut venu le moment d'entreprendre une carrière, David régnait déjà sur Juda. Aussi, bien qu'entré au service d'Ishbaal, il ne trouva pas déshonorant de se donner ensuite au nouveau roi d'Israël. Mais pour les hommes nouvellement ralliés à David, il était difficile d'obtenir des commandements, car le roi gardait ses faveurs pour ses vieux compagnons qui le suivaient depuis l'époque de sa fuite vers le désert, celle où il était vassal du roi de Gath. Et s'il restait encore des places à prendre, on les accordait de préférence à ceux qui s'étaient ralliés à David lorsqu'il n'était que roi de Juda. Parmi ceux-ci se trouvait Urie. Le père de ce dernier était un Héthéen, un de ces hommes venus du royaume du nord de la Syrie et qui mettaient leur épée au service des princes araméens, cananéens, philistins ou israélites, tous à la recherche de mercenaires capables de former les cadres de leur armée. Le père d'Urie avait servi sous Saül. Urie lui-même s'était engagé sous la bannière de David et il avait adopté le culte de Yahvé, plus par opportunisme que par conviction, bien que David ne cherchât jamais à imposer la religion de ses pères. Mais cette conversion lui permit d'entrer dans le corps d'élite des guibborim, les héros de David parmi lesquels Joab et Abisaï choisissaient les chefs des mille et des cent, sans quoi il serait resté soldat dans le corps des Kéréthiens ou des Péléthiens.

C'est ainsi qu'Eliam était entré dans la centurie que commandait Urie, dont il était l'aîné de trois ans. Eliam était ambitieux. Mais comment, lorsqu'on n'est qu'un simple soldat, parmi des milliers d'autres, parvenir à s'élever au-dessus de ses pairs ? Il sut se faire distinguer d'Urie par des actions courageuses, parfois désespérées. Ainsi Urie accepta-t-il de se lier d'amitié avec Eliam, bien qu'il fût son capitaine. Il eut alors l'occasion de venir à Gilo, et d'y rencontrer Bethsabée, la fille d'Eliam. La mère de Bethsabée ainsi que sa grand-mère, la femme d'Akhitophel, étaient mortes toutes deux de manière que c'est elle qui tenait la maison. Elle servait son grand-père et aussi son père lorsqu'il venait se reposer parmi les siens. Elle avait à cette époque près de dix-sept ans et elle aurait dû déjà être mariée ; si la chose ne s'était pas faite, c'est parce que Akhitophel qui ne pouvait se payer une servante se sentait peu disposé à éloigner de lui sa petite-fille qui le servait en toutes choses. De son côté, Bethsabée ne rêvait que de quitter son village et d'être à son tour servie ; elle commençait même à redouter de voir sa beauté se flétrir dans ses rudes travaux ménagers et de passer une vie misérable parmi les gens frustes de son village. Aussi, lorsque Urie demanda à Eliam de lui donner sa fille en mariage et lui proposa en échange une esclave pour servir Akhitophel et plusieurs sicles d'or et d'argent, chacune des parties intéressées y trouva son avantage.

Bien qu'elle n'éprouvât ni amour ni désir pour Urie,

Bethsabée lui fut reconnaissante de l'avoir enlevée à son village pour l'emmener à Jérusalem où elle avait une femme pour la servir, de manière qu'elle trouvait tout le temps nécessaire pour soigner sa beauté. Elle entreprit alors d'inciter Urie à se rapprocher du roi afin d'obtenir ses faveurs et monter en grade. La solde d'un capitaine de cent était par trop insuffisante pour satisfaire ses goûts dispendieux exacerbés par la vue du luxe qui commençait à régner dans le palais royal à la suite des conquêtes de David. Car si la cour du roi d'Israël était encore loin de la magnificence de celle de pharaon ou des rois de Babylone et de Ninive, elle n'avait plus rien à voir avec celle si simple, si fruste, de Saül. C'est ainsi qu'elle poussa Urie à réclamer un logis dans l'enceinte de la résidence royale, car ils vivaient alors dans une modeste demeure au bas de la ville, loin des regards du roi. Lorsque enfin Urie obtint une maison toute voisine du palais dont la construction venait de s'achever, Bethsabée songea que ses affaires étaient en bonne voie. Il y avait près de deux ans qu'elle était mariée à Urie et déjà elle commençait à se lasser de cet homme rude qui ne rêvait que de combats, n'avait de plaisir qu'en la compagnie des soudards, ne parlait que d'exploits guerriers. Il est vrai que c'est cette ardeur militaire qui lui avait valu de pouvoir entrer dans ce corps d'élite qu'étaient les guibborim.

Or à peine venaient-ils de s'installer dans leur nouveau logis qu'Urie avait été appelé avec ses cent pour monter assiéger Rabbath Ammon dans l'armée commandée par Joab. Ainsi Bethsabée se retrouva seule, comme cela lui était déjà arrivé bien souvent depuis qu'elle était avec son guerrier de mari. Et voici qu'un soir, étant venue goûter la fraîcheur du crépuscule sur la terrasse de sa demeure, elle aperçut David sur la terrasse du palais. Elle n'avait eu que rarement l'occasion d'entrevoir le roi, toujours de loin, et elle avait songé qu'à plus de cinquante ans, il avait conservé un air de jeunesse, une sveltesse qui ne constituaient pas les moindres de ses attraits. Elle songea à David pendant toute la nuit qui suivit et le lendemain soir elle revint sur la terrasse dans l'espoir de le revoir. Il ne se montra pas, mais elle entendit son chant, car il entonna l'un des cantiques de sa composition en s'accompagnant de sa harpe. « Certes, se dit-elle, David n'est pas un homme ordinaire, il est digne d'occuper le trône que lui a donné Yahvé. Mais sa servante Bethsabée n'est pas non plus une femme ordinaire. »

Alors elle ordonna à sa servante d'aller commander à un potier une baignoire en terre cuite afin de pouvoir se baigner. Dans les jours qui suivirent, le potier livra la baignoire qui fut installée sur la terrasse, car il n'y avait dans la maison ni cour ni salle apte à recevoir ce bassin.

Lorsque Shusha se présente à Bethsabée pour lui dire que le roi son seigneur veut la voir, elle sait qu'elle a gagné la première bataille de la guerre qu'elle a eu la folle pensée d'entreprendre pour se conquérir un trône. Cependant, elle prend un air surpris, presque scandalisé :

« Que veut mon seigneur le roi à sa servante pour t'envoyer la chercher à cette heure du jour ? Vois, le soleil va se coucher et moi-même je dois me préparer à faire comme lui.

— Ce que te veut le roi, son serviteur l'ignore. Il m'a envoyé pour te conduire devant sa face, j'obéis à mon seigneur le roi. Pour le reste, je peux t'assurer qu'il ne peut vouloir que du bien à sa servante.

— Alors attends-moi ici, car je ne puis me rendre aux ordres du roi dans cette tenue négligée. »

Shusha s'assied sur des coussins tandis qu'elle monte à l'étage où se trouve la chambre haute. Lorsqu'elle revient, le soleil a disparu sous l'horizon, sous la mer du couchant, tandis que la servante est venue apporter une lampe et des boissons à Shusha afin qu'il ne s'impatiente pas.

Bethsabée apparaît enfin dans toute sa splendeur, semblable à l'aurore. Elle ne s'est parée que de peu de bijoux, mais elle a revêtu une robe cramoisie qui met en valeur l'éclat de son teint et de sa chevelure. Cette couleur est celle du sang, véhicule de la vie, et elle a du feu la chaleur et le brillant. Shusha songe que cette teinte écarlate est celle de la purification mais aussi du péché et du mal.

Lorsqu'elle apparaît aux regards de David qui l'attend sur sa terrasse avec une impatience qu'il a du mal à dissimuler, il est ébloui et conquis. De près il peut découvrir la finesse de ses traits mais aussi leur grâce, la sensualité de l'arc de ses lèvres, de la courbe de ses sourcils.

Elle ne se jette pas à ses pieds en baisant le sol comme le font tous ses sujets, elle ose même le regarder en face, sans baisser le regard :

« Tu m'as fait appeler, lui dit-elle, je suis ta servante. »

D'un geste de la main David congédie Shusha. Cet abord le déconcerte, voire l'irrite, mais au fond de lui-même il songe qu'elle n'est pas une femme ordinaire, qu'elle est digne d'un roi, car d'une reine elle a le port et la fierté. Il lui tourne le dos et marche vers la couche afin de retrouver son calme. Il éprouve une gêne, comme un adolescent, et ne sait comment lui déclarer son désir sans la scandaliser. Il saisit sur une table une coupe qu'il remplit de vin à l'aide d'une cruche puis se décide à lui faire face.

« Ton roi t'a distinguée parmi toutes ses servantes, lui annonce-t-il alors.

— Ta servante en est flattée », réplique-t-elle avec une touche d'ironie dans le ton. « Mais comment mon seigneur le roi a-t-il pu distinguer sa servante parmi toutes les femmes de son palais ?

— Peut-être parce qu'elle s'est imprudemment baignée sous le regard du roi, sans le savoir.

— C'est vrai et je prie mon seigneur le roi de pardonner à sa servante. »

Il sourit et lui offre la coupe. Elle avance la main pour la recevoir et il emprisonne ses doigts entre ses mains, autour du pied de la coupe.

« Mon seigneur le roi ignore-t-il que sa servante a un époux ? lui demande-t-elle.

— C'est l'un de mes guibborim, Urie le Héthéen, assure-t-il.

— Une femme appartient à son époux.

— Elle appartient à celui qui est capable de l'aimer comme elle le mérite, de combler ses désirs les plus secrets. Bois. »

Elle porte la coupe à ses lèvres, sans le quitter des yeux. Il la regarde boire à petites gorgées et lorsqu'elle relève la tête :

« Urie, lui demande-t-il, t'aime-t-il de cette manière ?

— Mon époux m'a achetée à mon père un bon prix. Mais il n'aime que la guerre et son métier de soldat. Depuis bientôt deux ans qu'il m'a prise pour femme, il n'a passé que quelques mois auprès de ta servante et il n'a pas été capable de lui faire un enfant.

— Cet homme est bien peu digne de toi », réplique David en lui prenant des mains la coupe encore à moitié pleine.

« De ceci, ta servante est persuadée. Mais qui est digne d'elle ? Qui aussi est digne de toi ? »

Cette repartie frappe David en plein cœur. D'un seul trait il boit le reste de vin et répond dans un souffle.

« Moi et toi, peut-être. »

Il repose la coupe sur la table tandis qu'elle murmure :

« Peut-être. »

Il s'assied sur le lit et longuement contemple sa beauté, en silence. Elle s'approche de la table, à son tour remplit la coupe et l'offre à David. Il regarde le vin violet qui mousse à la surface, puis il lève les yeux sur elle. Elle sourit et ses yeux brillent dans la pénombre. Elle sent son désir, elle se sait victorieuse. Il lui tend le calice qu'il a eu soin de ne vider qu'à moitié ; elle le porte à ses lèvres sans le quitter du regard, puis elle le laisse tomber sur le tapis.

La nuit a déployé son voile étoilé dans le ciel ; ils sont seuls, baignés dans les lueurs irisées de quelques lampes, enveloppés dans les fumées des plantes aromatiques. Les rumeurs lointaines de la ville semblent s'être éteintes, ils n'entendent plus rien, pas même le bruissement du vent tiède dans les palmes et les tissus du dais. En un geste lent, chargé de volupté, elle détache les agrafes de sa robe. Ainsi a-t-elle fait la veille au moment du bain. Il souffre de désir tandis que se dévoile son corps aux chaudes courbes. Il pose ses mains sur ses hanches pleines, l'attire vers lui, l'entraîne sur la couche. Leurs corps s'enlacent, roulent parmi les coussins tandis que s'unissent leurs lèvres qui distillent le plaisir. Autour d'eux tourne le monde, chavire le ciel, s'ouvre la terre. Et comme la terre sous la pression du soc, elle s'ouvre à lui, ils se confondent en un divin délire.

Depuis cette nuit, chaque soir, David envoie Shusha chercher Bethsabée. Elle consume son corps la nuit, son âme le jour. Plus il la connaît, plus il la désire. La nuit il la garde près de lui, contre lui dans son lit ; le jour il n'existe qu'en elle, ne pense qu'à elle, ne vit que dans l'attente du soir où il la retrouvera. Jamais encore il n'a vécu si ardente passion.

Jusqu'au jour où elle lui annonce qu'elle est enceinte.

« David, David ! mon roi, mon aimé ! Que va devenir ta servante, que va devenir ta Bethsabée ? se lamente-t-elle. Urie mon époux m'a quittée depuis plus de deux mois, jamais il ne pourra croire que l'enfant vient de lui. Il m'accusera d'adultère, sous tes yeux celle qui t'aime, celle qui porte le fruit de notre passion, celle-là sera lapidée, elle périra sous les pierres, avec son enfant, ton fils. »

Elle est tombée à genoux devant lui ; des larmes ruissellent sur ses joues, un immense chagrin paraît l'abattre. Mais doucement il la relève et la rassure :

« Comment peux-tu penser que David, le roi, ton roi, t'abandonnera ? N'aie aucune crainte, rentre chez toi l'âme en paix, rien de fâcheux ne t'arrivera et ton enfant verra le jour. »

Dès le lendemain David expédie auprès de Joab Josaphat fils d'Ahilud, son héraut, son porte-parole, pour lui enjoindre de faire venir devant sa face Urie le Héthéen afin qu'il lui apporte des nouvelles du siège.

Quoique en lui-même il s'étonne du choix de son oncle, Joab lui envoie aussitôt Urie qui le jour suivant, avant l'heure du crépuscule, se présente au palais. Urie est fier d'avoir été distingué par le roi, mandé par lui pour être le messager du sarsaba. Il songe que c'est la voie qui pourra le mener aux honneurs et à la gloire. Dès qu'on lui a annoncé l'arrivée d'Urie, David le reçoit, semble prêter la plus vive attention à ce qu'il lui rapporte de la santé de Joab, du comportement des soldats, des progrès du siège. Enfin il le remercie, lui fait remettre des plats cuisinés de la table royale et lui dit :

« Urie, voilà qui est bien. Maintenant, descends à ta demeure, que ta servante te lave les pieds et prends ces mets afin d'en faire profiter ta maison. »

Urie lui rend grâce et se retire, suivi d'un serviteur qui porte les présents de la table royale.

Dès le lever du jour, David envoie chercher le serviteur pour lui demander s'il a bien apporté les plats chez Urie. Ainsi apprend-il que l'officier n'est pas rentré chez lui, qu'il a pris une part de nourriture et a fait porter le reste à sa femme et à sa servante. Quant à lui, il a couché à la porte du palais, avec les gardes du roi. Aussitôt David fait appeler Urie.

« Urie, s'étonne-t-il, n'arrives-tu pas d'une longue randonnée ? Pourquoi cette nuit n'es-tu pas descendu dans ta maison ? »

Urie qui s'est jeté la face contre terre, se redresse et répond :

« L'arche de Yahvé Sabaoth, Israël et Juda, loge sous des tentes. Mon seigneur Joab et les serviteurs de mon seigneur le roi campent dans la campagne, et moi j'irais dans ma maison pour manger, boire et coucher avec mon épouse ? Par la vie de Yahvé et par ta vie, je ne ferai pas une pareille chose ! »

Ces scrupules qui honorent Urie fâchent David qui n'en laisse rien paraître car il espérait qu'il partagerait la couche de Bethsabée afin qu'elle puisse justifier sa grossesse.

« Tu es un bon officier, répond David. Je sais que tu as bien combattu. Prends un peu de repos, c'est ton roi qui l'ordonne. Demeure ici encore ce jour et demain je te renverrai. Rentre chez toi, tu le peux, tu as la bénédiction de ton seigneur le roi. »

Urie accepte de rentrer dans sa demeure, mais il ne cherche pas à toucher Bethsabée afin de rester pur pour pouvoir combattre les ennemis de Yahvé. Au reste, Bethsabée ne cherche pas à le séduire, elle se montre serviable, mais sans chaleur. Or, cette nuit encore, Urie dort hors de sa demeure, avec les gardes du palais.

David le convoque à nouveau et lui déclare :

« Urie, je veux faire de toi mon commensal, je veux assurer ta fortune. Ce soir viens au palais et tu partageras mon repas. »

Ces paroles remplissent de joie le cœur d'Urie. Il

court auprès de Bethsabée pour lui annoncer qu'il va devenir un compagnon du roi, que bientôt il sera chef de mille pour le moins. Sa femme ne l'écoute pas sans une certaine irritation car elle a compris le dessein de David. Mais en réalité, elle désire tout autre chose et pour l'obtenir elle est disposée à tout risquer, jusqu'à sa propre vie.

David offre le soir un plantureux banquet à Urie avec quelques-uns de ses plus hauts dignitaires. Il a fait placer Urie près de lui et veille à ce que sa coupe soit toujours pleine. Dès qu'il l'a vidée, David signifie à l'échanson de la remplir si bien qu'Urie est ivre avant la fin du repas et il quitte en titubant la salle du banquet. Ainsi descend-il vers sa demeure, mais lorsqu'il prétend y pénétrer, Bethsabée le renvoie avec colère, lui reproche de se présenter ivre devant elle, de souiller la couche conjugale, lui rappelle qu'il ne doit pas approcher sa femme pendant toute la guerre. Sans plus insister, il s'en retourne vers le palais et s'endort lourdement auprès des gardes.

Le soleil est levé depuis déjà longtemps et Urie dort encore. Bethsabée a couvert sa tête d'un voile et elle se hâte vers le palais où elle sait pouvoir trouver Shusha. Elle lui dit qu'elle veut voir David, en secret, sans plus tarder. Le secrétaire l'introduit aussitôt auprès du roi.

« Vois, David, lui dit-elle, ta ruse n'a pas réussi. Urie est trop scrupuleux et il n'a pas voulu partager ma couche. C'est inutile d'insister : resterait-il ici encore tout un mois qu'il refusera de m'approcher tant que durera cette guerre. Ainsi je crains bien que ta servante ne meure pour t'avoir trop aimé.

— Rentre chez toi sans que nul ne te voie, lui répond David en la prenant entre ses bras. N'aie pas de crainte, David n'a qu'une parole. J'ai dit que tu ne mourras pas, que ton enfant vivra, il en sera ainsi. Sache que mon amour est ton soutien, ta sauvegarde.

Maintenant va, car il serait mauvais que ton époux te surprît ici. »

Dès qu'elle s'est éloignée, David commande à Shusha de lui apporter un roseau, de l'encre, une feuille de papyrus. Il y écrit simplement : *Place Urie au plus fort de la mêlée, accompagne-le avec quelques hommes, puis avec eux recule afin qu'Urie, resté seul, soit frappé et meure,* et il l'adresse à Joab. Il la ferme soigneusement à l'aide d'un lacet et sur la cire chaude y appose un sceau.

Lorsque enfin tiré de son sommeil Urie vient prendre ses ordres, David lui confie la lettre en lui commandant de retourner au camp et de la remettre à Joab, en main propre.

Ainsi est-il fait. Joab qui a toujours montré le plus grand zèle à servir son oncle ne cherche pas à comprendre la raison de cet ordre de mort, il veut complaire à David, serait-ce au mépris de l'équité. Aussi choisit-il l'une des parties les mieux défendues de la ville, celle où se trouve l'élite des guerriers ammonites. Ces derniers font une sortie et aussitôt Joab entraîne en retraite ses hommes. Comme il l'escompte, Urie dans son désir de se distinguer aux yeux d'Israël et de son roi, reste en avant, combat vaillamment, soutient l'assaut ennemi et tombe sous les coups des guerriers d'Ammon.

Malgré sa passion qui l'a conduit à commettre un acte en abomination à Yahvé, David évite d'appeler Bethsabée auprès de lui. Sachant que Joab ne va pas manquer d'exécuter son ordre, il éprouve quelques scrupules à dormir entre les bras de la femme pour qui il est prêt à être criminel. Aussi attend-il avec impatience des nouvelles. Elles ne tardent pas à lui être portées par un messager de Joab. David se trouve aux portes du palais avec les premiers parmi ses serviteurs. Le héraut baise le sol devant lui puis, sur sa demande, il lui apprend qu'un assaut a été tenté contre les remparts de la ville, au cours duquel il y a eu plusieurs tués parmi les guibborim.

David alors s'emporte et s'écrie :

« Pourquoi vous êtes-vous approchés des murailles ? Qui a tué Abimélek, le fils de Jerobaal ? N'est-ce pas une femme qui a jeté sur lui du haut du rempart de Tébés une meule ? Pourquoi vous êtes-vous approchés des murailles ? »

Car le messager n'a pas songé à lui apprendre tout de suite la mort d'Urie. Or c'est cette nouvelle qu'attend David, alors que l'annonce de la mort de ses preux au cours d'un inutile assaut provoque sa fureur. Il s'étonne de l'inconséquence de Joab qui envoie ainsi à une mort certaine les meilleurs de ses hommes, alors qu'il n'est pas un Israélite qui n'ait à la mémoire l'histoire de cet Abimélek qui, à l'époque de Gédéon, lorsque Israël était gouverné par des juges, osa le premier se déclarer roi à Sichem pour mourir obscurément en assiégeant Tébés. N'avait-on pas là un exemple de la menace que représente le plus faible des bras pour le plus fort des guerriers, lorsqu'il s'offre imprudemment aux coups des gens dont on fait le siège ? Comment Joab, lui qui est si avisé, a-t-il pu oublier cette leçon ?

Mais le messager reprend aussitôt :

« Ces gens étaient plus nombreux que nous. Ils ont fait une sortie dans la campagne puis nous les avons ensuite repoussés jusqu'aux portes. Au cours de leur sortie ils ont tué des guerriers de mon seigneur le roi, et parmi eux ton serviteur, Urie le Héthéen. »

Ces derniers mots font aussitôt tomber la colère de David qui comprend la raison de l'attaque de Joab.

« Va, et répond ceci à Joab : " Ne te mets pas en peine pour cette histoire. L'épée dévore tantôt celui-ci, tantôt celui-là. Attaque la ville avec vigueur et renverse ses remparts. " Ainsi encourage-le à mettre un terme à ce siège. »

Le corps d'Urie est ramené à Jérusalem afin d'être enseveli et Bethsabée prend le deuil. Elle songe que pour un époux elle doit le porter pendant un mois : n'est-ce pas le temps durant lequel furent pleurés Moïse et Aaron ? Mais à peine s'est écoulée une semaine que David envoie Shusha la chercher.

« Bethsabée, lui dit-il, tu as assez pleuré Urie, nul ne peut plus rien pour lui. Mon seigneur le roi réclame sa servante auprès de lui.

— Shusha, lui répond-elle, il est bon que je vive retirée et me lamente pendant tout un mois afin que nul ne me méprise, qu'on ne puisse dire que le roi était bien impatient de faire venir devant lui l'épouse de son officier Urie le Héthéen.

— David n'aura pas la patience d'attendre si longtemps. Vois, sept jours a été la durée du deuil de Saül qui fut roi d'Israël. Pourquoi porterais-tu plus longtemps celui de ton époux ? Va, rejette cette robe grossière, purifie-toi, baigne-toi et viens devant David. Il t'envoie ceci, une robe bleue qui est la couleur du ciel, la teinte qu'aime Yahvé, et aussi ces bijoux en or qui brillent comme le soleil nouveau, lorsque revient le printemps. »

Il expose à ses yeux éblouis les présents du roi. Elle

les examine, tâte la douceur moelleuse du tissu, admire colliers, bracelets, pendants d'oreilles, enfin les repose et se prononce :

« Dis à David, ton maître, que je serai auprès de lui ce soir. »

Le lendemain, Bethsabée est installée dans le palais, elle reçoit un appartement voisin de celui du roi et afin que nul ne s'en scandalise, David déclare devant sa cour qu'il prend en charge l'épouse d'un guibborim mort en héros pour la gloire d'Israël. Ne sont dupes que ceux qui veulent s'aveugler.

Cependant, toujours plus haut vise Bethsabée, et elle est loin d'être satisfaite.

« David, lui dit-elle un soir où ils sont étendus côte à côte sur la couche royale, cet enfant que je porte en mon ventre, nul ne saura qu'il est de toi. Aux yeux de tous il sera le fils de l'un de tes guibborim, celui d'Urie, non celui du roi. Et moi-même, je ne suis là que ta concubine, l'une parmi tant d'autres.

— Bethsabée, la rassure-t-il, n'aie de crainte à ce propos. Voilà à peine la moitié d'un mois qu'est mort Urie. Avant que ne soit revenue une nouvelle lune, je t'épouserai aux yeux de tous, tu seras la femme légitime du roi, et je déclarerai que tu portes un enfant du roi.

— J'ai bien peur, cependant, que mon père Eliam ne soit mécontent, qu'il ne me donne à toi que contraint car il était très lié avec Urie et il se doute de la vérité.

— Je lui concéderai un haut grade dans l'armée, il pourra entrer dans le corps des guibborim. Ne devrait-il pas se sentir honoré de devenir le beau-père de son roi ?

— Certainement, David, il sera satisfait de tout cela. Néanmoins, je redoute surtout la colère de mon grand-père, Akhitophel. Il est avisé et craint Yahvé.

Lorsqu'il apprendra avec quelle rapidité je suis passée de la couche d'Urie à celle du roi, il comprendra que le roi a séduit sa servante, et il se doutera que j'ai trahi mon époux et que toi tu l'as sciemment envoyé à la mort.

— Bethsabée, ne parle pas ainsi. Il est vrai que j'ai prié Joab de le mettre en avant lors d'un combat, mais si Yahvé avait voulu qu'il vive, il ne serait pas mort. Vois, alors que j'étais capitaine au service de Saül, il m'a maintes fois mis en avant en espérant que je serai tué en combattant le Philistin ; il a même exigé de moi les prépuces de cent Philistins pour me donner sa fille, mais jamais Yahvé n'a permis que s'accomplissent ses vœux les plus secrets.

— Ceci, je le crois aussi, c'est pourquoi je pense que Yahvé ne lève pas son glaive contre toi car il a sans doute prédestiné l'enfant que tu as engendré en moi. Mais je redoute que mon grand-père ne voie pas la chose du même œil et qu'il nous maudisse, toi et moi

— Je saurai bien l'apaiser. Le roi a besoin d'un conseiller, d'un bon serviteur qui aura de grands pouvoirs dans le royaume. Je pense qu'Akhitophel pourra faire l'affaire. Je te laisserai le soin de l'en informer afin de te donner un baume contre sa colère. »

Dès lors, David ne vit plus que dans l'amour de Bethsabée au point qu'il n'éprouve pas un instant le moindre remords pour la mort d'Urie, car il s'est convaincu qu'ainsi en avait décidé Yahvé. Eliam s'empresse de donner son accord pour le mariage qui se fait en grande liesse, de manière que Bethsabée règne bientôt sur le palais. Cependant, avec cet art de la persuasion et de la séduction qui lui est un si grand avantage, elle a l'habileté de ne pas traiter avec humeur les autres épouses ses compagnes. Elle les comble de caresses, les flatte ou les plaint, va jusqu'à exhorter David à plus souvent leur rendre visite, intercède en leur faveur, enfin montre dans ses amitiés nouvelles un zèle qui lui ouvre tous les cœurs, excepté celui de Mikal qui se voit par cette intrigante définitivement supplantée dans le cœur de David. Mais Bethsabée n'en a cure car son affection va de préférence à celles qui sont mères, et en particulier à Akhinoam et Maaka dont elle flatte les enfants, Amnon, Absalom et Tamar.

L'un de ses premiers soins est de se rendre à Gilo, auprès de son grand-père. Elle y vient à dos de chameau, sur un palanquin doré entouré de voiles légers ; elle emmène avec elle une suite de servantes elles aussi montées sur des dromadaires, des serviteurs et une escorte armée que commande son père Eliam. Jamais encore à Gilo on n'a vu si beau cortège.

Akhitophel est assis devant sa cabane, à l'ombre d'un caroubier, lorsque des voisins qui ont reconnu Eliam lui annoncent l'approche de son fils. En voyant s'avancer le cortège, Akhitophel se lève et reste droit, les sourcils froncés. Devant lui s'arrête Eliam qui vient s'agenouiller et baiser un pan de sa robe :

« Mon fils, lui demande Akhitophel, quelles actions d'éclat t'ont-elles valu de devenir capitaine parmi les guibborim ?

— Mon père, réplique Eliam, contrairement à bien des rois qui méprisent leurs serviteurs, David mon seigneur a su reconnaître les mérites de ton fils et il lui a donné selon ses mérites. »

Tandis qu'il parle ainsi, s'est agenouillée la monture de Bethsabée. Un serviteur se hâte d'approcher un escabeau par lequel elle descend à terre aidée par le serviteur. Akhitophel fronce encore plus les sourcils tandis qu'elle s'approche en tenant le bas de sa robe ample et légère pour ne pas qu'il traîne dans la poussière.

« Je vois venir à moi, dit alors Akhitophel à son fils, ta fille Bethsabée. Elle était l'épouse d'un homme vaillant à qui tu l'avais donnée.

— Elle est maintenant l'épouse du roi, notre seigneur.

— Eliam, ne sais-tu pas qu'elle a souillé la couche conjugale, qu'elle s'est laissé séduire par ce David ? Car il n'a de cesse qu'il n'ait assouvi les passions que suscite en lui sa sensualité effrénée. Ainsi vivent-ils tous deux dans le péché. Ta fille est la honte de ma maison, elle a apporté chez nous le déshonneur.

— Mon père tu t'emportes follement ; Bethsabée est

la gloire de notre maison, elle porte en son sein le fils de David, un prince d'Israël.

— Dis plutôt le fruit de l'adultère ! Car sache que si le peuple est aveuglé par son admiration pour son roi, il n'en murmure pas moins sur ses péchés. Tout Israël sait qu'Urie est mort à cause de l'amour du roi pour ta fille.

— Si Urie est mort, c'est parce que Yahvé a voulu qu'il en soit ainsi, répond Bethsabée qui a assisté à la fin de l'altercation. Grand-père, si j'avais péché, notre dieu m'aurait-il ainsi comblée ? Si jamais j'ai été coupable, Yahvé m'a pardonné car nous ignorons ses desseins secrets. Toi-même, ne pardonnerais-tu pas à ta petite-fille qui t'a si fidèlement servi, qui t'aime et te respecte plus que tout au monde ? Ainsi jugerais-tu Yahvé et ses voies ? Ne vois-tu pas que Saül qui fut ton roi, que son fils, ont été injustes envers toi, que ni l'un ni l'autre n'ont voulu reconnaître les mérites de leur serviteur ? Par fidélité à la mémoire de maîtres d'iniquité tu vis misérable en ce lieu, alors que tu devrais résider dans un palais. Aussi ne veux-tu pas reconnaître que Yahvé a élevé ta petite-fille afin que justice te soit rendue, que tu sois rétribué selon tes vertus ? Car sache que je viens devant toi avec piété pour te dire que David, lui, est un roi équitable, qu'il veut te rendre justice : c'est pourquoi il désire t'élever, faire de toi son conseiller afin que tu le maintiennes sur le chemin de la sagesse, miroir sans tache de la majesté de Yahvé. »

Par de telles paroles toutes pleines de miel, Bethsabée désarme la colère d'Akhitophel, le persuade de prêter une oreille favorable à sa prière, d'oublier ses griefs et d'accepter de venir à Jérusalem occuper auprès du roi la place qui lui échoit de droit.

Sept mois ne se sont pas écoulés depuis que Bethsabée est installée dans le palais de David lorsqu'elle est prise de douleurs. Elle s'accroupit sur la pierre et met au monde un garçon.

A peine la nouvelle a-t-elle été clamée dans la ville que Nathan se présente à David. Le roi exulte, la nouvelle le remplit de joie et il accueille son prophète avec chaleur car il espère qu'il va lui parler du destin de l'enfant. Or, contre toute attente, Nathan se plante devant lui et lui dit posément :

« Il y avait dans une ville deux hommes, l'un riche, l'autre pauvre. Le riche possédait des troupeaux de vaches et de brebis en quantité, le pauvre n'avait rien d'autre qu'une seule petite brebis qu'il avait achetée. Il la nourrissait et elle grandissait dans sa maison avec ses enfants, mangeant son pain, buvant dans sa coupe, reposant sur son sein. Elle était là comme sa fille. Est venu un voyageur chez l'homme riche qui s'est gardé de prendre parmi ses troupeaux de quoi donner à manger à son hôte. Il s'est emparé de la brebis du pauvre et l'a apprêtée pour son visiteur. »

David, qui pense que Nathan est venu demander justice pour un homme de sa connaissance, s'indigne et s'écrie :

« Aussi vrai que Yahvé est vivant, l'homme qui a ainsi agi mérite la mort. Il devra rendre quatre brebis au pauvre pour s'être ainsi comporté, sans pitié aucune. »

Alors Nathan lève la main et réplique :

« Tu es cet homme. Ainsi parle Yahvé, dieu d'Israël. Je t'ai oint roi sur Israël, je t'ai délivré des mains de Saül. Je t'ai donné la maison de ton maître, j'ai placé ses filles sur ta poitrine, je t'ai donné la maison d'Israël et de Juda et si cela était trop peu, j'y aurais ajouté telle chose que tu aurais pu désirer encore. Pourquoi as-tu méprisé la parole de Yahvé en faisant ce qui est mal à ses yeux ? Tu as fait tuer Urie le Héthéen par le fer, tu as pris sa femme pour épouse, et lui tu l'as fait périr par l'épée des fils d'Ammon. Désormais l'épée ne s'éloignera plus de ta maison, parce que tu m'as méprisé, parce que tu as pris la femme d'Urie le Héthéen pour en faire ton épouse. »

Ces accusations formulées ainsi par le prophète de Yahvé frappent David, lui font soudain prendre conscience de l'étendue de sa faute. Mais Nathan poursuit :

« Ainsi parle Yahvé : " Vois, je vais faire lever le malheur devant toi, dans ta propre maison. Tu as agi dans l'ombre, en secret, mais moi je te punirai devant tout Israël, à la face du soleil. " »

David est tombé à genoux, il baisse la tête et reconnaît :

« J'ai péché contre Yahvé. »

Cet aveu surprend Nathan qui s'attendait à un mouvement d'orgueil et de colère de la part du roi qui ainsi s'humilie.

Il se retire, mais David n'ose plus se réjouir de la naissance de son fils.

Or l'enfant est malingre et bientôt il est pris de convulsions. David appelle à son chevet des médecins et des magiciens phéniciens et égyptiens venus de Tyr et d'Ashdod en toute hâte. Lui-même s'éloigne de Bethsabée, il jeûne strictement, ne se vêt plus que d'un sac et dort sur la terre nue. En vain les dignitaires du palais viennent auprès de lui le prier de prendre de la nourriture et de se lever, mais il s'y refuse obstinément, passe ses jours dans les larmes, l'affliction, le repentir. Ainsi espère-t-il fléchir Yahvé, car ce mal dont est atteint l'enfant de son péché lui semble avoir été envoyé par Yahvé pour l'éprouver.

Le septième jour, le nourrisson ferme les yeux, cesse de crier, cesse de s'agiter, cesse de respirer. Bethsabée, qui l'a veillé sans répit, éclate en gémissements, en lamentations. Elle tombe en pleurs aux pieds de Nathan venu prendre des nouvelles, apitoie son cœur par son repentir et un si grand chagrin.

Les serviteurs de David chargés d'aviser le roi de ce malheur sont consternés, ils ne savent comment l'aborder.

« Quand son fils vivait encore, dit Ira le Jaïrite, nous avons essayé de le raisonner, mais il a refusé de nous entendre. Qui osera lui dire : ton enfant est mort ? Il fera un malheur !

— Allons auprès du roi, dit Shusha, nous aviserons alors. »

David est couché sur le sol de sa chambre, il ne bouge pas lorsque entrent les familiers, si bien qu'aucun n'ose prendre la parole, mais à voix basse ils s'encouragent, ils s'exhortent mutuellement à parler au roi. En les voyant ainsi, le visage morne, chuchotant entre eux, David comprend que Yahvé l'a frappé.

« Mon enfant, il est mort ? demande-t-il d'une voix lasse.

— Il est mort », répondent les serviteurs royaux. Alors qu'ils s'attendent à un éclat de colère ou à une explosion de gémissements, David ne dit rien. Il consent enfin à se lever et ordonne qu'on lui prépare un bain. Sans renvoyer ses familiers, il se baigne, se coiffe, se parfume, revêt une tunique propre, blanche brodée d'or. Il va devant le séraphim placé dans la salle adjacente à sa chambre, se prosterne, brûle de l'encens, puis, se tournant vers le chef de sa maison, il lui ordonne :

« Qu'on prépare un repas, un banquet avec les meilleurs vins. »

Josaphat ne peut alors plus cacher sa surprise et il ose interroger le roi :

« Roi, mon seigneur, que fais-tu là ? Alors que l'enfant vivait, tu jeûnais et ne cessais de pleurer. Voici qu'il est mort, et tu te lèves et tu veux banqueter, sans même prendre le deuil ?

— Tant que l'enfant vivait, répond David, j'ai jeûné et pleuré car j'espérais fléchir Yahvé, je me disais qu'il aurait peut-être pitié de moi et qu'il laisserait vivre l'enfant. Il n'a pas voulu qu'il en soit ainsi et il me l'a pris. Qui dira dès lors que je n'ai pas payé ma dette envers Yahvé ? Et maintenant qu'il est mort, pourquoi jeûnerais-je, pourquoi gémirais-je ? Cela le fera-t-il revenir parmi les vivants ? C'est moi qui à la fin de mes jours irai le rejoindre, mais lui, jamais plus il ne viendra vers moi. Or à peine a-t-il vu la lumière du jour, à peine l'ai-je vu, et mon cœur n'a pas eu le temps de s'attacher à lui. Je loue Yahvé car par là il a eu pitié de moi, car immense aurait été ma douleur s'il me l'avait pris à l'âge de mes autres fils. »

Ainsi David mange-t-il et boit-il en compagnie de ses familiers, puis il va dormir dans son lit.

Il se réveille l'âme sereine, assuré qu'il va désormais pouvoir aimer Bethsabée sans arrière-pensée, sans crainte de la vengeance de Yahvé. Il va la rejoindre dans son appartement où il la trouve en pleurs : l'enfant a été enseveli pendant la nuit, tandis qu'il dormait, par les soins d'Eliam et de Bethsabée qui a passé la nuit à crier et à gémir, au point qu'elle a attiré sur sa tête la compassion de tous les gens du palais, de toutes les femmes. Il entreprend de la consoler avec des mots persuasifs, des baisers et des caresses. Enfin elle accepte de se baigner pour se purifier, de se parfumer, de manger et de boire. Puis il l'emmène dans sa chambre, l'enlace et la berce jusqu'à ce qu'elle s'endorme. Elle sommeille près d'un jour entier et lui-même fait pareil. Lorsqu'ils se réveillent, dispos, leur chagrin calmé, David lui dit :

« Vois, nous avons payé notre dette à Yahvé. Je veux te faire dès ce jour un autre enfant, car Yahvé le bénira et par là nous verrons que notre faute est pardonnée. »

Ainsi fait-il et pendant toutes les nuits suivantes il la reçoit dans son lit si bien qu'elle est bientôt à nouveau enceinte sans avoir besoin de manger de la racine de mandragore. Dans le temps voulu, elle met au monde encore un garçon qui reçoit le nom de Salomon. Mais à peine David lui a-t-il donné un nom, avant que soient écoulés les quarante jours des relevailles précédant la purification de la mère, avant même les huit jours prescrits pour que soit effectuée la circoncision, qu'arrive à Jérusalem un messager envoyé par Joab. Il se jette aux pieds de David et déclare :

« Joab, ton sarsaba, envoie son serviteur devant mon seigneur le roi pour lui dire ceci : " J'ai donné l'assaut à Rabbath Ammon, nos guerriers se sont emparés de la ville des eaux, de toute la cité basse construite sur le cours du Yabbok. La citadelle seule résiste mais elle est prête à capituler. Aussi, rassemble le reste de l'armée, viens dresser ton camp devant la ville et commande l'assaut final afin que ce soit toi qui t'empares de la ville et lui donnes ton nom. " »

Depuis près d'un an dure le siège, depuis tout ce temps David attend ce moment : or c'est à ses yeux un signe de Yahvé, car il vient au moment de la naissance de Salomon, dont le nom magnifie la paix. Aussitôt David se met en route pour la ville des fils d'Ammon à la tête des troupes cantonnées aux alentours de Jérusalem. La citadelle résiste encore aux coups de Joab. David en cherche les faiblesses puis il ordonne l'assaut général. Affaiblis par la famine, désespérés par la vue de la ville basse à demi détruite, les derniers fidèles d'Hanûn ne se défendent que mollement et bientôt les ultimes bastions de la cité sont emportés tandis que meurt Hanûn le glaive à la main.

David qui a de nouveau revêtu la cuirasse, coiffé le casque, ceint l'épée, entre dans le temple de Milkom, le dieu tutélaire des Ammonites. Le temple domine la ville, il trône au plus haut de la citadelle. On y pénètre par une porte de bronze dont la hache des vainqueurs a arraché les battants, flanquée de deux colonnes trapues.

Au fond du sanctuaire, dans la pénombre déchirée par les lueurs dansantes de hautes lampes, se dresse la statue du dieu toute de bronze et d'or, dont brillent les escarboucles des yeux. Il est enveloppé d'épaisses fumées d'encens et de myrrhe, résines que les prêtres jettent sans cesse dans les cassolettes de bronze, cela malgré les rigueurs du siège. Sur la tête du dieu est posée une pesante couronne d'or au milieu de laquelle est enchâssée une pierre précieuse qui jette mille feux. D'un pas ferme David marche jusqu'à la statue, lui ôte la couronne et sous le regard terrifié des prêtres de Milkom et des guibborim, il ose en coiffer son front. Un silence suit ce geste audacieux ; certains redoutent que le dieu ne foudroie le profanateur, mais rien ne se passe. David se tourne vers ses hommes, portant la couronne d'Ammon soumis ; un tonnerre d'acclamations s'élève des poitrines des guibborim tandis que se prosternent les prêtres du dieu vaincu. Nul ne doute plus que Yahvé Sabaoth ne marche devant David.

Tandis que, par corps, l'armée d'Israël occupe toutes les villes des Ammonites, David qui a laissé une garnison dans la citadelle rentre à Jérusalem. Il emmène avec lui un immense butin : vaisselle, bijoux et perles en bronze et en or, armes en fer, tapis et tissus, objets précieux, meubles, chariots, litières, chameaux en quantité, bétail gros et petit, esclaves. Une partie de la population, il la déporte, la met à manier la scie, le pic, la hache de fer, l'emploie à la fabrication des briques, afin d'agrandir Jérusalem, d'élever de nouveaux monuments à la gloire du roi d'Israël.

Dès lors, David ne connaît plus d'ennemis, ni au sud, ni au nord, ni à l'est ; à l'ouest son empire n'a pas atteint la mer, mais les Philistins qui occupent les côtes lui paient le tribut. Le pâtre des monts de Juda est devenu l'égal des rois d'Egypte, de Babylonie et d'Assyrie.

LIVRE XVI

Tu seras comme un infâme en Israël

Bethsabée regarde passer Amnon, le fils aîné de David, d'un air rêveur, tout en respirant le parfum d'un lis. Elle s'est installée parmi des coussins, dans l'ombre d'un large dais dressé sur une estrade, au fond de la grande esplanade ouverte derrière le palais. De là, rayonnent diverses allées conduisant aux pavillons où sont logés les épouses royales, les princes, les proches parents de David. C'est en ce lieu qu'elle se plaît à passer la plus grande partie du jour, entourée de servantes, car elle peut observer toutes les allées et venues des hôtes du palais, sans cependant rien laisser paraître de cette curiosité toujours en éveil. Ainsi la croit-on absorbée dans quelque conversation avec une épouse royale venue la visiter, occupée à faire jouer son fils Salomon âgé de cinq ans, ou à écouter une jeune femme qui chante en s'accompagnant d'une harpe.

Plusieurs fois par jour elle voit Amnon venir au palais, vers l'appartement occupé par Maaka et sa fille Tamar, mais elle sait qu'il ne peut se permettre d'entrer. Il rôde tout autour, cherchant les plus futiles prétextes pour justifier sa présence en ces lieux.

Lorsqu'elle est assurée de son fait, Bethsabée fait

venir devant elle Jonadab. C'est un jeune homme de vingt-cinq ans, d'une assez belle figure quoique ayant quelque tendance à l'obésité. Il est le fils de Shamma, l'un des frères de David. Le roi l'a pris avec lui pour qu'il devienne un compagnon d'Amnon car ils ont le même âge. Or Jonadab a subi la séduction de Bethsabée dont il est tombé secrètement amoureux. Il n'a pas eu besoin de se déclarer pour que sa jeune tante se doute de la passion qu'elle a suscitée dans son cœur ; avec prudence elle évite de l'encourager dans des sentiments qui risquent de lui être nuisibles, mais elle ne s'en félicite pas moins en songeant qu'elle pourra à l'occasion les exploiter à son profit. Or il lui semble que ce moment est venu.

A son appel, Jonadab est accouru et il s'est agenouillé auprès d'elle en baisant le tissu de sa robe. Avec un engageant sourire, elle l'invite à s'asseoir auprès d'elle, l'entretient de choses diverses puis, lorsque passe à nouveau Amnon de retour au palais, elle dit soudain :

« Voici ton cousin et compagnon qui rentre en sa demeure. Ne trouves-tu pas, Jonadab, que depuis quelque temps il montre un visage sombre et préoccupé ? Je sais pourtant qu'il n'a pas eu d'altercation avec son père qui l'aime au point de lui accorder tout ce qu'il peut désirer. Ne lui a-t-il pas récemment encore donné un magnifique char avec deux beaux chevaux ? Et voici qu'il n'a même pas cherché à se montrer sur ce bel attelage qu'il a remisé dans les écuries.

— Il est vrai qu'Amnon m'inquiète, car il ne se plaît plus dans tout ce qui était naguère ses distractions préférées.

— Ne crois-tu pas qu'il te revient, à toi son ami, de l'aider en de telles circonstances ? Enquiers-toi de ce qui le chagrine puis reviens m'en entretenir afin que nous cherchions la meilleure manière de lui être utile.

— En vérité, Bethsabée, tu es pour lui une merveilleuse belle-mère. Moi, je t'admire infiniment, je suis de ceux qui se réjouissent de voir que le roi a fait de toi la première des femmes du palais, car tu uses de ton pouvoir pour le bien de chacun de nous.

— Vois-tu, Jonadab, je crains Yahvé et je cherche de mon mieux à me rendre agréable à tous ceux qui m'entourent. »

Ainsi Jonadab s'en va-t-il retrouver Amnon :

« D'où vient, prince, que je te trouve le visage ainsi défait ? lui dit-il. Ne veux-tu dire à ton cousin et ami ce qui se passe ? Quel est ton mal ?

— Jonadab », répond Amnon en s'asseyant sur une pierre ensoleillée « si tu ne m'avais interrogé, je ne serais pas venu à toi pour te parler. Mais puisque je vois ton inquiétude à mon propos, je crois pouvoir te confier ma peine. Voici, j'aime Tamar, la sœur de mon frère Absalom. »

Jonadab soupire et hoche la tête.

« Il est vrai que c'est un mal difficile à guérir.

— Oui, je passe mes journées à rôder vers l'appartement de Maaka dans l'espoir de la voir, mais elle ne sort jamais. Alors je vais au bas de sa terrasse pour la surprendre lorsqu'elle va y prendre l'air, le soir, mais je ne puis l'apercevoir que de loin de manière que mon désir s'exacerbe sans pouvoir espérer un début de satisfaction. Si au moins je pouvais l'aborder, lui parler comme je le fais pour mes frères ou pour toi. Mais elle, elle m'est aussi lointaine qu'une étrangère et plus inaccessible car elle est ma sœur.

— Laisse-moi un jour ou deux, Amnon. Je vais réfléchir à ce qu'on pourrait faire afin de satisfaire ta passion. »

Dès qu'il quitte son cousin il court auprès de

Bethsabée pour lui faire part de sa découverte. La jeune femme prend un air surpris et soucieux quoique en réalité elle sache à quoi s'en tenir. Enfin elle lui dicte la réponse qu'il doit faire à Amnon, comme si elle venait de lui, le persuade de l'inciter à agir comme elle le lui conseille.

Le jour suivant, Jonadab vient trouver Amnon :

« Voilà ce que tu dois faire, lui dit-il. Simule une maladie dont les premiers effets ont été déjà vus sur toi par ceux qui te rencontrent. Couche-toi, ne prends plus de nourriture, en tout cas aux yeux de tiers. Ton père viendra bientôt te voir pour prendre des nouvelles. Fais comme si tu étais mourant. Il sera inquiet, prêt à t'accorder tout ce que tu pourras exiger. Alors demande-lui de permettre que ta sœur Tamar vienne te soigner, qu'elle apprête devant toi ces beignets que tu aimes tant, car c'est la seule nourriture que tu sois décidé à prendre. David ne pourra te refuser cela. Lorsque tu seras seul avec Tamar, tu agiras alors selon ton désir, tu satisferas ta passion. »

Amnon félicite son cousin pour sa suggestion, le remercie puis se couche et refuse de prendre quelque nourriture que ce soit. Bientôt on vient en aviser David qui se rend aussitôt au chevet de son fils. Il s'enquiert de son mal, se déclare prêt à faire venir les meilleurs médecins de Tyr et de Gaza.

« Ce n'est pas nécessaire d'aller chercher si loin, assure Amnon d'une voix faible. Permets que ma sœur Tamar vienne et qu'elle prépare sous mes yeux des gâteaux frits, qu'elle me les donne de sa main. »

David s'étonne de ce souhait, mais il y voit une fantaisie d'un esprit affaibli par la maladie. Il songe que si son fils mange cette nourriture, cela lui permettra de se soutenir jusqu'à l'arrivée de médecins qu'il se promet de faire venir par ailleurs. Il se rend aux appartements de Maaka où il trouve Tamar et lui dit d'aller chez son frère afin de lui préparer le plat qu'il réclame. A dix-huit ans, Tamar est en âge depuis déjà longtemps de prendre un époux, mais sa mère veut encore la garder auprès d'elle tandis que David désire lui trouver pour époux un roi puissant. Il n'imagine pas de la marier à un simple particulier comme Saül l'a fait pour sa fille aînée.

Suivant l'ordre de son père, Tamar se rend à la demeure d'Amnon, où elle le trouve entouré de quelques serviteurs, lui-même étant toujours couché au fond de son lit. Elle le salue, s'inquiète de sa santé puis elle s'arrête devant une table en bois d'olivier où, à la demande d'Amnon, ont été disposés de la farine de froment, de l'eau, du miel, de l'huile et tout ce qu'il faut pour confectionner des beignets. Elle pétrit la pâte et prépare la pâtisserie sous le regard d'Amnon, mais elle est si occupée à sa tâche qu'elle ne porte pas les yeux sur son frère. Un serviteur a apporté un brasero et une poêle dans laquelle elle met à frire les beignets. Lorsqu'elle les juge cuits à point, elle les dépose sur un plat et vient les offrir à Amnon. Il se soulève sur un coude et déclare alors :

« Je ne veux pas manger sous tous ces regards. Fais sortir tout le monde. »

Tamar dépose le plat sur une tablette disposée au chevet de la couche faite de coussins jetés sur un lit en bois et en bronze, dressé sur une estrade en brique, au fond d'une alcôve agrémentée de tentures. Elle fait sortir les serviteurs, referme la porte, revient vers Amnon.

« Apporte-moi le plat dans l'alcôve, que je me restaure de ta main », lui demande-t-il.

Elle s'exécute docilement, prend le plat et monte jusqu'au lit. Elle se tient devant lui, dans une ample robe à longues manches, immobile, si belle à ses yeux qu'il est saisi d'un vertige. Son regard se met à briller d'un tel désir qu'elle a un mouvement de recul, mais il lui a pris le poignet avec force et l'attire vers lui. Elle en est saisie au point de lâcher le plat de terre cuite qui se brise en tombant.

« Viens contre moi, ma sœur, couche avec moi. »

Il lui dit ces mots avec une telle ardeur qu'elle s'effraie de la détermination qu'elle lit dans ses yeux.

« Non mon frère ! » s'écrie-t-elle la gorge nouée de crainte. « Ne me fais pas violence ! On ne doit pas agir ainsi en Israël, ne commets pas une telle infamie ! Moi, où irai-je porter ma honte ? Et toi tu seras comme un infâme en Israël. »

Mais sans vouloir l'entendre, il l'a entraînée sur le lit, a déjà arraché le haut de sa robe et découvert la poitrine. Elle tente alors de le fléchir d'une autre manière, car elle-même n'est pas restée insensible de son côté à la beauté d'Amnon :

« Arrête, je t'en supplie. Si tu me désires à ce point, va me demander au roi : il ne refusera pas de me donner à toi. Abraham, notre père, n'a-t-il pas épousé Sara, sa sœur par son père, comme nous le sommes nous-mêmes ? »

La veille encore, alors qu'il ne savait pas par quel moyen satisfaire sa passion, Amnon aurait aussitôt couru devant son père ; mais maintenant qu'il sent sous lui son corps chaud à demi nu, sur son visage son haleine qui lui semble si douce, alors que son désir l'aveugle, l'aiguillonne comme un taon autour d'une génisse, il ne songe plus qu'à satisfaire sa lubricité. En vain cherche-t-elle à se débattre et elle n'ose pas appeler par crainte de la honte qui pourrait rejaillir sur elle-même. Longtemps ils luttent ainsi, déchirant leurs vêtements, mais la jeune fille sent ses forces fléchir, sa détermination vacille. Il la maîtrise enfin ; elle se voit vaincue, mais encore tente de le dissuader ; il clôt ses lèvres avec sa bouche. Lorsqu'elle le sent en elle, elle se détourne et laisse couler ses larmes sans plus s'épuiser en une vaine défense.

Amnon prend son plaisir, à satiété, avec une sorte de fureur contenue, provoquée par son abandon, son inertie. Il se relève, réajuste sa tunique et en regardant sa sœur qui reste couchée sur le lit, dans le désordre de ses vêtements, il est pris d'un dégoût pour elle, d'un dégoût qui bientôt se transforme en un mépris haineux.

« Lève-toi et va-t'en ! » lui lance-t-il d'une voix étouffée.

Après s'être abandonnée, elle a caressé l'espoir que son frère la demanderait à leur père, qu'il continuerait de l'aimer comme elle-même se sait prête à l'aimer ; ainsi serait effacée leur honte que nul sinon eux-mêmes ne connaîtrait. Mais ces paroles sèches et dures lui portent un coup au cœur. Elle se redresse, s'assied au bord du lit et tente de le fléchir :

« Mon frère, au mal que tu m'as fait n'ajoute pas celui de me chasser ignominieusement. Je ne dirai rien à personne de ce qui vient de se passer, mais fais de moi ton épouse, aie pitié de moi. »

Au lieu de le toucher, ces supplications ne réussissent qu'à plus encore l'exaspérer. Il ouvre la porte, appelle l'un de ses serviteurs, jeune homme robuste, et lui ordonne :

« Jette cette fille dehors, loin de ma vue, et ferme la porte derrière elle. »

Le serviteur marche vers Tamar qui s'est levée sans un mot et tente de remettre en place le pan déchiré de sa robe sur sa gorge. Il la pousse dehors sans ménagement et verrouille la porte.

La jeune fille ne peut plus contenir la douleur qui lui fait éclater le cœur. Elle tombe à genoux, saisit à pleines poignées de la poussière qu'elle répand sur ses cheveux, dilacère sa tunique puis, ayant mis une main sur la tête, elle s'éloigne en poussant des cris, comme on le fait lors d'un deuil. Elle n'ose revenir vers l'appartement de sa mère, elle se dirige vers la demeure qu'Absalom a reçue récemment de leur père. En la voyant ainsi s'approcher, le jeune homme court vers elle, il la serre dans ses bras et lui demande :

« C'est ton frère Amnon ? Il a abusé de toi ? »

Elle hoche la tête en versant des larmes. Alors il enlace ses épaules, l'entraîne vers sa maison en lui disant :

« Maintenant, ma sœur, ne dis rien. C'est ton frère, ne prends pas trop cette affaire à cœur. »

Par de semblables paroles, Absalom cherche à consoler sa sœur, à apaiser son cœur, tout en la conduisant chez lui. Tamar, qui connaît le sens de l'honneur familial de son frère, s'étonne qu'il ne paraisse pas plus irrité par une action aussi ignominieuse, et elle l'exhorte à la venger, mais lui :

« Sois patiente, ma sœur, lui dit-il. Il ne faut pas que cette affaire s'ébruite, sans quoi nul homme ne voudra de toi pour épouse. C'est là une affaire de famille, qui sera réglée en famille. Pour ce qui est de te venger, mets ta confiance dans ton frère qui t'aime. »

Nul n'ose aller aviser le roi de ce qui vient de se passer. Le serviteur d'Amnon veut protéger son maître, les servantes de Tamar, à qui la jeune fille n'a pu cacher son aventure, redoutent la colère d'Amnon tout autant que celle de David : elles considèrent que ce n'est pas là une affaire qui les concerne. Cependant, lorsque Maaka ne voit pas rentrer sa fille, elle s'en inquiète, va à sa rencontre, la retrouve chez Absalom, parvient à lui arracher les aveux de son déshonneur. Aussitôt elle court auprès de David pour l'en informer. Dans un premier mouvement de colère, David s'apprête à faire venir son fils devant lui pour le châtier. Mais Akhinoam, mise au courant de l'affaire, vient en pleurs devant son époux, lui demande pardon au nom de son fils, lui cherche une excuse dans sa passion suscitée par la beauté de la jeune fille, lui rappelle qu'il est son premier-né, le fruit des amours de leur jeunesse. David se laisse fléchir, il se contente d'exiger qu'Amnon se retire pendant quelques mois dans la demeure familiale de Bethléem, avec son cousin Jonadab.

Bethsabée se garde d'intervenir et lorsque le soir, car après plus de six années de mariage David la chérit tout autant qu'aux premiers jours et la reçoit dans sa couche presque chaque nuit, il lui rapporte la décision qu'il a prise, elle se hâte de l'en féliciter, loue sa modération, son amour paternel, sa tendresse bienveillante pour ses fils. Cependant, un jour qu'elle a l'occasion de se trouver seul à seul avec Absalom, elle soupire en lui disant :

« Vraiment, Absalom, j'admire ta patience et l'empire que tu exerces sur ton âme.

— Pourquoi me dis-tu cela ? s'étonne-t-il.

— Parce que tout autre que toi se serait follement précipité sur son frère l'épée à la main dès qu'il aurait connu le crime dont il s'est rendu coupable ; ç'aurait été un geste insensé car Amnon est fort, il est sur ses gardes et il risquait d'ajouter le meurtre de son frère au déshonneur de sa sœur. Et le roi aime tant l'héritier de son trône que je suis convaincue qu'il lui aurait pardonné d'avoir assassiné son frère. Car il est visible qu'il aime plus que tout au monde son Amnon, pour ne même pas lui avoir fait la moindre réprimande. »

Ce discours fait tressaillir Absalom de colère. Il l'interrompt soudainement :

« Bethsabée, me crois-tu lâche, peu soucieux de l'honneur de ma sœur ?

— Absalom, aussi vrai que Yahvé est vivant, loin de moi de telles pensées. Justement, je pense que tu es rusé et que tu attends ton heure pour tirer du crime de cet Amnon une vengeance exemplaire. Car je suis sûre que la pauvre petite Tamar ne pourra retrouver la paix de l'âme qu'une fois lavé son honneur... lavé dans le sang... Oui, cette chère enfant vient souvent se confier à moi, elle pleure entre mes bras et je la console comme je peux. Ah ! si j'étais un homme, je ne vivrais que pour la venger. »

Absalom scrute Bethsabée d'un regard sombre avant de s'écrier :

« Tais-toi, je sais ce que j'ai à faire. Mais par la vie du roi, par la vie de Yahvé, je peux te déclarer que l'honneur de ma sœur sera lavé... dans le sang. »

Sur ces paroles il lui tourne le dos. Bethsabée le regarde s'éloigner ; un sourire se joue sur ses lèvres.

Grande est la patience d'Absalom, plus grande que nul n'aurait pu l'imaginer. Pendant quelque temps, il se borne à ne pas adresser la parole à son frère rentré de Bethléem, puis il reprend ses relations avec lui, comme par le passé.

Ainsi se sont écoulées deux années.

Un matin, Absalom vient devant Bethsabée qui se tient sous son dais, sur l'esplanade du palais. Il la salue avec respect puis, sur son invitation, s'assied face à elle :

« Absalom, je suis contente de te voir. Voici plus d'un mois que tu es dans le domaine que t'a donné ton père à Baal Hasor et tu sembles t'y plaire tant que tu nous en a tous oubliés, même ta sœur Tamar et ton frère Amnon qui se porte si bien.

— Bethsabée, je n'ai pas oublié ce que tu m'as dit un jour.

— Il y a si longtemps! Que t'ai-je dit? A quoi penses-tu? »

Absalom fait un geste vague et reprend :

« Bethsabée, si tu chéris ma sœur Tamar comme tu le prétends, rends-moi un service.

— Parle, je te prouverai que ta sœur m'est plus chère encore que tu ne le crois.

— Alors, écoute. A Baal Hasor, j'ai les tondeurs. Pour cette fête qui accompagne la tonte des troupeaux, je veux offrir un banquet à mes frères mais, aussi, je suis obligé d'inviter le roi et toi avec tes servantes.

— Tu ne peux faire autrement, Absalom.

— Sans doute, mais toi, tu peux faire que le roi ne vienne pas et qu'il se fasse remplacer, par exemple, par son fils aîné Amnon.

— Il est vrai », reprend vivement Bethsabée avec à-propos, « que le roi ne peut se déplacer qu'avec ses officiers, ce qui fait beaucoup de monde. Et ton domaine n'est pas très grand, ni très riche : cela te ferait une trop lourde charge. Je te comprends, Absalom. Viens demain devant le roi et invite-le. J'ai le sentiment qu'il se fera scrupule de t'imposer de nourrir sa cour, il te laissera seul avec tes frères et Amnon, en toute tranquillité. »

Elle ferme à demi les paupières et son regard glisse vers Absalom qui se lève et s'éloigne.

Ce même soir, lorsque David a satisfait ses élans amoureux avec Bethsabée, celle-ci l'entreprend, sachant le moment favorable.

« J'ai appris, lui dit-elle, que ton fils Absalom a les tondeurs à Baal Hasor. Sans doute voudra-t-il nous convier à la fête qu'il donne pour la circonstance. Pour moi, je ne veux y aller car je me sens lasse, accablée par cette chaleur. Et encore, ce garçon est trop généreux alors qu'il n'en a pas les moyens. Si ses frères viennent avec leurs serviteurs et le roi avec sa cour, tous les revenus qu'il pourra tirer de la laine de ses moutons ne suffiront pas à régaler tant de personnes.

— Tu parles avec sagesse, déclare David, et j'apprécie l'amour que tu portes à mes enfants. J'ai vu que tu les traites comme s'ils étaient tes propres enfants et même mes autres épouses n'ont qu'à se féliciter de ta bonté à leur égard.

— C'est parce que j'aime tout ce qu'aime mon seigneur David, tant est vaste l'amour que j'ai pour lui. »

Cette réponse enchante le roi qui se réjouit en s'assurant qu'en tous points cette femme est bien digne de la passion qu'il continue de nourrir pour elle depuis tant d'années.

Le lendemain Absalom se présente devant son père pour lui dire :

« Voici que les tondeurs sont chez ton serviteur. Que le roi et ses familiers viennent chez ton serviteur afin qu'ensemble nous nous réjouissions. »

David s'empresse de lui répondre :

« Non, mon fils, il n'est pas nécessaire que nous venions tous, ce serait pour toi une trop lourde charge.

— Cela importe peu, ton serviteur vit modestement tout le reste de l'année. Déjà mes jeunes frères, tes fils, ont accepté de venir avec leurs serviteurs.

— C'est bien ainsi, la charge sera suffisante et vous serez entre frères. Moi, je ne puis quitter le palais ces jours prochains.

— Permets tout au moins que mon frère Amnon vienne avec nous. Il est mon aîné, je lui dois le respect, c'est à toi de m'accorder cette grâce.

— Pourquoi veux-tu qu'il vous accompagne ?

— Afin que nous soyons ensemble, tous les frères. Et lui il te représentera puisque tu ne peux pas être présent en personne.

— Qu'il me représente, qu'il vienne avec toi puisque tu m'en pries. »

Absalom rend grâce à son père et ce jour même il part sur sa mule pour son domaine de Baal Hasor, établi sur une colline près d'Ephraïm, dans les montagnes de Juda.

A peine trois jours se sont écoulés depuis le départ d'Absalom qu'un homme arrive en hâte à Jérusalem, se jette sur le ventre devant David assis dans une salle du palais avec ses officiers et ses familiers, et lui dit en tremblant :

« Absalom a tué tous les fils du roi mon seigneur, il n'en reste pas un seul ! »

A cette nouvelle inouïe, David se lève en s'écriant : s'écriant :

« Aussi vrai que Yahvé est vivant, ce n'est pas possible !

— Hélas ! Je l'ai vu de mes propres yeux.

— Dis-moi, qu'as-tu vu ? Que s'est-il passé ?

— Nous sommes tous montés, hier, vers Baal Hasor, les fils de mon seigneur le roi et leurs serviteurs. Moi j'accompagnais mon maître Amnon, avec d'autres serviteurs et Jonadab, l'ami d'Amnon, le neveu du roi. Absalom a reçu ses frères avec mille marques d'affection, il leur a montré leurs logements puis des servantes sont venues laver leurs pieds et le soir même nous étions tous réunis devant la maison, sur des nattes et des coussins afin de partager les moutons rôtis et tous les mets qui avaient été préparés par Absalom en l'honneur de ses frères. Les princes se sont repus de viandes, de légumes, de dattes et de gâteaux, puis ils ont bu jusqu'à l'ivresse car Absalom avait fait apporter en abondance des outres de vin nouveau. Tout le monde avait eu plus que sa part, tous les cœurs étaient en joie, la gaieté était le lot de chaque convive, même pour les serviteurs et les esclaves. Et voici que soudain des serviteurs d'Absalom se sont approchés des princes, ils ont tiré de sous leurs manteaux des poignards et des épées. J'ai vu les lames de fer luire dans la lumière des lampes nombreuses : j'ai alors compris qu'Absalom avait tendu un piège à ses frères, que le massacre allait commencer. Il y a eu alors une grande confusion, des cris... nul d'entre nous n'était armé et les serviteurs ont pris la fuite. Plusieurs lampes ont été renversées, l'obscurité s'est faite, la nuit a favorisé notre fuite et aussi le crime d'Absalom. »

Le serviteur s'est tu, il a appuyé la face contre le sol afin de ne pas voir le chagrin du roi. Car David a poussé un grand cri ; il déchire son vêtement de pourpre et se jette à terre en gémissant. Ses officiers participent à sa peine et à leur tour ils pleurent en dilacérant leurs tuniques.

Dans une cour en deuil arrive alors Jonadab qui a suivi de près le serviteur d'Amnon. En le voyant, Joab vient vers lui et l'interroge :

« Jonadab, mon cousin, est-il vrai que tous les fils du roi sont morts, tués par Absalom ? »

David le prend par le bras et lui demande :

« Dis-moi, ai-je bien perdu tous mes enfants, d'un seul coup ? »

Jonadab le rassure alors :

« Que mon seigneur ne croie pas qu'on ait fait périr tous les jeunes gens, les fils du roi. Seul Amnon est mort. C'est une vengeance qui était dans le cœur d'Absalom depuis le jour où Amnon a déshonoré sa sœur Tamar. Maintenant, que mon seigneur le roi ne pense pas que tous ses fils sont morts. Seul Amnon a été tué, Absalom n'avait aucune haine pour ses autres frères. »

Malgré le chagrin que lui cause la mort d'Amnon, David se réjouit que son malheur ne soit pas aussi grand qu'il aurait pu le redouter. Bientôt entre un garde placé en observateur sur le toit du palais, qui déclare :

« J'ai vu des hommes nombreux qui descendent le chemin de Bahurim, au flanc de la montagne. Plusieurs sont montés sur des mules, ce sont sans doute les fils de mon seigneur le roi. »

Un instant, David caresse même l'espoir qu'Amnon ne soit que blessé et qu'il se trouve parmi eux. Il sort sur l'esplanade, devant la résidence royale où bientôt débouchent des serviteurs des princes.

« Les fils du roi arrivent, remarque alors Jonadab. Il en a été comme l'a dit ton serviteur. »

A peine achève-t-il de parler qu'apparaissent les princes sur leurs mules. Ils annoncent à leur père qu'Amnon a bien été tué, mais ensuite Absalom les a réunis, leur a déclaré qu'il n'avait fait qu'infliger un châtiment que le roi n'avait eu ni l'autorité ni le courage d'assumer. Il les a alors renvoyés à Jérusalem et a déclaré que lui-même s'exilait avec ses serviteurs chez son grand-père Talmaï, fils d'Ammihud, le roi de Geshur.

David a trop ressenti dans ce drame la conséquence de sa propre faiblesse vis-à-vis de ses fils, aussi ne cherche-t-il pas à faire poursuivre Absalom car il songe que s'il avait sévi comme il aurait dû, Absalom n'aurait pas eu à assumer la vengeance qu'exigeait le viol de sa sœur.

Il ne peut cependant s'interdire de pleurer Amnon

dont le corps est ramené à Jérusalem pour y être enseveli.

Tout le palais prend le deuil, chacun se lamente, Bethsabée plus que les autres femmes encore :

« Malgré son crime, assure-t-elle à David, Amnon m'était cher. Car il a agi sans mauvaise intention, poussé par cette même passion qui nous a tous deux rapprochés et finalement conduits à lui sacrifier Urie. Sans doute Absalom s'est cru habilité à venger l'honneur de sa sœur, mais contre toute équité car mon seigneur qui est le père et aussi le roi, avait pardonné. Il est inquiétant que l'un de tes fils ait prétendu se substituer à ta justice d'une manière aussi radicale, car par là, il a osé juger son père et dans son acte il y a une condamnation de la justice paternelle et surtout royale.

— Crois bien », assure David que de telles paroles contraignent à faire un retour sur lui-même, « que je ne suis pas près de pardonner son crime à Absalom et il est heureux pour sa sécurité qu'il se soit réfugié chez son aïeul, car malgré l'amour que je lui porte j'aurais sévi avec une extrême sévérité.

— Les choses sont donc bien ainsi, comme l'a voulu Yahvé, renchérit Bethsabée. Mon seigneur le roi aura le temps de réfléchir, sa douleur de s'apaiser et peut-être pardonnera-t-il à son fils et serviteur. »

Trois années durant, Absalom vit en exil à Geshur. Entre-temps, David s'est consolé de la mort d'Amnon et il songe parfois à rappeler Absalom devenu l'héritier du trône, mais Bethsabée trouve toujours une raison pour l'en dissuader. Car les ans n'entament en rien l'emprise de la reine sur David, et après onze années de vie conjugale, il lui porte le même amour, il ne sait rien lui refuser. Or Bethsabée n'a plus qu'une ambition, voir son fils Salomon succéder à son père sur le trône d'Israël. L'enfant n'a encore que dix ans, mais sa mère lui fait donner une éducation soignée et l'entoure de maîtres de sagesse. Elle sait qu'il n'a pour rival dans cette compétition pour le trône, qu'Absalom et Adoniya, le fils d'Haggit. Car Shephtayah, le fils d'Abital, est mort l'année précédente à la suite d'un mal venu du ciel et Ytréam, le fils d'Egla, est un garçon fruste, pauvre d'esprit, qu'on n'imagine pas assis sur le trône d'Israël. Bethsabée a su s'assurer le concours de nombreux officiers de David, de Benaya capitaine des mercenaires, d'Ithaï chef de la troupe de Gath, de Jonadab, de Sadoq et Nathan qui lui ont rallié les collèges de voyants et le clergé de Gabaon. Elle est presque assurée, dans le cas où il arriverait un malheur à David, de pouvoir en l'absence d'Absalom imposer Salomon face à Adonias qui a aussi peu d'autorité que de partisans, c'est pourquoi elle s'ingénie à tenir Absalom à l'écart le plus longtemps possible.

Seul Joab redoute l'ambition de Bethsabée car il la sait prête à toutes les extrémités : n'est-il pas bien placé, lui qui s'est fait son complice conscient lorsqu'il a délibérément envoyé Urie à la mort, exécutant les ordres de David avec un empressement suspect ? Car longtemps Joab a apporté son appui à la favorite royale en espérant que par elle il affermirait plus encore son emprise sur l'esprit de David ; il est le second dans le royaume, il compte bien le demeurer. Jusqu'à ce jour, il a agi pour qu'il en soit ainsi tout en demeurant fidèle à David, car il met aussi sa gloire à être le plus sûr soutien du trône avec son frère Abisaï. Il s'est peu à peu rendu compte que Bethsabée aspire à régner au nom de son fils et qu'elle ne pourrait tolérer dans son entourage un homme susceptible de lui porter ombrage, capable de contrebalancer son autorité. Or il se sait le seul qu'elle puisse ainsi redouter. Sans chercher à entrer en guerre contre elle, il songe qu'il serait utile de lui susciter un rival qui puisse l'effrayer, l'incliner à s'appuyer sur l'homme considéré comme le plus puissant du royaume après le roi, de passer un pacte avec lui. Voilà pourquoi il se décide enfin à intervenir auprès de son oncle en faveur d'Absalom. Cependant, il a la prudence de ne pas aller directement voir le roi pour plaider la cause de son fils, car il préfère que Bethsabée ignore sa démarche.

Il se rappelle opportunément que vit à Téqoa, village à une demi-journée de marche au midi de Jérusalem, une femme avisée à qui il a eu l'occasion de rendre quelque service. Il dépêche auprès d'elle un messager de confiance qui la ramène devant lui, à Jérusalem, dans la vaste demeure qu'il possède à proximité du palais. Elle se jette sur le ventre. Il la relève, la flatte, lui rappelle les bienfaits dont elle lui est redevable, lui fait quelques cadeaux, puis il en vient au sujet qui lui tient à cœur :

« Je te prie, lui dit-il, feins d'être en deuil, revêts des habits de circonstance, ne mets pas de parfums, comporte-toi comme une femme qui depuis plusieurs jours pleure un mort. Tu te rendras alors devant la face du roi et tu lui parleras ainsi. »

Joab lui dicte alors les paroles qu'elle doit prononcer puis il la renvoie en l'assurant de sa reconnaissance.

Le lendemain, alors que David trône sous un palmier, aux portes du palais pour rendre la justice, la femme se présente à lui, se prosterne la face contre terre et s'écrie :

« Sauve-moi, ô roi !

— Parle, que veux-tu ? l'interroge David.

— Je suis veuve, j'ai perdu mon mari et ta servante avait deux fils. Ils étaient dans la campagne, sans personne auprès d'eux, lorsque s'est élevée entre eux une querelle. Ils se sont battus, l'un des frères a frappé l'autre, l'a tué. Alors toute la famille s'est levée contre ta servante et lui a dit : " Livre-nous le meurtrier, nous le mettrons à mort pour le prix du sang de son frère qu'il a tué, et nous détruirons aussi l'héritier. " Ainsi veulent-ils éteindre la braise qui me reste, ils ne laisseront à mon époux personne pour perpétuer son nom et sa lignée sur la face de la terre.

— Rentre chez toi, répond David, je donnerai personnellement des ordres à ton sujet.

— O roi, mon seigneur, insiste la femme, que la faute retombe sur moi et la maison de mon père, le roi et son trône en sont innocents.

— Celui qui te menace, reprend le roi, traîne-le devant moi, et il ne te touchera jamais plus.

— Que le roi mon seigneur prononce le nom de Yahvé, son dieu, qu'il fasse ce serment afin que le vengeur du sang n'ajoute pas encore à mon malheur, qu'il ne mette pas à mort mon dernier fils.

— Aussi vrai que Yahvé est vivant, assure David, il ne tombera pas à terre un seul cheveu de ton fils. »

David croit ainsi en avoir terminé avec cette plaignante, mais elle le harcèle encore :

« Permets encore à ta servante, je te prie, de dire un mot à mon seigneur le roi.

— Parle.

— Pourquoi le roi a-t-il pensé ainsi contre le peuple d'Elohim ? Pourquoi ne rappelle-t-il pas celui qui est exilé ? Car en prononçant cette sentence pleine d'équité, du même coup le roi se montre coupable envers son propre fils. Nous sommes tous mortels, nous sommes comme les eaux qui se répandent dans la terre et que nul ne peut plus ensuite recueillir. Elohim ne ressuscite pas les morts, l'exil du coupable ne les rendra pas plus à la vie. La sagesse est de savoir pardonner et de songer à rappeler celui qui est banni. Car mon seigneur le roi est comme un ange d'Elohim pour comprendre ce qui est bien et ce qui est mal. Que Yahvé, ton dieu, soit avec toi. »

David a écouté sans s'irriter les paroles de cette femme ; il imagine que cette démarche lui a été suggérée par une personne dont il se doute de l'identité, mais il veut en avoir le cœur net. Il demeure un bref instant silencieux avant de l'interroger à ce propos :

« Ne me dissimule pas la vérité, réponds-moi en toute franchise.

— Que mon seigneur le roi parle.

— La main de Joab ne serait-elle pas sur toi, en tout cela ? »

Elle réplique alors vivement :

« Aussi vrai que ton âme est vivante, on ne peut ruser avec mon seigneur le roi. C'est bien ton serviteur Joab qui m'a envoyée vers toi, c'est lui qui a mis ces paroles dans la bouche de ta servante. »

Or Joab se tient près de son oncle et vers lui la femme a tourné son regard. David s'adresse alors à lui avec aménité car il est au fond de son cœur heureux que quelqu'un intercède en faveur d'Absalom, de manière qu'il peut accorder comme une grâce ce qu'il aurait fait depuis longtemps déjà si Bethsabée ne l'en avait chaque fois dissuadé :

« Qu'il soit donc ainsi fait. Va, Joab, ramène mon fils Absalom. »

Joab vient devant David, le bénit, déclare qu'il se met en route séance tenante ; son oncle l'encourage à se hâter de manière que Bethsabée n'ait pas le loisir de le faire revenir sur sa décision.

Et en effet, lorsque Bethsabée apprend de la bouche de David qu'il a envoyé Joab à Geshur chercher Absalom, elle s'irrite, assure qu'il introduit un rival dans son propre palais, qu'il se fait lui-même l'artisan de sa ruine. Ensuite elle se retire dans son appartement, refuse de se rendre auprès de David, de lui adresser la parole, le persécute ainsi jusqu'à ce que le roi se décide à envoyer au-devant de Joab dont on annonce le retour prochain, un messager afin de lui dire :

« Ordre de mon seigneur le roi : qu'Absalom son serviteur se retire dans sa demeure car il ne sera pas reçu par son père. »

Ainsi le prince est-il contraint de s'établir dans le domaine qu'il possède hors de Jérusalem, à moins d'une heure de marche de la ville.

Pendant encore deux années, Bethsabée parvient à tenir Absalom en exil aux portes de la cité, loin des yeux du roi. Mais à la fin le prince s'en irrite et il envoie un serviteur auprès de Joab afin que ce dernier vienne le voir : il veut le prier d'intervenir auprès de son père afin qu'il accepte de le recevoir dans son palais. Mais Joab, qui a une fois encore pris la mesure de l'ascendant qu'exerce Bethsabée sur l'esprit de David, préfère ne pas se faire ouvertement une ennemie de la reine. Aussi refuse-t-il de se rendre aux ordres d'Absalom, d'autant qu'il est blessé par le ton impérieux que prend le messager au nom de son maître pour l'inviter à se rendre auprès de lui. Joab, qui se sait dans une grande mesure l'artisan de la puissance de David, lui qui a depuis les premiers jours combattu aux côtés de son oncle, lui qui a remporté en son nom tant de victoires, ne peut tolérer une personne au-dessus de lui, un homme qui soit entre lui et son roi ; même Abisaï qui est peut-être le compagnon de David le plus fidèle et le plus cher au cœur du roi, ne songe pas à se placer au-dessus de son frère aîné pour qui il professe la plus vive admiration. En réalité, lorsqu'il est allé chercher Absalom en Syrie, Joab espérait y retrouver un jeune homme abattu par ces trois années d'exil, tout disposé à se soumettre à la volonté d'un cousin riche d'expérience et prêt à l'installer sur le trône dans le cas où disparaîtrait le roi. Or il lui est très vite apparu qu'Absalom est un homme autoritaire, sûr de son droit, tout plein de sa condition de prince héritier. Ainsi, hésitant entre Bethsabée maîtresse du cœur du roi dans l'instant présent, et Absalom souverain désigné dans un avenir cependant incertain, il trouve prudent de ne pas se prononcer et de ménager les deux partis en présence.

Lorsqu'il s'aperçoit que Joab ne semble pas impatient de se rendre à son ordre, Absalom n'hésite pas à utiliser les moyens les plus efficaces d'intimidation. Il fait venir devant lui les plus fidèles d'entre ses serviteurs, les invite à le suivre sur la terrasse de sa maison et, là, leur désigne dans le lointain un champ couvert d'épis d'orge dorés par le soleil, que la faucille des moissonneurs va très bientôt abattre :

« Voyez-vous ce champ, contigu à mon domaine, tout couvert d'orge blond ? C'est celui de Joab. Allez y mettre le feu et déclarez à ses paysans que c'est moi, Absalom, qui l'ai fait incendier. »

Comme le souhaite Absalom, se produit l'effet attendu. Le jour suivant, Joab qui a refusé de se rendre à son appel, se hâte auprès de lui. Il entre dans la demeure le regard brillant de colère et s'écrie en voyant son cousin :

« M'expliqueras-tu pourquoi tes serviteurs ont osé incendier mon champ d'orge ? »

Absalom se met à rire :

« Quel autre moyen avais-je de te contraindre à venir devant moi ? Maintenant, tu vas m'écouter et sache qu'Absalom n'est pas un ingrat. Voilà ce que j'avais à te dire : je veux que tu sois mon messager auprès du roi. Dis-lui ceci de ma part : pourquoi m'avoir fait revenir de Geshur ? Mieux vaudrait pour moi que j'y sois encore. Je veux que le roi me reçoive et qu'il en décide. S'il me juge coupable, qu'il me mette à mort, sinon, que soit effacé le passé. Va, et parle ainsi à mon père, car je ne resterai pas plus longtemps dans cette demi-captivité. »

Joab songe qu'il ne peut éviter de rapporter à David les paroles de son fils. Ainsi fait-il. Alors le roi lui demande d'aller chercher Absalom et de le conduire devant lui. Joab s'empresse d'obéir afin que Bethsabée soit mise devant le fait accompli. Aussitôt, Absalom monte dans la cité de David, il entre dans le palais, se prosterne devant son père. Alors, devant toute sa cour, le roi quitte son trône, relève Absalom, lui donne le baiser de paix.

[illegible]

[illegible] les morts à la guerre [illegible] le seul [illegible] dans [illegible] par [illegible] qu'elle [illegible] ment [illegible]

[illegible] tout [illegible] C'est celui [illegible] des paysans [illegible] Absalon [illegible]

[illegible] Absalon [illegible]

[illegible] dans [illegible] la [illegible] regard son visage.

[illegible]

[illegible] pas [illegible]

[illegible] [illegible] car [illegible]

[illegible]

[illegible] Absalon [illegible] [illegible] son père [illegible]

LIVRE XVII

Absalom ! Mon fils Absalom !

Pendant ces six années d'exil, Absalom a mûri par l'esprit et son ambition n'a fait que croître. Il trouve que son père règne depuis trop longtemps, tandis que grandit Salomon en qui il commence à redouter un dangereux rival car il n'ignore pas jusqu'où peut aller l'emprise de Bethsabée sur l'esprit du roi. Il avait hâte de rentrer à Jérusalem, non pas pour revoir son père et sa mère, mais pour continuer de tisser la toile qu'il a mise sur le métier depuis qu'il est rentré de Geshur. Il a obtenu du haras royal deux beaux chevaux qu'il a attelés à un char léger, don du roi d'Eqrôn. Il a pris ensuite à sa solde cinquante excellents guerriers qui lui constituent une garde personnelle. Dès lors, chaque matin il est levé avec le soleil et il se rend dans son char, précédé par les cinquante hommes qui vont devant lui, la lance sur l'épaule, sur la route qui conduit à la grande porte de Jérusalem. Là il se mêle à la foule des paysans, des voyageurs, des plaignants qui montent vers la cité pour demander justice au roi. Il les interpelle familièrement, leur demande d'où ils viennent, à quelle tribu ils appartiennent. Il converse amicalement avec chacun, l'interroge sur les raisons de sa visite dans la ville royale. Si l'interpellé déclare qu'il vient devant le roi pour lui exposer l'affaire qui lui tient à cœur, Absalom marque un grand intérêt pour ce qu'il lui raconte, puis il s'écrie :

« Vois, ta cause est bonne et juste ! mais personne ne t'écoutera de la part du roi. Mon père se fait vieux, et aussi il est tout plein de sa majesté royale. Il ne daigne plus, comme nos anciens juges, comme le roi Saül, rendre personnellement la justice qui est due à chacun d'entre les hommes d'Israël. »

Ainsi dénigre-t-il le roi aux yeux de son peuple puis il conclut en soupirant et levant la tête vers le ciel comme pour prendre Yahvé à témoin :

« Ah ! Que ne suis-je juge dans ce pays ! Quiconque en procès et attendant un jugement viendrait à moi, je lui rendrais justice. »

Ceux qui, reconnaissant en lui le fils du roi, font mine de se prosterner, il se hâte de leur prendre la main, les embrasse en donnant les signes d'une amitié aussi soudaine qu'exaltée.

Ceux qui l'ont ainsi rencontré, s'en reviennent émerveillés dans leur tribu, ils n'ont plus à la bouche que l'éloge du prince héritier, ils avouent leur hâte de voir sur le trône d'Israël un homme aussi modeste et généreux.

Par ailleurs, il noue des relations avec tous ceux dont ses espions lui font savoir qu'ils ont David en haine, soit qu'ils aient à se plaindre de lui pour n'avoir pas obtenu une faveur sollicitée, soit qu'ils n'aient toujours pu admettre qu'un berger intrigant ait usurpé le trône des enfants de Saül. Il trouve aussi des complicités dans la maison même de son père. Parmi ceux-ci, ceux dont il estime le plus l'appui sont Akhitophel et Amasa. Ce dernier est le fils d'Abigaïl, la seconde sœur de David, et de Jether, un Ismaélite. David n'a guère eu de relations avec son beau-frère pour qui il n'a ni estime ni affection ; aussi s'est-il désintéressé de son neveu, leur fils. Toutes ses faveurs sont allées à Joab et Abisaï, ce qu'Amasa n'a pas pardonné à son oncle. Il a cependant combattu dans son armée sans qu'aient été reconnus ses mérites, car il a su se distinguer par quelques exploits et d'heureuses dispositions pour la conduite des hommes et de la guerre. C'est pourquoi, très tôt il s'est rallié à Absalom qui lui a promis de le placer à la tête de ses armées le jour où il montera sur le trône de son père. Avec fougue Amasa milite en faveur d'Absalom, il lui rallie bien des bras dans l'armée, bien des cœurs parmi les anciens de Juda. Quant à Akhitophel, quoiqu'il ait accepté de se tenir auprès de David pour être son conseiller privé, il n'en a pas moins nourri contre lui un ressentiment tenace. Bien qu'il n'ait jamais porté une quelconque affection à Urie, il le respectait en tant que guerrier intrépide et époux de sa petite-fille. Aussi n'a-t-il en réalité jamais pardonné, ni à David ni à Bethsabée, leur adultère et le meurtre d'Urie. Tout en flattant le roi, tout en se rendant indispensable par ses conseils avisés, tout en acquérant grâce à eux une renommée de sagesse, tout en se forgeant une grande notoriété aux yeux des anciens des tribus par sa haute position à la cour, il songe à la manière de venger l'honneur de sa maison, à punir les coupables, attendant avec une infinie patience la conjoncture favorable à son dessein. Or il croit l'avoir trouvée en Absalom.

Déjà dans le meurtre d'Amnon par son frère il avait vu une manifestation de la malédiction divine dont Absalom était l'instrument. Il a continué de voir dans ce fils de David le bras vengeur de Yahvé de manière que dès son retour à Jérusalem il est venu à lui pour l'exhorter à s'emparer d'un trône qui lui revenait de droit mais que par ses intrigues Bethsabée risquait de lui ravir au profit de Salomon. Dans un premier temps, Absalom s'est montré circonspect envers un homme qui n'en reste pas moins l'aïeul de ce même Salomon ; mais bientôt, il a jugé de la sincérité d'Akhitophel, il a admis les mobiles qui l'ont conduit à l'attacher à sa cause.

Avec leur collaboration et celle d'un nombre croissant de fidèles, il se rallie peu à peu des partisans à travers toutes les villes, toutes les tribus d'Israël. Au bout de quatre années de ce lent travail de sape, Absalom songe que la citadelle peut être renversée par un coup d'éclat. Pour se déclarer ouvertement, il a choisi Hébron, la première capitale de David, Hébron qui n'a jamais pardonné au roi de l'avoir délaissée pour Jérusalem.

Il vient alors devant son père et, après s'être prosterné devant lui, il le prie avec une humilité feinte :

« Permets-moi, je te prie, d'aller à Hébron accomplir un vœu que j'ai fait à Yahvé.

— Quel est ce vœu, mon fils ? s'enquiert David.

— Lorsque j'étais à Geshur, en Syrie, ton serviteur a fait ce vœu : si Yahvé me permet de retourner à Jérusalem, je rendrai un culte à mon dieu à Hébron. »

David ne songe pas à s'étonner que son fils ait attendu tant de temps avant d'accomplir son vœu, si grande est la confiance qu'il a en Absalom. Il le bénit et lui dit :

« Va en paix. »

Ainsi Absalom quitte-t-il Jérusalem avec ses gardes et accompagné par deux cents hommes de la ville parmi les plus honorables, les plus influents. Nul d'entre eux n'est au courant des desseins du prince, ils sont venus en toute innocence, invités à participer aux sacrifices votifs. S'il en avait été besoin, leur présence auprès d'Absalom aurait été un gage de fidélité aux yeux de David.

Quelques jours auparavant, Akhitophel s'est retiré à

Gilo pour y prendre quelque repos, dans le domaine qu'il a acquis par la faveur du roi. Aussitôt arrivé à Hébron, Absalom l'envoie chercher, puis il dépêche des émissaires à travers tout le royaume. Ceux-ci sont chargés de dire simplement ceci aux conjurés dans les villes et les tribus :

« Lorsque vous entendrez les sons des trompettes, vous saurez qu'Absalom est devenu roi à Hébron. »

Pour eux, cela signifie que le moment est arrivé de prendre les armes et de se rendre en hâte à Hébron, auprès du nouveau roi.

Ensuite, par petits groupes, Absalom fait entrer dans Hébron des hommes armés venus des villes alentour, de Juda et même de Jérusalem, ces derniers étant amenés par Amasa. Ils demeurent cachés jusqu'à ce qu'ils soient en nombre suffisant. Alors ils envahissent les rues, se rendent maîtres de la ville, en ferment les portes et oignent Absalom. Les deux cents invités doivent de bon ou de mauvais gré se rallier au nouveau roi qui envoie aussitôt par tout Israël des hérauts munis de trompettes. Dans toutes les villes qu'ils traversent, dans tous les villages, ils sonnent le ralliement et aussitôt les partisans d'Absalom prennent leurs armes et se hâtent vers Hébron. Et comme nulle personne dont la fidélité n'est pas éprouvée ne peut quitter Hébron pour aller aviser David de ce qui se trame contre son trône, le roi reste inactif à Jérusalem, dans l'ignorance de la félonie de son fils.

De plus en plus David éprouve les atteintes de l'âge. Il songe que depuis bientôt trente-huit ans il est assis sur le siège royal, qu'il a vu le jour à Bethléem soixante-huit ans auparavant. Ce n'est certes pas encore un grand âge et il sait que les patriarches, descendants de Noé et d'Abraham, du temps où son peuple habitait sous la tente, ont connu de bien plus grandes longévités. Mais lui-même a si intensément vécu, il a si âprement goûté à tous les plaisirs de l'existence, à tous ses maux aussi, qu'il lui paraît avoir déjà connu plusieurs vies d'un homme ordinaire.

Lorsqu'il se retourne sur le chemin qu'il a déjà parcouru, avec enthousiasme, avec ferveur, avec tristesse aussi, tout parsemé de pierres blanches et noires, celles des joies, de la gloire, des honneurs, celles du chagrin, de la douleur, du deuil, il mesure la petitesse de l'homme, sa faiblesse, son insignifiance. Alors il prend sa vieille harpe, la harpe de Gath qu'il a reçue d'Ithaï il y a longtemps mais qu'il conserve avec une sorte de piété et de respect car c'est un instrument d'une sonorité incomparable, bien propre à chanter les douleurs et les passions humaines, à louer Yahvé, à glorifier sa création. Ainsi chante-t-il, ce jour-là, dans l'ombre du dais, sur sa terrasse :

Yahvé, notre Seigneur, magnifique est ton
nom sur toute la terre. Toi qui as assis ta gloire
au-dessus des cieux !
Quand je contemple tes cieux,
œuvres de tes mains,
la lune et les étoiles que tu y as disposées,
qu'est-ce que l'homme, pour que tu te souviennes de lui,
et le fils de l'homme pour que tu t'en soucies ?
Car tu l'as placé juste sous les élohim,
tu lui as donné une couronne de gloire et d'honneur,
tu lui as accordé le pouvoir sur les œuvres de tes mains,
tu as mis toutes choses sous ses pieds :
brebis et bœufs tous ensemble,
et même les bêtes sauvages,
l'oiseau dans le ciel, le poisson dans la mer,
tout ce qui va par les chemins marins.
Yahvé, notre Seigneur, magnifique est
ton nom sur toute la terre.

Bethsabée est près de lui, elle écoute son chant d'un air rêveur. Car si David ne l'appelle guère plus la nuit pour partager sa couche, il se plaît en sa compagnie dans le jour, il aime entendre sa voix, voir son visage qui a à peine pris quelques rides au cours de ces longues années, et il continue de prêter une oreille favorable à ses discours, à ses conseils.

Depuis quelque temps déjà il laisse les soins du gouvernement à ses plus fidèles serviteurs, il abandonne à des fonctionnaires la délicate tâche de juger des affaires entre plaignants, ce qui a permis à Absalom d'intervenir auprès des solliciteurs qui regrettent l'époque où les rois d'Israël rendaient personnellement la justice. Car David n'a plus qu'un souci, chanter les louanges du dieu qui l'a choisi parmi les hommes pour l'élever au-dessus de tous les mortels, et se préparer à descendre au Schéol, sans pour autant dédaigner certains plaisirs de la vie, et plus particulièrement l'amour des belles femmes, une passion qui le domine depuis les jours insouciants de sa jeunesse.

Or David termine ainsi de chanter lorsqu'un serviteur introduit Abisaï ; ce dernier est l'un des rares familiers de David qui peut être admis auprès du roi à toute heure du jour ou de la nuit, lorsqu'il a à l'entretenir d'une affaire d'importance.

« David, David mon seigneur ! s'exclame Abisaï, nous sommes trahis, ton fils Absalom a trompé ta foi. Il s'est levé contre son roi et le cœur des gens d'Israël est passé à Absalom. »

David s'est levé en même temps que Bethsabée.

« Abisaï ! s'exclame-t-il, que veux-tu dire ? Quel malheur m'annonces-tu ?

— Absalom s'est fait oindre roi à Hébron. Nombreux sont les grands du royaume qui se sont ralliés à lui, et aussi des officiers de ton armée. De tout Israël sont venus des hommes en armes pour se joindre à Absalom. Il est maître d'une puissante armée, des milliers et des milliers de soldats, et à sa tête il marche sur Jérusalem. »

Un autre qu'Abisaï lui aurait apporté cette nouvelle, David n'aurait pu le croire. Mais il sait que son vieux compagnon et neveu ne s'alarme pas sur de simples bruits. Aussitôt le roi court aux nouvelles. Un vent de panique souffle sur le palais et les serviteurs courent en tous sens, sortent dans la ville pour quêter de nouveaux renseignements. David se heurte à Benaya et Ithaï qui sont de leur côté à sa recherche. Ils lui confirment qu'Absalom s'approche de Jérusalem à la tête d'une armée qui ne cesse de grossir.

« Mon seigneur le roi, lui dit Benaya, tu ne peux demeurer à Jérusalem. Sans doute tu as avec toi les meilleurs parmi les guerriers d'Israël, les Kéréthiens et les Péléthiens dont tu as donné le commandement à ton serviteur, les Gittites venus de Gath aux ordres d'Ithaï, les guibborim d'Abisaï. Mais cela fait peu d'hommes en regard des milliers de combattants qui marchent derrière Absalom. Et encore il faut se défier des gens de cette ville, aussi bien des Jébuséens qui peuvent espérer recouvrer leur indépendance que des enfants d'Israël qui pourraient t'être hostiles.

— Benaya, ton conseil est sage. Il nous faut fuir, sans quoi nous n'échapperons pas à Absalom, il serait insensé de prétendre soutenir un siège.

— Sans doute Absalom a profité de l'absence de mon frère Joab pour lancer son attaque, remarque Abisaï. David, mon seigneur, permets à ton serviteur de courir auprès de Joab qui est allé chercher le tribut et montrer notre force aux gens d'Aram. Que mon seigneur se réfugie au-delà du Jourdain, jusqu'à Mahanaïm. Moi, j'irai en hâte avertir Joab et nous reviendrons avec une troupe suffisante pour renverser les rebelles.

— Qu'il en soit fait ainsi », répond David qui se tourne alors vers Ithaï.

« Toi, Ithaï, lui dit-il, je ne veux pas t'emmener avec nous pour errer à l'aventure. Tu n'es pas israélite, tu ne peux t'exiler avec moi. Retourne, si tu le veux, à Gath avec tes hommes, et que Yahvé te bénisse. »

David parle ainsi afin d'éprouver la fidélité d'Ithaï et des Gittites, pour s'assurer qu'ils ne sont pas prêts à le trahir dans le malheur.

« Aussi vrai qu'est vivant Yahvé, que mon seigneur le roi est vivant, répond Ithaï avec fermeté, en quelque lieu que soit mon seigneur le roi, que ce soit pour mourir ou vivre, là aussi sera son serviteur. »

David embrasse Ithaï pour ces paroles, puis il fait

appeler Sadoq et Abiathar, avec les lévites gardiens de l'arche, et leurs fils, Akhimaas et Jonathan.

« Que l'arche de Yahvé reste dans la ville, leur dit-il. Si je trouve grâce aux yeux de Yahvé, il me ramènera et me permettra de revoir l'arche et sa demeure. Mais s'il me dit : " Je me suis détourné de toi ", me voici, qu'il me fasse subir ce qui lui plaira. »

Il se tourne ensuite vers Sadoq qui se tient droit devant lui, le regardant, et poursuit :

« Vois, toi et Abiathar, demeurez en paix dans cette ville, avec vos deux fils. Vous veillerez sur notre cité et vous m'enverrez des nouvelles tandis que je serai dans le désert, à l'orient. »

David fait ensuite venir ses femmes, ses enfants ; il ordonne aux serviteurs qu'en hâte on charge les bagages sur mules et chameaux. Il laisse cependant une dizaine de ses concubines avec des serviteurs pour garder le palais.

Avec toute sa famille, suivi par ses serviteurs, ses gardes, ses officiers, une partie du peuple qui veut lui manifester sa fidélité, David quitte à pied son palais, sa ville. Il descend par la porte de l'Est, jusque dans le torrent du Cédron où il s'arrête pour voir défiler le peuple qui l'accompagne nu-pieds, en pleurant. Il se voile la tête et gravit le mont des Oliviers avec Abisaï et ses principaux officiers, la tête voilée comme s'ils allaient à un deuil. Un homme, le dernier sorti de la ville, les rejoint en disant qu'Absalom approche par l'ouest et qu'Akhitophel est avec lui pour le conseiller. En apprenant la trahison de l'aïeul de Bethsabée qu'il a élevé si haut, David le maudit et s'écrie en levant le visage vers le ciel où s'étirent des nuages menaçants :

« Yahvé, fais que soient insensés les conseils d'Akhitophel. »

Il reprend sa marche jusqu'au sommet de la colline. Alors vient à lui un homme avec ses serviteurs. Ayant appris le malheur qui frappe le roi, il a déchiré sa tunique, couvert sa tête de poussière ; c'est Hushaï l'Arkite, l'un des familiers de David, le premier d'un clan établi dans la région de Béthel. Il vient proposer au roi son concours, mais David l'embrasse et lui dit :

« Hushaï, avec moi tu me seras de peu d'utilité. Rentre plutôt dans la ville et va vers Absalom. Dis-lui : " Mon seigneur le roi, je veux être ton serviteur. Comme j'ai naguère servi ton père, maintenant je t'aiderai de mes conseils. " Il t'accueillera car il prétend se rallier tous mes fidèles. Alors tu pourras aller contre les conseils pernicieux que voudra lui donner Akhitophel, car j'ai toute confiance en ta subtilité et en ta sagesse. Tu seras les yeux du roi au palais, et tout ce que tu y apprendras, tu le rapporteras aux prêtres Sadoq et Abiathar. Ils sont avec leurs fils, Akhimaas et Jonathan : ils les enverront auprès de moi afin de me renseigner sur tout ce que tu auras appris, car moi j'attendrai dans le désert, sur la route de Jéricho. »

Hushaï assure David de son dévouement et se hâte vers Jérusalem où il pénètre par l'est au moment où Absalom y fait une entrée triomphale par la porte principale, du côté du couchant.

A peine Absalom a-t-il pris possession du palais qu'Hushaï se présente à lui, se jette sur le ventre en s'écriant :

« Vive le roi ! vive le roi ! »

Absalom qui reconnaît en lui le fidèle familier de son père, s'étonne de le voir devant lui tout en se flattant de se rallier les anciens compagnons de David.

« N'as-tu donc pas plus d'attachement pour ton ami ? Pourquoi ne l'as-tu pas suivi dans sa fuite ?

— Non, à celui qu'ont élu Yahvé et le peuple, tous les gens d'Israël, à celui-là je me rallie, à lui je veux appartenir. Et encore, qui est celui que je vais servir, n'est-ce pas son fils ? Comme j'ai suivi ton père, je te suivrai. »

Absalom se laisse ainsi persuader et il accueille Hushaï parmi ses conseillers. Il y a là Akhitophel, Amasa, chef des armées, tous les grands du royaume qui ont pris son parti. Alors Absalom s'assoit sur le siège de son père, d'un air satisfait, et il déclare :

« Nous voici maîtres de la ville, sans avoir eu à la disputer à mon père. Il a pris la fuite, il a craint de me combattre. Et maintenant, qu'allons-nous faire ? »

Akhitophel s'avance et donne le conseil le plus

pernicieux, celui qui creusera le fossé le plus infranchissable entre le père et le fils.

« Va vers les femmes que ton père a laissées au palais. Prends-les à la face de tout le peuple. Ainsi Israël saura que tu t'es rendu odieux à ton père, de telle manière que les mains de tous ceux qui sont avec toi en seront fortifiées. »

Absalom trouve excellente la proposition car il sait qu'en s'attribuant ainsi le harem de son père il se pose comme son successeur, il déclare qu'il est disposé à défendre par tous les moyens un trône qui dès lors lui appartient, ce qui ne peut en effet qu'affermir ses partisans dans leur fidélité, dans leur engagement envers lui.

Suivant son ordre on dresse une grande tente sur la terrasse principale du palais, celle qui se trouve en façade, du côté de la place sur laquelle il s'ouvre. On y conduit les concubines de David et Absalom se montre en leur compagnie aux yeux de tous. Il s'est couché parmi les coussins et se fait servir par elles. Il a choisi deux des plus belles, encore toutes jeunes et il les prend près de lui, leur donne des caresses.

Avant qu'il ne songe à renvoyer ses conseillers, afin de connaître les concubines royales, Akhitophel s'adresse à Absalom :

« Roi, mon seigneur, permets que je prenne douze mille hommes et que ce soir même je me lance à la poursuite de David. Je fondrai sur lui alors qu'il est abattu par la fatigue, qu'affaiblies sont ses mains. Je jetterai la crainte dans son cœur et tout le peuple qui le suit prendra la fuite. Je frapperai seulement le roi et je ramènerai à toi le peuple. Car n'en veux-tu pas qu'à la vie d'un seul homme ? Et ainsi le peuple retrouvera la paix.

— Akhitophel, répond Absalom, ton conseil me semble excellent et je ne vois pas qu'on puisse m'en donner de meilleur. Mon père est dans le plus grand désarroi, il est vieux, incapable de résister et ainsi la guerre sera bientôt terminée. »

Hushaï sent le danger que court David avec sa faible troupe dans le cas où Akhitophel obtiendrait satisfaction. Il se hâte alors d'intervenir auprès d'Absalom :

« Il m'apparaît que cette fois, dit-il, le conseil d'Akhitophel n'est pas heureux. Tu sais Absalom combien ton père et ses gens sont de redoutables guerriers. Ils sont plus exaspérés qu'abattus, semblables à une ourse dont on a ravi les petits. Ton père est rompu aux combats, à toutes les ruses de la guerre, il ne laissera pas ses gens dormir sans méfiance. Déjà il a dû avec ses hommes se dissimuler dans quelque retraite de manière que c'est lui qui risque de surprendre ton armée. Crains que, si dès le premier heurt des hommes de notre troupe tombent ou lâchent pied, ne se répande la rumeur d'une déroute de l'armée d'Absalom. Dans de telles occurrences, même les plus braves dont le cœur est pareil à celui du lion risquent de perdre courage car tout Israël sait que ton père est un guerrier invincible et que ses compagnons sont des héros. Ainsi sur une folle équipée tu risques tout l'avenir de ton entreprise.

« Pour ma part, voici le conseil que je te donne. Que tout Israël se rassemble autour de toi, depuis Dan jusqu'à Beersheba, en une multitude comme le sable au bord de la mer, et toi tu marcheras en personne parmi eux. Nous atteindrons alors David en quelque lieu qu'il se trouve, nous tomberons sur lui comme la rosée se répand sur le sol et ni lui ni les hommes qui l'accompagnent ne pourront nous échapper. Si d'aventure il se fortifie dans une ville, tout Israël apportera des cordes pour culbuter cette ville dans un torrent jusqu'à ne plus en laisser deux pierres l'une sur l'autre. »

Absalom, suivi de ses officiers, se rallie au conseil d'Hushaï malgré les protestations d'Akhitophel, puis il renvoie tout le monde afin de jouir des femmes de David et prendre quelque repos à la suite d'une journée pour lui si glorieuse.

Cependant Hushaï s'en vient trouver Sadoq et Abiathar, il leur rapporte ce qui s'est passé et il ajoute :

« Maintenant, dépêchez vos fils auprès de David. Qu'ils le dissuadent de bivouaquer cette nuit dans le désert, dans le cas où Absalom changerait d'idée. Qu'il se hâte de passer au-delà du Jourdain afin d'attendre l'armée de Joab. »

Ainsi font-ils.

Lorsqu'il a ouï leur rapport, David qui a établi son camp dans le désert, sur la route de Jéricho, ordonne de reprendre la route, sans souci de la fatigue et des plaintes des femmes qu'on hisse sur les mules. Vers la fin de la nuit ils arrivent aux gués du Jourdain qu'ils entreprennent de franchir de manière que lorsque l'aube vient blanchir l'horizon, David et tous les siens se trouvent en sécurité sur l'autre rive du fleuve.

Tandis que David va établir ses quartiers à Mahanaïm, Abisaï se met en route pour les territoires demeurés fidèles au roi afin d'y lever une armée et retrouver Joab.

A Mahanaïm, David qui a quitté Jérusalem en si grande hâte, se trouve fort démuni. Ce lui est une occasion d'éprouver la fidélité de quelques-uns de ses sujets. Auprès de lui accourent Shobi, le fils de Nahash et le frère de Hanûn, l'ancien roi des Ammonites qu'a vaincu David ; ce dernier a mis sur le trône ce Shobi à la place de son frère, et il lui est demeuré un vassal de bonne foi ; l'a précédé Barzillaï de Rogelim, un homme d'un grand âge, l'un des plus riches et des plus puissants parmi les anciens de Galaad ; et bientôt arrive Makir, fils d'Ammiel de Lôdabar, chez qui s'était réfugié Meribaal, le fils de Jonathan. Ils apportent à David des lits, des tapis, des coupes, de la vaisselle, pour qu'il puisse s'installer confortablement dans le domaine immense de Barzillaï qui est son hôte. Afin de nourrir sa suite, ils fournissent farine de froment et d'orge, grains rôtis, fèves, lentilles, miel, lait caillé et fromage, moutons et bœufs. Des hommes en armes les accompagnent pour soutenir la cause de David.

--

A peine Abisaï est-il de retour avec Joab à la tête d'une troupe nombreuse que des éclaireurs avertissent David qu'Absalom et Amasa ont franchi le Jourdain, qu'ils marchent vers Mahanaïm, avec tous les hommes d'Israël ralliés à la rébellion.

David fait rassembler ses troupes dans la plaine, hors des murs de Mahanaïm, puis il les fait défiler sous ses yeux. Il a derrière lui la garde étrangère, aux ordres de Benaya, devant lui soldats, vétérans de toutes ses guerres, qu'il a divisés en trois corps. Le plus important est aux mains de Joab, l'élite est placée sous le commandement d'Abisaï, enfin Ithaï a sous ses ordres tous les mercenaires.

Le défilé terminé, il réunit ses officiers pour discuter de la conduite de la guerre puis il déclare :

« Je viendrai avec vous car je veux être à la tête de mes guerriers, comme par le passé. »

Mais ses officiers s'écrient :

« Il ne faut pas, tu dois rester ici. Si nous sommes vaincus, si nos soldats prennent la fuite, ce sera sans importance tant que tu seras en vie, et si la moitié d'entre nous mouraient, nul n'y prêterait attention, tandis que toi tu vaux plus de dix mille d'entre nous. »

Cependant il n'est pas dans le tempérament de David de se dérober lorsque va s'engager un combat de cette importance ; en lui bouillonne toujours un sang ardent à la guerre. Il déclare qu'il sera à la tête de son armée comme Absalom se tient devant la sienne. Mais Bethsabée, en apprenant que David veut aller se battre, se sent saisie d'inquiétude. Tant qu'il vit, il demeure le roi et Absalom n'est qu'un rebelle, un usurpateur. Si d'aventure il est tué dans le combat, elle sait que c'en est fait d'elle et de Salomon, que s'il ne les met pas à mort, pour le moins Absalom les tiendra emprisonnés, étroitement surveillés. Aussi accourt-elle auprès de David, elle lui montre leur fils âgé de plus de seize ans, grand et beau, déjà sage et avisé :

« David, mon seigneur, tu es le roi, l'oint de Yahvé. Tu te dois à ton peuple, à tes fils fidèles, à ton épouse qui t'aime plus que tout au monde. Il ne t'est pas permis d'aller risquer une existence aussi précieuse. Car, sans toi, que deviendrons-nous, tes fils, ton cher Salomon, fruit de nos amours, moi-même ? Cet Absalom qui a osé se dresser contre son père, qui est tout disposé à te mettre à mort, lui qui n'a pas hésité à assassiner son frère aîné, crois-tu qu'il aura pitié de nous ? »

Joab, qui de son côté veut pour lui la gloire de la victoire et désire agir selon sa propre volonté, intervient à son tour :

« David, mon seigneur, remarque-t-il, je dois aussi dire ceci : tu as déjà tout prévu, la marche de nos hommes, leur disposition pour la bataille ; importe-t-il donc que tu sois présent ? Ce sera ta victoire et moi-même je ne serai que ton bras. N'est-il pas plus avisé que toi tu restes ici avec les Kéréthiens et les Péléthiens, afin de les tenir en réserve ? Dans le cas où l'un de nos corps lâcherait pied, prendrait la fuite, l'ennemi s'élancerait à sa poursuite : il les talonnera jusqu'ici, sûr de la victoire, et voici que tu pourras alors contre-attaquer avec des troupes fraîches, l'élite de ton armée, alors qu'il sera fatigué par la bataille et une pareille course. Sa surprise sera totale, tu le vaincras facilement et ainsi tu retourneras la situation à ton profit. »

Ainsi David se laisse-t-il persuader, mais avant de se séparer de Joab, Abisaï et Ithaï, il leur dit :

« Je vous prie de ménager ce jeune homme, Absalom. »

David regarde s'éloigner son armée, jusqu'à ce que le dernier homme ait disparu à l'horizon, ne laissant plus derrière elle qu'un nuage de poussière dorée qui lentement retombe sur le sol. Alors il se détourne et ordonne à sa garde de rentrer à Mahanaïm. Mais son âme est triste car il songe que c'est contre l'un de ses fils préférés que va se livrer le combat ; ainsi l'a voulu Yahvé qui lui prend peu à peu ses enfants : il tremble pour Absalom.

A l'orée de la forêt d'Ephraïm, Absalom et Amasa ont disposé leur armée. Ils s'appuient le dos à ce bois épais afin de ne pouvoir être facilement pris à revers tout en se ménageant un lieu de retraite où le vainqueur aurait plus de mal à les traquer qu'en rase campagne.

Entouré de ses officiers et de ses conseillers, Absalom se tient sur une éminence d'où il domine le champ de bataille. Il a une si parfaite confiance en la puissance des vingt mille hommes qu'il a mis en ligne, qu'il regarde s'avancer les trois corps de l'armée royale sans la moindre inquiétude en ce qui concerne la victoire. Il a mis sa main en visière sur son front car Joab a fait effectuer à ses troupes un mouvement tournant de manière à avoir le soleil dans le dos.

« Voici donc les hommes qu'a réussi à réunir mon père, murmure-t-il. Nous sommes visiblement plus nombreux.

— Peut-être », répond Akhitophel qui s'est avancé auprès de lui, « mais si tu avais suivi mon conseil, ce n'est qu'une poignée de combattants que David pouvait t'opposer.

— C'est mieux ainsi : cette armée mise en déroute,

mon père n'a plus personne à m'opposer. En une seule bataille il joue son royaume déjà à moitié perdu.

— Tu joues aussi ce que tu as déjà gagné, remarque Akhitophel. Et parmi ces hommes, je ne crois pas avoir aperçu David. Cela devrait t'inquiéter car il est à craindre qu'il ne se tienne sur les arrières avec des troupes fraîches.

— Je n'ai aucune crainte. Nous renverserons sa garde dans notre marche victorieuse. Allons, donnons le signal du combat, chargeons ces misérables.

— Absalom, mon seigneur, intervient Amasa, il me paraît imprudent d'attaquer ainsi, dès maintenant. D'abord nous allons nous fatiguer par une longue course. Laissons l'ennemi venir à nous. Mais aussi, je propose d'effectuer un mouvement tournant afin de n'avoir pas le soleil face à nous : il ne peut que nous gêner au moment où s'engagera la bataille. Si nous attendons encore, il aura marché dans le ciel vers le couchant, cela nous sera plus favorable.

— Amasa, mon cousin, ce sont là des considérations de vieillard. Ma fougue ne peut s'embarrasser de toutes ces vaines réflexions. J'ai hâte d'en découdre avec ces gens qui ont refusé de me reconnaître. Trêve de tergiversations : la victoire appartient aux plus forts, à ceux qui prennent l'initiative du combat et se portent sans crainte vers l'ennemi. »

Il brandit sa lance en criant l'ordre de marche. L'armée d'Israël s'ébranle, d'abord lentement, puis, s'entraînant mutuellement, les hommes prennent le pas de course tout en poussant des hurlements, accompagnés des éclairs que lancent les rayons du soleil en effleurant l'acier des épées.

Joab attend que l'ennemi se soit rapproché, qu'il halète de sa course, que ses mouvements soient partiellement entravés par les vêtements que la sueur colle au corps, pour donner le signal de l'attaque et, suivant un accord pris avec son frère et Ithaï, l'armée se déploie pour envelopper la troupe adverse et l'assaillir sur ses flancs.

Ainsi s'engage la bataille qui très vite tourne à l'avantage des fidèles de David. Effrayés par l'attaque de flanc, les rebelles perdent pied, leurs rangs déjà rompus par la charge sont soudain disloqués, bientôt les moins courageux tournent les talons, prennent la fuite, ne laissant à leurs compagnons d'autre issue que de les suivre ou d'être massacrés par des adversaires qui peuvent les contourner du fait qu'il n'y a plus de rangs.

Avec fureur combat Absalom. Il a rompu sa lance et maintenant, avec son épée toute gluante de sang, il continue de tailler dans les rangs des ennemis qui le pressent de toutes parts. Il voit la déroute des siens, autour de lui ses fidèles reculent, l'entraînent avec eux. Quelques-uns se sacrifient pour favoriser sa fuite. Enfin il doit se résoudre à abandonner un vain combat. Il se dégage de ses assaillants, court jusqu'à son mulet qui l'attend à l'orée du bois, l'enfourche, le talonne et fuit après avoir jeté son épée brisée, seul un tronçon étant resté entre ses mains. Il a reçu plusieurs blessures, aux bras, au torse, à la cuisse surtout, et par là s'écoule son sang en abondance. Il s'engage sous les ramures basses des arbres, baisse la tête pour ne pas heurter quelque branche. Parfois il se retourne pour voir où est l'ennemi. Il aperçoit un homme armé d'un javelot qui s'est élancé sur ses traces comme un bon limier. Il encourage par des claquements de langue son mulet qui part au galop. Mais il s'est encore imprudemment retourné. Il ne voit pas les basses ramures d'un chêne immense sous lequel il s'est engagé. Ainsi se sent-il soudain arraché de la bête tandis qu'il lui semble que son épaisse chevelure lui est violemment tirée : car elle s'est prise dans les branches et il se trouve ainsi à demi suspendu. Ses pieds touchent le sol mais en vain tente-t-il de dégager ses cheveux emmêlés aux feuillages qui l'obligent à rester debout. Son bras gauche est si meurtri de coups qu'il peut à peine le bouger, le droit lui cause une affreuse souffrance lorsqu'il le soulève ; cependant, il serre les dents, cherche à briser les branches, arrache des touffes de cheveux.

A ce spectacle, l'homme qui le traquait revient sur ses pas afin de chercher de l'aide. Il se heurte à Joab à qui il dit précipitamment :

« Absalom ! Je l'ai vu, il est suspendu à un chêne.

— Pourquoi ne l'as-tu pas tué, jeté à terre ? Je t'aurais donné dix sicles d'argent et une belle ceinture.

— Même en recevrais-je mille dans ma main, je ne porterais pas cette main sur le fils du roi.

— Inutile de perdre mon temps avec toi ! » s'exclame Joab.

Il se saisit de trois javelots qui traînent sur le sol et, suivi de ses dix écuyers, il s'élance dans la direction que lui a indiquée le soldat. Absalom est presque parvenu à se dégager ; depuis son crâne coulent sur son visage des filets de sang, car il s'est tout écorché en arrachant ses cheveux. Il parvient à tourner à demi la tête pour voir Joab venir à lui : il a lu la mort dans son regard, il ne cherche pas à le fléchir ; l'aurait-il voulu, il n'en aurait pas eu le loisir car sans plus l'approcher, Joab a levé un javelot à bout de bras et l'a projeté, puis un autre, le dernier enfin. En plein cœur, par le dos, se sont plantés les trois dards lancés d'une main forte et sûre. Pas un cri n'est sorti de la bouche d'Absalom, seulement en a jailli du sang qui ruisselle sur sa poitrine.

Sans même venir jusqu'à lui, Joab fait demi-tour tandis que ses écuyers frappent encore le corps d'Absalom pour l'achever le cas échéant, mais aussi parce que telle est l'une de leurs tâches, pour tout ce qu'a frappé leur chef.

Pour Joab, seul Absalom représente un danger pour David et pour lui-même. Le rebelle mis à mort, le combat doit cesser car toute tuerie devient dès lors inutile et ne sert plus qu'à affaiblir Israël. Il fait sonner les trompettes du rappel afin que cessent le combat et la poursuite.

Sur l'ordre de Joab, les écuyers ont creusé une fosse dans la forêt, près du chêne où est mort Absalom. Ils ont dépendu son corps, ils l'ont jeté dans la tombe, l'ont recouvert de pierres, ils en ont fait un petit tertre, car ainsi doivent être ensevelis les criminels, ceux qui auraient mérité de périr lapidés.

Ni Abisaï ni Ithaï ne sont présents, ils ont couru chacun de son côté à la tête de leurs hommes, aux trousses des fuyards. Seul Akhimaas, le fils de Sadoq, est auprès de Joab.

« Maintenant, dit-il à Joab, laisse-moi courir jusqu'au roi afin que je lui apporte cette bonne nouvelle, que Yahvé l'a vengé de ses ennemis. »

Mais Joab lui répond :

« Tu ne seras pas porteur d'une bonne nouvelle ce jour. Il est mieux pour toi d'attendre un autre jour, car aujourd'hui tu ne seras qu'un messager de malheur puisque le fils du roi est mort. »

Il porte alors son regard sur un serviteur de sa suite, un esclave fidèle qu'il a acquis depuis déjà quelque temps. Sous sa peau sombre et luisante saillent des muscles puissants qui paraissent vouloir faire éclater sa cotte de mailles ; son épaisse chevelure crépue est couverte d'un casque en cuir renforcé de clous de bronze. Il vient du Koush, région mystérieuse au midi de l'Egypte où le Nil prend sa source et où vivent des hommes noirs.

« Va rendre compte au roi de tout ce qui s'est passé », lui ordonne Joab.

Le Koushite se prosterne et part en courant.

Mais Akhimaas insiste auprès de Joab :

« Quoi qu'il arrive, laisse-moi faire, le prie-t-il. Laisse-moi aussi courir après cet homme du Koush.

— Pourquoi tiens-tu tant à y aller, mon fils, tu n'en tireras aucune récompense. »

Or, en réalité, Akhimaas n'espère par recevoir la gratification qu'il est d'usage de donner aux porteurs de bonnes nouvelles. Il tient à se disculper auprès de David afin que le roi ne puisse penser qu'il a pu approuver l'acte criminel de Joab.

« Peu importe, réplique-t-il, laisse-moi y courir.

— Va donc », accorde Joab.

Il part aussitôt, il prend le chemin de traverse qui suit le cours du Jourdain, il se hâte car il veut être auprès de David avant l'Ethiopien.

Une grande anxiété habite le cœur de David. Il a disposé sa garde dans l'ombre des murs de la ville afin qu'elle soit prête à intervenir à tout moment. Lui-même s'est installé dans la cour ouverte aménagée entre les deux portes de la ville, celle qui s'ouvre sur la campagne et celle qui donne accès à l'intérieur. Sur la terrasse de la porte se tiennent des veilleurs qui scrutent sans cesse l'horizon brouillé de lumière. Un guetteur pousse soudain un cri, il a aperçu au loin un homme qui s'approche en courant.

« S'il est seul, déclare David en se levant, c'est qu'une bonne nouvelle est sur ses lèvres. »

Ainsi parle-t-il, car si son armée avait été mise en fuite, c'est une bande de rescapés qui se hâterait vers la ville qu'il verrait. Mais bientôt un autre guetteur s'écrie à son tour :

« Je vois aussi un autre homme, il court seul.

— Lui aussi est porteur d'un message heureux », assure David.

Le premier guetteur descend auprès du roi :

« Je l'ai reconnu le premier, il sera bientôt ici : c'est Akhimaas, le fils de Sadoq.

— C'est un homme de bien, il vient avec une bonne

nouvelle », dit David en s'avançant sur la route poussiéreuse.

Akhimaas s'arrête bientôt, hors d'haleine, devant David :

« Tout est bien ! » s'exclame-t-il en tombant sur le ventre. « Béni soit Yahvé, ton dieu qui t'a délivré des hommes qui ont levé leurs mains contre mon seigneur le roi. »

Sans prendre le temps de se réjouir, David l'interroge :

« Dis-moi, le jeune Absalom est-il sauf ? »

Akhimaas préfère biaiser, il redoute d'annoncer la terrible nouvelle au roi.

« Lorsque Joab a envoyé vers toi un serviteur et encore moi-même ton serviteur, il y avait un grand tumulte, mais je ne sais de quoi il retournait. »

Cette réponse inquiète David :

« Relève-toi et demeure près de moi », lui ordonne-t-il.

L'homme du Koush est maintenant tout proche, il se prosterne, reprend en hâte son souffle et s'écrie :

« Bonne nouvelle pour mon seigneur le roi. Yahvé t'a vengé en ce jour de tous ceux qui se sont levés contre toi. »

Mais David l'interroge aussitôt sur le sort d'Absalom ; sans détour il lui répond :

« Que tous les ennemis de mon seigneur le roi, et tous ceux qui se sont dressés contre toi en te voulant du mal, qu'ils aient le sort de ce jeune homme. »

Alors David frémit. Devant ses officiers il cache son chagrin. Sans prononcer une parole, il monte dans la chambre supérieure, au-dessus de la porte, afin de se trouver seul, et aussitôt il éclate en pleurs, en gémissements, il ne cesse de répéter en se frappant la poitrine, en déchirant sa tunique, en s'arrachant les cheveux :

« Absalom ! mon fils Absalom ! Mon fils ! Que ne suis-je mort à ta place, Absalom ! mon fils, mon fils ! »

Jusque sous les remparts, par la fenêtre aménagée dans la salle de la tour, les gardes entendent les plaintes du roi.

Lorsque enfin apparaît l'armée victorieuse, Benaya se hâte vers elle, il aborde Joab pour l'aviser de ce qui se passe :

« Vois, lui dit-il, le roi pleure et se lamente sur Absalom. »

La douleur de David passe sur toutes les lèvres des soldats de manière que leur joie se change en deuil, à cause de l'affliction dans laquelle la mort de son fils a plongé le roi. Les guerriers entrent en silence dans la ville, furtivement, comme s'ils s'étaient couverts de honte, comme s'ils avaient pris la fuite. Et en passant sous la porte chacun peut ouïr les plaintes du roi qui ne cesse de répéter :

« Mon fils Absalom ! Absalom mon fils ! mon fils ! »

Ce chagrin si démesuré remplit de colère le cœur de Joab. Il s'engage dans l'escalier de pierre qui conduit dans la chambre de la Porte, trouve David à genoux, la tête voilée, qui ne cesse de gémir. Alors il s'emporte et s'écrie :

« Tu as ce jour ulcéré le cœur de tous les soldats qui ont sauvé ta vie, la vie de tes fils et de tes filles, celle de tes femmes et de tes concubines, parce que tu aimes tes ennemis et tu hais ceux qui t'aiment. Tu as montré ce jour que tu n'as d'égards ni pour tes officiers ni pour tes soldats. Car je vois que tu préférerais que vive Absalom et que soient morts tous tes serviteurs. »

Ces reproches touchent David qui se redresse et cesse de gémir tandis que reprend Joab d'un ton plus calme :

« Maintenant, je t'en prie, lève-toi, sors et viens parler aux soldats, rassure-les, félicite-les, car je le jure par Yahvé, si tu ne te montres pas à eux, personne ne viendra auprès de toi cette nuit, et cela sera pire pour toi que tous les malheurs qui ont fondu sur toi depuis ta jeunesse jusqu'à ce jour. »

David a compris les alarmes de Joab, il sait que son armée victorieuse peut dans un mouvement de colère se porter contre lui, car il se comporte comme une femme et non comme un homme. Alors il se lève, répare le désordre de sa mise et descend s'asseoir devant la porte pour que les guerriers viennent devant lui et reçoivent le prix de leur victoire.

David est victorieux. Il pourrait rentrer triomphalement à Jérusalem punir les factieux, s'imposer par la force à tout Israël. Mais il préfère la mansuétude à la sévérité, le pardon à la condamnation, il désire que tout Israël se lève pour le ramener dans la joie en sa cité. Aussi fait-il venir devant lui Sadoq et Abiathar qui jouissent auprès des tribus du prestige du sacerdoce.

« Allez au-devant des anciens de Juda et dites-leur ceci, de la part de David, l'oint de Yahvé : " Pourquoi seriez-vous les derniers à ramener le roi dans sa demeure ? N'êtes-vous pas mes frères, mes os et ma chair ? Pourquoi seriez-vous les derniers à ramener le roi ? " Ensuite vous irez trouver Amasa, le fils de ma sœur et vous lui direz au nom du roi : " N'es-tu pas mes os et ma chair ? Qu'Elohim me fasse le mal qui lui plaît et plus encore si je ne t'honore pas, si je ne te mets à la tête de mes armées à la place de Joab. Et tu me rallieras tous les hommes d'Israël qui étaient sous ton commandement. " »

Sadoq ne murmure pas en entendant cet ordre, mais Abiathar se sent choqué par la soudaine disgrâce de Joab. Depuis qu'il a rejoint David dans le désert, n'a-t-il pas toujours vu le neveu aux côtés de son oncle ? N'a-t-il pas été en grande partie l'artisan de sa gloire ? Par cette dernière victoire, ne vient-il pas encore une fois de sauver le trône de David, sa vie même.

Il ose alors élever la voix :

« Nous parlerons ainsi, mais mon seigneur, permets que ton serviteur s'étonne de ta sévérité à l'encontre de Joab, l'un de tes serviteurs les plus dévoués. »

David ne s'irrite pas de la question d'Abiathar. Il veut se justifier aux yeux d'un homme qui le sert depuis longtemps :

« Abiathar, ne crois pas que je me détourne de Joab, que j'ai oublié tout ce qu'il a fait pour moi ou contre moi. Vois, nous avons le même âge, mais lui, l'âge ne l'a pas apaisé, il se montre toujours aussi violent, et lorsqu'il juge contre moi, lorsque mes ordres lui déplaisent, il n'en fait qu'à sa tête, au mépris de ma volonté. Il est si jaloux de mon affection qu'il ne peut supporter qu'un autre soit susceptible d'être plus près que lui de mon cœur ; il est avec moi pire qu'une épouse sourcilleuse, pire que ma Bethsabée. Maintenant, je suis las de cette sorte d'orgueilleuse domination, je veux montrer à Joab que malgré toute l'estime que j'ai pour lui, je n'en suis pas moins son oncle et son roi, maître de mes décisions. »

Abiathar s'incline devant la volonté de David qui demande que pareillement soient ramenés vers lui les anciens d'Israël et même Akhitophel dont la trahison l'a le plus vivement affecté.

Tandis que s'éloignent les deux prêtres avec leurs fils et leurs serviteurs, David demeure à Mahanaïm où il continue de pleurer en secret ce fils qu'il a tant aimé, dont l'exil lui avait déjà fait sentir le prix et dont la mort a plus encore ranimé son affection.

Jonathan revient bientôt auprès du roi envoyé par son père Abiathar ; il l'informe qu'Akhitophel après la défaite s'est réfugié dans sa demeure de Jérusalem. Il n'y est resté que peu de temps ; il a ensuite sellé son âne et quitté Jérusalem pour rentrer chez lui, à Gilo. Là, après avoir mis de l'ordre dans sa demeure, il s'est pendu. On l'a alors enseveli dans le tombeau de son père. David se croit obligé d'annoncer à Bethsabée la mort de son grand-père. La reine reçoit la nouvelle sans ciller ; elle se détourne et remarque simplement :

« Je ne reconnaissais plus en lui mon aïeul. Cet homme que tu as élevé si haut, a trahi ta confiance et l'amitié de son roi. Il a soutenu un rebelle qui aurait certainement fait mourir sa propre petite-fille, son arrière-petit-fils Salomon, et toi-même qui étais son souverain et le gendre de son fils. Il s'est donné la mort qu'il savait mériter. »

Quelques jours plus tard, les anciens d'Israël et de Juda suivis par un grand concours de peuple, viennent à Mahanaïm pour assurer David de leur fidélité et le ramener à Jérusalem. Parmi eux se trouvent ceux qui se sont soulevés contre lui et en particulier Amasa qui viennent faire leur soumission, demander son pardon qu'il accorde sans condition. Il va même jusqu'à embrasser Amasa et déclare au su de tous qu'il le fait sarsaba des armées d'Israël. A cette nouvelle un murmure parcourt l'assemblée des soldats et on attend avec anxiété les réactions de Joab. Or celui-ci ne se dresse pas contre David, il ne fait aucune récrimination et semble accepter de bonne grâce le seul commandement des hommes de Juda, comme s'il voyait en cette semi-disgrâce le châtiment du meurtre d'Absalom.

David n'est pas allé jusqu'au bout de sa décision sans quelque scrupule, mais Bethsabée n'a cessé de l'y encourager, car c'est là une façon d'éloigner le seul rival capable de balancer son autorité dans le cœur de

David. En son âme elle se réjouit car de cette guerre elle est la première bénéficiaire. Maintenant, il ne reste plus entre son fils Salomon et le trône de David qu'un seul prétendant, le faible Adoniya qui jusqu'à ce jour est demeuré dans l'ombre. Elle sait qu'Amasa sera entre ses mains pour soutenir la cause de Salomon, car elle n'a pas manqué de lui faire comprendre que c'est sur ses instances que David l'a élevé si haut malgré son ralliement à Absalom.

LIVRE XVIII

Comme une ombre fugitive passe l'homme

A peine arrivé à Jérusalem avec la suite de David, Joab se retire dans le domaine qu'il possède à l'ouest de la ville, ce même domaine dont Absalom avait incendié les moissons afin d'obliger son cousin à se rendre auprès de lui. Bien qu'il n'ait élevé la voix, Abisaï a été ulcéré par l'attitude de David car s'il reconnaît que son frère s'emporte facilement, qu'il utilise des moyens peut-être par trop expéditifs pour se débarrasser de tout rival, de quelque ennemi qu'il ne peut vaincre ouvertement à la guerre, il sait qu'il voue à leur oncle une admiration passionnée, une affection jalouse, que sa fidélité est totale, sans compromission. S'il n'a pas cherché à intercéder pour lui auprès de David, c'est parce qu'il s'est aussitôt persuadé que son frère n'agit pas ainsi sans quelque arrière-pensée. C'est pour le sonder qu'aussitôt après son installation à Jérusalem, il s'est rendu chez lui.

Abisaï trouve son frère dans les champs où il inspecte les récoltes futures, recense les troupeaux, s'entretient familièrement avec ses serviteurs, comme s'il avait soudainement décidé de se retirer de la vie publique pour s'adonner à la gestion de ses biens et consacrer à ses plaisirs les jours de sa vieillesse. S'il a d'ailleurs conservé une vigueur sans cesse renouvelée sur les champs de bataille, s'il demeure svelte, sec de muscles, la tête haute, Joab n'en a pas moins la barbe et les cheveux blancs, et son visage, tanné par la vie des camps, est sillonné de rides profondes.

Abisaï embrasse son frère aîné et :

« Joab, lui dit-il, il m'apparaît que la sagesse de Yahvé a pénétré ton cœur. »

Joab lui lance un regard dans lequel il laisse paraître sa surprise, puis en riant il répond :

« Est-ce maintenant que tu découvres cela ? Pourtant ne savais-tu pas que depuis déjà de longues années Yahvé m'a accordé la sagesse ?

— Si tu entends par là la connaissance du cœur des hommes qui te permet de les diriger selon ton bon plaisir, ou encore la finesse de jugement grâce à laquelle tu sais comment enlever une place forte, gagner une bataille, conseiller David pour l'incliner à agir selon notre intérêt commun, je reconnais que tu possèdes depuis longtemps cette sagesse.

— Sache alors que, pour moi, il n'est pas d'autre forme de sagesse.

— Explique-moi alors comment tu as pu laisser David te destituer et faire d'Amasa son sarsaba, sans même t'en offenser. »

Joab pose son bras sur les épaules de son frère et l'entraîne loin des serviteurs qui l'entourent.

« Une ville assiégée, dépourvue de remparts, tel est l'homme qui ne sait contenir sa colère, dit alors Joab à Abisaï. Notre oncle s'abandonne trop facilement à ses sentiments, à ses impulsions. Il n'a jamais agi que par coups de passion : dans cette force réside sa faiblesse. L'amour des belles femmes et de ses enfants lui aura fait commettre toutes les folies. Elle a tout de suite vu le défaut de l'armure de ce grand guerrier, cette Bethsabée qui après l'avoir vaincu sans combat l'a soumis à son joug comme un simple esclave. Voici qu'elle a réussi à élever Amasa à la fonction de sarsaba et elle croit ainsi avoir éliminé Joab, le seul homme susceptible de contrecarrer ses desseins, balancer son influence sur l'esprit de David.

— C'est aussi ce que chacun pense dans l'entourage de David et tes amis et serviteurs sont d'autant plus surpris que tu te sois contenté de te retirer sur tes terres sans manifester une juste colère.

— Juste mais vaine. C'est pourquoi j'ai préféré la dissimuler. Abisaï, depuis toujours, depuis que nous avons suivi David dans cette existence aventureuse qui l'a conduit sur le trône d'Israël, notre destin a été lié, nous avons tous deux marché la main dans la main, pour la plus grande gloire de notre oncle et la nôtre. Laisserons-nous cet intrigant d'Amasa manger notre pain alors que nous avons fait la moisson, maintenant que nous sommes parvenus au seuil de la vieillesse ?

— Joab, j'étais bien venu auprès de toi dans l'espoir d'entendre de telles paroles.

— Alors, sois mon œil auprès de David, car tu as toujours su modérer tes passions de manière à ne jamais l'indisposer contre toi. Et maintenant, voici : tu le sais, l'armée d'Israël n'a jamais connu qu'un chef, Joab, comme les guibborim n'obéiraient qu'à contrecœur à un autre que toi.

— Joab, songerais-tu à te dresser contre David ?

— Abisaï, quelles idées germent dans ta tête comme de mauvaises herbes dans un champ de blé ? Imagines-tu Joab le plus fidèle des serviteurs de David marchant contre lui à la tête d'une armée ? L'âge n'a pas troublé mon esprit, n'aie aucune crainte. Ecoute-moi. A travers tout le pays j'ai des espions, des serviteurs fidèles qui sont comme un filet que j'aurais jeté sur Juda et Israël. Or, si une partie d'Israël a disputé à Juda l'honneur de ramener David à Jérusalem, il en est une autre qui toujours le hait, qui ne supporte qu'avec impatience la domination de ce roi sorti de Juda. Parmi eux il y a un homme de Benjamin, Shéba, fils de Bikri. »

Tout en parlant, ils sont parvenus auprès d'un chêne dont les racines puissantes ont fendu la terre en sillons au milieu desquels surgissent leurs épaisses volutes brunes. Chacun prend place sur une racine, dans l'ombre du feuillage épais et Joab poursuit :

« J'ai envoyé des hommes sûrs auprès de ce Shéba dès que j'ai appris qu'il était disposé à reprendre contre David la guerre qu'a entreprise Absalom. Ils l'incitent à la révolte, l'assurent du concours des guerriers d'Israël, et même du soutien de Joab tombé dans une inique disgrâce. Or je viens d'apprendre qu'il a fait sonner du cor à travers Benjamin, il a rassemblé les mécontents et ils ont commencé à parcourir Israël en criant : " Nous n'avons pas de part avec David, nous n'avons pas de part avec le fils de Jessé. Chacun à ses tentes, Israël ! " Cette rébellion, David va bientôt en être informé, demain, aujourd'hui peut-être.

— Joab, qu'y a-t-il dans ton cœur ? s'inquiète Abisaï.

— Seulement un grand amour pour David. Pour toi, rentre à Jérusalem et lorsque le roi apprendra la révolte de Shéba, montre-lui le danger que court le trône, incite-le à se hâter de riposter afin qu'il presse Amasa de lever une armée en Juda. Je me charge du reste, et plus précisément de le retarder, d'agir auprès des fidèles du roi pour qu'ils mettent peu de hâte à répondre à son appel de façon que David se détournera d'Amasa et dans ce danger pressant il devra comme toujours faire appel à ses plus sûrs serviteurs, Abisaï et Joab. »

Joab est comblé dans ses prévisions. Lorsque vient à la connaissance de David la révolte de Shéba, il convoque aussitôt Abisaï et Amasa. Son neveu le persuade de l'imminence du danger, lui rappelle opportunément qu'il a été si surpris par la rébellion d'Absalom qu'il a juste trouvé le temps de fuir Jérusalem pour ne pas être capturé. David se tourne alors vers Amasa et lui dit :

« Va et convoque les hommes de Juda. Je t'accorde trois jours pour te présenter ici, avec ton armée. »

Malgré le zèle qu'il met à remplir sa mission, Amasa se heurte à une lenteur, une mauvaise volonté des chefs des mille et des cent, qui multiplient les obstacles de manière que s'écoule le temps imparti sans qu'il ait réussi à rassembler les hommes de Juda.

Le délai passé, Abisaï se hâte auprès de David :

« David, mon seigneur, lui dit-il, j'ai appris que ce Shéba marche sur nous à la tête des hommes d'Israël qui t'ont abandonné pour suivre ce rebelle. Il faut se porter au-devant d'eux sans plus attendre Amasa. »

David reconnaît le bien-fondé de l'avis d'Abisaï :

« En vérité, répondit-il, Shéba fils de Bikri est pour nous plus dangereux qu'Absalom. Prends donc les gardes et les guibborim, porte-toi au-devant de lui, défais-le et pourchasse-le. Empêche-le de se réfugier dans quelque ville forte ou encore de fuir au-delà de nos frontières.

— Il en sera fait ainsi. J'emmènerai les Kéréthiens, les Péléthiens, les mercenaires étrangers car puissante est l'armée des rebelles.

— Prends-les, et que Joab t'accompagne. »

Ce dernier ordre de David réjouit le cœur d'Abisaï qui n'attendait que ces mots. Il convoque aussitôt les officiers afin que dès le jour suivant les hommes soient prêts à se mettre en route, et expédie un messager auprès de Joab.

Joab avec ses écuyers et sa garde personnelle rejoint Abisaï lorsqu'il sort de Jérusalem par la porte du Nord. Il a revêtu sa tenue guerrière, casque et cotte de mailles, lié sur ses reins son glaive court dans son fourreau de cuir et de bronze guilloché d'or. Comme les simples guerriers il va à pied et malgré son âge progresse à grandes enjambées. Il fait l'admiration de tous et en le voyant ainsi marcher à leur tête, les soldats se sentent assurés de la victoire : Joab a-t-il jamais été vaincu ?

Le soir même, l'armée bivouaque dans les champs voisins de Gabaon, auprès d'une grande pierre blanche tenue pour sacrée par les Gabaonites, car un élohim s'y est manifesté.

Tandis qu'on allume les feux pour rôtir les viandes, Joab emmène son frère auprès de la mare où les paysans du voisinage viennent faire boire leurs bêtes.

« Abisaï, dit alors Joab, ayons ici une pensée pour notre frère Azaël.

— Joab, assure Abisaï, il vit toujours en ma mémoire, bien que trente-cinq hivers se soient depuis écoulés.

— Nous voici parvenus au seuil de la vieillesse, et à nouveau David, peu soucieux de ceux qui l'aiment et fidèlement le servent, m'a suscité un rival, il m'a préféré cet Amasa, comme il était disposé à faire d'Abner son sarsaba, alors qu'il était son plus redoutable ennemi : sans Abner, Ishbaal n'était plus rien. En tuant Abner, j'ai ouvert à David la route qui l'a conduit au trône d'Israël.

— Joab, David t'aime et t'admire, mais il redoute aussi ta violence, il supporte mal tes réprimandes, les soins jaloux dont tu l'entoures. Il a trop souvent le sentiment d'être un objet entre tes mains, tu lui fais trop ostensiblement sentir combien tu lui es nécessaire.

— Crois-tu donc que si je me montrais moins vigilant, moins déterminé, David serait avec moi plus équitable ? Non Abisaï, cet homme si décidé, si entreprenant lorsqu'il est contraint à l'action, est par ailleurs bien trop conciliant, toujours prêt à pardonner, à élever ses adversaires sans même imaginer qu'il puisse nourrir un serpent dans sa maison, qu'au lieu de lui en être reconnaissants ils n'attendent que l'occasion de le trahir. Il prête l'oreille aux conseils les plus pernicieux, de préférence s'ils lui sont dispensés par un ancien ennemi ou une femme, du moment qu'elle est plaisante à regarder. Abisaï, je peux prétendre que nous sommes les piliers de son trône, que sans moi il en aurait été depuis longtemps jeté bas, si encore il était parvenu à s'y élever. Maintenant, nous avons encore à combattre, pour lui, pour nous. Et nos ennemis ce sont, non pas ce Shéba qui nous donne une nouvelle occasion de nous illustrer, mais Amasa, et cette Bethsabée. »

Il termine de parler ainsi lorsque s'approche un écuyer qui les informe de l'arrivée imminente d'Amasa :

« Il sera ici demain avant la fin de la matinée, à la tête de l'armée qu'il a levée en Juda, assure-t-il.

— Voilà qui est parfait, déclare Joab.

— Ne conviendrait-il pas de nous remettre en route sans tarder afin de défaire Shéba sans son aide ? avance Abisaï.

— Pourquoi donc ? Non, mon frère, au contraire, nous attendrons Amasa ici même. »

Au milieu de la matinée, Amasa parvient à Gabaon avec ses hommes. Joab est assis sur le bord de la grande pierre en compagnie d'Abisaï et de quelques officiers. Il a fait lever le camp et les hommes sont prêts à reprendre la route ; manifestement on n'attend plus qu'Amasa, le général chargé de diriger cette campagne. Lorsqu'il s'approche de ses cousins, ceux-ci se lèvent et viennent à sa rencontre. Joab s'avance en premier, il s'arrête devant Amasa, s'agite, s'incline, de manière que son épée glisse du fourreau et tombe à terre. Amasa ouvre les bras pour le recevoir. Joab se penche, ramasse l'arme en se tançant de sa propre maladresse :

« Voici les conséquences de l'âge, dit-il à Amasa. Comment te portes-tu, mon frère ? Vas-tu bien ? » lui demande-t-il ensuite en lui prenant la barbe d'une main, en témoignage d'affection.

Amasa esquisse un sourire, lève la main pour saisir sa barbe à son tour et l'embrasser. Dans ces mouvements ils ont chacun relevé les pans de leurs manteaux et Amasa ne voit pas l'arme que Joab étreint toujours. La lame aiguë frappe le ventre d'Amasa, d'un seul élan fend le tissu de la tunique, la peau et la chair. Les yeux d'Amasa s'agrandissent, on aurait pu y lire un immense étonnement et aussi un reproche. Il a lâché la barbe et recule en titubant. Joab a retiré l'épée ensanglantée de la plaie d'où jaillit un sang noir. Amasa porte ses mains vers sa blessure tout en se penchant tandis que se crispe son visage sous le coup de la douleur. Il titube et en vain tente de retenir ses entrailles qui lentement glissent hors des tissus et se répandent à terre. Joab se détourne et, tout en rengainant son épée, marche vers son frère.

« Ordonne qu'on se mette en route », lui dit-il.

Revenu de sa stupeur, Abisaï brandit sa lance et donne le signal du départ. Sans un mot, gardes et mercenaires se mettent en marche au son des trompes.

Amasa a roulé dans son sang au milieu du chemin, tandis que s'éloignent Joab, Abisaï et leurs officiers. Cependant est demeuré sur place un écuyer de Joab, son plus fidèle serviteur qui s'écrie en voyant hésiter les hommes de Juda amenés par Amasa.

« Quiconque est favorable à Joab et est pour David, qu'il suive Joab ! »

Puis il tire Amasa hors du chemin, dans un champ, et jette sur lui son manteau pour montrer qu'il est bien mort. Des murmures s'élèvent des rangs de l'armée de Juda. Mais il suffit qu'un homme puis deux se mettent en marche à la suite de l'écuyer de Joab et des guerriers d'Abisaï, pour que peu à peu s'ébranle toute l'armée qui soudain acclame son ancien chef, Joab, le seigneur des victoires.

En apprenant l'approche de l'armée de David dont Joab a pris le commandement, les rebelles d'Israël prennent peur et sans même oser tenter la fortune d'une bataille, ils battent en retraite. Comme le taon après la génisse, Joab les talonne, les traque à travers tout Israël. Les plus avisés, ceux qui se sentent aussi moins engagés, désertent les rangs de Shéba et regagnent leurs logis de manière que le fils de Bikri n'a plus avec lui qu'une poignée de fidèles irréductibles. Ils fuient vers le nord si bien que Joab craint qu'ils ne trouvent refuge dans l'un des royaumes araméens. Abisaï envoie alors en avant un détachement de guibborim contourner l'adversaire afin de lui couper la route du Nord, de manière que Shéba se voit contraint de s'enfermer dans Abel Beth Maaka, une ville forte voisine de Dan. Aussitôt Joab investit la place et entreprend de faire dresser un remblai contre les remparts pour pouvoir y mener l'assaut. Sur d'autres côtés, il commence à creuser des sapes afin de faire s'écrouler des pans de muraille.

A la vue de ces travaux entrepris par une armée si nombreuse et si bien organisée, les gens de la cité prennent peur. Ils connaissent le renom que s'est acquis Joab en enlevant Jérusalem et Rabbath Ammon, deux cités jugées imprenables. Sur les remparts se sont massés les habitants. Même les femmes y viennent et nul ne cherche à se dissimuler derrière les merlons arrondis, car les assiégeants se contentent de saper et d'élever la rampe, sans tirer ni flèches ni javelots, car Joab a parlé ainsi à ses soldats :

« Ces gens appartiennent à notre peuple. S'ils ne nous lancent pas de traits, ne les provoquez pas car je ne leur veux pas de mal. Il faut éviter de faire couler le sang d'Israël. Pour nous, puisqu'ils ont fermé leurs portes, nous nous contenterons d'ouvrir une brèche dans leurs murailles pour entrer dans la ville afin de nous emparer de Shéba. »

Et voici qu'une femme, profitant d'un moment où les cris des assaillants et des assiégés se sont apaisés, s'avance sur l'avant-mur d'où elle interpelle les hommes de David qui se tiennent au bas :

« Ecoutez, écoutez ! Je vous prie ! Appelez Joab, qu'il vienne ici pour que je lui parle. »

Aussitôt on court chercher Joab. Il s'avance au pied du rempart mais il reste méfiant, il craint qu'on ne lui lance un javelot ou une pierre.

« Es-tu Joab ? lui demande la femme.

— C'est moi, assure-t-il.

— Ecoute ce que dit ta servante.

— Parle, je t'écoute.

— Autrefois, on avait coutume de dire, lors de contestations : il faut consulter Abel Beth Maaka, et on concluait l'affaire suivant ses conseils. Car c'est une ville fidèle en Israël, elle conserve pieusement les anciennes traditions de notre peuple. Et voici, toi tu cherches à détruire une cité qui est une mère en Israël. Pourquoi prétends-tu anéantir l'héritage de Yahvé ? »

Joab voit dans l'intervention de cette femme une bénédiction divine. Il hausse la voix afin que l'entendent tous les gens de la ville venus sur le rempart :

« Loin, bien loin de moi pareil dessein ! s'écrie-t-il. Je ne veux ni l'anéantir ni la détruire. Tel n'est pas mon but. Mais un homme de la montagne d'Ephraïm, un nommé Shéba fils de Bikri, s'est dressé contre le roi David. Livrez-le-moi, lui seul, et je lèverai le siège de la ville.

— Cesse les travaux, accorde-nous un moment afin que le peuple en décide », déclare la femme.

Elle s'éloigne tandis que Joab se retire de son côté et rassemble ses hommes au-delà de la portée d'une flèche. Or, peu de temps après, la femme revient sur le rempart accompagnée des anciens de la ville et de quelques hommes en armes. L'un d'eux tient un sac en cuir qu'il lance au loin, vers les soldats de Joab. Celui-ci envoie un guerrier pour lui ramener le sac. Il l'ouvre et en retire la tête sanglante de Shéba. Joab commande qu'elle soit enterrée sur place puis il ordonne aux porteurs de trompettes de sonner le signal de la retraite.

Bethsabée tient sa cour dans son pavillon, afin de mener à un terme heureux pour son fils les intrigues dont elle a commencé à tisser l'écheveau depuis tant d'années. Son âme est inquiète et souvent il lui arrive de douter de l'avenir. S'il lui marque toujours une certaine affection, s'il la convoque de préférence à ses autres épouses pour écouter ses paroles, il y a maintenant longtemps que David ne la fait plus venir dans sa couche, elle ne peut plus tirer profit de ces moments où après avoir satisfait ses désirs, le roi s'abandonnait à la langueur du repos et accédait sans réticence à toutes ses prières. C'est ainsi qu'un soir, il lui avait promis le trône pour leur fils Salomon. Mais depuis, bien des lunes se sont arrondies dans le ciel et David semble avoir oublié ce serment. Il paraît même ne plus se souvenir comment Absalom a procédé pour préparer sa rébellion. Car Adoniya, héritier présomptif du trône, comme l'a fait son frère, s'exhibe sur un char tiré par de fougueux chevaux et précédé de gardes à pied, cinquante qui courent devant lui, la lance sur l'épaule. Or David ne s'en irrite ni ne s'en inquiète, comme s'il reconnaissait par là les prétentions de son fils aîné à la royauté d'Israël.

Auprès de Bethsabée se tiennent assis ses familiers et partisans les plus sûrs : Akhimaas et Azaryahu, les deux fils de Sadoq, Jonadab, le fils de Shiméa, qui n'a jamais oublié le meurtre de son cousin et ami Amnon, Zabud, le fils de Nathan et compagnon de Salomon âgé maintenant de dix-huit ans.

« Encore ce matin, dit Jonadab, j'ai vu Adoniya sur son char. Il allait sur la route de l'Ouest, sans doute vers la demeure des champs de Joab.

— Il est aux pieds du sarsaba, ajoute Azaryahu, au point qu'on pourrait penser que Joab est le maître et Adoniya le serviteur.

— C'est bien ce qui m'inquiète, précise Bethsabée. Joab le soutient non seulement de tout son crédit auprès du roi qui a déjà oublié le meurtre d'Amasa, mais surtout de son ascendant sur l'armée. Joab harcèle David comme un limier après un cerf, même le soir on le voit sur la terrasse royale où il boit en compagnie de David et d'Abisaï. S'il arrivait le moindre malheur au roi en ces jours, Joab serait le premier à en être informé et aussitôt il mettrait Adoniya sur le trône de son père, au détriment de Salomon. C'en serait alors fait de nous, mais aussi vos pères, Sadoq et Nathan seraient relégués au fond du royaume par Abiathar et ses fils.

— Notre père en est conscient, assurent les fils de Sadoq.

— Le mien aussi, renchérit Zabud, et il n'est pas disposé à laisser triompher le fils de Haggit alors qu'il a placé finalement sa foi dans Salomon que Yahvé a béni.

— Joab est habile et puissant, soupire Bethsabée. Il faudrait trouver quelqu'un qui nous soit acquis capable de tenir Joab éloigné de David.

— A qui songes-tu ? l'interroge Zabud.

— A une femme. Une fille jeune et belle : très belle pour pouvoir dominer le cœur de David, très jeune pour qu'elle n'ait pas trop de caractère et qu'elle accepte de faire notre jeu et non agir dans son seul intérêt. Vois, Zabud : depuis que l'arche est montée à Jérusalem, David a cessé de consulter l'éphod et Abiathar a perdu par là un ascendant qu'il cherche par tous les moyens à reconquérir. Mais Sadoq gardien de l'arche reste son rival heureux et lorsqu'il s'agit de consulter la volonté de Yahvé pour ce qui est des menus événements, David se contente d'en appeler à ton père Nathan. Or je sais que le roi sent la vieillesse gagner son cœur, ses membres se refroidissent et il devient de plus en plus frileux. Il conviendrait que Nathan l'incite à prendre auprès de lui une vierge afin de réchauffer son corps et lui communiquer la jeune vigueur de ses membres. David acceptera alors qu'on amène devant lui un tel trésor.

— Je vais de ce pas chercher mon père pour que tu lui parles, déclare Zabud en se levant.

— Va, et vous autres, allez de par les rues de la ville et dans les villages d'Israël. Ramenez-en des vierges qui pourraient convenir à l'affaire. Je connais le roi mieux que personne : je saurai parmi elles choisir celle qui sera la dernière épouse de David, celle pour qui brûleront les derniers feux du cœur du roi, celle qui l'éloignera de Joab. »

Suivant le vœu de Bethsabée, Nathan se rend auprès de David. Il est étendu sur son lit dressé sur la terrasse. Malgré la chaleur il a remonté sur ses jambes une couverture de laine teinte. Il tient à la main un chasse-mouches au manche d'ivoire incrusté de bandes d'argent qu'il laisse errer sur son visage pour tenir éloignés les insectes ailés.

« Pourquoi l'oint de Yahvé est-il seul, abandonné, sans une épouse pour le servir, pour réchauffer son cœur ? lui demande Nathan.

— Je n'ai plus de plaisir à me trouver en compagnie des femmes de ma maison, répond David. Même ma

Bethsabée qui si longtemps m'a été une précieuse compagne a cessé de faire vibrer mon âme.

— Ecoute ce que dit ton prophète, le voyant de Yahvé. Qu'on cherche pour mon seigneur le roi une jeune vierge. Qu'elle reste auprès du roi, qu'elle le serve. Elle couchera sur ton sein et ainsi mon seigneur le roi retrouvera la chaleur de la jeunesse. »

David permet à Nathan d'ordonner qu'on se mette en quête d'une jeune fille, bien qu'il se sente las de la vie, bien qu'il n'ait plus guère de désirs.

Cependant on présente déjà des vierges à Bethsabée mais elle les renvoie toutes car nulle ne lui semble apte à séduire David. Les familiers de Bethsabée commencent à s'inquiéter et à s'impatienter car elle se montre si difficile dans son choix qu'ils craignent qu'elle ne se décide jamais. Enfin on conduit devant elle une jeune fille d'une si grande beauté que Bethsabée elle-même en est troublée. Elle éloigne les serviteurs et lui demande d'ôter sa robe. La jeune fille s'exécute sans pruderie ni provocation. Elle agit avec une grâce qui enchante Bethsabée. Elle révèle un corps élancé, des membres souples, une poitrine haute et ferme, une peau nacrée sans défaut. Interrogée par la favorite royale, la jeune fille déclare s'appeler Abishag et venir de Sunam, une ville du nord d'Israël. Bethsabée entreprend alors de l'instruire, lui dit ce qu'elle attend d'elle, lui représente tout ce qu'elle a à gagner en demeurant fidèle à sa cause, tout ce qui la menace dans le cas où elle la trahirait.

Lorsqu'elle est convaincue qu'Abishag s'est persuadée de la sainteté de sa mission, Bethsabée appelle des servantes qui la baignent, la coiffent, l'épilent, l'oignent de parfums, la parent de bijoux délicats, la drapent d'une robe de lin finement tissé.

Comme l'espère Bethsabée, David est charmé par la jeune fille au point qu'il ne veut plus s'en séparer, qu'il la garde tout le jour auprès de lui, la met dans sa couche pour dormir, ne consent à se séparer d'elle que pour lui permettre de faire sa toilette. Dans le même temps, il se détache de Joab et tient à distance ses familiers ; il n'a de plaisir qu'en compagnie d'Abishag qui lui joue sur sa harpe des chants qu'il a composés dans sa jeunesse.

Abishag, fidèle à la parole qu'elle a donnée à Bethsabée, s'ingénie à éloigner de David Joab et Abiathar, lui vante les mérites de son épouse favorite et des vénérables prêtres qui l'entourent.

Bien vite Joab a senti le danger, il a compris qu'Abishag est une créature de Bethsabée destinée à capter l'esprit du roi qu'il se flattait d'avoir repris en main. Il envisage alors de précipiter les événements avant que Bethsabée ne songe à le devancer en cela. Il compte sur l'appui des officiers du roi, les chefs des cent et des mille, bien qu'ils n'aient en ce moment nul homme sous leurs ordres, les recrues de Juda et d'Israël ayant regagné leurs foyers. Pour ce qui est des forces vives immédiatement disponibles, il ne peut tabler que sur les guibborim d'Abisaï, sans toutefois être assuré que son frère le suivrait dans une telle entreprise. Si Abiathar est avec lui et qu'Adoniya a pour lui l'avantage du droit d'aînesse, Joab sait qu'il a contre lui le clergé de Gabaon, les lévites, les Kéréthiens et les Péléthiens de Benaya qui est favorable à Salomon. Comme il craint qu'Ithaï et ses hommes ne prennent le parti de Bethsabée, il estime que le moment est propice pour une action car le Gittite est allé avec sa troupe faire une tournée vers Gath afin de percevoir le tribut.

Joab ne songe nullement à se dresser contre David. Il envisage de faire désigner par David son fils aîné comme héritier du trône d'Israël. Auparavant il veut sonder les reins de ses adversaires, tester leurs réactions. Aussi, au lieu de chercher à persuader directement David, il préfère biaiser ; l'âge lui a conféré une prudence qu'il aurait ignorée en d'autres temps. Il n'ose plus ces coups d'audace qui lui ont si bien réussi dans le passé.

Sur les conseils de Joab, Adoniya décide de se rendre sur la pierre de Zohéleth, près d'En Roguel, la source du Foulon qui sourd dans la vallée du Cédron, au sud-est de Jérusalem, au bas des murs de la ville. Il déclare vouloir y offrir en sacrifice moutons, bœufs et veaux gras, et invite à assister à la cérémonie ses frères, les princes royaux, et tous les hommes de Juda, serviteurs de David. Mais il n'invite ni Nathan le prophète, ni Benaya, ni son frère Salomon, ni les guibborim car Abisaï a déconseillé à Joab d'agir de la sorte. Joab songe en effet que s'il y a un concours de peuple suffisant, il tentera de faire oindre Adoniya par Abiathar, puis il mettra David devant le fait accompli.

Mais lorsque arrive le fils d'Haggit sur son char, avec ses cinquante serviteurs, il n'y a que peu de monde sur les bords du Cédron, et, même, nombre d'hommes de Juda convoqués par le prince se sont abstenus de paraître. Joab pense alors qu'il est préférable de se contenter d'immoler les bêtes sans chercher à forcer le destin.

Cependant, Nathan qui a été informé des intentions de Joab, considère que se présente là une occasion de traverser les desseins du sarsaba. Il se hâte auprès de Bethsabée et l'apostrophe sans autre préambule :

« N'as-tu pas appris qu'Adoniya, le fils d'Haggit, a été fait roi sans que notre seigneur David en ait été avisé ? »

Comme elle lève vers lui un regard surpris où brille une lueur d'inquiétude, il poursuit :

« Maintenant, laisse-moi te donner un conseil, afin

que tu puisses sauver ta propre vie et celle de ton fils Salomon. Cours chez le roi David et dis-lui : " N'est-ce pas toi, mon seigneur et roi qui as fait ce serment à ta servante : sois rassurée, Salomon ton fils régnera après moi, il s'assiéra sur mon trône ? Pourquoi donc Adoniya est-il maintenant roi ? " Et tandis que tu seras là à parler au roi, je te suivrai de près pour appuyer tes dires. »

Sans chercher à en savoir plus, jugeant de la gravité et de l'imminence du danger, Bethsabée se lève et se rend en courant aux appartements du roi. Elle est l'une des rares personnes que David accepte de recevoir auprès de lui à toute heure du jour. Elle le trouve à demi couché sur son lit. Près de lui est agenouillée Abishag seulement vêtue de sa chevelure dénouée et de l'or de ses bijoux qui brille sur ses membres et sa gorge. Elle l'agace en riant avec un chasse-mouches et porte à la bouche du roi des raisins séchés et des dattes confites dans du miel.

Bethsabée tombe à genoux devant David qui manifeste son déplaisir d'être troublé dans ses jeux :

« Que désires-tu ? » lui demande-t-il sèchement.

Elle lève vers lui un visage baigné de larmes et joignant les mains elle répond :

« Mon seigneur, tu as prêté ce serment par Yahvé ton dieu à ta servante : ton fils Salomon régnera après moi, il s'assiéra sur mon trône. Et maintenant, vois : Adoniya a été fait roi, et toi, mon seigneur le roi, tu l'ignores ! Car à ton insu il a immolé bœufs, veaux gras et moutons en quantité ; il a invité les fils du roi, Abiathar le prêtre, Joab le sarsaba, mais non ton serviteur Salomon. Et toi, mon seigneur, mon roi, les regards de tout Israël sont tournés vers toi, car toi seul peut désigner celui qui s'assiéra sur le trône de mon seigneur le roi après lui. Autrement, lorsque mon seigneur le roi dormira avec ses pères, moi et mon fils Salomon aurons tout à craindre. »

A peine termine-t-elle de s'exprimer ainsi sans cesser de pleurer, qu'un serviteur entre et annonce :

« Le prophète Nathan est là, il demande à voir mon seigneur le roi. »

David, déjà troublé par les paroles de Bethsabée, s'est redressé. Il s'assoit sur le bord du lit et ordonne qu'entre Nathan. Ce dernier vient se prosterner devant David, la face contre terre puis il déclare :

« Roi, mon seigneur, ainsi tu as décidé qu'Adoniya régnerait après toi, qu'il monterait sur ton trône ? »

David a froncé les sourcils : il ne peut plus douter qu'Adoniya a osé se faire oindre roi, sans consulter son père, alors qu'il est encore vivant. Nathan qui a perçu la colère qui monte dans la poitrine du roi, poursuit ainsi :

« Ce jour il est descendu dans la vallée du Cédron, il a offert des sacrifices devant ses invités, les princes royaux, les chefs de tes armées, le prêtre Abiathar. Et vois : maintenant ils mangent et boivent devant lui et ils crient : " Vive le roi Adoniya ! " Mais moi, ton serviteur, Sadoq le prêtre et Benaya le fils de Joïada, et ton serviteur Salomon, il ne les a pas invités. Cela s'est-il fait selon la volonté de mon seigneur le roi ? Et tu n'as pas voulu que tes fidèles serviteurs sachent qui succédera à mon seigneur le roi sur son trône. »

David s'est levé, il a fermé à demi les paupières et il demeure un instant immobile, comme pour contenir sa colère, puis, se tournant vers Bethsabée, il s'exclame, en serrant les poings :

« Par la vie de Yahvé qui a délivré mon âme de toute détresse ! Ce que je t'ai juré au nom de Yahvé, dieu d'Israël, que ton fils Salomon régnerait après moi et monterait sur mon trône, je veux le réaliser ce jour même ! »

Le visage de Bethsabée s'illumine en entendant ces mots ; elle se courbe la face contre le sol puis elle s'écrie :

« Que mon seigneur le roi David vive à jamais ! »

David appelle aussitôt un serviteur :

« Qu'on fasse venir devant moi Sadoq le prêtre et Benaya, fils de Joïada.

— J'y cours », répond le serviteur.

David se met à marcher à travers la chambre avec impatience. Son visage est pâle et tendu, nulle parole ne sort de ses lèvres serrées. Abishag, Bethsabée et Nathan le regardent sans oser élever la voix ; ils trouvent inutile d'attiser encore sa colère. Dès qu'entrent Sadoq et Benaya, sans attendre qu'ils se soient prosternés, il ordonne :

« Prenez avec vous la garde royale, faites monter mon fils Salomon sur ma propre mule et conduisez-le à la source de Gihon. Là Sadoq le prêtre et Nathan le prophète l'oindront roi sur Israël. Vous ferez alors sonner les trompettes et crierez " Vive le roi Salomon ". Ensuite vous remonterez avec lui et il viendra s'asseoir sur mon trône, il régnera à ma place, car c'est lui que j'ai désigné pour régner sur Israël et sur Juda. »

Benaya s'est levé devant le roi et il répond :

« Qu'il en aille ainsi. Que Yahvé, le dieu de mon seigneur réponde pareillement aux paroles de mon seigneur le roi. Comme Yahvé a été avec mon seigneur le roi, qu'il en soit ainsi avec Salomon, qu'il fasse son trône plus magnifique encore que celui de mon seigneur, le roi David ! »

Benaya, Sadoq et Nathan se retirent en hâte. L'un va convoquer Kéréthiens et Péléthiens tandis que les autres courent auprès de Salomon. Ils couvrent ses épaules d'un manteau en lui annonçant la décision du roi son père, puis l'aident à se hisser sur le dos de la mule qu'un écuyer est allé chercher dans les écuries royales.

Prêtres et lévites vont en tête du cortège, les gardes du palais ferment la marche. Ainsi sortent-ils de la ville sous les regards des passants qui se massent sur son passage. Ils descendent vers le ravin du Cédron où se trouve Gihon. Là, Salomon met pied à terre et s'agenouille au bord de la margelle de la source dont l'eau claire jaillit du sol parmi les lauriers-roses. Sadoq qui est allé chercher dans la tente où est placée l'arche la corne remplie d'huile sacrée, l'élève au-dessus de la tête inclinée du jeune prince et il en oint son épaisse chevelure.

Alors jaillissent dans l'air léger les sons des trompes qui saluent le nouveau roi d'Israël tandis que prêtres et soldats s'écrient :

« Vive le roi Salomon ! »

Le peuple, qui s'est massé sur les remparts et le long du chemin abrupt qui de la ville conduit à la vallée, reprend en écho le cri qui se répète dans les rues, sur les toits, jusqu'à l'aire où se trouve l'arche et où Salomon dans le secret de son cœur a juré d'élever un temple magnifique à Yahvé si son dieu lui accordait un jour de régner sur Juda et Israël.

Descendu prince avec une suite de gardes, Salomon remonte roi vers la ville au milieu d'une foule en délire qui l'accompagne au son des flûtes et des tambourins dont les clameurs font trembler la terre.

Adoniya et ceux qui sont conviés à son banquet sont encore à boire auprès de la pierre de Zohéleth, lorsque leur parviennent des rumeurs dont ils ne cherchent pas à connaître la cause. Mais peu à peu s'enflent ces bruits lointains que dominent parfois des sons stridents de trompette. Joab le premier s'en alarme sans cependant montrer son inquiétude. Il est assis avec les autres convives sur des tapis jetés à même le sol ; devant eux, sur des plateaux de cuivre ou de terre cuite, sont disposés les plats avec les reliefs du repas, les gobelets encore à demi pleins de vins épais. Il continue de converser jusqu'au moment où son trouble se transforme en une crainte qu'il trouve insensé de dissimuler. Il se lève avec tant de précipitation qu'il en renverse une cruche remplie d'eau fraîche :

« Qu'est cette rumeur qui vient de la ville ? interroge-t-il. Ecoutez ces bruits de trompes...

— Peut-être le peuple est-il en liesse en ayant appris que je vais m'asseoir sur le trône d'Israël », suggère Adoniya non sans quelque fatuité.

« Folie ! il crierait au loin, sans même t'avoir vu ? Il faut envoyer quelqu'un aux nouvelles. »

Il parle encore lorsque surgit Jonathan, le fils d'Abiathar qui n'a pas accompagné son père à ce banquet. En l'apercevant, Adoniya tend vers lui les bras et s'écrie en conservant un ton rendu joyeux par un début d'ivresse :

« Viens Jonathan ! Tu es un brave et sans doute nous apportes-tu une bonne nouvelle.

— Certainement ! » répond Jonathan en s'arrêtant devant eux tout en cherchant à reprendre son souffle. « Notre seigneur le roi David a fait roi Salomon. »

Alors il rapporte comment Salomon est descendu à la source de Gihon pour être oint, comment le peuple est venu l'acclamer, comment il est remonté vers le palais.

« Voilà la cause du bruit que vous pouvez entendre. Mieux encore : Salomon s'est déjà assis sur le trône de son père. Les serviteurs du roi, officiers et dignitaires sont venus féliciter mon seigneur le roi dans sa chambre et lui ont dit : " Que ton dieu magnifie plus encore que ton nom celui de Salomon, qu'il élève son trône plus que ton trône. " Et le roi lui-même qui était resté dans son lit, s'est prosterné en disant : " Béni soit Yahvé dieu d'Israël qui a accordé que soit assis ce jour sur mon trône mon successeur afin que je puisse le voir de mes yeux. " »

Ces paroles que d'aucuns n'ont pas entendues sans blêmir, déchaînent un souffle de panique sur les invités. Laissant là vins et couverts, ils s'enfuient sans même jeter un regard à Adoniya, ils rentrent chez eux en courbant l'échine, le visage voilé afin de n'être pas reconnus, pour que nul ne puisse témoigner contre eux, déclarer les avoir aperçus au banquet du prince. Les plus rusés courent se mêler à la foule massée autour du palais où ils clament plus fort que les autres les louanges du nouveau roi.

Seuls restent Adoniya avec Joab, Abiathar et son fils. Le prince s'est levé, complètement dégrisé :

« Joab, mon frère, mon protecteur, que vais-je devenir ? lui demande-t-il.

— Ton père vit encore et même si Salomon est installé sur le trône, David est toujours le roi. Sois assuré qu'il ne permettra pas que te soit fait quelque mal. Montre-toi en suppliant : va jusqu'à l'autel dressé devant la tente du tabernacle et tiens-en les cornes. »

Sans plus balancer, Adoniya se hâte vers l'aire d'Arauna tandis que Joab se tourne vers Abiathar.

« Ainsi Bethsabée et Nathan ont triomphé, soupire-t-il. Nous n'avons plus qu'à rentrer chez nous, Abiathar. Pour moi, je me fais vieux, même si j'ai moins souffert des ans que David. Ma vie a été bien occupée et je n'ai pas à rougir de moi car tout ce que j'ai fait, ce fut toujours pour le plus grand bien de David. Il est l'être que j'ai le plus aimé au monde, peut-être même l'ai-je trop aimé, me suis-je montré trop ombrageux, trop jaloux de son amitié. Je ne regrette rien. Toi aussi Abiathar, tu te fais vieux. Il est bon que tu te retires en ta demeure pour prier Yahvé le dieu que tu as si longtemps servi, mais aussi dont tu sus habilement te servir pour la plus grande gloire de David, et de toi-même. Allons Abiathar, séparons-nous, il est temps de nous préparer à la mort, sans crainte, sans regret. »

Salomon est encore assis sur le trône de son père où il reçoit les hommages des officiers et des serviteurs de David, lorsqu'un garde vient devant lui :

« Vois, dit-il, Adoniya a eu peur du roi Salomon : il est monté auprès de la tente de Yahvé et il a saisi les cornes de l'autel. Je commande les gardes qui se tiennent en ce lieu. J'ai alors demandé au prince de venir devant toi afin de jurer fidélité, mais il a répondu ceci : " Que le roi Salomon prête ce jour le serment qu'il ne fera pas périr son serviteur par l'épée. "

— S'il se montre un homme droit, pas un cheveu de sa tête ne tombera à terre », déclare Salomon devant toute la cour. « Mais s'il est convaincu de préparer quelque mauvaise action, il mourra. Maintenant va chercher Adoniya, car chacun a pu entendre mon serment. »

Le garde revient bientôt avec le prince qui se prosterne devant son frère, l'assure de sa fidélité, de ses bonnes intentions.

« Va en paix, retourne dans ta demeure », lui dit Salomon.

Il reçoit ensuite ses autres frères avec des marques d'affection et il ne dit rien à propos de Joab et

Abiathar, car il sait que ce sont les vieux compagnons de son père, que David ne lui permettrait pas de leur faire le moindre mal.

Bethsabée qui a laissé son fils seul pour la cérémonie de l'onction, veut enfin jouir de son triomphe car elle songe que ce jour voit le couronnement de son œuvre, l'aboutissement de vingt années de combat et d'intrigues. Elle s'est parée de ses plus riches atours, a revêtu une robe de lin d'un blanc lumineux, couvert sa sombre chevelure et ses épaules d'un long voile pourpre.

Lorsqu'on annonce à Salomon l'approche de sa mère, il se lève du trône et vient au-devant d'elle. Lorsque Bethsabée pénètre dans la vaste salle d'audience au toit de cèdre tout lambrissé d'or, le silence tombe sur l'assemblée des grands du royaume. Devant elle Salomon se prosterne puis il lui prend la main pour la conduire jusqu'aux degrés couverts de tapis par lesquels on s'élève sur le podium où est dressé le trône de bois précieux serti d'or. Il ordonne que soit porté un second trône qu'on dispose à la droite du premier, puis ils s'assoient côte à côte : chacun comprend que, désormais, Bethsabée va régner aux côtés de son fils, voire en son nom.

Dès lors que sa succession est assurée, qu'il sait que le royaume ne sera pas déchiré par des guerres entre les princes, David songe qu'il peut quitter ce monde, rejoindre ses pères. Abishag se tient toujours près de lui, car il ne veut être servi que par elle. Le spectacle de sa beauté lui est un plaisir pour les yeux et il aime la chaleur de sa présence, mais elle ne parvient pas à réchauffer ses membres toujours froids. Chaque jour qui passe voit ses forces décliner au point qu'il ne se lève plus guère de son lit. Il lui reste cependant encore assez de vigueur pour composer un chant nouveau à la gloire de son dieu sur la faiblesse de l'homme. Ses doigts roides pincent avec difficulté les cordes tendues de son kinnor, et il chante d'une voix encore ferme :

Fais-moi connaître, Yahvé, le terme de ma vie,
quelle est la mesure de mes jours,
Que je sache combien je suis éphémère.
La longueur de mes jours est à peine d'une palme
et ma vie n'est que néant devant toi.
Car la vie de tout homme n'est qu'un souffle.
Comme une ombre fugitive passe l'homme,
sûrement en vain il s'agite,
il entasse des richesses

sans même savoir qui les recueillera.
Et maintenant que puis-je espérer, ô Yahvé ?
Mon espérance est en toi.
Délivre-moi de toutes mes transgressions
Que nul ne puisse me reprocher quelque folie.
Pour toi je ne suis qu'un hôte,
un étranger de passage en ce monde, comme tous mes pères.
Détourne de moi ton regard s'il est sévère
afin que je puisse respirer sans crainte,
avant que je ne m'en aille, que je ne sois plus.

A peine prononce-t-il ces dernières paroles qu'il sent une vive douleur dans son bras gauche, au point qu'il en laisse tomber son instrument. La douleur gagne la poitrine et son visage devient pâle comme de la cire. Abishag s'affole en voyant combien David a du mal à respirer ; en vain lui parle-t-elle, éponge-t-elle son front où perlent soudain des gouttes de sueur.

« David, mon seigneur, mon roi, dit-elle, que se passe-t-il ? Reviens, reste avec moi... »

Il clôt les paupières, respire lentement, à peine. Abishag se lève :

« Je cours chercher le médecin du palais ! » dit-elle.

Mais David la retient :

« C'est inutile. Fais plutôt venir mon fils Salomon. »

Elle sort. David se retrouve seul. La douleur s'est atténuée, mais il sent qu'il va mourir. Alors reviennent à son esprit les images du passé. Il se revoit avec Abisaï, lorsque adolescents ils gardaient les brebis de son père. Il avait alors la gaieté de la jeunesse, son insouciance, ses espoirs, la vie devant soi. L'a-t-il conduite comme il le devait, cette vie ? Il le pense, il l'espère, mais combien de regrets gonflent alors son cœur. Mikal, celle qu'il a tant aimée, n'aurait-il pas dû aller la chercher jusque dans sa demeure, sans craindre Saül ? Toute son existence aurait pu en être changée ! Il songe qu'elle vit encore au fond du palais, en se retournant sur une vie gâchée, une vie qui aurait pu pourtant être si belle car elle avait commencé par un si grand amour ! Mais voilà, elle n'est plus qu'une vieille femme, aigrie, au seuil de la mort.

Reviennent ensuite les images glorieuses de ces jours enfuis, ses victoires sur Goliath, sur les Philistins, sur tous les ennemis de Yahvé, et il sent alors sa propre grandeur. Il comprend que s'il est parvenu au terme de sa vie éphémère, sa renommée survivra dans toutes les mémoires, car il a rassemblé le troupeau de Yahvé, il a réuni les tribus d'Israël pour en faire un royaume puissant et respecté. Il est l'artisan de la gloire d'Israël et son nom sera sur toutes les lèvres dans les générations et les générations. Par lui Yahvé est devenu le dieu triomphant, le dieu glorieux d'un peuple qui désormais en lui se retrouve, se reconnaît.

« Non, ma vie n'aura pas été inutile », murmure-t-il.

Entre à ce moment Salomon qu'amène la Sunamite. Il vient s'agenouiller au chevet de son père tandis que se retire Abishag, sur la pointe des pieds.

« Approche, mon fils », articule David en avançant sa main amaigrie qu'il pose sur sa tête. « Je vais m'en aller par les chemins de toute la terre. Montre-toi fort, sois un homme, mon fils. Garde les principes de Yahvé, ton dieu, marche dans ses voies, observe ses prescriptions, ses commandements, ses jugements, ses préceptes, selon ce qui est écrit dans la loi de Moïse, afin de réussir dans toutes les entreprises, de prospérer en toutes choses. Ainsi s'accompliront les paroles que Yahvé a prononcées sur ma tête : " Si tes enfants persistent dans leur voie en marchant devant moi dans la vérité, avec leur cœur et leur âme, il y aura toujours dans ta descendance un homme sur le trône d'Israël. " Il t'est maintenant donné de réaliser ce que je n'ai pas trouvé le temps de faire. Que la paix règne sur ton royaume afin qu'il ne cesse de prospérer. Il te revient aussi d'élever pour Yahvé un temple de pierre et de cèdre qui soit digne de la grandeur du dieu d'Israël. A moi, à notre famille appartient l'aire sur laquelle se dresse la tente où est abritée son arche. Que là, près du rocher percé, soit bâti le sanctuaire de notre dieu, afin qu'il y vive éternellement et que viennent l'y adorer toutes les nations. »

David s'est tu, ses derniers mots se sont éteints en un murmure. Il a fermé les yeux. Salomon est resté agenouillé, la tête inclinée. Il sent toujours dans ses cheveux le poids de la main de son père. Puis, soudain, la main a glissé, lentement, elle est retombée sur la couverture, inerte.

Lorsque Salomon relève la tête, David a cessé de vivre, il a rejoint ses pères, il est entré dans l'éternité.

[illegible]

[illegible]. Il s'en montrait [illegible]

[illegible] [illegible] Salomon [illegible] [illegible] il [illegible] dans [illegible] [illegible] [illegible] [illegible]

Lorsque Salomon [illegible] [illegible] de [illegible] sa gorge, il [illegible] [illegible]

Epilogue

David a été enseveli à Jérusalem.

A peine la période de deuil fut-elle terminée que Salomon convoqua Abiathar. Il lui déclara qu'il méritait la mort, ceci parce qu'il avait osé soutenir Adoniya, mais qu'il l'épargnait du fait qu'il avait porté l'arche de Yahvé et partagé les épreuves de son père. Il fut exclu du sacerdoce de Yahvé et exilé dans son domaine d'Anathot, à peu de distance de Jérusalem, où il finit ses jours.

Joab ne trouva pas grâce, sans doute parce que son ascendant sur l'armée le rendait redoutable aux yeux de Salomon et de Bethsabée. Comme l'avait fait Adoniya, Joab alla se réfugier dans la tente de Yahvé, près de l'autel du dieu. Salomon envoya vers lui Benaya qui suivant les ordres du nouveau roi le frappa de son épée sans respect pour la sainteté du lieu, sans égard pour la loi religieuse qui protégeait les suppliants réfugiés auprès de l'arche. Salomon prit pour prétexte de cette exécution les meurtres d'Abner et d'Amasa. La tradition du livre des Rois attribue même à David d'avoir donné à son fils le conseil de mettre à mort Joab pour ces actions, ce qui paraît douteux, en opposition avec l'attachement que David a toujours témoigné à ses proches et à ses fidèles compagnons.

Quant à Adoniya, il aurait demandé à Bethsabée qu'elle intervienne auprès de Salomon pour que lui soit donnée Abishag, requête qui aurait déchaîné la colère de Salomon, lequel ordonna qu'il fût mis à mort. Une telle démarche de la part d'Adoniya semble difficilement explicable. La Sunamite a dû entrer dans le harem de Salomon de manière qu'Adoniya n'a guère eu l'occasion de la voir. On peut donc s'étonner qu'il en soit tombé amoureux au point d'avoir osé ensuite provoquer un frère d'un caractère si ombrageux, car Salomon apparaît comme le type du despote oriental. La demande de l'une des épouses d'un roi ou son enlèvement impliquait le dessein de s'emparer du trône de ce même roi ou de légitimer des prétentions à sa couronne, comme l'avait fait Absalom. Ainsi Adoniya ne pouvait ignorer que par une telle requête il donnait à son frère la raison tant attendue de le mettre à mort, ce dont Salomon ne s'est pas privé.

BIBLIOGRAPHIE

Il n'existe guère sur le marché de livres disponibles consacrés au roi David, si ce n'est un roman sous forme de mémoire dû à l'écrivain italien Carlo Coccioli. Aussi, la bibliographie que je donne ici est destinée à ceux qui désirent sérieusement approfondir cette question, à partir soit d'ouvrages épuisés sur ce roi, soit d'études sur son époque, soit de travaux plus ardus en langues étrangères. Pour ce qui concerne les sources mêmes, le texte fondamental est celui des deux livres de Samuel et les premiers chapitres du premier livre des Rois. On trouve quelques éléments dans le premier livre des Chroniques, nommé *Paralipomènes* dans la version grecque de la Septante. J'ai aussi puisé quelques éléments dans *Les Antiquités judaïques* de Flavius Josèphe, écrites à la fin du Ier siècle de notre ère. J'ai aussi utilisé le livre des Psaumes dont j'ai cité des passages, attribués dans le canon biblique à David et qui peuvent pour la plupart remonter jusqu'à son époque, et le livre des Proverbes.

Ouvrages modernes de référence :

ABEL (F M), *Géographie de la Palestine*, 2 vol. 3e éd. Gabalda, Paris, 1967.

ALBRIGHT (W F.), *L'Archéologie de la Palestine*, Le Cerf, Paris, 1955.

BAENTSCH (B), *David roi d'Israël*, Payot, Paris, 1935.

BARROIS (A -G), *Manuel d'archéologie biblique*, 2 vol., Picard, Paris, 1939-1953.

BERNHARDT (K. H.), « Das Problem der Altorientalischen Königideologie im Alten Testament », *Vetus Testamentum*, Suppl. (Leiden) 8 (1961), p. 160 sqq.

BERTHOLET (A.), *Histoire de la civilisation d'Israël*, Payot, Paris, 1926.

BRAEMER (F.), *L'Architecture domestique du Levant à l'âge du fer*, éd. Recherches sur les civilisations, Paris, 1982.

BUCCELLATI (G.), « Da Saul a Davide », *Bibbia e oriente* (Milan) 1 (1959) 99-129, p. 160 sqq.

CARLSON (R A.), *David, the Chosen King*, Almqvist, Uppsala, 1984.

CAZELLES (H.), « David's Monarchy and the Gibeonite Claim », *Palestine Exploration Quarterly*, 87 (1955), p. 165 sqq.

DIEULAFOY (M.), *Le Roi David*, Hachette, Paris, 1897.

EISSFELDT (O.), *Die Komposition der Samuelisbücher*, Leipzig, 1931.

JEREMIAS (A.), *Das Alte Testament im Lichte des Alten Orients*, Hinrichs, Leipzig, 1904 (4e éd. 1930).

KAPELRUD (A S.), « König David und die Söhne des Saül », *Zeitschrift für die Altestamentliche Wissenschaft*, 67 (1955), p. 198 sqq.

KENYON (K.), *Royal Cities of the Old Testament*, Schocken, New York, 1971.

– *Digging up Jerusalem*, Bonn, Londres, 1974.

KREGLINGER (R.), *La Religion d'Israël*, Nourry, Paris, 1926.

LODS (A.), *Israël des origines au milieu du VIIIe s.*, Albin Michel, Paris, 1949.

MACALISTER (R. A. S.), *The Philistines*, Argonaut, Chicago, 1965.

NÜBEL (H. U.), *Davids Aufstieg in der Frühe Israelitischer Geschichtsschreibung*, Diss. Bonn, 1959.

ROBERTSON (R.), « The Urim and Tumim. What were they ? », *Vetus Testamentum* 14 (1964), p. 67 sqq.

SELLIN (E.), « Ephod and Terafim », *Journal of the Palestine Oriental Society*, 14 (1934), p. 185 sqq.

SOGGIN (J. A.), « The Reign of 'Esbaal, Son of Saul », *Old Testament and Oriental Studies*, Rome (1975), p. 30 sqq.

STEINMAN (J.), *David roi d'Israël*, Paris, 1948.

TOUSSAINT (C.), *Les Origines de la religion d'Israël, l'ancien Jahvisme*, Paris, 1931.

WINCKLER (H.), *Altorientalische Forschungen*, Pfeiffer, Leipzig, 1893-1906.

– *Geschichte Israels*, Pfeiffer, Leipzig, 1895.

COLLECTION FOLIO

Dernières parutions

2015.	Raymond Chandler	*La grande fenêtre.*
2016.	Tito Topin	*55 de fièvre.*
2017.	Franz Kafka	*La Métamorphose* et autres récits.
2018.	Pierre Assouline	*L'homme de l'art (D.-H. Kahnweiler 1884-1979).*
2019.	Pascal Bruckner	*Allez jouer ailleurs.*
2020.	Bourbon Busset	*Lettre à Laurence.*
2021.	Gabriel Matzneff	*Cette camisole de flammes (Journal 1953-1962).*
2022.	Yukio Mishima	*Neige de printemps (La mer de la fertilité, I).*
2023.	Iris Murdoch	*Pâques sanglantes.*
2024.	Thérèse de Saint Phalle	*Le métronome.*
2025.	Jerome Charyn	*Zyeux-Bleus.*
2026.	Pascal Lainé	*Trois petits meurtres... et puis s'en va.*
2028.	Richard Bohringer	*C'est beau une ville la nuit.*
2029.	Patrick Besson	*Ah ! Berlin* et autres récits.
2030.	Alain Bosquet	*Un homme pour un autre.*
2031.	Jeanne Bourin	*Les amours blessées.*
2032.	Alejo Carpentier	*Guerre du temps* et autres nouvelles.
2033.	Frédéric H. Fajardie	*Clause de style.*
2034.	Albert Memmi	*Le désert (ou La vie et les aventures de Jubaïr Ouali El-Mammi).*

2035. Mario Vargas Llosa — *Qui a tué Palomino Molero ?*
2036. Jim Thompson — *Le démon dans ma peau.*
2037. Gogol — *Les Soirées du hameau.*
2038. Michel Déon — *La montée du soir.*
2039. Remo Forlani — *Quand les petites filles s'appelaient Sarah.*
2040. Richard Jorif — *Le Navire Argo.*
2041. Yachar Kemal — *Meurtre au marché des forgerons (Les seigneurs de l'Aktchasaz, I).*
2042. Patrick Modiano — *Dimanches d'août.*
2043. Daniel Pennac — *La fée carabine.*
2044. Richard Wright — *Fishbelly (The Long Dream).*
2045. Pierre Siniac — *L'unijambiste de la cote 284.*
2046. Ismaïl Kadaré — *Le crépuscule des dieux de la steppe.*
2047. Marcel Proust — *Sodome et Gomorrhe.*
2048. Edgar Allan Poe — *Ne pariez jamais votre tête au diable* et autres contes non traduits par Baudelaire.
2049. Rachid Boudjedra — *Le vainqueur de coupe.*
2050. Willa Cather — *Pionniers.*
2051. Marguerite Duras — *L'Eden Cinéma.*
2052. Jean-Pierre Enard — *Contes à faire rougir les petits chaperons.*
2053. Carlos Fuentes — *Terra Nostra,* tome I.
2054. Françoise Sagan — *Un sang d'aquarelle.*
2055. Sempé — *Face à face.*
2056. Raymond Chandler — *Le jade du mandarin.*
2057. Robert Merle — *Les hommes protégés.*
2059. François Salvaing — *Misayre ! Misayre !*
2060. André Pieyre de Mandiargues — *Tout disparaîtra.*
2062. Jean Diwo — *Le lit d'acajou (Les Dames du Faubourg, II).*
2063. Pascal Lainé — *Plutôt deux fois qu'une.*
2064. Félicien Marceau — *Les passions partagées.*
2065. Marie Nimier — *La girafe.*
2066. Anne Philipe — *Je l'écoute respirer.*
2067. Reiser — *Fous d'amour.*

2068.	Albert Simonin	*Touchez pas au grisbi !*
2069.	Muriel Spark	*Intentions suspectes.*
2070.	Emile Zola	*Une page d'amour.*
2071.	Nicolas Bréhal	*L'enfant au souffle coupé.*
2072.	Driss Chraïbi	*Les Boucs.*
2073.	Sylvie Germain	*Nuit-d'Ambre.*
2074.	Jack-Alain Léger	*Un ciel si fragile.*
2075.	Angelo Rinaldi	*Les roses de Pline.*
2076.	Richard Wright	*Huit hommes.*
2078.	Robin Cook	*Il est mort les yeux ouverts.*
2079.	Marie Seurat	*Les corbeaux d'Alep.*
2080.	Anatole France	*Les dieux ont soif.*
2081.	J. A. Baker	*Le pèlerin.*
2082.	James Baldwin	*Un autre pays.*
2083.	Jean Dutourd	*2024.*
2084.	Romain Gary	*Les clowns lyriques.*
2085.	Alain Nadaud	*Archéologie du zéro.*
2086.	Gilles Perrault	*Le dérapage.*
2087.	Jacques Prévert	*Soleil de nuit.*
2088.	Sempé	*Comme par hasard.*
2089.	Marcel Proust	*La Prisonnière.*
2090.	Georges Conchon	*Colette Stern.*
2091.	Sébastien Japrisot	*Visages de l'amour et de la haine.*
2092.	Joseph Kessel	*La règle de l'homme.*
2093.	Iris Murdoch	*Le rêve de Bruno.*
2094.	Catherine Paysan	*Le nègre de Sables.*
2095.	Dominique Roulet	*Le crime d'Antoine.*
2096.	Henri Vincenot	*Le maître des abeilles (Chronique de Montfranc-le-Haut).*
2097.	David Goodis	*Vendredi 13.*
2098.	Anatole France	*La Rôtisserie de la reine Pédauque.*
2099.	Maurice Denuzière	*Les Trois-Chênes.*
2100.	Maurice Denuzière	*L'adieu au Sud.*
2101.	Maurice Denuzière	*Les années Louisiane.*
2102.	D. H. Lawrence	*Femmes amoureuses.*
2103.	XXX	*Déclaration universelle des droits de l'homme.*
2104.	Euripide	*Tragédies complètes, tome I.*

2105. Euripide — *Tragédies complètes, tome II.*
2106. Dickens — *Un conte de deux villes.*
2107. James Morris — *Visa pour Venise.*
2108. Daniel Boulanger — *La dame de cœur.*
2109. Pierre Jean Jouve — *Vagadu.*
2110. François-Olivier Rousseau — *Sébastien Doré.*
2111. Roger Nimier — *D'Artagnan amoureux.*
2112. L.-F. Céline — *Guignol's band, I. Guignol's band, II (Le pont de Londres).*
2113. Carlos Fuentes — *Terra Nostra*, tome II.
2114. Zoé Oldenbourg — *Les Amours égarées.*
2115. Paule Constant — *Propriété privée.*
2116. Emmanuel Carrère — *Hors d'atteinte ?*
2117. Robert Mallet — *Ellynn.*
2118. William R. Burnett — *Quand la ville dort.*
2119. Pierre Magnan — *Le sang des Atrides.*
2120. Pierre Loti — *Ramuntcho.*
2121. Annie Ernaux — *Une femme.*
2122. Peter Handke — *Histoire d'enfant.*
2123. Christine Aventin — *Le cœur en poche.*
2124. Patrick Grainville — *La lisière.*
2125. Carlos Fuentes — *Le vieux gringo.*
2126. Muriel Spark — *Les célibataires.*
2127. Raymond Queneau — *Contes et propos.*
2128. Ed McBain — *Branle-bas au 87.*
2129. Ismaïl Kadaré — *Le grand hiver.*
2130. Hérodote — *L'Enquête, livres V à IX.*
2131. Salvatore Satta — *Le jour du jugement.*
2132. D. Belloc — *Suzanne.*
2133. Jean Vautrin — *Dix-huit tentatives pour devenir un saint.*
2135. Sempé — *De bon matin.*
2136. Marguerite Duras — *Le square.*
2137. Mario Vargas Llosa — *Pantaleón et les Visiteuses.*
2138. Raymond Carver — *Les trois roses jaunes.*
2139. Marcel Proust — *Albertine disparue.*
2140. Henri Bosco — *Tante Martine.*
2141. David Goodis — *Les pieds dans les nuages.*

2142.	Louis Calaferte	*Septentrion.*
2143.	Pierre Assouline	*Albert Londres (Vie et mort d'un grand reporter, 1884-1932).*
2144.	Jacques Perry	*Alcool vert.*
2145.	Groucho Marx	*Correspondance.*
2146.	Cavanna	*Le saviez-vous ? (Le petit Cavanna illustré).*
2147.	Louis Guilloux	*Coco perdu (Essai de voix).*
2148.	J. M. G. Le Clézio	*La ronde (et autres faits divers).*
2149.	Jean Tardieu	*La comédie de la comédie* suivi de *La comédie des arts* et de *Poèmes à jouer.*
2150.	Claude Roy	*L'ami lointain.*
2151.	William Irish	*J'ai vu rouge.*
2152.	David Saul	*Paradis Blues.*
2153.	Guy de Maupassant	*Le Rosier de Madame Husson.*
2154.	Guilleragues	*Lettres portugaises.*
2155.	Eugène Dabit	*L'Hôtel du Nord.*
2156.	François Jacob	*La statue intérieure.*
2157.	Michel Déon	*Je ne veux jamais l'oublier.*
2158.	Remo Forlani	*Tous les chats ne sont pas en peluche.*
2159.	Paula Jacques	*L'héritage de tante Carlotta.*
2161.	Marguerite Yourcenar	*Quoi ? L'Éternité (Le labyrinthe du monde, III).*
2162.	Claudio Magris	*Danube.*
2163.	Richard Matheson	*Les seins de glace.*
2164.	Emilio Tadini	*La longue nuit.*
2165.	Saint-Simon	*Mémoires.*
2166.	François Blanchot	*Le chevalier sur le fleuve.*
2167.	Didier Daeninckx	*La mort n'oublie personne.*
2168.	Florence Delay	*Riche et légère.*
2169.	Philippe Labro	*Un été dans l'Ouest.*
2170.	Pascal Lainé	*Les petites égarées.*
2171.	Eugène Nicole	*L'Œuvre des mers.*
2172.	Maurice Rheims	*Les greniers de Sienne.*
2173.	Herta Müller	*L'homme est un grand faisan sur terre.*

2174. Henry Fielding — *Histoire de Tom Jones, enfant trouvé, I.*
2175. Henry Fielding — *Histoire de Tom Jones, enfant trouvé, II.*
2176. Jim Thompson — *Cent mètres de silence.*
2177. John Le Carré — *Chandelles noires.*
2178. John Le Carré — *L'appel du mort.*
2179. J. G. Ballard — *Empire du Soleil.*
2180. Boileau-Narcejac — *Le contrat.*
2181. Christiane Baroche — *L'hiver de beauté.*
2182. René Depestre — *Hadriana dans tous mes rêves.*
2183. Pierrette Fleutiaux — *Métamorphoses de la reine.*
2184. William Faulkner — *L'invaincu.*
2185. Alexandre Jardin — *Le Zèbre.*
2186. Pascal Lainé — *Monsieur, vous oubliez votre cadavre.*
2187. Malcolm Lowry — *En route vers l'île de Gabriola.*
2188. Aldo Palazzeschi — *Les sœurs Materassi.*
2189. Walter S. Tevis — *L'arnaqueur.*
2190. Pierre Louÿs — *La Femme et le Pantin.*
2191. Kafka — *Un artiste de la faim* et autres récits (Tous les textes parus du vivant de Kafka, II).
2192. Jacques Almira — *Le voyage à Naucratis.*
2193. René Fallet — *Un idiot à Paris.*
2194. Ismaïl Kadaré — *Le pont aux trois arches.*
2195. Philippe Le Guillou — *Le dieu noir (Chronique romanesque du pontificat de Miltiade II pape du XIXe siècle).*
2196. Michel Mohrt — *La maison du père* suivi de *Vers l'Ouest (Souvenirs de jeunesse).*
2197. Georges Perec — *Un homme qui dort.*
2198. Guy Rachet — *Le roi David.*
2199. Don Tracy — *Neiges d'antan.*
2200. Sempé — *Monsieur Lambert.*
2201. Philippe Sollers — *Les Folies Françaises.*
2202. Maurice Barrès — *Un jardin sur l'Oronte.*
2203. Marcel Proust — *Le Temps retrouvé.*

2204.	Joseph Bialot	*Le salon du prêt-à-saigner.*
2205.	Daniel Boulanger	*L'enfant de bohème.*
2206.	Noëlle Châtelet	*A contre-sens.*
2207.	Witold Gombrowicz	*Trans-Atlantique.*
2208.	Witold Gombrowicz	*Bakakaï.*
2209.	Eugène Ionesco	*Victimes du devoir.*
2210.	Pierre Magnan	*Le tombeau d'Hélios.*
2211.	Pascal Quignard	*Carus.*
2212.	Gilbert Sinoué	*Avicenne (ou La route d'Ispahan).*
2213.	Henri Vincenot	*Le Livre de raison de Glaude Bourguignon.*
2214.	Émile Zola	*La Conquête de Plassans.*
2216.	Térence	*Théâtre complet.*

Impression Bussière à Saint-Amand (Cher),
le 27 décembre 1990.
Dépôt légal : décembre 1990.
1er dépôt légal dans la collection : octobre 1990.
Numéro d'imprimeur : 4011.

ISBN 2-07-038289-3./Imprimé en France.
(Précédemment publié aux Éditions Denoël
ISBN 2-207-23184-4)

51805